Antje Wagner
Unland

Der Roman *Unland* wurde u. a. mit dem ver.di Literaturpreis
ausgezeichnet.

Antje Wagner

UNLAND

Roman

GULLIVER
von BELTZ & Gelberg

Die Arbeit an diesem Buch wurde mit dem Esslinger Bahnwärter-
stipendium und einem Stipendium des Landes Sachsen-Anhalt
gefördert, wofür die Autorin sehr herzlich dankt.

www.beltz.de
© 2015 für diese Lizenzausgabe Beltz & Gelberg
in der Verlagsgruppe Beltz • Weinheim Basel
Alle Rechte für diese Ausgabe vorbehalten
Originalausgabe: © arsEdition GmbH, München, 2009
Alle Rechte vorbehalten
Neue Rechtschreibung
Einbandgestaltung: Cornelia Niere, München, unter Verwendung eines
Motivs von Getty Images/Hendrik Sorensen
Gesamtherstellung: Beltz Bad Langensalza GmbH, Bad Langensalza
Printed in Germany
ISBN 978-3-407-74511-8
1 2 3 4 5   19 18 17 16 15

INHALT

Lasst die Schatten frei!

(aus der Chronik von Waldburgen)

Waldburgen

1. KAPITEL

HAUS EULENRUH

Mir war schlecht.

Der Bus raste eine Obstbaumallee entlang und vor jeder Kurve drehte der Fahrer den Motor voll auf, dann legte er sich mit dem ganzen Bus in die Kurve. Äste knallten gegen die Fenster. Geistesgegenwärtig ließ ich meine Hand nach vorn schnellen, um meine Reisetasche, die im Gang stand, davon abzuhalten, schon wieder wegzurollen, da warf der Schwung mich schmerzhaft gegen das Busfenster.

Leise fluchend rappelte ich mich auf. Ich rieb mir den Arm, der garantiert schon voller blauer Flecken war. Die Tasche war natürlich weg.

Sie lag am Ende des Gangs. Verkehrt herum. Die anderen Leute im Bus schauten ausdruckslos vor sich hin. Gesichter, die aussahen, als hätte kein Lächeln je Lust gehabt, sich für ein Weilchen dort niederzulassen. Als ich aufstand, um die Tasche zurückzuholen, hangelte ich mich an den Sitzen entlang. Jetzt glotzten mich alle an. Sie wirkten, als ob sie gerade von der Nachtschicht kämen und nur eines wollten: ihre Ruhe.

Als ich schon fast am Ende des Gangs war, schnitt der Fah-

9

rer, den offenbar der heftige Wunsch trieb, mal mit seinem Bus bei der Formel 1 mitzumachen, eine neue Kurve. Ich verlor das Gleichgewicht, ruderte wild mit den Armen und rief dabei: »Eieieiah … aaahhh … naaaiih …« Peinlich.

Hätte ich mich nicht gerade noch an einer Stange festhalten und abfangen können, wäre ich einem dieser griesgrämigen Menschen mitten auf den Schoß gestürzt. Ich hievte meine Tasche hoch, schleppte sie zurück zu meinem Platz und wünschte dem Busfahrer die Pest an den Hals.

Dagegen war die Zugfahrt ja himmlisch gewesen. Jedenfalls erschien mir das langsame Gezuckel, das mich noch vor einer halben Stunde genervt hatte, jetzt richtig angenehm.

Nachdem wir Berlin hinter uns gelassen hatten, hatte der Zug an jedem, wirklich jedem Nest auf der Strecke gehalten. Schon die Namen sprachen Bände: Klebitz. Zahna. Bülzig. Zörnigall …

Als wir endlich in Wittenberg eingerollt waren, war ich erleichtert ausgestiegen und hatte mich bis zur richtigen Bushaltestelle durchgefragt.

Der Bus heulte auf. Ich schaute auf die Uhr. Zwei Stunden waren vergangen, seit ich in Berlin losgefahren war. Zwei Stunden, seit das Jugendamt bei Andreas und Vera Kämpf angerufen hatte, dass ich unterwegs sei. Wenn wir nicht vorher noch gegen einen dieser knorrigen Apfelbäume rasten, wofür die Chancen allerdings recht gut standen, müssten wir bald in Waldburgen ankommen.

Waldburgen. Mein neues Zuhause.

Ich nahm den Blick von der Uhr und sah aus dem staubigen Busfenster. Die Apfelallee war zu Ende.

Wir bretterten jetzt eine Kopfsteinpflasterstraße entlang, und bei jedem Ruck flog ich in die Höhe, um dann voller Wucht wieder runterzuknallen, wobei meine Knie gegen die Plastikverschalung des Vordersitzes schlugen. Ich versuchte mich im Polster meines Sitzes festzukrallen und fragte mich zum werweißwievielten Mal, warum eigentlich keiner der Fahrgäste protestierte. Dieser Fahrer gehörte eingesperrt!

Vor meinem inneren Auge sah ich schon die Zeitungsmeldungen: *Killerbus reißt zwanzig Unschuldige in den Tod.* Oder: *Testosteron auf Rädern – keiner konnte die Mörderfahrt stoppen.* Oder: *Man nannte ihn den Henker der Landstraße.* Rund um die Meldung rankt sich ein rabenschwarzer Lilienkranz.

Gerade als ich den Beschluss fasste, nach vorn zum Fahrer zu gehen und ihn zu fragen, ob er noch ganz dicht sei, passierten wir ein gelbes Ortseingangsschild. Der Name zischte vorbei. *W-------EN*. Mehr konnte ich bei der Geschwindigkeit nicht lesen.

W------EN?

Wie vom Blitz getroffen sprang ich auf, griff nach meiner Reisetasche und schleifte sie zur Tür. Der Gang war so eng, dass ich ständig irgendwo stecken blieb. Als ich endlich an der Tür war, drückte ich wild auf den Halteknopf.

Ich überlegte noch, einen der Fahrgäste zu fragen, ob es auch wirklich Waldburgen war und nicht irgendein Nachbarort, der mit W begann und auf EN endete: Wildenbrunnen vielleicht oder Weinbergen oder Wollhagen, als die Frau, die auf dem Sitz neben der Tür saß, sich zu mir vorreckte und meine Hand vom Halteknopf schlug.

»*Ein Mal* drücken!« Sie hatte eine unangenehm schrille Stimme. Wie eine Comicfigur. Auf solche Stimmen reagiere ich grundsätzlich nicht.

»He!«, schrie sie mich von der Seite an und piekte mit ihrem Finger in meine Schulter. »Hey, bist du taub?« Nicht wie eine *gewöhnliche* Comicfigur, dachte ich noch, sondern wie eine, die nur aus einem Mund bestand.

Da packte sie schon meinen Ärmel und zerrte daran herum. Ich hämmerte auf den Halteknopf. Der Scheißbus hielt nicht an!

»Der Bengel macht das mit Absicht«, schrie die Frau und riss an meinem Arm. »Der macht mit Absicht den Knopf kaputt!«

Ich fuhr herum. »Blöde Zicke!«

Gleich gibt's Ärger, dachte ich und duckte mich schon, da hielt der Bus so abrupt, dass ich unwillkürlich stolperte und einen kleinen Schrei ausstieß. Die Tür ging auf. Ich zerrte die Tasche hoch. Die Frau gab mir einen kleinen, gemeinen Stoß. Dann war ich draußen.

⊙

Niemand außer mir war ausgestiegen.

Bevor ich es mir doch noch anders überlegen konnte, hatte sich die Tür wieder geschlossen, und der Bus fegte davon. Er hinterließ eine große Staubwolke. Plötzlich war es sehr still.

Vor mir lag eine Landstraße, Katzenbuckelpflaster. Die Sonne flimmerte. An den Straßenrändern wuchsen kränklich aussehende gelbe Büsche. Die Blüten waren matt, von der Hitze ausgebleicht. Überhaupt war alles viel zu trocken und von Staub überzogen. Ich nahm meine Trinkflasche aus der Reisetasche und stellte dabei fest, dass auch die Tasche schon ganz staubig aussah. Ich trank, steckte die Flasche wieder weg und wartete weiter.

Ich sollte hier abgeholt werden. Von Andreas und Vera Kämpf. Meinen neuen Betreuern.

Dort, wo der Bus um eine Kurve verschwunden war, sah ich ein Huhn auftauchen, über die Straße laufen und dann durch eine Lücke in einem Zaun verschwinden.

Kein Geräusch von einem sich nähernden Auto. Nichts. Totenstille.

Mein Puls beschleunigte sich. Scheiße, verdammte! Ich blöder Idiot. Ich hatte einen Fehler gemacht!

Andreas und Vera Kämpf warteten garantiert zehn Orte weiter, in Waldburgen nämlich. Während ich in Wichtelshausen herumstand. Oder wie auch immer diese Kuhbläke hier hieß.

Gegenüber, halb auf dem Bürgersteig, stand ein VW. Ein ziemlich heruntergekommenes Exemplar, das ehemals blau gewesen sein musste. Jetzt war die Farbe teilweise abgeplatzt, teilweise von der Sonne zu einem milchigen Grau gebleicht. Der Wagen sah aus, als sei er vor Jahren hier vergessen worden, doch plötzlich bemerkte ich eine Bewegung. Ein Typ, etwa achtzehn, der offenbar dahinter im Gras gesessen hatte, kam um den Wagen herum. Er hatte eine Kippe in der Hand.

Irgendwie war er mir nicht geheuer. Er rauchte, als wäre er wütend, mit solchen hastigen, tiefen Zügen, dass mir schon vom Hingucken schlecht wurde. Außerdem starrte er mich die ganze Zeit unter seinen Lidern hindurch an. Seine Brauen waren schwarz und in der Mitte zusammengewachsen.

Ich versuchte abzuschätzen, ob ich ihn fragen könnte, wo genau ich hier war. Aber vielleicht tickt er dann aus, dachte ich. Dass er schlechte Laune hatte, sah jedenfalls ein Blinder.

Bevor ich eine Entscheidung treffen konnte, schleuderte er die Kippe auf die Straße und trat auf den Filter. Nicht so, als wollte er die Glut löschen, sondern als hätte er vor, den Filter zu *töten*. Dann lief er zur Fahrertür und riss sie auf. Er fing an, laut zu schimpfen, und ließ sich auf den Sitz fallen, wo er eine neue Zigarette drehte. Ich verstand nicht, worum es ging, bekam aber einzelne Satzfetzen mit: »… beschissener Tag … als ob ich Zeit hab wie Heu … am *Arsch* lecken …«

Wieder sah er zu mir rüber und eine Falte erschien auf seiner Stirn. Er brüllte: »Haste kein Zuhause, oder was?«

Halleluja. Wirklich 'ne nette Gegend hier, dachte ich, zog automatisch mein Basecap tiefer in die Stirn und trat einen Schritt zurück, weiter ins schattige Innere des Bushäuschens hinein. Dort stank es. Irgendwer musste in die Ecke gepinkelt haben. Ich hielt die Luft an. Bloß nichts Falsches sagen. Am besten gar nichts. Einfach so tun, als ob man taub, blind oder unsichtbar wäre, damit fährt man in solchen Situationen am besten. Er warf mir noch einen finsteren Blick zu und drehte seine Anlage auf.

Guten Morgen, Berlin, du kannst so hässlich sein … PETER FOX' Stimme brach durch die Nachmittagsstille … *Es wird für mich wohl das Beste sein, ich geh nach Haus und schlaf mich aus …*

Dann knallte er die Wagentür zu, der Motor heulte auf und fort war er.

Erst als das Motorengeräusch ganz und gar verstummt war, kam ich wieder aus dem Bushäuschen heraus. Ich suchte nach irgendeinem Hinweis auf meinen Standort. Doch es stand kein Ortsname außen dran und innen klebte kein Fahrplan. Überhaupt sah das ganze Häuschen so verwittert aus, als käme nur alle halbe Jahre irrtümlich mal ein Bus vorbei.

Ein Hahn krähte. Es klang heiser und irgendwie unvollständig. Doch als wäre dies ein Signal, tauchte das Huhn wieder aus dem Loch im Zaun auf und rannte schnell über die Straße zurück.

Ich griff in die Reisetasche und zog einen zerknitterten Umschlag heraus. Er war an Peter adressiert, Absender: Jugendamt Berlin-Pankow. Ich nahm den Zettel aus dem Umschlag und überflog das Schreiben, bis ich gefunden hatte, was ich suchte:

```
Haus Eulenruh / Wohnen & Schutz
Vera & Andreas Kämpf
Dreieulenweg 20
06901 Waldburgen
```

Haus Eulenruh. Ich sah im Geist schon die Anzeige in der Zeitung, die zu diesem Namen passte:

> WIRST DU TATTERIG UND ALT,
> KOMM NACH EULENRUH,
> SPÜR NOCH EINMAL GLÜCK BEI UNS, DENN BALD,
> BALD RUHST AUCH DU.

Ich steckte den Brief wieder weg, hievte meine Tasche hoch und ging los.

⊙

Hinter der Biegung stand das erste Haus des Ortes. Ein flach gedrücktes Gebäude mit Blechwänden. *Maren's Minimarkt.* Rechts und links neben dem Eingang standen zwei steinerne

Papierkörbe, in die jemand Erde eingefüllt und je drei Studentenblumen gepflanzt hatte. An die Blechwand war das Straßenschild montiert: *Lange Maßen*. Komischer Name für eine Straße.

Ich schob die Tür auf.

Kein Kunde war im Laden. Eine Verkäuferin sortierte Saftpackungen aus dem untersten Regal ins oberste.

»Guten Tag«, sagte ich, wartete, bis sie sich umdrehte, und lächelte sie an. »Können Sie mir bitte sagen, wie ich zum *Haus Eulenruh* komme?«

Sie lehnte sich gegen das Regal. In den Händen hielt sie je einen Tetrapak Schwarze Johannisbeere. Sie sah mich von oben bis unten an. Keine Ahnung, was sie suchte, aber offenbar gefiel ihr, was sie sah.

»Ach je«, sagte sie. »Hat dich keiner abgeholt? – Nimm's nicht persönlich, wahrscheinlich hat Vera da was verwechselt … Bist du ein Neuer?«

Ich zuckte ein bisschen zusammen, als sie Neuer sagte, aber ich beschloss, es ihr nicht krummzunehmen. Ich war froh, dass sie *Haus Eulenruh* kannte. Das bedeutete nämlich, dass ich hier richtig war!

»Ja, ich bin neu«, sagte ich. »Ist das Haus weit von hier?«

»Na ja, es ist nicht gerade um die Ecke. Und *die* ist bestimmt schwer …« Ihr Blick lag besorgt auf meiner Reisetasche. Es war ganz klar: Sie mochte mich. Aber ich wusste, wie schnell sich das ändern konnte. Sie stellte die beiden Tetrapaks ins obere Regal und drehte sich gleich wieder zu mir um. »Ich würd' dich ja bringen, aber ich bin heut allein. Ich kann hier nicht weg.«

»Klar«, sagte ich. »Sagen Sie mir nur den Weg.«

»Also gut: Du gehst die Lange Maßen runter, nimmst die

nächste links, dann kommt die Kreuzung. Rechts geht's zum Marktplatz, du musst aber weiter geradeaus. Das ist der Große Streng. Auf dem bleibst du, bis ein Feldweg abgeht. Das ist der Dreieulenweg und den läufst du immer geradeaus. *Haus Eulenruh* ist das allerletzte Haus. Danach kommen nur noch die Felder und der Wald. – Du Armer«, sagte sie. »Es ist echt weit. Bestimmt mehr als ein Kilometer …«

Ich strahlte sie an. »Ist doch nicht viel«, sagte ich. Dann zeigte ich auf den Schriftzug *Maren's Minimarkt* auf der Scheibe und fragte: »Sind Sie Maren?«

Sie lachte. »Ja. Maren Rothenburg.«

Ich schulterte meine Tasche und sagte: »Danke, Frau Maren.«

»Wart mal kurz« rief sie mir hinterher. »Wie heißt *du* eigentlich? Und wie alt bist du? Vielleicht kommst du ja in die Klasse von meinem Sohn. Tommy. Er kommt in die neunte.«

Ich war schon draußen, hielt noch die Tür in der Hand. Ich drehte mich um. Sie tat mir fast leid.

»Ich bin vierzehn«, sagte ich. »Und ich bin … ich bin die Franka. – Franka Reinhold.«

Dann ließ ich die Tür langsam zufallen, um ihren Gesichtsausdruck nicht sehen zu müssen.

⊙

Ich ging den Weg, den Maren Rothenburg mir beschrieben hatte. Hinter jedem Gartentor schlugen die Hunde an. Keine Menschenseele war zu sehen. Entweder waren alle ausgeflogen, dachte ich, oder sie hockten drinnen vor den Fernsehern.

Irgendwie gefielen mir die Gärten nicht. Manche wirkten, als hätte man sie straff gezogen. Alle Runzeln und Unebenheiten entfernt. Bis sie glatt und perfekt dalagen. Mit diesen artig gestutzten Grasflächen und den kleinen Wegen, die wie mit Lineal und Bleistift durch die Erde gezogen waren. Etwas fehlte.

Bevor ich weiter darüber nachdenken konnte, bog ich aber schon in den Dreieulenweg ein, und der erforderte meine ganze Konzentration. Es war ein festgetrampelter, rissiger Lehmweg mit Hunderten von Schlaglöchern. Jemand, der es wahrscheinlich gut gemeint hatte, hatte große Steine und Kies in diese Löcher geschüttet, damit man nicht stolperte und sich alle Gräten brach. Leider stolperte man jetzt über die Kies- und Steinberge.

Beim letzten Haus, das *Haus Eulenruh* sein musste, stellte ich meine Reisetasche auf den Weg und trat näher an den Zaun heran. Ich staunte. Und zwar nicht über das Haus, sondern über den Zaun.

Der Zaun war knallbunt angemalt, und er bestand aus riesigen schmiedeeisernen Eistüten, die sich aneinanderreihten. Vielleicht war hier früher mal ein Eisladen drin gewesen? Das Eingangstor war jedenfalls ein zwei Meter hoher geschmiedeter Eisbecher, aus dem ein überdimensionaler Löffel in die Luft ragte wie ein Speer. Auf dem Becher stand in eisernen Schnörkeln: *Eis von Klabunde? Schmeckt zu jeder Stunde!*

Ich schaute durch eine der Eistüten auf das Grundstück.

Ein Mädchen im Latzkleid und ein Junge, der nichts als ein Handtuch trug, das er sich um den Hals geknotet hatte und das hinter ihm herwehte, tobten über den Rasen. Beide waren vielleicht vier oder fünf Jahre alt. Das Mädchen rannte dem Jungen hinterher und schrie dabei: »Gleich hab ich dich, Axel, ich krieg dich, du, pass auf!« Und der Junge rannte vor ihr weg und keuchte dabei abgehackt: »De-Denise, du sollst doch nicht A-Axel sagen! – Ich bin doch der – der der B-Batman! Du –

musst – A-A-Angst – vor – mir – haben!« Doch Denise hatte keine Angst, sie hatte einen Schlauch in der Hand, und immer wenn der Wasserstrahl ihn traf, fingen beide wie auf Kommando an zu kreischen. Ein Dackel rannte ihnen die ganze Zeit hinterher, haselnussbraun und mit Schlappohren, und er japste und bellte und versuchte, in den Wasserstrahl zu beißen.

Auf einer Decke im Gras, nur ein paar Meter von mir entfernt, saßen zwei Mädchen, vielleicht fünfzehn. Sie waren konzentriert mit ihren Aufgaben beschäftigt: Eine saß im Yogasitz und übte Jonglieren mit Eiern, von denen ich hoffte, dass sie gekocht und nicht roh waren, die andere schrieb etwas in ein Buch. Eine trug ein Kleid, die andere kurze Hosen. Sie hatten exakt die gleichen Gesichter: denselben herzförmigen Mund, dieselben hohen Wangenknochen. Sie hatten auch dasselbe hellblonde Haar, aber obwohl jede wie das Spiegelbild der anderen aussah, wirkten sie trotzdem sehr verschieden. Ich hätte nur nicht genau sagen können, warum.

Auf einem Liegestuhl am Haus lag ein zu lang geratener, ungesund bleich aussehender Junge mitten in der prallen Sonne. Etwa sechzehn, schätzte ich. Neben sich hatte er einen CD-Player mit zwei Boxen, aus denen unablässig Technorhythmen hackten, und er schien tief und fest zu schlafen. Das hoffte ich zumindest für ihn, denn er sah eher so aus, als wäre er tot.

Am Grill stand ein Mann, ganz versunken in seine Arbeit. Er pfiff vor sich hin, während er verträumt die Steaks und die Gemüsespieße wendete. Weder das Kreischen von Denise und Axel noch die Technomucke schienen ihn irgendwie zu erreichen. Auf dem Kopf trug er einen Strohhut, und er hatte eine Schürze um, auf der *Hier kocht Andreas* stand.

Das sollte Andreas Kämpf sein?

Jemand, der so hieß, sollte eigentlich groß und stark oder wenigstens dick sein und schon ein paar Jährchen auf dem Buckel haben! Dieser Andreas Kämpf hier war so dünn wie eine Stehlampe und Anfang dreißig.

Da kam eine Erscheinung aus dem Grünzeug herausgeschwebt, hinter dem ich das Haus vermutete. Sie schwebte buchstäblich, denn sie bestand aus einer orangefarbenen Wolke Stoff. Ich wendete ihr sofort meine ganze Aufmerksamkeit zu. Ein *Gewand*, dachte ich ehrfürchtig, obwohl ich eigentlich gar nicht genau wusste, was ein Gewand war, aber das musste einfach eins sein. Sie hielt ein Tablett mit Tellern und Gläsern in den Händen, und sie klingelte beim Gehen, weil sie bestimmt zehn Armreifen um jedes Handgelenk trug.

»Vera, bringst du mir nachher ein Bier mit raus?«, rief Andreas Kämpf ihr zu.

Vera!

Wenn man so aussah, sollte man Scheherazade heißen oder zumindest Fatima, aber doch nicht Vera! Vor allem nicht Vera Kämpf!

Nachdem sie die Limonadengläser abgestellt hatte, drehte sie sich zu dem schlafenden oder toten Jungen um und rief streng: »Matthias, Musikwechsel! Deine halbe Stunde ist längst rum. Jetzt sind die Zwerge dran.«

Da schlug er die Augen auf und nölte: »Ooooch nee! Das is jetzt echt nicht wahr, oder? Das waren doch höchstens zehn Minuten! Wie soll man sich denn hier entspannen, wenn immerzu diese Kinderkacke läuft!«

Vera Fatima Kämpf sagte nichts. Sie wartete. Beide sahen sich an. Kampfblick. So lange, bis er die Augen senkte und neben sich griff, wo ein Stapel CDs lag. Er drückte auf Stopp und legte eine neue ein. Helle, quäkige Stimmen durchdrangen den Nachmittag, die *Alle haben Eis gern* sangen. Sesamstraße.

Vera Kämpf schirmte sich mit einer Hand die Augen ab, sah sich im Garten um und rief: »Denise? Axel? Tisch-dienst!«

Denise und Axel waren nicht zu sehen. Der Schlauch lag im Gras und eine große Pfütze begann sich unter ihm zu bilden. »Denise? Axel!«

Die ganze Situation kam mir unwirklich vor. So als wäre alles nur gespielt oder als wären diese Menschen aus einem Hochglanzjournal, das »Pures Familienglück« heißen könnte, fein säuberlich ausgeschnitten und hier im Dreieulenweg 20 wieder eingeklebt worden. Ich kam gar nicht auf die Idee, die Klinke am Tor hinunterzudrücken und einzutreten in diese Journalwelt.

»Treffer! – Na super …«, rief es plötzlich von der Decke im Gras. Die Zwillinge. »Kannst du sie das nächste Mal einfach in die andere Richtung werfen, Lizzie?« Das Mädchen, das gesprochen hatte, war das mit der Hose. Sie wischte an ihrem Notizbuch herum. »Noch besser wäre allerdings, sie vorher zu kochen«, fuhr sie fort. Das Mädchen, das Lizzie hieß, antwortete nicht. Sie sah nur betrübt auf drei Flecken vor sich auf der Decke. Drei gelbe, glitschige Flecken.

»Ey, du Spanner, was glotzt'n hier rein?!«

Ich zuckte zusammen.

»Ja, ich mein dich, Mann!«

Es war der Junge mit der ungesunden Hautfarbe. Er hatte mich entdeckt und richtete sich jetzt in seiner ganzen Höhe auf. Auch die Mädchen guckten kurz her, widmeten sich dann aber wieder ganz dem Eierunfall auf ihrer Decke.

»Mach schon«, brüllte er. »Verzieh dich, das ist privat, oder sollen wir vielleicht noch 'n Schild hinhängen, *Füttern verboten*?«

»Matthias«, sagte Vera Kämpf und schüttelte den Kopf.

»Is doch wahr …«, maulte Matthias. »… glotzen dauernd hier rein, als wären wir Tiere im Zoo …«

Als ich gerade etwas sagen wollte, quietschten Bremsen hinter mir auf dem Weg. Gleichzeitig hörte ich Hip-Hop. Dann schlug eine Autotür zu. Ich drehte mich um.

»Guten Tag«, sagte ich.

Der Typ schnippte eine Zigarette auf den Boden. Er sah kurz an mir hoch und runter, als versuchte er, mich einzuordnen, gab aber schnell auf und öffnete den Kofferraum des VWs. Er hievte einen Kasten Wasser, einen Kasten Punica und einen Kasten Limonade heraus.

»Ricardo ist da!«, schrie der blasse Matthias, und als wäre dies ein wichtiges Codewort, hoben alle die Köpfe und starrten auf das Auto. »Na los, jetzt mach's nicht so spannend. Wo is'n die Neue? – Traut die sich nich aus'm Auto, oder was?«, rief Matthias.

»Die ist gar nich im Bus gewesen«, brummte Ricardo, »hilf mal mit ausladen.«

»Was?«, fragte Andreas Kämpf alarmiert und kam zum Tor. »Was heißt denn *nicht im Bus*?«

»Guten Tag«, sagte ich zu Andreas Kämpf. Der nickte mir abwesend zu.

»Nich im Bus heißt nich im Bus, Mann.«

»Ich weiß, dass ich ein Mann bin, Ricardo! Bist du sicher, dass du lange genug gewartet hast, bis alle ausgestiegen waren?«, fragte Andreas Kämpf. Seine Stimme klang jetzt wie eine Sturmglocke, die dabei war, sich warm zu machen.

»Ja«, sagte Ricardo gereizt und hob eine Klappkiste aus dem Kofferraum, in der Joghurt und etliche Tetrapaks Milch gestapelt waren. »Da is bloß so 'n Typ ausgestiegen. – Und jetzt lass mich in Ruhe. Es reicht mir heute eh schon.«

Matthias kam zum Tor.

»Hallo«, sagte ich zu Matthias.

»Dampf ab, du Pfeife!«, sagte der nur, und dann zu Ricardo: »Aber sie ist doch in Berlin eingestiegen. Soll sie sich in der Zwischenzeit in Luft aufgelöst haben, oder was?«

Jetzt kamen auch die Zwillinge. Ich sagte: »Hi!«

Die mit der Hose sah aufmerksam an mir hoch und runter, dann grinste sie plötzlich, hielt ihre Hand durch eine gusseiserne Eistüte und sagte: »Auch hi! – Ich bin Ann.« Mit der würde ich mich verstehen, das wusste ich sofort.

Vera Kämpf kam angerannt und rief: »Aber wo ist sie nur, wo ist sie denn bloß hin?«

»Ey, *du* bist doch der Typ, der ausgestiegen ist«, sagte Ricardo plötzlich zu mir.

Ich schüttelte immer noch Anns Hand. »Nein, kein Typ«, sagte ich. »Ich bin Franka. Franka Reinhold. – Die Neue.«

⊙

Der vermuffelte Gesichtsausdruck verschwand so plötzlich aus Ricardos Gesicht, als hätte ihm jemand einen Eimer Quallen über den Kopf geschüttet. Er starrte. Er starrte mich an wie etwas, von dem man angenommen hatte, es nie in seinem Leben zu Gesicht zu bekommen: die Niagarafälle zum Beispiel. Ich kannte diesen Blick. Die beiden Zwerge hielten sich an den Händen und staunten mich von unten an. Batman lief die Nase.

Ann war die Einzige, die sich nicht wunderte. Sie beugte sich zu mir und flüsterte: »Ich hab gleich gewusst, dass du es bist, Franka.«

Der lange, bleiche Matthias jedoch war völlig entgeistert und rief: »Ey, Mann, das ist ja Beschiss! Zurückschicken und umtauschen!« Er streckte einen Finger in meine Richtung aus: »Da hat ja 'n Baumstamm mehr von einem Mädchen!«

Ich wollte was sagen, aber ich konnte nicht, weil mein Blick an Matthias' T-Shirt hängen blieb. Oder sollte ich besser sagen, *kleben* blieb? Es war voller Flecken. Richtig eklig. Als hätte er irgendwas Fettiges, Gelbliches gegessen und sich dann die Hände auf Brusthöhe abgewischt.

»Reiß dich zusammen«, fuhr Vera Kämpf ihn scharf an, öffnete das Tor und sagte: »Herzlich willkommen, Franka.«

Doch bevor ich auch nur einen Fuß aufs Grundstück setzen konnte, schoss der Dackel um die Ecke. Er hielt einen orangefarbenen Gummiknochen im Maul. Als er am Tor angekommen war, ließ er den Knochen fallen, sah mich aus zwanzig Zentimeter Höhe an und knurrte mit hochgezogenen Lefzen.

»Fussel!«, ermahnte ihn Vera Kämpf. »Aus! – Ignorier ihn einfach, Franka, komm rein.«

Aber als ich das versuchte, sprang er nach vorn und schnappte nach meinem Schuh. Ich machte einen Satz nach hinten.

»Böser Fussel!«, rief Vera Kämpf sofort, griff nach unten, schnappte sich den Kläffer und drückte ihn an ihren großen Busen. Dann sagte sie zu mir: »Wir dachten, wir machen ein kleines Grillfest zu deiner Begrüßung.«

»Hast du denn Hunger?«, fragte der Zwilling, der Ann hieß.

Ich war überrumpelt und nickte. Wusste aber, dass ich gleich die ganze Stimmung zerstören würde.

»Ein Würstchen oder gleich ein Steak?«, fragte Vera Kämpf freundlich.

»Ich bin Vegetarier.«

Die Zwillinge fingen an zu lachen. Vera Kämpf schaute auf, und ich machte mich schon auf die üblichen Sprüche gefasst: *Eijeijei, das wird aber schwierig.* Oder: *Aber HEUTE kannst du doch mal eine Ausnahme machen.* Oder noch schlimmer: *Warum das denn?*

Weil es echte Muskelfasern sind. Weil es kein Klumpen Irgendwas ist, sondern mal auf der Wiese stand, neugierig die Nase in die Sommerluft gestreckt und sich dann gemütlich an einem Baum geschubbert hat.

Weil es mal gelebt hat und jetzt tot ist.

Vera Kämpf lächelte und fragte: »Vegan, Ovo- oder Laktovegetarier?«

»Was?«

»Isst du tierische Produkte?«

»Milch und Eier schon.«

»Ovolaktovegetarisch«, sagte sie und hielt Andreas Kämpf einen Teller hin. Der schaufelte mir eine Backkartoffel und eine gegrillte Tomate auf.

»Da wird Ricardo sich freuen«, sagte Vera Kämpf. »Jetzt seid ihr schon zwei.« Dann drehte sie sich um und verschwand hinter dem Grünzeug. »Ich hol noch Ketchup«, rief sie.

Ich schob mich auf meinen Platz und sah aus den Augenwinkeln zu Ricardo hin. Der saß griesgrämig da. Er hatte seine Kapuze über den Kopf gestülpt und aß, ohne jemanden anzuschauen. Er sah nicht so aus, als würde er sich jemals über *irgendwas* freuen. Geschweige denn über mich.

Und – er sah auch nicht wie ein Vegetarier aus.

Alle schwiegen. Nur Fussel nicht. Der kommentierte jede meiner Bewegungen mit einem Knurren.

Tolles Grillfest, dachte ich und kaute auf der Kartoffel herum. Würde vielleicht mal jemand was fragen? Wie die Fahrt war, zum Beispiel? Ob Berlin cool ist? Wie ich mir mein neues Leben hier in Waldburgen vorstellte?

Nichts.

Da war ja die Besichtigung eines Bestattungsinstituts unterhaltsamer. Garantiert lag das an mir. Ich griff nach meinem Glas und trank es in einem Zug leer. Immer noch schwiegen alle, aber ich merkte, dass sie mich beobachteten. Vor allem Matthias. Der saß in seinem schmierigen T-Shirt da und hatte den Teller mit einem Arm abgeschirmt, als hätte er Schiss, dass jemand ihm was wegnehmen könnte. Während er kaute, glotzte er mich ungeniert an.

Die hatten einfach was anderes erwartet. Keine Ahnung, was, jedenfalls nicht so was wie mich. Plötzlich wollte ich nur noch in mein Zimmer. Ich sehnte mich danach, die Tür hinter mir zuzumachen. Ich wollte keinen mehr sehen und von keinem mehr beglotzt werden.

»Kann ich Franka das Haus zeigen?«, fragte Ann, als Vera Kämpf an den Tisch kam.

»Sicher«, sagte sie. »Wenn ihr aufgegessen habt.« Und dann zu mir: »Du willst bestimmt duschen und aus den dicken Klamotten raus ...«

»Lizzie borgt dir bestimmt ein Kleid ... huaahhh, huaaaah!«, schrie Matthias und brach in ein wieherndes Gelächter aus.

Ich schob meinen Stuhl zur Seite, zerrte meine Tasche vom Rasen hoch und sagte zu ihm: »Kümmer dich einfach um deinen eigenen Scheiß, okay?«

»*Du* gehörst jetzt zu meinem Scheiß«, sagte er.

Da hieb Ann Matthias ihren Ellenbogen in die Seite und sagte: »Jetzt halt die Luft an, Mann. Wenn dir Franka nicht passt, dann zieh doch aus hier, geh nach Hollywood und mach dort 'ne steile Karriere als Leiche. Bei deinem Teint hast du echt super Chancen.«

Matthias klappte den Mund auf und wieder zu und sagte lahm: »Was'n mit dir los? In 'n Gifttopf gefallen, oder was?«

⊙

»Lass dir von Matthias bloß nicht die Laune verderben«, sagte Ann und zog mich über die Wiese. Noch immer schwieg ich. Es schien ihr nichts auszumachen. »Der pubertiert gerade ...«

Hängendes Grünzeug versperrte uns plötzlich den Weg. Ann streckte die Hand aus und schob es zur Seite wie einen Vorhang. »Nach dir«, sagte sie, und zögernd trat ich in die entstandene Lücke.

»Knöterich, Klematis und Wilder Wein«, sagte sie und ließ das Gehänge wieder los, das sich hinter uns schloss. Ich fühlte mich wie in einem Gewächshaus oder in einer grünen Kugel. »Alles Kletterpflanzen«, sagte sie und zog mich weiter. »Hat der Vorbesitzer angepflanzt. Wachsen wie die Pest. Aber dann ist er gestorben und das Haus hat jahrelang leer gestanden. Keiner hat sich drum gekümmert. Das Grünzeug konnte wuchern, wie es wollte. Erst hat es das ganze Haus zugedeckt, sogar das Dach, dann hat es sich von dort aus über die Bäume geworfen, weiß der Geier, wie es das geschafft hat, und jetzt … na ja, du siehst ja selbst …«

Mein Blick folgte ihrem.

»Es hangelt sich von Baumkrone zu Baumkrone«, sagte sie, »webt alles ein, und dann diese Dinger hier …« Sie zog kräftig an einer Ranke, die von einem Baum herabbaumelte wie eine Liane. Ein Vogel kam aus dem Blattwerk geschossen und protestierte lautstark. Ann lachte. »Wie im Urwald ist das hier«, schloss sie.

»Hm.«

»Du redest nicht viel, was?«, fragte sie.

Ich zuckte nur mit den Schultern. Blöde Frage. Vorhin hatten sie selbst alle geschwiegen. Außerdem: Was soll man schon groß reden, wenn so ein Wasserfall neben einem sprudelt.

Ann ließ sich nicht stören. Sie fuhr einfach fort: »Vera wollte am Anfang alles runterreißen, damit die Bäume mehr Licht und Luft kriegen. Sie wollte auch die Hauswände frei schneiden lassen, weil sie Angst hatte, dass sich Käfer und Spinnen einnisten und ins Haus kommen. Aber als die Gärtner die Vorderfront frei geschnitten hatten, kam das Haus darunter zum Vorschein. Da hat Vera sich so erschrocken, dass sie die ganze Aktion abgeblasen hat. Jetzt würde sie das Grünzeug am liebsten wieder rankleben, Käfer und Spinnen hin oder her.«

Wir standen nun genau davor. Ich ging ein paar Schritte rückwärts, um das Haus ganz in den Blick zu bekommen.

Ich verstand augenblicklich, warum Vera Kämpf die Aktion abgeblasen hatte.

Die Nacktheit der Vorderfront war ein Schock. Diese freigelegte fleckige Mauer dort strömte etwas unendlich Ödes aus. Die Seitenwände schienen üppig bewachsen, doch die paar

Triebe, die sich von dort aus schon wieder über die Vorderfront tasteten, machten es nicht besser. Sie waren so dünn und verästelt, dass sie auf dem rohen Grau wie Adern wirkten.

Mit den Augen suchte ich Mauerwerk und Dach ab, suchte nach … ich weiß nicht … nach irgendetwas, was ich *nett* finden könnte, ein kleines Erkerfenster vielleicht oder einen Balkon. Aber das Haus hatte keine Erkerfenster. Es hatte überhaupt nichts.

Ein grobporiger, steinerner Block war es, der in die Breite gelaufen war. Fest verschlossen. Die Fenster winzig und tief in die Mauer gedrückt. Schweinsäuglein in einem teigigen Gesicht. Das Dach in die Stirn gezogen, eine verkniffene Tür, halsstarrig und krumm.

»Und?«, fragte Ann und sah mich interessiert an.

»Das war bestimmt billig …«, sagte ich stockend.

»Worauf du einen lassen kannst«, sagte Ann.

Da musste ich lachen. Unerwartet. Das erste Mal seit Tagen. Das erste Mal seit der Sache mit Martina lachte ich.

»Haus Eulenruh …« Ich prustete. »*Eulenruh!* So ein idyllischer Name für diesen düsteren Kasten …« Ich sah das missratene Haus an und lachte und lachte. Mir war, als hätte das Lachen tief in mir an einer Leine gekauert, die plötzlich durchgeschnitten worden war.

Als ich mich wieder beruhigt hatte, sagte Ann: »Innen ist es wirklich gemütlich.«

Und dann schob sie die Tür auf.

2. Kapitel

LIZZIE UND ANN

Die Kohle im Grill war längst verglüht, das Geschirr hereingetragen, die Gespräche verstummt. Alle hatten sich auf ihre Etagen verteilt und nach und nach waren die Lichter ausgegangen. *Haus Eulenruh* bereitete sich darauf vor, in den Schlaf zu fallen.

Ich lag mit offenen Augen im Bett. Schon immer hatte ich diese Stunde gemocht. Schon im Heim. Wenn wir alle in unseren Zimmern verschwunden waren, wenn ich die Tür hinter mir zumachen konnte und der Tag ausgeknipst war. Wenn ich endlich einmal allein war. Denn dann wurden die Geräusche spürbar. Die Geräusche des Hauses. Ein Knistern in den Wänden, Wasserläufe in den Heizungen, ein Knacken im Boden.

Das Fenster stand offen. Es war ein Fliegenfenster eingesetzt gewesen, aber weil ich das Gefühl gehabt hatte, die Nachtluft würde einfach davor anhalten, hatte ich es herausgenommen. Außerdem konnte ich jetzt den Himmel sehen. Dass Mücken hereinfliegen würden, war mir egal.

Wolken trieben schnell über den Mond und der verwilderte Garten draußen raschelte und war von bewegten Schatten erfüllt. Ein Nachtvogel schrie. Dann noch einer. Käuzchen vielleicht? Ich hatte noch nie ein echtes Käuzchen schreien hören, aber genau so stellte ich mir eins vor. Der Himmel war über und über mit Sternen betupft. So viele Sterne. In Berlin sah man nur selten so viele auf einmal.

Nie hätte ich gedacht, dass ich mal aus Berlin weggehen würde, und nachdem die Sache mit Martina passiert war, hatte ich mich darauf eingestellt, wieder ins Heim zurückzumüssen. Stattdessen nun *Haus Eulenruh*. Hundert Kilometer südlich von Berlin. Hundert Kilometer entfernt von allem, was ich kannte.

Das sachsen-anhaltinische Dorf Waldburgen mit seinen 784 Einwohnern, darunter 55 Arbeitslose, liegt mitten in der Elbaue, etwa 18 Kilometer entfernt von Wittenberg. Es hat eine Fläche von 15,58 Quadratkilometern und befindet sich in einem Naturschutzgebiet für Biber und Eulen. Es ist auch ein Paradies für Angler.

Das hatte ich gegoogelt, als ich wusste, dass ich nach Waldburgen gehen würde. Ich war ab heute Einwohner Nr. 785!

Waldburgen ist ein typisches Rundlingsdorf.

Rundlinge, das hatte ich mal in einem Museum gesehen, waren Dörfer, die an einer erhöhten Stelle in der Nähe eines Gewässers errichtet worden waren. In diesem Fall an der Elbe, dachte ich. Und Rundlinge hatten immer ein Ortszentrum, einen Marktplatz zum Beispiel. Sie waren also anders als Straßendörfer, die ohne irgendein Zentrum gebaut waren, weil sie nur aus einer einzigen lang gestreckten Straße bestanden. Häuser rechts. Häuser links. Auf der Herfahrt hatte ich einen Haufen solcher langweiliger Straßendörfer gesehen.

Der beliebte Elberadweg führt an Waldburgen vorbei. Das stand unter »Attraktivitäten«.

Doch neben seiner idyllischen Lage hat das Dorf noch eine Men-

ge mehr zu bieten: aktive Sportvereine beispielsweise und eine bemerkenswerte Infrastruktur. So besitzt Waldburgen eine eigene Arztpraxis, einen Lebensmittelladen (Maren's Minimarkt, dachte ich), einen Friseur, kleinere handwerkliche Betriebe, eine Kirche und einen Sportplatz. Die beiden Gasthäuser »Zum eisernen Becher« und »Am Sportlereck« laden zum Verweilen ein. »Haus Eulenruh«, eine Erziehungsstelle des Familienwerks, bietet Kindern ein neues Zuhause. Weiterhin beleben eine Schule, eine Bibliothek und ein Jugendclub den Ort.

Beim Stichwort »Außergewöhnliche Persönlichkeiten« war ein Strich gewesen.

Ich drehte mich auf die Seite. Es war jetzt total still. Nicht das kleinste Geräusch, selbst die Nachtvögel schwiegen. Und obwohl ich die Ruhe in Berlin immer gemocht hatte, vielleicht, weil es sie dort so selten gab, war sie mir jetzt auf einmal zu viel. Wie sollte man denn bei so einer Totenstille einschlafen! Das drückte ja richtig in den Ohren!

Ich setzte mich auf und stieß mich dabei an der Dachschräge. Die Stille lastete noch mehr. Ich hätte mit dem Handy Musik hören können, aber der Akku war leer. Vielleicht sollte ich den Radiowecker anschalten? Aber gab es hier überhaupt ordentliche Sender? Was hörten Jugendliche in der Elbaue in Sachsen-Anhalt?

Und wie als Antwort fing auf einmal ein Frosch an zu quaken. Er quakte herzzerreißend. Eine Weile blieb er damit allein, dann machten seine Kumpels mit. Lang gezogen, krächzend, hingebungsvoll. Ich hörte ihnen zu, dann ließ ich mich langsam ins Kissen zurückrutschen und dachte: Herzlich willkommen in Waldburgen, Franka Reinhold, im Paradies für Angler, Eulen und Biber …

»Mit dir sind wir vollzählig«, hatte Vera Kämpf freundlich am Grill gesagt, und ich hatte gespürt, wie etwas in mir hart und unzugänglich wurde, was immer passierte, wenn jemand, der mich nicht mal kannte, mir versicherte, dass ich dazugehörte.

»Ich hoffe, du gewöhnst dich bald ein.« Sie hatte beim Sprechen genickt, und ihre goldenen Ohrringe machten dabei ein Geräusch, als würden viele Leute hektisch mit Sektgläsern anstoßen. »Es ist bestimmt nicht so leicht, besonders, weil alles so schnell ging …«

So schnell. Damit meinte sie Martina. Hätte Martina keinen Hirnschlag bekommen, wäre ich jetzt nicht hier. Aber Martina war einfach in der Küche umgekippt. Der Krankenwagen war mit Sirene und Blaulicht abgefahren. Sie hatte tagelang im Koma gelegen, und Peter war zusammengesackt wie ein Zelt, bei dem das Gestänge gebrochen ist. Er hatte nicht mehr mit uns geredet, sich um nichts gekümmert. Er hatte mich völlig vergessen, nur noch vor sich hin gestarrt und geraucht.

Nachdem dann die Nachricht gekommen war, dass Martina … dass sie nicht mehr zurückkommen würde, war es tatsächlich schnell gegangen. Rasend schnell. Als hätte die Zeit sich in einen tosenden Zug ohne Türen verwandelt, der sich unaufhaltsam von meinem bisherigen Leben entfernte. Ich hatte durchs Rückfenster geschaut und gesehen, wie Peter und Martina zurückblieben. Vor allem Martina, deren Gesicht ich mir nicht mehr ohne das Blaulicht in Erinnerung rufen kann.

Ich war noch nicht mal lange genug da gewesen, um wirklich dazuzugehören. Ich glaube, ich habe noch nie so richtig irgendwo dazugehört. Außer vielleicht zum Jugendamt.

Betreutes Wohnen ist das Beste, was einem passieren kann. Besser als Heim oder Pflegefamilie, aber diese Plätze sind kaum zu haben. *Haus Eulenruh* war weder betreutes Wohnen noch eine Pflegefamilie wie bei Martina und Peter, hatten sie mir im Jugendamt erklärt. Es war ein anderes Modell. Es hieß *Erziehungsstelle*. Anders als Martina und Peter waren Vera und Andreas Kämpf ausgebildete Pädagogen. Keiner von beiden arbeitete in einem Büro oder in einer Fabrik. Sich um die Kinder zu kümmern, die ihnen vom Jugendamt vermittelt wurden, war ihr *Beruf*.

Lizzie und Ann, zählte ich sie im Stillen auf, Ricardo und Matthias, Axel und Denise. Und ich. Sieben Menschen in jedem Alter und jeder Größe. Sieben verschiedene Geschichten und unterschiedliche Stufen von Freundlichkeit. Ich dachte dabei an Matthias und Ricardo. Und alle hatten wir etwas gemeinsam: dieses Haus.

Mitten in dem Gedanken hörte ich, wie es an meiner Tür scharrte. Ich erschrak und zog die Decke bis zum Kinn. Wieder scharrte es, dann wurde die Klinke heruntergedrückt. Gott sei Dank hatte ich abgeschlossen. Ich hatte keine Lust auf den bleichen Matthias, der vielleicht nachgucken wollte, ob ich auch wirklich ein Mädchen war.

Es klopfte. Ganz leise. Und dann hörte ich ein Flüstern: »He, Franka, mach auf! Wir sind's – Lizzie und Ann.«

⊙

Ich tappte zur Tür und drehte den Schlüssel um. Die Zwillinge huschten an mir vorbei ins Zimmer, und als ich die Tür wieder geschlossen hatte und mich umdrehte, saßen sie schon auf meinem Bett. Ich wusste sofort, wer wer war: Lizzie trug ein Flatterhemd und Ann einen gestreiften Pyjama.

»Wir dachten, dass du dich hier vielleicht ein bisschen allein fühlst …«, sagte Lizzie.

»… und deshalb wollten wir dir Gesellschaft leisten«, vervollständigte Ann.

Gesellschaft beim Alleinsein?, dachte ich.

»Hey, du hast das Fliegenfenster rausgenommen!« Ann kicherte. »Wenn Vera das spitzkriegt, bricht die Panik aus. Sie würde zwar ohne mit der Wimper zu zucken an 'ner versmogten Berliner Hauptverkehrsstraße entlangjoggen, aber die Landluft findet sie gefährlich. Bei jedem Mückenstich schlägt sie Alarm, weil wir die Beulenpest oder was weiß ich haben könnten.«

Ich hockte mich in den Sessel. Die Zwillinge ließen die Beine von meinem Bett baumeln. Ich sagte nichts.

»Hast du Heimweh?«, fragte Lizzie. Sie sah zwar aus wie Ann, hatte aber eine viel weichere Stimme. Wie Heu. »Ich meine, willst du wieder zurück?«

Ich schüttelte den Kopf. Da sie schon zu weiteren Fragen ansetzte, sagte ich schnell: »Seid ihr aus England?«

»Wie kommst'n darauf?«, fragte Ann.

»Wegen eurer Namen.«

»Ach so«, sagte Lizzie. »Wenn du wüsstest …«

»Also«, sagte Ann und zeigte mit theatralischer Geste auf Lizzie, »*das* ist eigentlich Elizabeth. Und *ich* … gestatten: Anastasia. Elizabeth und Anastasia Fischer. Furchtbar! Aber ein Kind unter vier Silben wäre für unsere Eltern unvorstellbar gewesen. Die hatten ein Faible für lange und königliche Namen.«

»Vielleicht fühlten sie sich selbst zu kurz gekommen als Kurt und Grit Fischer«, sagte Lizzie.

Ich ging ans Fenster. Hinter dem Feld begann der Wald. Rechts davon zog sich die Silhouette einer Gebäudegruppe hin.

Die Mauern wirkten ungewöhnlich schwarz. Aber vielleicht lag das auch am Mondlicht. Ich kniff die Augen zusammen, doch es war ziemlich weit weg und wurde nicht deutlicher.

»Was ist das?«, fragte ich und zeigte hinüber. »Ein anderes Dorf?«

Die beiden sahen nur kurz hin.

»Nicht wirklich«, sagte Ann. »Das ist *Unland*. Ein toter Ort. Da wohnt jedenfalls keiner mehr.«

»Es sind Ruinen«, erklärte Lizzie. »So richtig redet da niemand drüber. Keine Ahnung, warum nicht.«

Ich schaute weiter über das Feld zu den schwarzen Umrissen der Häuser. Interessant. Ich beschloss, am nächsten Tag mal hinzugehen.

»Und du?«, fragte Lizzie. »Kommst du wirklich aus Berlin?«

»Hm, ja«, sagte ich und drehte mich endlich zu den beiden um. »Pankow.« Ich merkte, dass ich gesprächiger geworden war. »Ich weiß nicht, wie das Jugendamt auf das Haus hier kommt. Eigentlich vermitteln die nur Plätze innerhalb von Berlin.«

»Na ja, *wir* kommen auch alle aus Berlin«, sagte Lizzie. »Wir sind erst letztes Jahr hergezogen. Die vom Jugendamt in Berlin kennen Andreas und Vera.«

»Und wieso seid ihr *hierher*gekommen?«, fragte ich. »Hier ist doch nichts.«

»Das war Veras Idee. Seit sie wusste, dass wir Axel und Denise bekommen würden, wollte sie raus aus der Wohnung und in ein Haus ziehen, irgendwo am Rand von Berlin, nicht mehr direkt in der Stadt«, erklärte mir Lizzie.

»Weißt du noch«, fiel Ann ihr ins Wort, »wie sie im Wohnzimmer stand? Das Fenster war auf und von der Hofseite kam ständig dieses Geschrei hoch …«

»… und von der Straßenseite die Feuerwehr oder die Polizei oder beides zusammen. Wir haben direkt an der Potsdamer Straße in Schöneberg gewohnt«, sagte Lizzie.

»Wie, und dann seid ihr einfach von Berlin weg und in diese Pampa hier, so mir nichts, dir nichts?«, fragte ich ungläubig. »Freiwillig?«

»Nein, das ging nicht so schnell. Eigentlich war das alles ja auch ein Zufall. Das Familienwerk hatte dieses Haus hier gekauft. Und irgendwie kennen die sich da alle untereinander. Na ja, die wussten eben, dass Vera und Andreas sowieso vorhatten umzuziehen, und da haben sie ihnen das Haus angeboten. – Stimmt schon, es ist nicht wirklich der Stadtrand von Berlin …«

»Nicht *direkt* …«, sagte ich.

»Die Jungs haben Stress gemacht«, sagte Lizzie. »Zumindest am Anfang.«

»Vor allem Ricardo …«, sagte Ann.

»… aber Ann und ich waren froh«, fuhr Lizzie fort. »Wir wollten weg.«

»Warum will man denn aus Berlin weg?«

»Warum wolltest *du* denn weg?«

Ich schwieg. Ich dachte an Martina. Wie sie in der Küche gelegen hatte. Ich dachte an das Telefon. Wie ich den Hörer ans Ohr gerissen hatte und plötzlich nicht mehr gewusst hatte, welche Nummer die richtige war: 110 oder 112 oder 115? Und dass die Nummer am Ende egal gewesen war, denn Martina war trotzdem gestorben.

»Zu viele Sirenen«, sagte ich leise.

Die Zwillinge sahen mich fragend an, aber ich schwieg.

»Bei uns war's die Schule«, sagte Ann schließlich. »Die haben uns behandelt, als hätten wir was Ansteckendes, als wären wir … als wären wir …«

»… aussätzig«, sagte Lizzie, zog ihre Knie ans Kinn und schlang die Arme darum, als wäre ihr kalt.

»Aber wieso?«

Ganz kurz war es still und die Zwillinge tauschten einen Blick. Etwas wie eine unhörbare Botschaft ging zwischen ihnen hin und her. Dann schauten sie mich wieder an, und Ann sagte: »Okay. Du bist jetzt eine von uns. Vom Eulenhaus. – Aber du musst es versprechen!« Sie flüsterte.

»Was versprechen?«

»Du musst versprechen, keinem Menschen etwas davon zu verraten. Keinem einzigen!«

Ich sah zwischen den beiden hin und hier, dann nickte ich. »Ich verspreche es.«

Ann sagte: »Unser Vater ist im Knast. Schon seit sieben Jahren.«

»Seit sieben Jahren! Scheiße! Was hat er denn gemacht?«

»Jemanden umgebracht«, sagte Lizzie schlicht.

Ich schluckte. Die Vorhänge bewegten sich leise unter einer Brise Nachtwind. Ich fröstelte und schloss das Fenster.

»Und warum …« Ich flüsterte. »Ich meine … warum seid ihr nicht bei eurer Mutter?«

Ann sah Lizzie an. Lizzie sah Ann an.

Dann sagte Ann zu mir: »Sie ist tot.«

Der Satz stand im Raum wie ein stiller schwarzer Schatten. Doch plötzlich begann er zu zittern, erst ein bisschen an den Rändern, dann immer mehr. Und auf einmal machte es Klick in meinem Kopf und mein Herz setzte einen Schlag aus.

Als die Nachricht gekommen war, dass Martina gestorben

war, hatte ich gedacht, dass mir das Schlimmste passiert war, was einem passieren konnte.

Jetzt wusste ich, dass das nicht stimmte.

3. Kapitel

DIE HARLEYS VON WALDBURGEN

Ich war gelandet.

Der Planet hatte vom Raumschiff aus grün ausgesehen, und zuerst hatte ich gedacht, es wäre eine Art Nebel, doch als die Türen sich langsam öffneten, sah ich, dass es sich um etwas ganz anderes handelte. Es war –

»Gras!«, rief der Bordcomputer.

Aber was für ein Gras! Nicht so ein zerlatschtes, jämmerlich um sein Leben kämpfendes Gras wie auf dem Schulhof in Pankow. Dieses hier war geradezu unbeherrscht dick und saftig!

Ich nahm mir nicht mal Zeit, die Glieder zu strecken. Nichts wie rein wollte ich in diese grüne Pracht! Und so stürzte ich mit ausgestreckten Armen aus dem Raumschiff in diese rasenfrische Luft, auf diese sprießende Wiese, weiter, immer weiter …

Aber was war das denn!? Dieses Gras … es schoss in die Höhe! *Wachsen* dazu zu sagen, wäre eine ähnliche Untertreibung, wie die Ostsee als Spucke zu bezeichnen.

»Alarm!« Das war mein Pieper. »Gras reicht bis zum Knie!«, piepte er. Als ob ich das nicht selber sehen würde.

Ich Idiot hatte mich viel zu weit vom Raumschiff entfernt.

Und dieses Mistgras schien immer noch schneller zu wachsen! Die Halme sahen außerdem beunruhigend fleischig aus …

»Gras reicht bis zur Hüfte!«, piepte es.

Und dann kapierte ich, was hier passierte: Diese Scheißwiese hatte Hunger! Und ich sollte ihr Frühstück sein.

»Rückzug!«, piepte es. Wahnsinn. Auf die Idee wäre ich nie allein gekommen. Vom Raumschiff waren nur noch die oberen Luken und seine silberne Spitze zu sehen. Den Rest hatte das Gras schon verschlungen. Ich versuchte zu rennen. Ich kam nicht vorwärts. Die Grashalme bildeten heimtückische Schlingen, in denen ich hängen blieb. Ich stürzte hin.

»Halt!«, piepte es. »Anhalten!«

Ich lag doch schon am Boden!

»Wunsch verwandeln!«

Das war die Lösung! Ich schlug mir gegen die Stirn und zum ersten Mal war ich dem Pieper wirklich dankbar. Ich griff in die Tasche und zog ihn heraus. Aber was sollte ich mir wünschen?

Eine Pistole war sinnlos gegen Grashalme. Ein Flammenwerfer auch, da würde ich gleich mit abbrennen … aber vielleicht … *ja*, das war's! Ich tippte eine Zahlenkombination ein. Es machte zzzzzzing, und: Ein nagelneuer Rasenmäher stand vor mir!

Ich stürzte mich auf ihn, drückte auf *Start,* der Motor heulte auf und dann begann ich zu mähen.

Ich mähte, was das Zeug hielt. Mähte meinen Weg zurück zum Raumschiff oder zumindest in die Richtung, in der ich das Raumschiff vermutete, denn jetzt war es völlig vom Gras verschluckt, ich mähte alles nieder, mähte um mein Leben, mähte, mähte, mähte, mähtemähtemähte …

»Ich halt's nicht aus, ich halt das einfach NICHT MEHR AUS!«

Ich fuhr hoch, stieß mit der Stirn gegen etwas und riss die Augen auf. Was war los? Wo war ich?

Ein anderer Planet war es nicht.

Ich saß im Bett. Über mir die Dachschräge, gegen die ich gestoßen war. Am Fußende das Fenster. Durch das Fenster drang die Sonne herein. Staubgeflimmer. Und – die Stimme von Vera Kämpf.

Langsam legte ich mich zurück ins Kissen, rieb mir die Stirn, auf der ich eine Beule wachsen spürte, und hörte Vera Kämpf fasziniert zu: »Wird denn hier *nie* eine Pause gemacht? Ich wünsch mir doch nur *einen* Tag. Nur *einen einzigen* Tag Ruhe! – *Und heute ist schließlich SONNTAG!*«

Ich gähnte. Dann schüttelte ich den Kopf, schüttelte die Reste meines Traums ab, aber der intensive Grasgeruch blieb. Genau wie das durchdringende Geräusch von einem … ja, das war tatsächlich ein Rasenmäher! Dem Lärmpegel nach zu urteilen, handelte es sich sogar um zwei, wenn nicht gar drei! Ich robbte bis zum Fenster am Fußende des Bettes und beugte mich hinaus.

Denise und Axel waren dabei, Schüsseln auf dem Tisch zu verteilen, während Vera Kämpf – diesmal in etwas Beigefarbenes, Flatteriges gekleidet – ein Tablett mit Tassen abstellte. Dann richtete sie sich hoch auf, schaute mal nach links und mal nach vorne, denn aus beiden Richtungen rollten Rasenmäher-Lärmwellen heran. Sie rollten und rollten, um auf dem Grundstück vom *Haus Eulenruh* zusammenzutreffen und ein glücklich dröhnendes Paar zu bilden.

Mit einer Geste, von der ich bisher angenommen hatte, dass sie nur in Büchern, aber nicht in der Wirklichkeit vorkommt, griff sich Vera Kämpf ins Haar und zerraufte es.

»Ich meine doch nur …«, versuchte sie ihre Stimme wieder gegen das Dröhnen zu stemmen, wurde aber gnadenlos weggemäht. »Ich *meine* …«, schraubte sie die Stimme deshalb ein paar Dezibel höher, »… *dass das Gras nach einem Tag Mähpause DOCH NICHT GLEICH HÜFTHOCH STEHT!*«

Nichts passierte. Ungerührt dröhnten die Rasenmäher weiter. Axel und Denise waren jetzt fertig mit den Schüsseln und legten Löffel daneben. Sie schauten nicht mal auf. Vera Kämpf sah sich verzweifelt um und rang die Hände. Auch dies war etwas, was ich nur aus Büchern kannte: Noch nie hatte ich einen echten Menschen *verzweifelt die Hände ringen* sehen. Das musste ich mir sofort notieren.

Ich griff nach unten, wo meine Reisetasche noch unausgepackt stand, und wühlte ein grünes, zerfleddertes Übungsheft hervor, auf dem »Geografie« stand.

Wenn man ein Tagebuch führt oder etwas anderes, was einem genauso wichtig ist wie ein Tagebuch, dann gibt es zwei Regeln. Erstens: Es darf auf keinen Fall *tagebuchartig* aussehen. Es sollte also nicht aus rotem Samt bestehen und so ein kleines Schloss mit Schlüsselchen haben, es sei denn, man will unbedingt, dass es gelesen wird. Bücher aus rotem Samt mit Schloss schreien ja förmlich danach, aufgebrochen zu werden. Zweitens: niemals irgendwo verstecken! Alles, was versteckt unter der Matratze oder hinter dem Spiegel klemmt, erregt sofort Verdacht, wenn es aus Zufall gefunden wird, weil dieses raffinierte Versteck ja irgendeinen Grund haben muss. Deshalb: am besten irgendwo ganz auffällig hinlegen. Alles, was auffällig daliegt, ist langweilig und wird nicht beachtet.

Ich schlug das Heft auf. Es gab etwas, was mich wirklich interessierte: Sätze sammeln. Ich hatte das Heft sowohl von vorn als auch von hinten begonnen: Schlug man es vorn auf, standen dort lauter Sätze, die man in Büchern *nicht* verwenden sollte. Zum Beispiel: *Das Blut stockte in seinen Adern* oder *Ihre Augen weiteten sich vor Schreck* oder *Sie rang verzweifelt die Hände.* Das war nämlich Blödsinn. Irgendwer hatte sich diese Sätze mal ausgedacht und seitdem wurden sie in allen möglichen Büchern dauernd wiederholt. Dabei wäre gestocktes Blut, genau wie gestockte Milch, dick und fest, es würde in den Adern klumpen und unweigerlich zum Tod führen. Und Augen öffnen sich, aber sie weiten sich nicht, höchstens die Pupillen, und auch die nur bei zunehmender Dunkelheit und nicht, wenn man erschrickt. Das verzweifelte Ringen der Hände aber konnte ich jetzt, dank Vera Kämpf, von der Liste löschen. Das war also verwendbar. Interessant. Ich schraubte den Füller auf und strich den Satz durch.

Schlug man das Heft hinten auf, standen dort andere Sätze. Sätze, die einmal jemand in einem Buch schreiben *sollte.* Der erste Satz dort ist dunkel, wie die meisten, die danach kommen, und er macht mich auch jetzt noch wütend. Ich hab ihn geschrieben, nachdem Lauren aus dem Fenster gesprungen war.

Sie hatte ihr Zimmer ein Stockwerk über mir im Heim gehabt. Drei Jahre älter als ich war sie gewesen und ging doch in meine Klasse, weil sie dreimal sitzen geblieben war. Mešuk hieß sie mit Nachnamen und wurde Meschugge genannt. Ihre Haut hatte etwas Wässriges. Obwohl sie dünn war, wirkte ihr Körper aufgeschwemmt, und die Haare, die langen, glatten, die sie mit einem Gummi zurückband und die wirklich schön hätten sein können, sahen wie das Haar einer Maus aus: grau und zu dünn. Lauren sprach ermüdend langsam und stolperte über die Worte. Und dann hatte sie diesen merkwürdigen Ausdruck im Gesicht. Jeder merkte sofort, dass etwas nicht stimmte. Dass irgendwas Wichtiges fehlte. Dass hinter Lauren Mešuks Stirn keiner zu Hause war.

Sie war mit elf ins Heim gekommen, weil ihr Vater sie »an seine Kumpels verfüttert hatte«. Das ist der Satz, mit dem mein Heft von hinten beginnt. *Ihr Vater hatte sie an seine Kumpels verfüttert.*

Ich weiß nicht, warum Laurens Geschichte durchgesickert war, wer aus der Heimleitung oder von den Lehrern nicht dichtgehalten hatte, ich weiß nicht, woher dieser Satz kam, aber alle in der Schule kannten ihn. Er war roh, er war gemein, und das war der Grund, warum ihn die Jungs Lauren ins Gesicht sagten. Lauren lachte dann. Jedes Mal. Jedes Mal dieses schwerfällige, begriffsstutzige Lachen. Es konnte einen wütend machen. Lauren oder Lolita. Lolita Meschugge. Der Name wurde ihr hinterhergebrüllt. Wollten sie, dass Lauren einmal anfing zu weinen? Ich weiß es nicht, und keiner von uns anderen hatte sie je verteidigt, wenn sie ihr an den Hintern und an die Brust griffen und den Satz quer über den Schulhof brüllten. Denn Lauren lachte ja. Lauren bekam doch gar nichts mit. Und selbst wenn, hieß es. Selbst wenn.

Sie sprang aus dem Fenster, nachdem sie auf dem Heimgelände hinter die Mülltonnen gedrängt worden war, abends, unter den einzigen Baum, den der Hof zu bieten hatte. Sie hatte Pullover und BH auszuziehen und ihre Brüste herzeigen müssen. Dann musste sie auch die Hose ausziehen und den Schlüpfer. Es waren unsere Jungs gewesen. Die älteren, aber nicht nur. Irgendwer hatte Wache gestanden. Dabei wäre das gar nicht nötig gewesen. Keiner von uns anderen hat was mitgekriegt. Lauren schrie ja nie, sie wehrte sich nicht. Nur dieses nervtötende, leise

Lachen. Sie musste sich auf den Boden legen. Auf den Rücken. Und dann haben sie sie verprügelt. Mit den Gürteln ihrer Frotteebademäntel, in deren Enden sie faustgroße, harte Knoten geschnürt hatten. Hellblaue Knoten und gelbe.

Nachts ist sie gesprungen. Als wir es am Morgen erfuhren, war Lauren schon sechs Stunden tot. An dem Tag habe ich das Heft gekauft. Lauren war damals fünfzehn, ich zwölf. Kurz danach kam ich zu Martina und Peter, meiner ersten Pflegefamilie.

Ich schlug das Heft zu und legte es auffällig mitten auf das kleine Wandregal. Ich hatte immer Glück gehabt. Meine Geschichte war nie durchgesickert. Und ich hab sie keinem erzählt. Je mehr jemand über dich weiß, desto einfacher ist es für ihn, alles gegen dich zu verwenden. Dein eigenes Leben.

Ich schwang die Beine entschlossen aus dem Bett. Heute war mein erster Tag in Waldburgen und ich wollte etwas daraus machen!

Die Luft, die durchs Fenster stieg, war heiß, und es würde bestimmt noch heißer werden. Ich kramte in der Tasche nach meinem Lieblings-T-Shirt. Es war knallblau, riesig, und über die Vorderseite zogen sich vier fette gelbe Buchstaben: *F. R. E. I.* Ich zog es über und verließ dann mit Zahnbürste und Zahnpasta in der Hand das Zimmer.

Der Korridor war lang wie ein Schlauch und recht dunkel, denn er hatte keine Fenster. Das Bad befand sich genau am anderen Ende. In der Mitte lag das Zimmer von Lizzie und Ann. Die Rasenmäher hörte man sogar durch die Mauern hindurch. Ich stieß die Badezimmertür mit dem Fuß auf.

Lizzie und Ann standen an zwei Waschbecken und putzten sich die Zähne. Es gab noch ein drittes Becken, dessen Konsole ganz leer war, das war meins.

»Morgen …«, nuschelte Ann mit Schaum vorm Mund.

»Cooles T-Shirt«, sagte Lizzie. Dann sah sie die Zahnbürste in meiner Hand und sagte: »Lass dein Zeug doch einfach hier stehen. Dann musst du's nicht immer hin- und herschleppen.«

»Hm«, machte ich nur. Es war eine alte Gewohnheit von mir, meine Sachen immer mitzunehmen. Im Heim hatte keiner irgendwas im Bad stehen lassen. Es sei denn, er wollte es nie wiedersehen.

»Hat Vera dich auch aus dem Schlaf gebrüllt?«, fragte Ann und grinste.

»Nee, die Rasenmäher«, sagte ich, drückte Zahnpasta auf die Bürste und fing an, meine Zähne zu schrubben.

»Ja, die Nachbarn … die sind brutaler als jeder Wecker«, sagte Lizzie. Sie war fertig mit Putzen und zog einen Stift aus einem Täschchen. Mit dem fing sie an, ihre Augen zu ummalen. Schwarz. »Jeden Morgen um acht schmeißen sie die Maschinen an, und das die ganzen Ferien lang. – Am krassesten sind Siemanns von nebenan. Die haben eine Wiese, die ist nicht mal so groß wie ein Klovorleger, aber Siemann mäht mit einem T17.«

»Einem T17?«, fragte ich verständnislos.

»Ja«, sagte Lizzie, senkte den Stift und sah mich mit einem Zigeunerauge und einem normalen an. »Gegen den sind der T16 und der T15 der reinste Kinderkram.«

»Ah ja«, sagte ich bloß und fühlte mich wie ein Depp.

»Mach bloß nie den Fehler, ihn darauf anzusprechen«, fuhr Lizzie fort. »Er kaut dir sonst die Ohren ab. Der erzählt dir wirklich *alles*. Bis in die kleinste Schraube und Gummimuffe.« Sie schaute zurück in den Spiegel und ummalte das andere Auge.

»Dieser T17«, fragte ich, »ist ein Rasenmäher?« »Um Himmels willen«, sagte Lizzie nur und sah konzentriert in den Spiegel.

»Es ist ein Rasen*traktor*«, klärte Ann mich auf. Und dann stellte sie sich in Positur, stemmte eine Hand in die Hüfte, zog mit der anderen die Zahnbürste als Mikro vor die Lippen und war eine Verkäuferin aus dem Shopping-TV: »Jaaaaaa, meine Herren, hier ist er, der Traum jeder Wiese, der Neid aller Nachbarn: der *Powerline T17*! – Nicht etwa ein gewöhnlicher Rasentraktor, neeeeeeiin, er läutet eine neue Mäh-Generation ein! Er hat nicht nur ein stufenloses Hydro… Hydra…«

»Hydro*stat*-Getriebe«, nahm Lizzie problemlos den Faden auf, »und leistet nicht nur 2900 Umdrehungen pro Minute; die sintergelagerten Achsschenkel mit Schmiernippeln und die verstärkten Lenksegmente und Hebel sorgen außerdem für eine viel längere Lebensdauer als –«

»Achsschenkel und Schmiernippel?«, unterbrach ich und spuckte blauen Schaum ins Waschbecken. »Das klingt ja voll nach Porno.«

»Rat mal, warum der so gern damit fährt …«, sagte Lizzie trocken und zog einen Lippenstift aus dem Täschchen.

Ann sagte: »Der T17 ist *das* Zeichen für Männlichkeit. Im Wilden Westen hätten sich die Jungs einen Mustang zwischen die Beine geklemmt, um zu zeigen, dass sie 'n ganzer Kerl sind. Irgendwo anders 'ne Harley Davidson. Aber hier in Waldburgen bist du cool, wenn du auf einen Powerline steigst.«

»Aber nur auf den T17«, sagte Lizzie, zog den Reißverschluss des Täschchens zu und drehte sich zu mir. Sie sah aus wie ein Model.

»Willst du heut noch zu Christian?«, fragte Ann und bezog das offenbar auf Lizzies kunstvolles Make-up.

»Logo«, sagte Lizzie. »Es ist doch Phase 4.«

Auch Ann war fertig, nur ohne Schminke. Sie stand wartend

am Fenster und sah gleichgültig raus. Immer noch dröhnten die Rasenmäher. Und auf einmal ging ein Ruck durch sie. »Das gibt's doch nicht!« Sie riss das Fenster auf, dabei fielen die Wattepads runter. Sie beugte sich raus.

»Was ist denn los?«, fragte ich, weil Lizzie nichts sagte.

»Was *los* ist?«, fragte Ann und drehte sich zu uns um. »Diese Arschlöcher haben uns schon wieder was über den Zaun geworfen!«

4. Kapitel

SCHENKEN ODER KLAUEN

Auf dem Rasen lagen zwei Pappkartons, ein großer und ein kleiner. Wir waren die Treppe runtergerannt, ich hatte wie Lizzie und Ann mehrere Stufen auf einmal genommen, dabei verstand ich die ganze Aufregung überhaupt nicht.

Der große war mit grünem Band verschnürt. Auf den kleinen hatte jemand mit rotem Edding in fetten Buchstaben **Für die Kinder vom Haus Eulenruh** geschrieben.

»Was ist das?«, fragte ich.

»Dass die es vor allem immer *nachts* machen müssen!«, sagte Ann. Wenn Stimmen eine Farbe hätten, wäre ihre jetzt schwarz, dachte ich. Wie ein Fass Teer. »*Nachts.* – Wie Diebe.«

»Sind sie ja auch«, sagte Lizzie und drückte beruhigend Anns Hand.

Ich verstand nur Bahnhof. Die Kartons sahen eigentlich ganz sympathisch aus.

»Die haben euch doch was geschenkt, nichts geklaut«, wagte ich einzuwerfen.

»Nicht *euch*, sondern *uns*«, sagte Ann und sah mich scharf an. »Das da –« Sie zeigte auf die Kartons, als würde sie auf einen

Berg blutdurchtränkter Kittel zeigen, den ein Krankenhaus hier entsorgt hatte. »Das da ist auch für dich gedacht.«

Schneller, als ich gucken konnte, hatte Ann ein Messer in der Hand, schnippte es auf und ließ sich auf den Rasen runter. Geübt schnitt sie die grünen Schnüre durch, klappte den großen Karton auf und warf einen kurzen Blick hinein. »Und auch wenn es vielleicht altmodisch klingt«, sagte sie, als sie wieder hochkam, das Messer zusammenklappte und in ihre Gesäßtasche zurückschob, »sie *geben* uns nichts, sondern *klauen* uns etwas, wenn sie solche Kartons mit Klamotten durch den Zaun schieben, so als ob wir sonst nur in Fetzen rumlaufen würden! – Sie klauen uns nämlich die Würde.«

Nach dieser Ansprache drehte Ann sich um und stapfte zur Sitzecke neben dem Haus. Ich sah ihr hinterher. Sie hielt die Hände geballt in den Hosentaschen und machte große Schritte. Ich hatte noch nie ein Mädchen wie Ann getroffen.

Dann schaute ich wieder auf den offen stehenden Karton, der irgendwas Grauwollenes enthielt. So richtig klar war mir immer noch nicht, worum es hier eigentlich ging.

»Und warum kommen die Leute nicht persönlich vorbei, wenn sie euch das schenken wollen?«, fragte ich Lizzie. *Uns* sagen, das ging wirklich nicht, ich fühlte mich hier als Besuch. Wenn überhaupt.

Bevor Lizzie antworten konnte, kam Matthias durchs Eisbechertor. Er schleppte ein Fahrrad. Es hatte kaputte Reifen und sah ziemlich verrostet aus.

»Warum, warum«, äffte er mich nach. »Was glaubst *du* denn?« Und damit ließ er das Rad einfach fallen. »Weil es Schrott ist, darum!« Und zu Lizzie: »Stand direkt vorm Tor. Mit 'nem Zettel dran: *Zum Basteln.* – Ist das nicht zum Kotzen? Latschen einfach zu uns und laden ihren Scheißschrott ab!« Er trug dasselbe T-Shirt wie am Vortag und es war noch speckiger.

Ich stupste das Vorderrad mit dem Fuß an, bis es sich drehte. Die Speichen waren intakt und eine Acht war auch nicht drin. Beim Hinterrad war es dasselbe. Der Rahmen war offenbar auch in Ordnung. Gut, die Bremsen waren im Eimer und die Schläuche müssten geflickt werden. Und so, wie es aussah, müsste man ein Kilo Rost abschrubben. Aber ein neuer Anstrich, ein paar Neuerungen hier und da und …

»Na ja«, sagte ich vorsichtig. »Seine besten Tage liegen zwar schon 'n Weilchen zurück, aber –«

»'n *Weilchen*? So zwanzig bis dreißig Jahre, würde ich meinen« sagte Lizzie trocken.

Richtig. Aber *sooo* schlecht war es nun auch nicht. Eigentlich könnte es sogar cool aussehen. Wenn man ein bisschen Arbeit reinsteckte …

»Das Schlimme ist, dass sie sich noch einreden, sie tun was Tolles«, sagte Lizzie. »Sie erzählen sich untereinander, dass sie uns was durch den Zaun geschoben haben. Und dabei platzen sie dann fast vor Nächstenliebe, gratulieren sich und schlagen sich gegenseitig auf die Schultern.«

Jetzt traute ich mich nicht mehr zu sagen, dass mir das Rad eigentlich gefiel.

»Frühstück! – Früüüüühstück!!«, rief Vera Kämpf von um die Ecke. »Lizzie, Franka, Matthias, kommt ihr endlich?«

Dann – offenbar hatte Ann ihr gesagt, dass wir die Kartons am Wickel hatten – rief sie: »Herrgott, jetzt lasst den blöden Kram doch erst mal stehen! *Den können wir schließlich auch später noch WEGWERFEN!*«

Wow! Vera Kämpfs Gebrüll übertönte tatsächlich die Rasenmäher. Sollte einer der Nachbarn der edle Spender der Kartons und des Fahrrads gewesen sein, wusste der jetzt ganz genau, was man hier im *Haus Eulenruh* davon hielt. Das gefiel mir.

Als wir über den Rasen liefen, steigerte Matthias sich richtig in seinen Ärger hinein: »Frechheit! Sortieren ihre Schränke aus, und alles, was noch nach irgendwas aussieht, bringen sie zum Secondhand nach Wittenberg, und den Rest schmeißen sie uns vor die Tür. Wenn ich wüsste, wer das war – dem würde ich gern mal *unseren* Müll vor die Tür kippen. – Ich mein, wer zieht denn Sachen an, die 'n anderer weggeschmissen hat?«

Aber dann guckte er mich plötzlich so komisch an. Von oben nach unten und mit demselben Blick wie am Tag zuvor. »Obwohl«, sagte er und grinste blöd. »*Du* siehst so aus, als hättest du das Zeug von einem Typen an! Haben die euch in Pankow keine ordentlichen Sachen gekauft? Musstet ihr Mädels die Sachen der Jungs auftragen? Huaah … Huuaaaah …«

Wieder dieses bescheuerte Gewieher. Ich ließ ihn einfach wiehern.

»Haben deine Schlüpfer eigentlich 'n Eingriff?«

»Ach, halt doch einfach mal deine blöde Fresse«, sagte Lizzie. Sie erhob ihre Stimme nicht im Mindesten, aber selbst die Rasenmäher schienen plötzlich leiser zu mähen. »Sonst fang *ich* mal damit an, Sprüche zu reißen. Und zwar über etwas, was du garantiert lieber für dich behalten würdest. Wir wissen schon, was ich meine, nicht wahr? Idiot!«

Obwohl äußerlich überhaupt nichts passierte, schien Matthias plötzlich zu schrumpfen.

»Außerdem solltest du dir mal lieber dein T-Shirt angucken«, fuhr Lizzie fort. »Ist das die Knoblauchsoße von gestern? Oder die Butter vom Blumenkohl von vorgestern? Oder vielleicht sogar 'ne lustige Mischung? Mann, das ist echt *widerlich*! Wenn du willst, dass die Leute dich nicht wie 'n Vollhorst behandeln, dann renn nicht so rum, als ob du einer wärst. Du machst es denen zu einfach.«

Er sah von Lizzie weg auf den Rasen und murmelte: »Is ja gut, reg dich ab, Lizzie …« Dann sagte er gar nichts mehr.

Ich war erstaunt. Wenn man bei Lizzie nur oberflächlich hinguckte, bekam man den Eindruck, sie sei die lieblichere und gefühlvollere Variante von Ann. Aber sie war knallhart, genau wie ihre Schwester.

⊙

»Na, Franka, gut geschlafen?«, fragte Andreas Kämpf, als wir alle saßen. »Falls nicht, können wir mal versuchen, dein Bett zu verschieben. Wenn man mit dem Kopf nach Norden schläft, schläft man am gesündesten.«

Er hatte eine wirklich angenehme Stimme. Als würde sie gemütlich in einem Lehnstuhl sitzen, während die von Matthias einem wie ein Affe entgegensprang.

»Alles in Butter«, sagte ich, »hab prima geschlafen.« Mir fiel auf, dass Ricardo nicht mit am Tisch saß.

»Was man in der ersten Nacht träumt, geht in Erfüllung«, sagte Andreas Kämpf.

»Schon passiert«, murmelte ich.

Ich griff nach der Teekanne. Fussel, die Bestie, knurrte mich an.

»Ja, dir auch einen schönen guten Morgen«, sagte ich. Fussel knurrte lauter und zeigte seine Zähne. »Ist ja gut«, sagte ich beschwichtigend und warf ihm einen Seitenblick zu. Das muss man erst mal bringen, dachte ich: zwanzig Zentimeter hoch sein, aber das Selbstbewusstsein von King Kong haben.

Die Zwerge verfolgten jede meiner Bewegungen mit aufgerissenen Augen. Sie hatten zwei Stühle nebeneinander, aber als er Lizzie hatte kommen sehen, war Axel aufgesprungen, ihr entgegengelaufen, hatte Lizzies Bein umarmt und die Wange an ihre Hüften geschmiegt. Wie am Vortag trug er das Badetuch als einzige Bekleidung. Lizzie hatte ihn hochgehoben, zum Tisch getragen und auf ihren Schoß gesetzt. Da thronte er nun, König der Duschtücher, und guckte mich stumm an.

Ich sagte freundlich: »Hi, Batman.«

Keine Antwort. Er drehte sich stattdessen um, schlang die Arme um Lizzies Hals, schob die Nase in ihre Halsgrube und presste die Augen zu. Hatte ich irgendwas Falsches gesagt?

Ich sah zu Denise und probierte es bei ihr: »Hi.«

Auch nichts. Sie saß reglos auf ihrem Stuhl, nur ihr Gesicht schien sich unter meinem Blick ein Stück in sich zurückzuziehen.

Ich sah unauffällig zu den anderen, aber für die schien alles in Ordnung zu sein. Sie tranken Tee und aßen. Lizzie schien Axels Umklammerung nicht zu stören, sie strich ihm nur kurz übers Haar, bevor sie nach ihrer Tasse griff. Ich sah, wie er langsam etwas locker ließ.

»Die sind nicht plemplem oder so!«, fuhr Matthias mich plötzlich an. Wahrscheinlich war mein Gesicht ein offenes Buch.

»Aber sie sind auch nicht wie andere Kinder«, sagte Vera Kämpf. Sie sagte es nicht betont munter, nicht so, als gäbe es etwas zu beschönigen. Sie sagte es ganz normal. Sie sah mich freundlich an und sagte: »Sie reden nicht. Nur miteinander.«

Andreas Kämpf sagte: »Aber wir hoffen, dass sie bald so weit sind, dass sie mit uns allen reden. Sie sind zweimal in der Woche bei einer Psychologin.«

»Die zwei haben noch *nie* mit Ihnen geredet?«, fragte ich. »Die ganze Zeit nicht? Ich meine, wie lange sind sie denn schon bei Ihnen?«

»Etwa ein Jahr«, sagte Andreas Kämpf. Und dann lächelte er mich an: »Wir duzen uns eigentlich alle hier.«

»Hm.«

Ich griff wieder nach der Teekanne. Andreas Kämpf sah mich auf einmal genau an und schob mir ein Taschentuch rüber. »Du hast da was«, sagte er. Sein Blick lag auf meiner Nase.

Ich verstand nicht.

Lizzie sagte zu Andreas Kämpf: »Na toll … ich denke, man soll andere nicht auf ihre körperlichen Gebrechen hinweisen?«

Und dann fing Denise an zu brüllen. Sie starrte mich an und brüllte und brüllte.

»Was ist denn los?«, fragte ich erschrocken, aber natürlich antwortete sie nicht, brüllte nur weiter.

Axel machte sich sofort von Lizzie los, kletterte auf seinen eigenen Stuhl neben Denise und strich mit der flachen Hand immer wieder über ihren Arm. »Nich weinen …«, sagte er. »Nein, Denise, nich weinen …« Aber Denise starrte auf mein Gesicht und schrie wie am Spieß.

Und als es plötzlich auf den Tisch platschte, kapierte ich, was los war. Es platschte und platschte und eine Pfütze Blut begann sich auf der Tischdecke zu bilden. Ich schnappte mir das Taschentuch von Andreas Kämpf und hielt es an die Nase. Es war sofort durchtränkt.

»Oh nein … ich kotz gleich …«, sagte Matthias. Aber seine

Stimme klang wackelig, nicht mehr ganz so selbstsicher wie vorhin.

Da stand schon Vera Kämpf hinter mir. »Leg den Kopf zurück, Franka«, sagte sie. »Nicht erschrecken, ich presse dir jetzt einen kalten Lappen in den Nacken, ja?« Sie musste in die Küche und zurück gelaufen sein. »Lizzie?«, rief sie, als sie mir das tropfende Stück Stoff unter den Haaransatz presste, das so eisig war, dass ich die Kälte bis zwischen die Augen aufsteigen spürte. »Hol schon mal einen neuen Lappen. Ganz kaltes Wasser drüber. Nimm am besten noch Eis aus dem Gefrierschrank dazu.« Und wieder zu mir: »Jetzt mach schon, Franka, leg einfach den Kopf zurück.« Sie reichte mir ein neues Taschentuch.

Ich hatte keine Wahl. Ich konnte einen halben Eimer vollbluten, ich konnte womöglich total ausbluten: Es hörte einfach nicht auf, solange ich den Kopf nicht zurücklegte. Ich würde wahrscheinlich der erste Mensch auf der Welt sein, der an Nasenbluten sterben würde.

Ich ließ meinen Kopf in Vera Kämpfs Hand sinken. Ich sah ihr Gesicht falsch herum über mir, die Augen dort, wo eigentlich der Mund sein sollte und der Mund an der Stelle der Augen. Ich sah ihre Ohren, von riesigen goldenen Kreolen geschmückt, wie Metallhenkel, dachte ich, und offenbar lächelte sie mich an, aber aus dieser Perspektive sah es aus wie ein Zähnefletschen, und ich schloss lieber die Augen.

»Mach dir keine Sorgen«, hörte ich sie sagen. »Ricardo hatte das früher ständig, wir sind da alle schon trainiert. Es braucht dir nicht peinlich zu sein. – Nur die Zwerge kennen das eben noch nicht.« Währenddessen schluckte ich und schluckte, und das, was da meine Speiseröhre hinunterfloss, schmeckte warm und metallisch, und ich versuchte zu vergessen, dass es Blut war.

Stattdessen konzentrierte ich mich auf die Stimme von Andreas Kämpf, der beruhigend auf Denise einredete: »Es ist alles gut, Denise, Franka hat nur Nasenbluten. Das ist nicht schlimm. Gleich ist's vorbei. Der Franka ist nichts passiert, es ist bloß Nasenbluten, weißt du …« Er wiederholte das immer wieder, ein Singsang, der fast schon einschläfernd wirkte, und Denise antwortete nicht, aber sie schrie auch nicht mehr, sie schluchzte nur noch ab und zu.

Als ich feststellte, dass der Lappen in meinem Nacken warm wurde, zog Vera Kämpf ihn auch schon weg und ersetzte ihn durch einen neuen. Ich wollte mich aufsetzen, doch sie sagte: »Noch nicht. Da geht's gleich wieder los. Bleib noch so.«

Oh Mann, wie ich das alles hasste.

Seit ich denken konnte, hatte ich das: grandiose Anfälle von Nasenbluten. Sie kamen ohne Ankündigung, ohne irgendeinen ersichtlichen Grund. Einfach so, weil sie gerade Lust darauf hatte, platzte eine Ader in meiner Nase, und dann strömten beeindruckende Mengen Blut heraus und versetzten meine ganze Umgebung in helle Aufregung. Brachten sie dazu, loszukreischen, aufzuspringen, irgendwelche Ratschläge zu geben. Manchmal, wenn jemand dabei war, der kein Blut sehen konnte, kippte der auch einfach um.

Wenn ich dieses Schauspiel wenigstens von allein hervorrufen könnte! Für manche Situationen wäre das wirklich nicht schlecht. Zum Beispiel bei einer mündlichen Leistungskontrolle. Aber nein. Bedauerlicherweise traten diese Anfälle auf, wann *sie* wollten, und nicht, wann ich wollte.

Nach fünf Minuten war der Spuk endlich zu Ende, Vera Kämpf nahm den Lappen weg, ich setzte mich wieder aufrecht. Lizzie legte eine Serviette auf das blutbekleckerte Tischtuch, sodass man nichts mehr sah, alle saßen wieder an ihrem Platz, Denise schluchzte nicht mehr, Ricardo fehlte immer noch, und ich griff nach einer Packung *Crunchy Nuts* und schüttete die Flocken in meine Müslischüssel.

»Ich hoffe, du hast nichts gegen Cornflakes«, sagte Vera Kämpf. »Es gibt auch Brot und Marmelade in der Küche.«

»Cornflakes sind okay.« Erst jetzt sah ich, dass noch sieben weitere Packungen mit anderen Sorten auf dem Tisch standen. »Ganz schön viel Auswahl«, sagte ich.

»Haben wir Anns Hobby zu verdanken«, sagte Lizzie, die gerade *Choco Krispies* mit *Fruit Loops* mischte und eine Banane hineinschnitt.

»Wieso? Machst du irgendwas für *Kellogg's*?«, fragte ich Ann und schaufelte meine Flakes in mich rein. »Werbesprüche schreiben, oder so?«

»Viel zu brav«, rief Matthias. »Ann erpresst die lieber.«

»Hä?«, sagte ich.

Ann legte den Löffel hin und drehte sich zu Matthias: »Es ist *keine* Erpressung!« Dann klärte sie mich auf. »Es handelt sich um eine Art Feldstudie: *Wie Firmen auf Kritik an ihren Produkten reagieren.*«

»Letztens hat sie an *Kellogg's* geschrieben, dass sie einen Zahn in ihren *Frosties* entdeckt hat«, sagte Andreas Kämpf und lachte.

»Das muss man sich mal vorstellen«, schrie Matthias. »Keine lumpige Kakerlake. Nein, einen *Zahn*!«

»Und das haben die geglaubt?«, fragte ich.

»Siehst ja«, sagte Lizzie und nahm noch von den Erdbeerpops. »Sie haben sich tausendmal entschuldigt und seitdem bekommen wir jede Woche drei Packungen.«

»Schweigegeld«, sagte Matthias.

»Das Beste daran ist, dass dieser Cornflakes-Segen ein ganzes Jahr andauert«, sagte Andreas Kämpf. Ich hätte seiner Lehnstuhlstimme stundenlang zuhören können.

»Jetzt sag das nicht so, als ob Ann eine Heldentat vollbracht hätte, Andreas!«, sagte Vera Kämpf und schüttelte missbilligend den Kopf. »Das Ganze beruht schließlich auf einer Lüge.«

»Quatsch, Lüge!«, mischte sich Ann ein. »Klar hab ich *keinen* Zahn in den *Frosties* gefunden, aber das wussten die doch nicht! Die haben sich trotzdem entschuldigt. Das heißt, dass sie es durchaus für *möglich* halten, dass sich Zähne in ihren Flakes befinden! – Und das, meine Lieben …«, Ann lehnte sich zurück und sah sich triumphierend in der Runde um, »… das sollte uns doch zumindest zu denken geben, oder?«

Ich legte meinen Löffel auf den Tisch zurück und beäugte misstrauisch den Inhalt meiner Schale. Irgendwie war mir plötzlich der Appetit vergangen.

$\odot$

Nach dem Frühstück fand ich mich allein mit Lizzie am Tisch wieder. Alle anderen, bis auf Fussel, der mich immer noch nicht aus den Augen ließ, hatten sich verkrümelt. Lizzie blätterte in einer Zeitschrift, in der Schnittmuster für Kleider abgebildet waren.

Ich wollte sie fragen, ob sie sich wirklich dafür interessierte, aber das würde nur ein Depp fragen. Dass Lizzie Interesse an Mode hatte, sah man auf die Entfernung von einem Kilometer. Das Kleid, das sie trug, war was Besonderes. Nicht dass ich Ahnung davon hätte, aber es war einfach anders als das, was sonst so in den Läden hing.

Ich fragte stattdessen: »Wie findest du, was Vera anhatte? Diese beigen Tücher?«

Lizzie sah auf. »Tücher? Das war ein *Sarong*! Und nicht beige, sondern sahnefarben«, belehrte sie mich. »Ich finde, er steht ihr klasse«, sagte sie. »Vera ist ja ein bisschen mollig, da sind locker fallende, fließende Stoffe einfach ideal. Nur glänzen dürfen sie nicht. Glänzende Stoffe sollten nur ganz dünne Frauen tragen.«

»Du kennst dich ja richtig aus …«, sagte ich.

»Na ja«, sagte sie und grinste, »ich hab den Sarong ja auch genäht. Als Geburtstagsgeschenk. Vera hatte ihn mir beschrieben, und weil es so was nicht zu kaufen gibt, hab ich ihn eben genäht.«

»Wow!«, sagte ich und staunte jetzt wirklich. »Ich kenne keinen, der so was kann.«

In dem Moment rannte Fussel wie ein Angestochener zum Tor. Wir standen neugierig auf und gingen ihm hinterher. Er bellte sich die Kehle aus dem Leib, steckte die Schnauze zwischen die Metallstreben und versuchte, nach den beiden Mädchen, die dort standen, zu schnappen. Die zwei traten vorsorglich einen Schritt zurück und reckten die Köpfe, um in den Garten zu sehen. Die eine hatte langes blondes Haar und trug ein schulterfreies neongrünes Glitzershirt. Sie hatte eine riesige lila Sonnenbrille auf. Die andere konnte nicht anders, als trist dagegen auszusehen. Die Blonde schaute mich einen Moment zu lange an, beugte sich dann zu dem anderen Mädchen, sagte etwas und guckte wieder. Dann sah sie Lizzie nach, die gleich wieder kehrtgemacht hatte, als sie gesehen hatte, wen Fussel anbellte. Die Dunkelhaarige sah sich noch mal im Garten um und dann stiegen sie wieder auf ihre Räder. Bevor sie abfuhren, warf die Blonde mir ein strahlendes Lächeln zu. Als die beiden verschwunden waren, hörte Fussel abrupt mit dem Theater auf, kam zurückgedackelt, wedelte mit dem Schwanz und lief zu Lizzie. Auch ich ging wieder zum Tisch zurück.

»Was wollten die denn?«, fragte ich Lizzie.

Lizzie war schon wieder in ihr Magazin vertieft und sagte: »Ich nehme an, Eileen wollte gucken, ob Ricardo da ist.«

»Eileen?«

»Die Blonde. Sie geht in meine Klasse.«

»Ist sie Ricardos Freundin?«

»Um Gottes willen. Ich glaub, Ricardo schnallt gar nicht, dass Eileen auf ihn steht.«

»Wieso um Gottes willen?«

»Eileen ist 'ne Giftspritze. Die baggert alles an, was ihr nicht freiwillig ins Maul fliegt. Hast ja bestimmt gemerkt, dass sie dich angeflirtet hat.«

»Mich?!«

»Logo. Sie hat gedacht, du bist 'n Junge, Besuch oder so was. Und sie wollte mal testen, wie du reagierst.« Lizzie lachte, aber es klang nicht fröhlich. »Ich hoffe echt, dass Ricardo nicht auf die Zicke reinfällt. Es gibt Mädchen, die sind nicht schön, sondern sehen nur so aus.« Sie schaute wieder auf das Cover der Zeitschrift.

Ich streckte die Beine aus, was ein leises Knurren zur Folge hatte, aber ich ignorierte es und sah in den Himmel. Der Himmel hatte diese schlierige Spülwasserfarbe, doch die Sonne würde gleich durchkommen, das sah man. Es war drückend warm.

Vielleicht sollte ich in mein Zimmer gehen und mein Zeug auspacken? Danach könnte ich ja mal das Dorf durchstreifen. Ich rappelte mich auf und ließ die lesende Lizzie am Tisch zurück. Fussel folgte mir knurrend.

Vor der Haustür standen die beiden Kartons. Ob es wirklich stimmte, dass die Leute nur Lumpen reintaten?

Plötzlich ging die Tür auf und Ricardo kam raus. Als die Sonne auf sein Gesicht fiel, drehte er sein Basecap mit dem Schild nach vorn und zog es tief in die Stirn. Sofort ließ Fussel von mir ab und lief schwanzwedelnd und japsend auf Ricardo zu. Der gähnte. Ich musterte ihn verstohlen: die weiten Hosen, das Shirt mit Kapuze. Cool. In der Hand hielt er einen Pott Kaffee.

»Morgen«, sagte ich.

»Scheißmäher«, brummte er und kratzte sich das Stoppelkinn. Hinter seinem Ohr zog er eine Zigarette hervor. Dann sah er die Kartons. »Na toll.«

»Hat jemand durch den Zaun geschoben«, sagte ich. »Als Geschenk.«

»Und ich darf das dann wieder zu den Rot-Kreuz-Tonnen fahren«, sagte Ricardo.

»Ist da echt bloß Mist drin?«, fragte ich.

Anstelle einer Antwort stellte Ricardo den Kaffee ab und zog den größeren der Kartons zu sich ran.

⊙

Als Erstes holte er eine Häkeljacke raus. Grau wie eine Motte.

»Bäh … guck an, häng weg«, sagte er. »Nich mal meine Großmutter hätte so was angezogen.« Wir mussten lachen.

Dann kam eine Jeans zum Vorschein, bei der uns das Lachen im Halse stecken blieb. Nachdem wir uns von ihrem Anblick erholt hatten, sagte plötzlich Lizzie hinter uns: »Vor 25 Jahren war so ein Schnitt der letzte Schrei.«

»Heute ist er allerdings nur noch der letzte Husten«, erwiderte Ricardo trocken und zog das nächste Teil aus dem Karton. Eine komisch geblümte Jacke.

»Die ist ja voll labberig«, sagte ich.

»Das ist Jerseystoff«, klärte Lizzie uns auf. »Der beult nach einer gewissen Zeit. Normalerweise wird er für Schlafanzüge verwendet. Oder Jogginghosen. Aber nicht für Jacken.«

An der Jacke waren auch noch alle Knöpfe abgeschnitten. Alle bis auf einen ganz unten. Der war wohl übersehen worden. Ich fuhr mit dem Daumen über die leere Knopfleiste. »Warum haben sie das bloß gemacht?«

»Weil sie sie noch gebrauchen können«, sagte Ricardo.

Danach kam ein Schwung verwaschener Strampler und Baumwollwindeln zum Vorschein und dann war der Karton leer.

»Für wen sollen *die* denn sein?« Ich wies auf die Strampler. »Denise und Axel sind doch mindestens vier.«

Ricardo warf alles wieder in den Karton zurück. Dann guckte er mich an und zog an seiner Zigarette. Sein Blick blieb kurz an meinem Basecap hängen. »Fünf«, sagte er und blies den Rauch aus. »Sie sind fünf und sechs.« Anders als gestern, als er so aggressiv zu mir gewesen war, konnte ich mir heute vorstellen, Ricardo nett zu finden.

»Ich geh rein«, sagte Lizzie. »Ich muss dieses Übermaß an schlechtem Geschmack erst mal verdauen.« Sie verschwand nach drinnen. Ricardo nahm einen Schluck von seinem Kaffee.

»Was machst du eigentlich so?«, fragte ich.

»Ich arbeite bei *Kaiser's*«, brummte er.

Ich versuchte mir Ricardo in einem weiß-roten Kittel vorzustellen.

»Hier gibt's einen *Kaiser's*?«

»In Wittenberg.«

»Und wie ist das?«

»Na ja, ich mach die Getränke. Saft und Bier und so. Ist ganz okay. Bloß die Mädels an den Kassen … So 'ne Nägel …« Er zeigte mit Daumen und Zeigefinger die Länge der Nägel an. »Tussen. Tun die ganze Zeit so, als wärst du gar nicht da. Luft. Aber wenn sie zufällig mal was von dir brauchen … Ricardo hier, Ricardo da. Plötzlich bist du ihr bester Freund. – Den auch noch?« Er wies auf den kleinen Karton mit der roten Schrift. Ich nickte. Jetzt ließ auch ich mich auf die Erde nieder. Ricardo drückte die Kippe in den Sand und zog den kleinen Karton heran.

⊙

Anders als der große war der kleine Karton nicht verschnürt. Er war mit braunem Packband verklebt. Dazwischen die fetten roten Buchstaben: **Für die Kinder vom Haus Eulenruh**.

Als Ricardo das Packband abriss, den Karton aufklappte und lauter Styroporflocken zum Vorschein kamen, beschleunigte sich mein Puls. Ich hatte auf einmal so ein eigenartiges Gefühl. Da konnten keine hässlichen Klamotten drin sein. Wenn man Styroporflocken in einen Karton füllte, war etwas Zerbrechliches drin.

Ricardo hatte die Hand in den Flocken vergraben und tastete herum. Nach einer Weile zog er sie mit erwartungsvoller Miene heraus, doch als er sah, was er in der Hand hielt, ließ er es in den Karton zurückfallen und stand auf.

»Einen Moment hab ich echt geglaubt, dass tatsächlich mal jemand …«

Er sprach nicht zu Ende, bückte sich stattdessen nach seiner Tasse und drehte wieder ins Haus ab.

⊙

Ich griff in das Paket und zog das Ding wieder raus.

Es sah aus wie eine Handgelenktasche. Dunkles Leder. An manchen Stellen, wo es offenbar mal nass geworden war, war das Leder steif und hart wie ein Brett. Ich hob die Tasche an die Nase: Sie roch muffig, als hätte sie jahrelang an einem finsteren Ort gelegen. In der Mitte war ein Druckknopf. Ich öffnete ihn.

Und dann machte mein Herz einen freudigen Sprung.

5. Kapitel

AM MOOSCHKOLK

Erst als ich in meinem Zimmer war, fragte ich mich, ob die anderen wohl etwas dagegen haben könnten, dass ich die Ledertasche genommen hatte. Ich war mir da nicht so sicher. Sie hatten alle so ausgesehen, als hätten sie am liebsten beide Pakete, so wie sie waren, in den Müll geschmissen. Ich ließ die Tasche vorsichtshalber in der Schublade meines Nachtschranks verschwinden.

Dann räumte ich die Sachen aus meiner Reisetasche in den Schrank. Zwei Hosen, T-Shirts, Kapuzenshirts, eine Jacke, Turnschuhe, Halbschuhe, Pullover, einen Plastikbeutel mit allem Möglichen, einen Stapel Unterwäsche, Socken. Meinen Waschbeutel. Und meine »Schminktasche«. Meine Schminktasche – das war ein kleiner Werkzeugkoffer. Ich hatte ihn mir von Martina und Peter zum Vierzehnten gewünscht. Er war das Wertvollste, was ich besaß.

Als ich fertig war, sah das Zimmer immer noch steril aus. Das kleine Wandregal war vollkommen kahl. Bis auf das grüne Geografieheft, das überhaupt nicht auffiel. Regale sind aber dafür da, dass man sie vollstellt. Ich setzte mich auf das Bett und

sah die Reisetasche an, die mit ihrem offenen Maul zurückzu-
schauen schien, und auf einmal fühlte ich mich genauso leer.
Ich spürte, wie meine Schultern nach vorn rutschten und etwas
hinter meinen Rippen anfing wehzutun.

Seit Jahren kannte ich das Gefühl.

Ich fragte mich manchmal, ob ich mich vielleicht nach Jakob
sehnte. Meinem Bruder. Aber ich wusste fast nichts mehr von
ihm. Er war winzig gewesen, das war das Einzige, woran ich
mich erinnerte, die Fingernägel so groß wie Stecknadelköpfe,
doch wenn ich an ihn dachte, fühlte ich nichts, weder Trauer
noch Wut. Trotzdem war immer diese Sehnsucht da, aber ich
wusste nicht, wonach.

Ich durfte nicht so rumsitzen, dann wurde es bloß schlimmer.
Mit Kraft stieß ich mich vom Bett hoch und der Schmerz war
langsamer als ich. Ohne mich hatte er keinen Halt mehr und
rutschte vom Bett herab ins Maul der Tasche. Hastig zog ich
den Reißverschluss zu und beförderte sie mit einem Tritt unters
Bett.

Ich stand neben dem Bett und mit der Hand strich ich über
das glatte Blau des Nachtschranks, ich zögerte. Durch die Die-
lenbretter hörte ich leise Radiomusik aus der Küche unter mir,
Geschirrklappern, die Stimme von Andreas Kämpf. Das Haus
schien ruhig und gleichmäßig zu atmen. Dann wurde draußen irgendwo wieder ein Rasenmäher angeworfen. Ich zog die
Schublade auf.

Alle glaubten anscheinend, dass die Kartons vor der Haustür
von ein und derselben Person stammten. Ich glaubte das nicht.
Der Karton mit der kleinen Ledertasche war, anders als der andere, viel sorgfältiger verpackt gewesen. Jemand hatte sich da
echte Mühe gegeben. Jemand hatte gewollt, dass sein Inhalt heil

hier ankam. Ich nahm die Tasche wieder heraus, fuhr mit dem Finger über das Leder und knipste den Druckknopf auf.

Ein Fernglas steckte darin.

Ein echter Feldstecher!

Ich wog ihn in meinen Händen, er war schwer. Als hätten sich die Bilder, die er im Laufe von Jahren gesehen haben musste, in ihm abgelagert, als würden sie jedes Mal, wenn man den Feldstecher an die Augen hob, mit angehoben. Die Schwere verlieh ihm eine seltsame Ernsthaftigkeit.

Ich hängte ihn mir um den Hals und ging ans Fenster. Ich beugte mich weit hinaus und hob den Feldstecher vor die Augen, peilte das Nachbargrundstück an, und mein Blick tappte neugierig durch die Gläser. Und plötzlich –

⊙

– stand ich bei Siemanns im Garten!

Der Nachbar kam gerade mit verschwitztem Gesicht aus dem Keller. Er trug eine große blaue Kühlbox. Ich sah die Haare auf seiner Stirn kleben, jedes einzelne! Ich sah den Bartschatten unter seinem Kinn und sogar die Poren auf seiner Nase. Die Kiste schien schwer zu sein, denn sein Gesicht wurde immer röter. Er kam näher. Er kam genau auf mich zu! Hastig senkte ich das Glas. Siemanns Garten und Siemann selbst waren wieder zwanzig Meter entfernt.

Wow!

Ich starrte fassungslos auf den Feldstecher. *Das* war definitiv kein normales Fernglas. *Das* war ein halbes Teleskop! Keine Ahnung, warum jemand das Teil weggegeben hatte, es musste ein Vermögen wert sein! Mit bloßen Augen sah ich nun, wie

Siemann die Kühlbox auf einem kleinen Multicar verstaute. An der Tür des Multicar stand: *Elektromeister Siemann.*

Als ich wieder durchs Fernglas schaute, stand ich erneut genau daneben, bekam aber bloß noch mit, wie Siemann die Seitenwand hochklappte und verriegelte. Auf der Ladefläche stand bereits eine ganze Reihe solcher blauer Kühlboxen.

Was transportierte ein Elektromeister in Kühlboxen? Wenn da wirklich überall Lebensmittel drin waren, könnte er ein ganzes Dorf damit versorgen. Dann zog er eine Plane darüber. Dabei sah es gar nicht nach Regen aus. Er knöpfte die Plane an den Rändern fest, überprüfte das Ganze noch einmal, drehte sich um und ging zum Haus. Er trat sich die Füße am Abtreter ab und verschwand durch die Tür, an der ein Vorhang aus bunten Plastikstreifen hing. Die Plastikstreifen wackelten. Ich hielt noch eine Weile darauf, aber es tat sich nichts mehr.

Danach schwenkte ich das Fernglas noch ein bisschen über das fremde Grundstück, auch in der Hoffnung, diesen legendären T17 zu Gesicht zu bekommen, aber der stand wahrscheinlich in der Garage. Nichts geschah mehr im nachbarlichen Garten. Siemann blieb im Haus, der kleine Multicar stand fest verschlossen da. Das Einzige, was sich noch bewegte, war eine Handvoll Kohlweißlinge, die um ein paar Johannisbeerbüsche herumflatterten.

Als ich das Fernglas herunternahm, verschlug mir die ungewöhnliche Stärke der Linsen wieder den Atem. Hatte ich wirklich eben noch *Kohlweißlinge* um die Johannisbeerbüsche flattern sehen? Mit bloßem Auge sah ich gerade mal die Büsche.

Ein großer grauer Vogel flog über das Grundstück, überquerte das Feld und drehte in Richtung Wald ab. Wieder hob ich das Fernglas, schaute jetzt auf den Wald. Übergangslos stand ich mittendrin. Die Linse hatte das Getreidefeld, das dazwischen lag, in null Komma nichts weggefressen.

Das Ding fing an, mir verdammt gut zu gefallen. Man konnte damit an zwei Orten gleichzeitig sein! Ich stand zwar hier oben am Fenster, befand mich aber auch zwischen den Sonnenflecken und den schwankenden Schatten der Bäume dort drüben, einen Kilometer weiter. Auf einem dunklen, erdigen Waldpfad. Rechts und links wuchs Gestrüpp, Brombeeren wahrscheinlich. Die Schatten der Baumspitzen zitterten auf dem Boden. Äste lagen herum. Fast glaubte ich, die Walderde riechen zu können, so *unheimlich* nah erschien mir alles. Langsam bewegte ich jetzt den Feldstecher nach rechts, wanderte auf dem Pfad wieder rückwärts, zum Waldrand, wo das Feld begann. Dann ins Feld hinein. Weiter. Ich hatte es jetzt auf die schwarzen Ruinen abgesehen, die Lizzie und Ann erwähnt hatten. Dieses komische *Unland*. Ich wollte mir das Ganze mal näher anschauen.

Doch noch bevor ich überhaupt bei den Ruinen angekommen war, blieb mein Blick an einem Hindernis hängen, das mitten aus dem Getreide ragte. Was war das denn? Ein Pfosten?

Lächerlich! In einem Feld gab es keine Pfosten. Aber was war es dann?

Ich drehte sacht an dem Rädchen in der Mitte des Glases, um das Bild noch schärfer zu stellen, als –

⊙

– es klopfte.

Es klopfte ganz leise, aber ich erschrak zu Tode, riss den Feldstecher runter und stopfte ihn unter meine Bettdecke. Nachdem ich in Windeseile die Decke glatt gezogen hatte, rief ich:

»Ja?« Meine Stimme klang zu hoch. Und meine Hände flatterten so rum. Ich steckte sie in die Hosentaschen.

Vera Kämpf trat ins Zimmer.

»Na, Franka«, sagte sie, »schon ausgepackt?«

»Hm.«

Sie sah das gegen die Wand gelehnte Fliegenfenster, schwebte herüber und stellte es wieder in den Fensterrahmen. Die Kette mit den großen bronzenen Medaillons um ihren Hals schwang dabei hin und her. »Du glaubst nicht, was hier für Zeug reingeflogen kommt«, sagte sie ernst. »Pferdebremsen. Und Mücken. Und vor allem: *dieser grässliche Dreck.*«

»Dreck?«

Doch Vera Kämpf war mit ihren Gedanken schon woanders. »Fehlt dir noch irgendwas? Eine Kommode? Ein Regal?«

»Alles okay«, sagte ich.

»Gefällt dir das Gelb überhaupt? – Die Dachschrägen haben das Zimmer noch dunkler gemacht ...«

»Ist auch okay.«

»Du hast hier die Nordseite ...«, sagte sie und sah mich entschuldigend an. »Die anderen wohnen alle nach vorne raus ...«

Sie stand irgendwie unschlüssig da, und ich dachte, ich müsste etwas Positives sagen. »Der Blick ist doch ganz schön.«

Vera Kämpf trat neben mich, und wir schauten gemeinsam durchs Fliegenfenster über das staubige Feld, bis unser Blick gegen Unlands schwarze, verfallene Gebäude prallte. Sie sah mich skeptisch an. »Schön? Findest du?«

»Na gut ... *schön* ist vielleicht nicht ganz das richtige Wort ...«, sagte ich, »es ist eher ... na ja ...«

»... wie im Gruselfilm?«, hörte ich Anns Stimme hinter mir. Ich drehte mich um. Sie lehnte im Türrahmen. »Kommst du mit baden?«, fragte sie. »Lizzie und ich gehen zum Moosch-kolk.«

»Wer ist *Mooschkolk*?«

»Das ist kein Mensch. So heißt der See hier«, sagte Ann und lachte.

»Klar, super!« Baden war das Beste, was man bei dem Wetter machen konnte. Ich machte meine Schranktür auf und kramte nach meinem Badezeug.

»*Heißt das etwa, ihr wollt mit Franka zu diesem grässlichen Loch?*« Vera Kämpfs Stimme klang, als würde sie ganz schnell eine Leiter hochklettern.

»Mensch, Vera, jetzt nicht wieder die alte Leier. *Alle* gehen da baden«, sagte Ann.

»Der Mooschkolk liegt *mitten im Wald*!«

»Das will ich doch hoffen! Es sei denn, er ist über Nacht auf den Markt gewandert.«

»Was ist so schlimm am Wald?«, fragte ich interessiert.

»Ja, was ist da?« Ann schien ebenfalls gespannt. »Gibt's neuerdings Wölfe und Bären in Waldburgen?«

»Blödsinn!« Vera Kämpf stemmte die Hände in die Hüften. Diese Geste ließ ein kleines grünes Lämpchen in meinem Hirn aufleuchten. Grün wie mein Geografieheft. »Hände in die Hüften stemmen« streichen, dachte ich. »Am Mooschkolk wimmelt es von Zecken!«, sagte Vera Kämpf. »Bist du überhaupt gegen Zeckenbisse geimpft, Franka?«

Ich schüttelte den Kopf.

Ann sagte: »*Kein Mensch* in Waldburgen ist gegen Zecken geimpft, außer uns, Vera! Und die wohnen alle schon ihr Leben lang hier. Bisher ist, wenn ich richtig informiert bin, noch keiner an einem Zeckenbiss gestorben.«

»Möglicherweise sind sie über die Jahrhunderte immun geworden.«

»Interessante Theorie.«

»Mit Zecken ist nicht zu spaßen, Ann. – Ich könnte … ja, ich frag Andreas, ob wir nicht alle gemeinsam ins Freibad nach Wittenberg fahren wollen.«

»Bloß nicht!«

»Was hast du immer gegen das Freibad?«

»Eigentlich nichts. Außer dass da alle Wege gefliest sind, dass man duschen muss, bevor man ins Becken geht, dass man Badekappen braucht. Und dass das ganze Wasser voller Chlor ist. Aber sonst ist eigentlich alles okay.«

»Chlor tötet die Keime. Die pinkeln doch alle ins Wasser. Chlor ist gut!«

»Es ätzt einem beim Tauchen die Augen weg.«

»Jetzt übertreibst du!«

Ich hatte die Diskussion genutzt, um mich hinter der Schranktür schon mal umzuziehen.

Ich hatte keinen Badeanzug, sondern einen Schwimmanzug, so ein dunkelgrünes Sportteil mit kurzen Ärmeln und langen Beinen. Es hatte weiße Streifen an der Seite, und über der Hüfte stand ebenfalls in Weiß: *Racer*. Ich mochte normale Badeanzüge nicht, besser gesagt: nicht an mir. Ich fühlte mich irgendwie verkleidet darin. Ich hab nicht gerade das, was man eine Traumfigur nennt. Es sei denn, man träumt gern von Elefanten. Außerdem hab ich immer Angst gehabt, mich in einem Badeanzug natürlich zu bewegen, weil irgendwas verrutschen und meine Brüste raushängen könnten. Der Schwimmanzug hingegen war großartig. Er umschloss meinen Körper wie eine Schale, hob die Brüste nicht so raus, sondern machte sie etwas flacher, und ich fühlte mich sportlich und nicht so zur Schau gestellt darin. Außerdem konnte ich mich ganz ungezwungen bewegen.

»Der Waldsee ist in Ordnung, wirklich, Vera«, sagte Ann inzwischen. Sie sagte es sehr freundlich, fast so, als würde sie mit einer kleineren Schwester sprechen. Ich zog die Jeans drüber und das T-Shirt. »Wir stecken auch das Zeckenspray ein«, sagte sie. Ich kam hinter der Schranktür hervor, in der Hand meinen Rucksack und ein Badetuch. »Nein, wir gehen nicht barfuß durchs Gras. Wir nehmen die Schwimmschuhe mit«, sagte sie. »Franka kriegt ein Paar von mir. Nein«, sagte sie, »wir trinken das Wasser nicht, versprochen. Ich hab 'ne Selters dabei. – Klar hat Lizzie die Sonnencreme eingepackt. Mach dir keine Sorgen. Ehrlich. – Tschüssi.«

Und bevor Vera Kämpf uns noch mehr gut gemeinte Warnungen in den Weg werfen konnte, schnappte Ann meine Hand, zog mich rückwärts aus dem Zimmer und dann rannten wir den Korridor entlang.

»Sonnencreme …«, rief Ann. »Am Mooschkolk braucht man eher Schattensalbe und 'ne Wolldecke.«

»Und klettert nicht auf die Bäume!«, hörte ich Vera Kämpf noch rufen.

»Wir sind doch keine zehn mehr!«, brüllte Ann zurück.

⊙

Vor der Haustür stand Lizzie mit einer großen roten Strandtasche.

»Na endlich!«

»Vera war mal wieder in ihrem Element«, erklärte Ann. »Sie wollte Franka einreden, dass man einen Nachmittag in Waldburgens wilder Natur auf keinen Fall überlebt. – Los jetzt, lasst uns abhauen, sonst fällt ihr noch ein, dass der See radioaktiv verseucht sein könnte!«

Unser Badfenster ging auf und Vera Kämpf guckte raus. »Ich hab das gehört, Ann!«

Ann grinste hoch.

»Seid um sechs zum Abendessen wieder da. Und: Bleibt vom Zaun weg, Lizzie, ja?«, sagte Vera.

»Ja, Mäm«, riefen Ann und Lizzie gleichzeitig.

»Was für 'n Zaun?«, fragte ich, aber sie winkten bloß ab und zogen mich um das Haus herum, über die Wiese.

Fussel kam uns hinterher. Er wuffte, aber es klang nicht unfreundlich.

»Und Matthias?«, fragte ich noch. »Der könnte ein bisschen Sonne vertragen.«

»Warum ist Spargel so weiß?«, fragte Ann statt einer Antwort.

»Weil er unter der Erde wächst?«

»Bingo! – Matthias ist ein Spargelgewächs. Freiwillig kommt der nur aus seinem Kellerzimmer, wenn Stromausfall ist und sein Computer nicht läuft.«

»Außerdem hat er Angst vorm Wasser«, sagte Lizzie.

»Angst? Er kann doch wohl schwimmen, oder?«

»Klar. Aber das Wasser ist trüb. Man kann nicht bis auf den Grund gucken.«

»Matthias ist … ach, frag ihn selbst«, sagte Ann.

Wir liefen an einem Gewirr aus Johannisbeerbüschen vorbei, dann war das Grundstück zu Ende, Lizzie und Ann stießen die kleine Gartenpforte auf und das Feld begann. Ich sah kurz zurück. Fussel stand hinter der Pforte, sah uns nach und wedelte mit dem Schwanz.

Ann und Lizzie wateten durchs Getreide. Ich machte es ihnen nach. Die Sonne brannte. Lizzie sagte:»Vera und ihre Angst vor der Natur! Vera und Waldburgen passen zusammen wie ein Abendkleid und Gummistiefel. Dabei war *sie* es, die unbedingt hierherwollte …«

»Was genau mochte sie eigentlich an Berlin nicht?«, fragte ich.

Da hob Ann das Kinn, so wie Vera Kämpf es hob, wenn sie sprach, und dann imitierte sie perfekt ihren mädchenhaften, atemlosen, immer etwas erschrockenen Tonfall: *»Jeden Tag rennst du gegen einen Lärmpegel an, in jeder U-Bahn wirst du angequatscht, alle wollen sie was von dir, aber wenn wirklich mal was passiert, kümmert sich kein Schwein um dich. Die einzigen Vögel, die es gibt, sind Tauben, die fressen sich gegenseitig die Zehen ab, und wenn tatsächlich noch irgendwo was Grünes wächst, haben es garantiert die Hunde vollgeschissen!«*

»Schon mal drüber nachgedacht, Schauspielerin zu werden?«, fragte ich.

»Das ist eher Lizzies Gebiet«, sagte Ann.

Wir stapften weiter durch das Getreide. Ich schwitzte und meine Haut fing an zu jucken. Unsere Schritte wirbelten Staub auf, der es sich in dem Schweiß gemütlich machte. Hin und wieder flogen Schwärme winziger Fliegen auf, als wären wir in ein Nest getreten. Sie umgaben uns in Wolken und blieben an der Haut kleben. Wenn wir am Wald ankommen, dachte ich, werden wir aussehen wie die Schweine. Das hieß, *wenn* wir irgendwann mal ankamen. Im Moment sah es eher so aus, als würden wir in diesem Feld verhungern.

»Vera hatte sich irgendwann an dem Gedanken mit der *Na-*

tur festgebissen. Sie meinte, hier in Waldburgen wäre die Luft *weicher* und es würde quecksilbrige Seen geben«, sagte Ann. »*Quecksilbrig*, das hat sie echt so gesagt.«

»Sie kannte den Mooschkolk noch nicht!« Lizzie lachte.

Ich wischte mit der Hand einen komisch schillernden Käfer von meinem Arm, der mich gestochen hatte.

»Seit wann können Käfer stechen?«, fragte ich.

»Sie stechen nicht«, sagte Lizzie nebenbei, »sie *beißen*. Käfer haben Kauwerkzeuge, damit können sie auch mal zubeißen.«

Lizzie kannte sich also nicht nur mit Stoffen und Mode aus, sondern auch noch in Biologie. Nicht schlecht, dachte ich.

Rechts von uns, ziemlich weit weg, ragten die Ruinen von Unland auf.

»Und dann meinte Vera auch, dass es leiser wäre im Dorf«, sagte Ann und griff das Thema wieder auf. »Und im Sommer gäb's keinen Smog. Dass sie dafür Gülle auf die Felder fahren, bis dir der Kopf vor lauter Gestank kreiselt, konnte sie ja nicht wissen. Und von wegen leiser!«

»So wie heute Morgen ist es den ganzen Sommer über«, sagte Lizzie. »Mal mäht Siemann, mal der Nachbar gegenüber, mal der drei Häuser weiter. Mal alle zusammen. Und wenn nicht gemäht wird, dann werden die Rasenkanten geschnitten. Mit so 'nem kreischenden Elektroding. Und wenn nicht die Rasenkanten geschnitten werden, wird die Kreissäge angeschmissen und der Wintervorrat an Holzscheiten aufgefüllt. Und dann ist der Rasen wieder gewachsen und es ist höchste Zeit zum Mähen.«

»Im Oktober, wenn das Gras aufhört zu wachsen«, sagte Ann, »kommen die Laubsauger an die Reihe. Vera hat sogar Lärmschutzkopfhörer gekauft.«

»Ist sie jetzt nicht total enttäuscht? Weil die Natur gar nicht so schön ist?«, fragte ich.

»Klar«, sagte Ann.

»Quatsch«, sagte Lizzie. »Das hat doch nichts mit der Natur zu tun! Also ich glaube ja, dass Vera gar nicht von dem Dreck und dem Lärm in Berlin die Nase voll hatte, sondern von den Menschen. Sie hat zwar immer gesagt, dass sie eine *schönere Natur* will, aber ich glaube, sie wollte schönere Leute. – Bloß, hier sind die Leute leider auch nicht besser, nur weil das Gras grün und der Himmel blau ist.«

»Stimmt«, sagte Ann.

»Weißt du«, sagte Lizzie zu mir, »wir haben in Berlin in so 'nem typischen Mietshaus gewohnt. Vier Etagen und ein Hof mit ein paar stacheligen Büschen und Mülltonnen. Und unter uns wohnte dieser durchgeknallte Typ. Kai Grüning. Nie 'ne Freundin, keine Kumpels. Und ständig hat der Stress gemacht. Dass wir trampeln würden und schreien und so. Dass wir vor seiner Tür Dreck machen oder seine Sachen vom Trockenraum klauen. Dass wir im Hausflur qualmen, andere Leute belästigen, mit Drogen dealen und was weiß ich nicht alles. Echt nervig. Hinzu kam, dass er eine Vorliebe dafür hatte, deswegen bei uns anzurufen, obwohl er nur eine Treppe tiefer wohnte. Der hat nie gelächelt, nie gegrüßt. Der hat nur mit uns geredet, wenn er dabei schreien konnte.« Sie wendete sich jetzt an Ann. »*Das* hat Vera genervt. Grüning und Konsorten. Im Dorf ist das anders, hat sie gesagt. Freundlicher. Und es *ist* ja auch anders. Aber was nützt das, wenn sie dich einerseits scheißfreundlich anquatschen, zu sich nach Hause einladen und dann hinter deinem Rücken den größten Müll über dich verbreiten? – Ich glaube, das ist es, was Vera am meisten zu schaffen macht hier. Und nicht die Natur. Wenn sie über die Natur schimpft, dann wahrscheinlich bloß, weil sie nicht gern über Menschen schimpft.«

Wir waren jetzt auf der Mitte des Feldes und ich drehte mich um. Hinter dem staubigen Getreide hockte *Haus Eulenruh* in der Ferne zwischen den Klettergewächsen wie eine unförmige Kröte.

⊙

Der Mooschkolk war kein See, sondern ein Loch. Pechschwarz und schmierig lag er im Wald. Nicht am lichten Rand, sondern tief in seinem dunklen Herzen. Dort, wo die Bäume besonders dicht zusammenrückten und es kaum ein Sonnenstrahl durch die Baumkronen nach unten schaffte.

Hier und da leckten Schilfzungen in das reglose Wasser. Die Körper, die in diesem See hin und her schwammen, mit Bällen warfen und sich haschten, brachten das Wasser nicht zum Spritzen. Eher schien es sich wie Öl um jede Bewegung wieder zu schließen.

Ich starrte auf die Schwärze.

»Gefällt's dir?«, fragte Ann und grinste.

Blöde Frage. Dieses Loch dort war so einladend wie ein Schlund und strahlte die Fröhlichkeit eines nie gelüfteten Kellers aus.

»Nennen wir das Kind doch beim Namen«, sagte Ann. »In einer Rankingliste über vorzügliche Selbstmordorte wäre der Mooschkolk einer der ganz heißen Kandidaten.«

Den Waldburgenern, die sich in Paaren und Grüppchen rings um den See verteilt hatten, schien das allerdings nichts auszumachen. Sie lagen auf Handtüchern und Decken, lasen, dösten, unterhielten sich, lachten, spielten Karten oder rannten kreischend in das Wasser hinein, das sie lautlos schluckte.

»Da ist Christian …«, sagte Lizzie und sah zu einer Handvoll Jungs hinüber, die mit einer Kiste Bier auf einer Zeltplane saßen, quatschten und einem Mädchen, das aus dem Wasser kam, etwas zugrölten.

»Christian?«, fragte ich.

Ann wies auf einen dünnen Typ in der Mitte. Am Oberarm hatte er eine auffällige Narbe. »Der mit den bunten Bermudas«, sagte sie. »Das ist Lizzies Freund.«

In den Bermudas steckten zwei spinnenhaft dünne Beine, weiß wie Feta. Kopf und Arme hingegen waren knallrot und pellten sich. »Wart mal.« Ann hielt mich einen Moment an der Hand zurück. »Pass mal auf …« Sie nickte in Lizzies Richtung.

»Was?« Doch da sah ich es schon selbst: In dem Moment, als Christian Lizzie entdeckte, ging eine verblüffende Veränderung mit ihr vor. Sie ließ drei Fingerspitzen auf ihre Lippen flattern, als hätte sie etwas Legendäres entdeckt: den Koloss von Rhodos etwa oder die Cheopspyramide, und könnte nur mit größter Mühe einen Ausruf des Entzückens zurückhalten. Dann nahm sie die Hand wieder weg und rief mit einer Stimme, die man, wenn überhaupt mit irgendwas, dann mit einem Teller zerschmolzener Butter vergleichen konnte: »Christian, Christian! Du bist auch hier!« Dabei hatte sie genau gewusst, dass er hier sein würde. Sie hatte es uns auf dem Weg durchs Getreide mehr als ein Mal gesagt. Und auch, dass sie nur für ihn das unpraktische, aber sehr schöne Zipfelkleid angezogen hatte. Ich sah, wie ein Lächeln auf ihrem Gesicht aufging und sich in ihren Mundwinkeln festhakte, ein Lächeln, das mir irgendwie sonderbar vorkam, so als hätte sie es aus einem fremden Gesicht genommen und über ihr eigenes gezogen. Ich sah, wie sie ein bisschen in die Luft hüpfte und dann in denselben Hüpfschritten auf diesen Christian zulief.

Oh nein, dachte ich entgeistert. Nicht Lizzie! Lizzie durfte einfach nicht zu der Sorte Mädchen gehören, die beim Anblick eines Typen vergessen, dass ihr Schädel mit Hirn und nicht mit Rührei gefüllt ist!

»Und – hab ich zu viel versprochen?«, fragte Ann. »Dafür hätte sie doch den Oscar verdient, oder? *Sie* ist die perfekte Schauspielerin, nicht ich ...«

»Wie?« Ich sah Ann verwirrt an. »Heißt das, das war nicht ernst gemeint?«

»Wart erst mal ab ... Ich erklär's dir, wenn wir unter uns sind.«

In der Zwischenzeit waren auch wir bei der Truppe angekommen. Lizzie wurde lautstark von diesem Christian in Empfang genommen und am Hintern betatscht. Er missfiel mir sofort. Vielleicht war es diese irritierende Kombination aus blondiertem Haar und naturschwarzen Brauen. Oder die eng stehenden Augen. Oder dieses blöde Getatsche.

Lizzie drehte sich behutsam aus Christians Griff, wies auf mich und lächelte mich an. »Das ist Franka«, sagte sie in die Runde. »Sie ist gestern bei uns angekommen.«

Ich hasste es.

Lizzie konnte es nicht wissen, aber ich hasste das. Wann immer mich jemand vorstellte, passierte nämlich so was wie jetzt: Mein Gegenüber war aus irgendeinem Grund gekränkt. Die Jungs sahen jedenfalls plötzlich angepisst aus.

Als wir näher gekommen waren, hatten sie mich nur kurz gemustert, mit diesem typischen Blick, mit dem Jungs immer einen Neuen musterten: *Wie ist der drauf, ist es ein Looser, ist er cool, und wenn ja, könnte er eventuell Stress machen?*

Alle hatten mich so angeschaut und dann hatten sie mich als harmlos, aber nicht als Looser eingestuft und mich nicht weiter beachtet.

Ich sagte so locker wie möglich: »Hi.«

Christian antwortete erst nach einer Weile. »Na dann … pflanzt euch doch …« Sein Lächeln wirkte verkantet. So als behielte er es zur Hälfte im Mund.

Als ich meinen Rucksack auf den Boden gleiten ließ, bedacht darauf, ihn weder hinzulegen noch zu werfen, denn das eine könnte Unsicherheit, das andere Verärgerung ausdrücken, glotzten mich alle an. Wie Suchscheinwerfer zischten die Blicke über meinen Körper und alle paar Zentimeter schien irgendein innerer Alarm loszugehen.

»Alles klar?«, fragte ich scharf in die Runde.

»Mann, Mann, Mann«, hörte ich. Dann lachte einer und einer rülpste.

Ich wendete mich abrupt ab und ging ans Ufer.

»Franka?«, rief Ann. Sie war mir gefolgt.

»Ist schon gut«, sagte ich. Sie glotzten immer noch. Ich spürte ihre Blicke jetzt auf meinem Arsch. »Ich fühle mich wie ein Popel unterm Mikroskop, das ist alles.«

Mit einer schnellen Bewegung zog ich mir das T-Shirt über den Kopf und die Hose aus. Einen kurzen Moment stand ich in meinem Schwimmanzug da. Dunkelgrün mit langen Beinen, weißen Streifen und über der Hüfte das zackige *Racer*. Ich fühlte alle Blicke auf mir, und obwohl ich es nicht wollte, sah ich einen Augenblick lang, was sie sahen: eine Wucht aus festem Fleisch, schweren Knochen und Muskeln. Ein Körper, nicht wie ein Tännchen, sondern wie eine geballte Faust, der den Begriff Mädchen sprengte. Dann rannte ich in den See.

Keine Sekunde später brach das Gejohle und Gepfeife los.

Das Wasser war kalt. Es war egal. Es war mir scheißegal, was sie jetzt über mich sagten. Hören wollte ich es trotzdem nicht. Ich tauchte unter, ohne mich damit aufzuhalten, die Kälte erst mal behutsam kennenzulernen.

⊙

Ich blieb unter Wasser, bis mir die Luft ausging, und als ich wieder auftauchte, prustete ich laut und spuckte. Dann begann ich zu kraulen. Ich kraulte wie eine Irre, ich war schon immer gern geschwommen, bloß im letzten Jahr hatte es kaum Gelegenheiten gegeben. Mein Körper fühlte sich wohl im Wasser, fit und stark, nicht wie ein Walross, eher wie ein Hai, ich war schon fast am anderen Ufer, mein Atem flog, ich war ewig nicht mehr so schnell geschwommen.

Auf einmal rief jemand neben mir: »Besser, wir drehen um. Wenn wir in dem Schilf da drüben landen, enden wir als Blutspende. Da hocken ungefähr eine Million Blutegel drin.«

Ich drehte mich zur Seite. Ann schwamm neben mir. Locker, sportlich – sie war nicht mal außer Atem. Ich hatte überhaupt nicht mitgekriegt, dass sie auch ins Wasser gegangen war.

»Okay«, sagte ich, wendete und versuchte, nicht so zu hecheln.

»Lass dir von den Typen nicht in die Suppe pinkeln«, sagte Ann. »Die sind Mädchen mit Basecaps und Muckis einfach nicht gewöhnt. Es beunruhigt sie.«

Ich sagte nichts.

In meiner alten Klasse hatten fast alle Größe XS getragen.

Egal, ob es ihre Größe war oder nicht. Knallenge T-Shirts, bei denen ich Angst gehabt hätte, einzuatmen. Außerdem hatte es ausgesehen, als könnte der Stoff bei einer hektischen Armbewegung sofort vom Nabel bis über den Busen rutschen. Ob das wirklich so war, hab ich nie erfahren. Die meisten machten einfach keine hektischen Armbewegungen.

Ich trage XL. Aber nicht nur, weil ich meine Arme hochreißen will, wenn mir danach ist, sondern weil ich es bescheuert finde, wenn mir jemand auf die Brüste glotzt anstatt ins Gesicht.

Fast alle Mädchen in meiner alten Klasse waren jedoch überzeugt davon, dass der Busen das Wichtigste an ihnen war. Da schien ein heimlicher Wettkampf zu laufen. Sie drückten sich die Brüste mit einem Push-up so hoch, bis sie schließlich wie zwei Bocciakugeln aus dem Ausschnitt lugten. Manche puderten Glitzer drauf.

»Ich kapier die Jungs nicht«, sagte ich endlich. Wir ließen uns ruhig durch das schwarze Wasser gleiten. Wir waren ganz allein in diesem Teil des Sees. »Ich meine, verlieren die ihr Hirn, wenn es um Mädchen geht? Bei Autos wäre es ihnen doch sofort klar. Da wissen sie doch alle, dass das Wichtigste an einem Auto nicht der Lack ist, sondern der Motor! Aber bei einem Mädchen glotzen sie bloß auf den Lack. – Jetzt mal im Ernst: Wenn ein schicker Busen oder Arsch wirklich der Garantieschein für Hirnqualität wären, müsste man Pamela Anderson doch sofort eine Physikprofessur anbieten!«

Wenn Ann lachte, dann richtig. Dann riss sie den Mund auf und lachte in einer Lautstärke, die bellende Hunde zum Verstummen gebracht hätte. Und sie steckte einen sofort damit an. Ich konnte gar nicht anders als mitlachen und plötzlich fühlte ich mich sicher.

Als wir wieder am Ufer waren und zurückgingen, war das Interesse der Jungs auf Lizzie gerichtet, die sich aber mit keinem irgendwelche Mühe gab, nur mit Christian.

»Ach, bitte«, sagte sie und legte ihm die Hand aufs Bein. Äußerlich schien er die Hand nicht zu beachten, denn er nahm sie nicht, legte nicht die Finger darüber, aber ich sah, wie die wenigen Muskeln in seinem Bein sich anspannten, als versuchten sie, einen möglichst guten Eindruck zu hinterlassen. Lizzies Hand war schmal, die Nägel waren in glänzendem Perlmutt lackiert und sie hatte einen dünnen goldenen Ring auf dem Mittelfinger.

»Ach, bitte, Christian«, wiederholte sie, »… spiel doch was, egal was, *irgend*was …«

Ich schlang das extragroße Handtuch um mich. Nur Füße und Kopf guckten raus. Hochsommer hin oder her, es war ziemlich kühl hier, die Sonne verreckte da oben in den Baumkronen. Hier unten hätte es jedenfalls genauso gut Herbst sein können. Ich pflanzte mich neben Ann. In meinem Nacken kribbelte es. Irgendwer beobachtete mich.

»Willst du nicht lieber das nasse Zeug ausziehen?«, fragte Ann.

Ich schüttelte den Kopf. »Die glotzen schon wieder.«

Ann sah sich um. »Keiner glotzt. Die sind alle damit beschäftigt, Lizzie anzuhimmeln.«

»Nicht die«, sagte ich. »Hinter uns. Da sitzt einer und glotzt. Ich merk's im Nacken. Das ist so 'ne Art sechster Sinn. – Mann, jetzt guck da nicht so hin!«

Aber Ann hatte sich natürlich schon umgedreht. »Du spinnst«, sagte sie nach einer Weile. »Da ist nur Wald. Oder denkst du, die Bäume glotzen?«

Ich drehte mich um. Es stimmte. Da waren bloß der Wald und der Forstweg, der hinaus aufs Feld führte. Niemand weit und breit. Seltsam. Ich hätte schwören können …

»Christian, jetzt lass dich gefälligst nicht so lange bitten!«, sagte Lizzie. Erst jetzt fiel mir auf, dass er die Ärmel seines T-Shirts so hochgekrempelt trug, dass die Narbe auf seinem Arm gut zur Geltung kam. Und da schnappte er sich endlich die Gitarre und fing an. Er sang *Knocking on Heaven's Door*, zumindest versuchte er es. Es klang, als würde sich eine quietschende Tür schließen.

Als er fertig war, seufzte Lizzie: »Du singst so *überirdisch* gut, Christian …«

Ich staunte. Dass Liebe blind machte, war ja nichts Neues. Aber offenbar machte sie auch taub. Ich sah zu Ann, die zur Seite guckte und sich ein Lachen verbiss. Zumindest unser beider Gehör schien noch in Ordnung zu sein.

»War es schwer für euch, als ihr hier angekommen seid?«, fragte ich sie, als Christian, der es sichtlich genoss, so bewundert zu werden, einen neuen Song anstimmte. »Ich meine, sie scheinen euch zu akzeptieren. Und Lizzie …« Ich sah wieder zu ihr hin, sah, wie die anderen sie heimlich anstaunten. »Lizzie ist echt beliebt, oder?«

»Na ja«, sagte Ann. »Alle, die hier zur Schule gehen, kennen sich, seit sie sich gegenseitig die Sandschaufeln auf den Kopf gehauen haben. Wie willst du da noch so was wie ein romantisches Gefühl füreinander entwickeln? – Als Lizzie und ich neu in die Schule gekommen sind, war das jedenfalls ein echtes Ereignis.« Sie schwieg einen Moment, dann sagte sie: »Aber leicht war es nicht, nein. Ehrlich gesagt war es sogar ziemlich beschissen ...«

»Haben euch die Jungs blöd angemacht?«

»Drücken wir es besser so aus: Die haben sich aufgeführt, als hätte Beate Uhse eine Filiale im Eulenhaus eröffnet.«

Ich guckte unauffällig zu Lizzie, die wieder die Hand auf Christians Knie gelegt hatte und ihn unverwandt anschaute.

»Wir hatten schon einen Ruf, bevor wir überhaupt hier angekommen waren.«

Ann war immer noch sauer. Eulenhausbewohner, dachte ich, haben auf andere Leute anscheinend genau dieselbe Wirkung wie Heimbewohner.

Keine Ahnung, was da in den Köpfen vorging: Offenbar konnten sie sich ein Heimleben nicht vorstellen und deshalb war an dieser Stelle ein großer leerer Fleck in ihrem Hirn – und so ein Fleck, der ließ sich fantasievoll mit allem Möglichen füllen. Dass die meisten eine *beschissene* Fantasie hatten, zeigte sich daran, dass sie den Fleck mit *Scheiße* füllten: Alle Heimjungs waren in ihren Augen Schläger, alle Heimmädchen Nutten. Vielleicht war es mir deshalb so egal, wo jemand herkam, ob aus Rio de Janeiro oder Rostock. Ich war in keiner der beiden Städte bisher gewesen, wie sollte ich also ein Urteil fällen?

»So ein Ruf ist wie eine Tätowierung – den kriegst du nicht weg«, sagte Ann. »Die haben uns das Wort *Schlampen* auftätowiert, noch bevor sie uns überhaupt kannten.« Mit einer Hand schaufelte sie heftig schwarze Erde auf. »Auf die doofsten Touren haben die uns angemacht. Dachten, es wäre total leicht, uns rumzukriegen. Darum geht's dann nämlich: ums Rumkriegen. Du kannst mit den besten Vorsätzen hier ankommen, es nützt nichts. Die glauben sowieso, im Eulenhaus ficken wir alle wild durcheinander und so eine kriegt man doch bestimmt auf das Sofa in der Gartenlaube. Verstehst du?«

Ann drehte sich zu mir und klatschte eine neue Handvoll Erde auf den Haufen. Ihr Gesicht glühte. Es sah aus, als hätte jemand ein Streichholz unter ihrer Haut angezündet. Ich nickte.

»Die haben überhaupt nicht *uns* gesehen«, fuhr sie fort. »Ich meine: Lizzie oder mich. Die haben bloß das Sofa in der Gartenlaube gesehen. Und diese Vorstellung verkleistert ihnen dann langsam das Hirn. Sie machen sich nicht mal die Mühe, rauszufinden, ob du vielleicht selbst irgendwelche Gedanken und Vorstellungen hast. – Du bist einfach bloß 'ne Schlampe.«

Das Wort traf mit einem schiefen Ton aus Christians Kehle zusammen.

»Die Jungs fanden diese Vorstellung natürlich große Klasse. Die Mädchen haben uns gehasst«, sagte sie. »*So* war das, als wir hier angekommen sind.«

»Und wie ... ich meine, wie habt ihr ...« Ich stotterte.

»Ich hab sie abblitzen lassen. Einen nach dem anderen. Aber sie kapieren's nicht. Sie machen auch jetzt noch ständig blöde Sprüche. Ob ich frigide wäre und so. – Scheiß drauf. – Lizzie, die hat ihren eigenen Weg gefunden ...«

Ich sah zu ihr hinüber. Sie hatte nur Augen für Christian. Der grinste breit in die Runde. Er wirkte wie jemand, der einen besonders großen Hecht herumzeigte. »Findest du?«, fragte ich.

»Lass dich nicht täuschen von dem, was du siehst«, sagte Ann.

⊙

Als wir später zurück aus dem Wald aufs freie Feld traten, war es plötzlich wieder brüllend heiß. Es war gegen fünf, und die

Sonne knallte runter, als hätte jemand da oben einen Brand gelegt. Ich ließ das Handtuch von meinen Schultern rutschen und blinzelte gegen die gleißende Helligkeit. Über dem Feld flimmerte die Luft.

»Wow!«, sagte ich. Am Mooschkolk hatten die nassen Badesachen, die die Leute in die Bäume gehängt hatten, reglos vor sich hin getropft, schwere Schatten hatten darüber gelegen. Am Mooschkolk hatte ich Gänsehaut gehabt. Jetzt schien jede Pore meines Körpers die Hitze aufzusaugen und ich freute mich richtig auf den Weg zurück durchs Getreide.

»In Unland«, sagte Ann, »soll der Temperaturunterschied noch krasser sein. Da soll's noch viel kälter sein als am Mooschkolk.«

»Wieso das denn?«, fragte ich. »Da sind doch gar keine Bäume.«

»Die Mauern«, sagte Lizzie. »Die sind so hoch und dick und schwarz, dass nicht mal der dünnste Sonnenstrahl auf den Boden kommt. Da wachsen wahrscheinlich nur noch Flechten und Moose. – Das ist biologisch total interessant. So eine Art Biotop«, sagte sie verträumt. Wir kämpften uns durchs Getreide und mein nasses Badezeug trocknete im Nu. »Da hat sich bestimmt schon eine ganz eigene Population entwickelt … ich würde … also, ich würde echt gern wissen, was sich da so alles angesiedelt hat«, sagte Lizzie.

»Warst du denn nicht da?«, fragte ich.

War es Zufall oder weil wir gerade von Unland sprachen, dass wir etwas nach links abdrehten? Wir redeten und achteten nicht so sehr darauf. Vielleicht war ich es sogar selbst, die unbewusst die Richtung ein wenig korrigierte oder irgendwie *herangezogen* wurde von den Ruinen.

»Nein«, sagte Lizzie. »Keiner von uns war da.«

»Du spinnst«, sagte ich. »Ihr wollt mir doch nicht erklären, dass ihr schon ein Jahr hier wohnt und noch nicht *ein Mal* dort wart? Seid ihr denn überhaupt nicht neugierig?«

»Doch!«, sagten Lizzie und Ann wie aus einem Mund.

»Und warum geht ihr dann nicht hin?«

Kaum dass ich den Satz beendet hatte, prallte ich mit der Schulter gegen einen Holzpfosten, der wie aus dem Nichts aufgetaucht war.

»Scheiße!«, schrien Ann und Lizzie. »Zurück! – Komm hierher, Franka!«

Ich rieb mir die Schulter und rührte mich nicht vom Fleck.

»Was ist das denn?«, fragte ich. »Wieso stehen hier Pfosten?«

»Fass nichts an!« rief Lizzie nervös. »Komm her!«

Ich drehte mich um. Die beiden waren nach rechts ausgewichen. »Jetzt mach schon!« Das war Ann. »*Beweg deinen verdammten Arsch hierher!*«

Ich dachte überhaupt nicht daran. Ich ging nach links. Und dort, das sah ich erst jetzt, ragte noch so ein Pfahl aus dem Getreide. Ein paar Meter weiter ein dritter. Und so ging es offenbar immer weiter: In bestimmten Abständen ragte eine Pfostenspitze aus dem Getreide. Sie bildeten eine Art Bogen.

»Was zum Teufel soll das sein? – *Stonehenge*, oder was?«

»Nicht anfassen! *Nein, pass auf!!*«, schrien Ann und Lizzie gleichzeitig.

Aber es war schon zu spät. Ich hatte bereits einen Finger nach diesem komischen Drahtnetz ausgestreckt, das zwischen die Pfähle gespannt war, und –

⊙

»Franka, Franka!? – Sie bewegt sich, sie guckt mich an!«

»Ist alles okay mit dir?«

Ich lag auf dem Boden.

Ich lag da, auf der staubigen Erde, ausgestreckt zwischen den Halmen. Und dann fuhr ich hoch. Ich starrte meine Hand an und schüttelte sie wie wild.

»Was zum Henker *war* das?« Ich schüttelte die Hand immer weiter. »Verdammte Scheiße noch mal!« Dann riss ich mich zusammen, hielt die Hand ruhig vor meine Augen und schaute sie genau an. Nichts war zu sehen. Keine Bisswunde, kein Blut. Da war überhaupt keine Verletzung! Dabei hatte es wehgetan.

Ann und Lizzie hockten schon neben mir, griffen nach meinen Armen und Beinen und halfen mir hoch. Sie zogen mich weg von den Pfosten.

»Was war los?«, fragte ich verwirrt. »Was ist denn mit mir passiert?«

»Strom«, sagte Ann. »Du hast gerade einen elektrischen Schlag bekommen.«

Sie hatten mich untergehakt, jede auf einer Seite, und strebten Richtung Eulenhaus. Ich ließ mich einfach schleppen. Ich konnte nicht aufhören, meine Hand anzuschauen. Der Schreck saß mir tief in den Knochen. So ein Schreck, als hätte einem jemand im Dunkeln einen heftigen Schlag aufs Herz versetzt.

Strom?

Endlich kam die Nachricht in meinem Hirn an.

»Da war Strom drin?! *Ja, sind die denn bescheuert?* Das ist doch lebensgefährlich!« Ich blieb abrupt stehen. »Was soll denn diese Scheiße?« Als Ann und Lizzie mich weiterziehen wollten, riss ich mich los und drehte mich um. »Das da!« Ich wies auf die Pfähle, die aus dieser Entfernung kaum mehr zu sehen waren, so sehr passten sie sich in das Feld ein. »Ich meine: Was *ist* das überhaupt?«

»Das ist …« Lizzie guckte Ann an und druckste rum. »Na ja … das ist …«

»Das ist der Zaun«, sagte Ann.

6. KAPITEL

DER ZAUN

»Herr Kämpf?«, fragte ich beim Abendessen im Garten.

»Andreas«, sagte Andreas Kämpf. »Und bitte sag Du.«

»Okay«, sagte ich, obwohl ich wusste, dass ich das umgehen würde. »Ich hab mal eine Frage.«

»Schieß los!« Er hatte Axel auf dem Schoß, der sich an ihn schmiegte, wie er es am Morgen bei Lizzie getan hatte.

»Also … wenn jemand etwas absperrt, eine Art … äh … Grundstück, warum macht er das?«

Lizzies Kopf fuhr in die Höhe. Sie guckte mich erschrocken an.

»Wie meinst du das … *absperrt*?«, fragte Andreas Kämpf.

»Na ja, mit einem Zau… ich meine … mit einem Gitter zum Beispiel.«

Lizzie gab mir unterm Tisch einen Tritt. Ann versuchte, nicht zu lachen, und verschluckte sich dabei.

Als sie mich übers Feld zurückgeschleppt hatten, hatte Lizzie mich beschworen, nicht zu erzählen, dass wir am Zaun gewesen waren. Vera Kämpf hatte ihnen allen wohl das Versprechen abgenommen, den Zaun zu meiden. Der Zaun und Unland, so erfuhr ich, waren eine Art verbotenes Gebiet. Das wussten alle Waldburgener und auch die Eulenhausbewohner hielten sich daran.

Ann und Lizzie hatten mir erzählt, dass der Bürgermeister, als sie letztes Jahr hier angekommen waren und das Haus im Dreieulenweg bezogen hatten, Vera und Andreas Kämpf gleich am zweiten Tag in den Rat der Gemeinde gebeten hatte. Nur die beiden, nicht die Kinder. Er hatte sie herzlich willkommen geheißen, ihnen von Waldburgen und dessen Geschichte erzählt und dann, nach einem kurzen Zögern, von Unland und dem Zaun angefangen. Er hatte sie gebeten, das Verbot zu akzeptieren. Das Verbot, Unland zu betreten.

»Warum jemand sein Grundstück mit einem Gitter sichert?«, fragte Andreas Kämpf jetzt bedächtig, »Nun, ich nehme an, damit niemand etwas stiehlt.«

»Und wenn da nichts zu stehlen ist, weil ... weil ... das Grundstück nur aus ... äh ... sagen wir ... hässlichen alten Bäumen besteht?«

Ann blies die Backen auf und Lizzie sah betroffen auf den Tisch. Ricardo, der am Kopfende saß, schien mit seinen Gedanken weit weg zu sein, er hatte wieder diesen verschlossenen, irgendwie unwilligen Ausdruck im Gesicht. Matthias schien ebenfalls nicht zuzuhören, er schaufelte Gabel für Gabel voll Nudelsalat in sich hinein, als hätte er den ganzen Tag Schwerstarbeit vollbracht und nicht nur Computer gespielt. Dann hob er sein Glas an den Mund, als er aber sah, dass es bis auf ein paar Schlucke Kirschsaft fast leer war, stellte er es schnell auf den Tisch zurück und schob es weg. Das war mir schon am Morgen aufgefallen: Matthias trank nie aus. Es schien ihm wichtig zu sein, immer ein paar Schlucke im Glas zu lassen.

»Na ja, dann würde ich denken, dass diese hässlichen alten Bäume wahrscheinlich sehr selten und wertvoll sind«, sagte Andreas Kämpf. »Und weil der Eigentümer Angst hat, dass sie beschädigt werden könnten, hat er ein Gitter darum gezogen.«

»Aber … äh …« Ich stotterte. »Wenn die Bäume eigentlich alle schon beschädigt *sind*, oder nein, wenn sie alle *tot* sind, verbrannt … und wenn das … Grundstück … eigentlich bloß noch aus …«

»*Ruinen* besteht?«, fragte Vera Kämpf scharf. Dann sah sie Lizzie an. »Ihr wart am Zaun!«

»Es war ein Versehen«, mischte Ann sich ein. »Wirklich. Wir sind versehentlich abgedriftet und Franka war neugierig und hat den Zaun angefasst.«

»Sie hat ihn *angefasst*?!«

Damit jetzt kein Donnerwetter losging, schoss ich vorsichtshalber eine ganze Batterie Fragen auf Andreas und Vera Kämpf ab. »Wozu ist der Zaun denn da? Ich meine, dass da nichts zu holen ist, sieht doch ein Blinder. Es sei denn, man steht auf verkohlte Mauerstücke. Und zu schützen ist da auch nichts mehr, da ist doch schon alles zerstört. Wozu stellen sie einen Zaun um ein so hässliches Gebiet auf? Vor allem: einen elektrischen? Also jetzt mal ehrlich, das ist ziemlich … merkwürdig!«

Ich hatte alle auf meiner Seite. Selbst Matthias schien interessiert und wartete auf eine Antwort. Fussel saß still da, sein Schwanz peitschte auf den Boden.

Vera Kämpf sagte: »Es ist alles andere als merkwürdig.« Sie sah in die Runde. »Jetzt tut nicht so. Ihr kennt doch alle den Grund für den Zaun, ich hab's hundertmal erklärt. Ich kann ja verstehen, dass ihr lieber ein Geheimnis hören wollt, aber *es gibt keins*!«

Offenbar war der Zaun ein Reizthema. Vera Kämpf sah jetzt nur noch mich an. »Du wirst enttäuscht sein, Franka. Der Zaun steht da, weil die Ruinen baufällig sind. Das ist alles. Wenn er nicht wäre, würden natürlich alle Kinder neugierig darin rumklettern. Aber dort ist alles marode, jederzeit könnte eine Wand reißen, ein Dach brechen. Die Gefahr, dass jemand sich verletzt, ist einfach zu groß.«

»Warum reißen sie die Ruinen nicht einfach ab?«

»Gut mitgedacht«, sagte Vera und lächelte. »Im Grunde sollte das Gelände schon seit Jahren abgerissen und abgetragen worden sein, eben wegen der hohen Unfallgefahr. Waldburgen hat vor etlichen Jahren sehr viel Geld dafür bekommen. Wahrscheinlich EU-Mittel oder Gelder zur Dorferneuerung oder was weiß ich. Aber die Einwohner haben sich geschlossen gegen den Abriss entschieden.«

»Warum?«

»Sie brauchten das Geld! Für den Bau der Kegelbahn zum Beispiel, für die Renovierung der Kita, für den Springbrunnen, der auf eurem Schulhof steht, für die Bronzebank auf dem Marktplatz ... Verstehst du jetzt, Franka?«

Ich versuchte es. Eine Bronzebank fand ich überflüssig, aber das mit der Kita, dem Springbrunnen und der Kegelbahn klang nach vernünftig angelegtem Geld. Vernünftiger jedenfalls, als irgendwelche Ruinen abzureißen. Ich nickte zögernd. Trotzdem ...

»Und jetzt stell dir mal vor, dass ein Unfall passiert«, fuhr Vera Kämpf fort. »Irgendwer klettert in den Ruinen rum und er würde verletzt werden. – Was würde passieren?« Sie ließ einen Moment vergehen, um die Frage wirken zu lassen. »Es würde nachgeforscht werden«, sagte sie nach einer Weile. »Man würde den Bürgermeister wegen fahrlässiger Körperverletzung anklagen und wegen was weiß ich noch alles: wegen Veruntreuung von Geldern, Betrug oder bewusster Hintergehung von Amtspersonen. – Man würde den Abriss erzwingen.«

Ich sah gebannt auf Vera Kämpfs Mund, dem diese Sätze entströmten, einer nach dem anderen, Sätze wie wunderschöne Perlen auf einer Schnur. Eine Schnur, die offenbar zusammengerollt in ihrem Mund gelegen und darauf gewartet hatte, jetzt herausgezogen zu werden.

»Wenn der Abriss aber erzwungen wird, würde sich das Dorf hoffnungslos verschulden. Wahrscheinlich müsste jeder einzelne Waldburgener seine letzten Ersparnisse zusammenkratzen, einen Kredit aufnehmen oder eine Hypothek aufs Haus … Das Geld für den Abriss ist ja längst verbraucht. Und neues wird es natürlich nicht geben.«

Jeder Gedanke, staunte ich, war die Konsequenz des vorigen, alle waren folgerichtig, sie ergaben eine zwingende Logik, der auch ich mich nicht verschließen konnte, und doch …

»Der Zaun ist nur zu eurem Schutz da.«

Sie schwieg. Niemand sagte mehr etwas.

Ich sah mich verstohlen am Tisch um, sah Ann und Lizzie, Ricardo und Matthias an, und aus der Langeweile, die mir aus jedem Gesicht entgegenschien, konnte ich ablesen, dass sie diese Perlenkette von Sätzen tatsächlich schon zum hundertsten Mal hörten.

Vielleicht war es gerade die Logik der Geschichte, die mich störte. Sie war so wasserdicht. Irgendwie *zu* wasserdicht. Sie klang, als hätte jemand lange getüftelt, bis an der Geschichte keine schwache Stelle mehr zu finden war.

»Herr Gregor hat uns die Abrisspapiere gezeigt«, sagte jetzt

Andreas Kämpf. »Der Abriss sollte vor zehn Jahren stattfinden. Er hat uns die Rechnungen gezeigt für die Kegelbahn und die anderen Sachen. Und er hat uns die schriftliche Entscheidung der Dorfbewohner gegen den Abriss gezeigt. Sie haben alle unterschrieben. Jeder Einzelne. – Was Herr Gregor uns da anvertraut hat, ist die Wahrheit, Franka. Worum er gebeten hat, ist, dass wir sein Vertrauen erwidern und vom Zaun fernbleiben, um Unfälle zu verhindern und nicht unnötig Aufmerksamkeit auf Unland zu lenken.«

Ich schwieg. Ich war nicht überzeugt. Das hatte nichts mit Logik zu tun. Das war ein Gefühl. Axels Kopf lag auf Andreas Kämpfs Schulter. Er schien eingeschlafen zu sein.

⊙

Nach dem Abendessen waren wieder alle verschwunden, das schien so eine Art Marotte zu sein. Es war still. Niemand mähte mehr. Staub hing in der Luft und der Geruch von heißem Stroh. An der Hausmauer standen Blumen, blau und hoch. Sie bewegten sich lautlos. Es war still. Eine Sommerstille, wie sie wahrscheinlich nur auf Dörfern herrscht. Ich stand auf und ging zum Schuppen hinüber, um nachzusehen, ob das Rad immer noch da war.

Wenn das überhaupt möglich war, so war die Vegetation am Schuppen noch dichter und wilder als auf dem übrigen Grundstück. Krautiges Zeug stand bis zum Knie hoch. Es blühte über und über weiß, als hätte es nur heute noch Zeit dafür, und an die Schuppenwand drängten sich staubige, buschgroße Disteln. Links am Schuppen stand ein verkrüppelter Apfelbaum, der ungefähr eine Million tischtennisballkleiner Äpfel trug und genauso viele ins Gras geworfen hatte. Manche waren frisch und grün, aber viele lagen da offenbar schon eine ganze Weile, denn sie waren braun und stellenweise wie mit weißlicher Gänsehaut überzogen. Als ich sie mit der Fußspitze anstupste, zerfielen sie. Über allem hing ein betäubend süßer Geruch, als hätte jemand Wein verschüttet. Wespen und Fliegen summten um die matschigen Früchte. Fussel kam um die Ecke, schnupperte mal hier, mal da. Er knurrte jetzt nicht mehr. Er legte sich auf den Rasen und beobachtete mich.

Das Rad lag zwischen den Nesseln. Ich stellte es hin und schaute mir alles genau an. Plattfuß vorn und hinten und bei den Bremsen mussten die Bremsschuhe ausgetauscht werden. Dann sah ich nach dem Licht. Das Kabel war wie durch ein Wunder nicht zerrissen, aber die Antriebsrolle des Dynamos war verschlissen. Entweder ich tauschte gleich den ganzen Dynamo aus oder ich setzte eine Aufsteckkappe über die Rolle.

Egal – ich würde sowieso erst mal mit den Schläuchen anfangen. Kurz entschlossen zog ich die Schuppentür auf. Fussel erhob sich. Er schien beunruhigt. Ich machte einen Schritt in den Schuppen rein. Fussel fing an zu knurren. Da fasste ich einen Entschluss. Ich drehte mich um und ging auf Fussel zu. »He«, sagte ich mit leiser Stimme. »Sei nicht sauer.« Als ich vor ihm stand, ging ich in die Hocke und hielt ihm meine Hände hin. Er kam näher, schnupperte daran. Und dann leckte er meine Hand ab. »Okay«, sagte ich. »Fussel, mein Freund. Ich will nur mal schauen, wo das Fahrradwerkzeug liegt. Und ich wäre dir überaus verbunden, wenn du mich nicht zerfleischen würdest.« Fussel wedelte freundlich mit dem Schwanz und legte sich wieder hin. Ich hatte seine Erlaubnis.

Der Schuppen war eine Katastrophe. Wenn es jemals so etwas wie eine Ordnung gegeben haben sollte, so war jetzt keine Spur mehr davon zu sehen. An der rechten Wand stapelte sich ein ungeheurer Haufen Kram, der eigentlich auf die Müllkippe gehörte: Bretter, aus denen Nägel ragten, Lampen, gebrochene Jalousien, ein Bataillon leerer Einweckgläser, alle so verstaubt, dass ich sicher war, dass sie mindestens schon zwanzig Jahre dort vor sich hin dämmerten. Geradeaus stand ein alter Tisch, auf dem Gartengeräte lagen, ein zusammengerollter Schlauch, ein Laubkorb, einige Kartons: ein beeindruckendes Stillleben, das nach Schimmel und Mäusedreck roch. Spinnen hatten kunstvoll ihre Netze darübergesponnen. Ich hatte keine Lust, da irgendwo nach Fahrradwerkzeug zu suchen. Wahrscheinlich würde ich als Erstes in eine Mausefalle greifen.

An der linken Wand gab es einen Fahrradberg. Die Räder waren alle ineinander verkeilt, als hätte jeder seins einfach fallen lassen. Hier hatte ganz augenscheinlich niemand so richtig Spaß an Rädern. Sollte doch mal jemand Lust auf einen Ausflug haben, musste er erst alle anderen wegräumen, und da würde auch mir die Lust vergehen. An keinem der Räder entdeckte ich eine Werkzeugtasche.

Ich wollte den Schuppen schon wieder unverrichteter Dinge verlassen, als ich ganz hinten eine Fahrradlampe entdeckte. Sie lugte hinter einer Steppdecke hervor, die wie eine Trennwand von der Decke hing. Die Lampe wäre mir woanders nie aufgefallen, aber sie war das Einzige in diesem Müllhaufen hier, was glänzte. Ein Sonnenstreifen, der es von der Tür bis in die hinterste Schuppenecke geschafft hatte, hatte diese Lampe erwischt, spiegelte sich auf dem verchromten Gehäuse, sodass es aussah, als blinzelte die Lampe mir zu. Ich ging näher, schob die Decke beiseite und entdeckte: ein Sportrad! Ein Bianchi. Blitzblank und hervorragend in Schuss – es gab offenbar doch noch jemanden hier, dem sein Rad am Herzen lag! Neben dem Rad auf dem Boden stand ein Reifenheber, den ich mir schnappte, und am Gepäckträger hing eine Werkzeugtasche. Na also! Zufrieden knipste ich die Tasche ab und nahm sie mit nach draußen. Ich warf einen Blick hinein, holte das Werkzeug heraus. Ich breitete es im Gras aus und Fussel kam herüber und beschnupperte alles, setzte sich dann direkt daneben und ich machte mich an mein Rad.

⊙

Das Rad war nicht nur alt, sondern auch störrisch, denn es ließ nur widerwillig zu, dass ich seine Bremse löste, aber das gefiel mir. Es war nicht so zahm und anschmiegsam wie ein ladenneues Rad, sondern eins mit Charakter, eins mit eigenem Willen.

Als unser Hausmeister im Heim einmal alle kaputten Räder repariert hatte, hatte ich mich danebengestellt und zugeschaut. Da war ich zehn gewesen, und als ich auch noch beim dritten Rad da war, hatte er gebrummt: »Hast du jetzt kapiert, wie man einen Plattfuß heil macht?« Ich hatte großspurig genickt, und da hatte er mir das nächste Rad hingehalten und gesagt: »Dann fang mal an.« Nach kurzer Zeit hatte ich gemerkt, dass ich nicht mit dem Werkzeug abrutschte und mich nicht blöd anstellte, dass ich einfach ein *Gefühl* dafür hatte, wie der Hausmeister nach einer Weile anerkennend gemurmelt hatte. Das Wichtigste aber war für mich gewesen, dass es Spaß machte. Und das war bis jetzt so geblieben.

Ich pfiff vor mich hin, während ich die Nabenmuttern abschraubte und das Vorderrad aus der Gabel löste. Ich pfiff, als ich mit dem Reifenheber den Mantel Speiche für Speiche von der Felge hob, danach die Ventilmutter abschraubte und den Schlauch vorsichtig herauszog. Ich hielt ihn in der Hand und überlegte. Am besten wäre jetzt ein Bottich Wasser. So würde sich das Loch am leichtesten finden lassen.

»Falls du Wasser brauchst – hinterm Schuppen steht eine Regenwanne.«

Ich erschrak so sehr, dass mir der Schlauch aus der Hand fiel. Dann fuhr ich herum.

Ricardo stand lässig gegen die alte Schaukel gelehnt, keine fünf Meter von mir entfernt.

»Mann, was stehst du da rum und glotzt!« Meine Stimme klang aggressiver, als ich es wollte, aber er hatte mich wirklich erschreckt. Außerdem konnte ich mich normalerweise auf meinen inneren Sensor verlassen. Ich *spürte* einfach, wenn jemand mich anguckte. Mir war schleierhaft, warum dieser Sensor jetzt versagt hatte.

»Du wirst ja bestimmt entschuldigen«, sagte Ricardo spöttisch, »aber mich interessiert einfach, was du so aus unserem Schuppen klaust …«

»Ich klaue nicht!« Was dachte sich der Typ eigentlich? »Außerdem: Als ob's in der Müllkippe da was zu klauen gibt! Da stellt doch jeder Dieb aus Mitleid noch was rein.«

»Mein Rad hast du ja offenbar entdeckt«, sagte Ricardo einfach und sah auf das ausgebreitete Werkzeug auf dem Rasen.

»Ich hab das Zeug *geborgt*, nicht geklaut!«, sagte ich. »Und keine Panik, Mann, ich pack das alles wieder ordentlich weg. Flicken besorg ich dir ein paar neue.«

»Will ich hoffen«, sagte er.

Blödmann. Ich schnappte mir den Schlauch und lief damit hinter den Schuppen, wo tatsächlich eine Regenwanne unter einer Dachrinne stand. Ich tauchte den Schlauch ein und passte auf, wo Bläschen aufstiegen. Diese Stelle markierte ich auf dem Schlauch. Dann schwenkte ich ihn, damit er trocknete, und hoffte, dass Ricardo in der Zwischenzeit verschwunden war.

Als ich wieder um die Ecke bog, lehnte er immer noch an der Schaukel. Vielleicht sogar noch eine Spur bequemer als vorhin. Er schien überhaupt nicht daran zu denken, abzuhauen und mich in Ruhe arbeiten zu lassen. Während ich die markierte Stelle mit Schleifpapier aufraute, sah ich aus dem Augenwinkel, wie er sich eine Zigarette drehte. Als ich das Vulkanisiermittel auftrug und wartete, dass es trocknete, zündete er sie an. Ich tat so, als wäre er nicht da. Normalerweise war das ein wirksames Mittel. Ignorieren. Irgendwann wurde es ihnen zu langweilig.

Er blieb einfach stehen, rauchte und sagte nichts. Er beobachtete mich, wie ich den Flicken draufklebte. Wenn der dachte, dass ich anfangen würde, irgendwas zu erzählen, bloß um diese Stille zu unterbrechen, hatte er sich getäuscht. Trotzdem machte seine Anwesenheit mich nervös. Irgendwie. Auf eine Weise, die ich nicht kannte. Ich versuchte, mich ausschließlich auf die Arbeit zu konzentrieren, und suchte den Mantel außen und innen nach Steinchen oder anderen Fremdkörpern ab, bevor ich ihn wieder über den Schlauch zog und nach und nach in die Felge drückte. Dann machte ich mich ohne Unterbrechung an das Hinterrad.

»Du verstehst offenbar wirklich was davon«, sagte Ricardo nach einer Weile.

»Mehr als vom Rauchen jedenfalls«, schnappte ich, »oder vom Stricken.«

»Geht klar. Reg dich ab. Hätte ich auch nicht anders erwartet.« Er drückte den Zigarettenstummel an der Eisenstange aus und warf ihn in eine Blechdose am Schuppen.

»Wenn du 'n ganz neuen Dynamo brauchst, müsstest du dir einen kaufen, ich hab keinen da. Aber wenn dir fürs Erste eine Aufsteckkappe genügt, könntest du eine von mir haben, Kumpel«, sagte er. Und da sah ich das erste Mal auf, sah ihn direkt an, wie er da stand, im Shirt, mit braun gebranntem Hals und nackten Armen.

»Okay«, sagte ich. »Ich nehm die Kappe, *Kumpel*.«

Er grinste. Ich grinste zurück. Plötzlich war es leicht. Ich zog den Mantel von der Hinterradfelge und dann den Schlauch aus dem Mantel.

»Ihr versteht euch alle ganz gut, oder?«, fragte ich, nachdem wir ein Weilchen geschwiegen hatten.

»Geht so. Mal mehr, mal weniger. Seit wir hergezogen sind, eher mehr.«

»Auch mit Matthias?«

»Ach, Matthias … der hat 'ne große Klappe. Jetzt vor allem. Logisch, du bist neu und er ist schon seit Jahren dabei. Er verteidigt das Revier. Wie ein Hund.«

Ich sah kurz auf Fussel und holte mir dann Matthias vor Augen. Wie er am Tisch gesessen und sein Glas von sich geschoben hatte. »Mir ist aufgefallen, dass er nie austrinkt«, sagte ich.

»Macht er schon immer so, ist 'ne Macke von ihm«, sagte Ricardo. »Es könnte was auf dem Grund sein, was er nicht sieht, deshalb.«

»Was soll denn da sein? Eine ertrunkene Fliege?« Ich musste daran denken, was Lizzie mir gesagt hatte. Dass Matthias nicht im See schwimmen geht, weil er nicht sieht, was unter ihm ist.

Und wie Ann sagte jetzt auch Ricardo: »Frag ihn selbst.« Als ob Matthias auch nur ein vernünftiges Wort mit mir wechseln würde.

»Wie sind eigentlich die Waldburgener so?«, fragte ich nach einer Weile.

»Hast Schiss wegen morgen, oder?«

»Quatsch«, sagte ich. »Ich frag mich nur …«

»Na ja, das Problem ist einfach«, sagte Ricardo, »dass das Dorf so hübsch ist.«

Hübsch. Das Wort klang wie eine Süßigkeit in seinem Mund, eine mit viel Zuckerguss und Liebesperlen drauf, eine, die nicht zu Ricardo passte.

»Findest du?«, fragte ich. »Was ich bis jetzt gesehen habe, war eher langweilig.« Ich dachte dabei an meinen Weg vom Bushäuschen bis hierher, an die staubige Lange Maßen. Ich dachte an den Großen Streng, der aus säuberlich gefugten roten Kopfsteinen bestand. In der Mitte des Wegs hatte man eine akkurate Doppelspur aus gelben Kopfsteinen eingelassen, die offenbar eine Kutschenspur imitieren sollte, aber nur auffallend künstlich wirkte. Ich dachte an das Huhn, das über die Straße gelaufen war, an die menschenleeren Gärten, die rasierten Rasenflächen.

»Meine ich doch. – Hier hat alles seine Ordnung. Hier gibt's kein Problem, und wenn, wird nicht darüber geredet, jedenfalls nicht außerhalb des Hauses, hier schlägt nichts aus, hier wirkt von außen alles wie Zimmerlautstärke. – Das ist auf Dauer gefährlich.«

»Wie, gefährlich?«

Und Ricardo, der schweigsame und mürrische Ricardo, redete. Er rauchte dabei, und ich sah ihn an, während er sprach, und es gefiel mir, wie er dastand, so lässig an das rostige, windschiefe Schaukelgerüst gelehnt. Es gefiel mir, wie er sein Basecap nach hinten gedreht hatte und sein Gesicht in die Abendsonne hielt. Sein Mund war ungewöhnlich. Das war mir schon gestern aufgefallen, nur hatte ich bisher nicht so hingeguckt. Er hatte einen aufsässigen Zug, dieser Mund, so als hätte Ricardo die Oberlippe ein bisschen zu oft verächtlich nach oben gezogen, und diese Bewegung hatte sich nun festgesetzt, war in seinen Mundwinkeln eingerastet und deutlich sichtbar, auch wenn er nicht sprach, auch wenn er nur schaute. Es war einer dieser respektlosen Münder, den Lehrer und Eltern hassten. Aus irgendeinem Grund fand ich das gut.

Ich erfuhr, dass in Waldburgen zwar einiges los war, »Fußball und so«, sagte Ricardo, und dass das Dorf sich bemühte, rund ums Jahr irgendwas zu feiern: Tanz in den Mai, Karneval, Männerfastnacht, Frauenfastnacht, Jugendfastnacht, Kinderfasching, Herbstschwoof, Reigen zum Advent – alles Feste, die im Saal des *Eisernen Bechers* stattfanden –, dass es aber keine Überraschungen gab. Alles hatte seinen Platz und seine Zeit, alles verlief nach Plan und die Waldburgener waren stolz darauf, und trotzdem machte ihnen etwas zu schaffen. »Sie haben alles«, sagte Ricardo, »eine Kirche mit neuem Dach, eine Kita mit Solarstrom und sogar eine Kegelbahn. Aber wenn jemand sagt, dass er alles hat«, sagte er, »dann sucht er nach etwas Neuem, weil ihm trotzdem irgendwas fehlt. Und das sind in diesem Fall: wir.«

Mir gefiel, wie er redete. Und überhaupt. Ich hatte plötzlich so eine Ahnung, warum Ricardo vorhin von meinem Sensor nicht wahrgenommen worden war: Wir hatten zu viel gemeinsam. Beide mochten wir Räder. Wir mochten dieselbe Art von

Klamotten. Wir aßen kein Fleisch. Und was er erzählte – das war, als hätte ich das auch denken können, wäre aber einfach noch nicht dazu gekommen. Seine Ideen kamen mir jedenfalls nicht fremd vor und waren doch aufregend. Vielleicht war Ricardo durch meinen Sensor geschlüpft, weil er jemand war, den ich richtig gut finden könnte, dachte ich. »Wieso glaubst du, dass gerade wir ihnen gefehlt haben?«, fragte ich.

»Als wir voriges Jahr hier angekommen sind«, sagte Ricardo, »war das für die Leute ein richtiges Phänomen. Eine Art Naturereignis. Als wäre ein Meteorit gelandet, oder so. Was Aufregendes passiert hier nie, außer vielleicht der Einbruch im *Sportlereck* letztes Jahr, wo Alkohol geklaut wurde und ein Fernseher. Sie behaupten alle«, sagte Ricardo, »dass es keine Waldburgener waren, sondern irgendwelche *Auswärtigen*. Aber am Anfang haben sie es *uns* anhängen wollen. Natürlich. Wer sollte es sonst auch gewesen sein? Wir hatten aber alle ein Alibi. Und da sind sie dann auf die *Auswärtigen* ausgewichen.« Ricardo drehte sich eine neue Zigarette und sagte dann: »Es gibt hier im Dorf so 'ne ganz spezielle Einigkeit.«

»Einigkeit worüber?«

»Darüber, uns auszuschließen«, sagte er. »Ich glaube, irgendwie haben die sich gerade deshalb auf uns gefreut.« Er steckte sich die Zigarette an und sagte: »Als feststand, dass wir hierherziehen würden, haben alle geschimpft, garantiert. Weil wir ja Assis sind für die, halbe Kriminelle. Aber eigentlich haben sie sich auch auf uns gefreut. Nicht bloß, weil es jetzt was zum Tratschen gibt, sondern weil es jetzt eine Minderheit hier gibt. Und sobald du eine Minderheit hast, hast du automatisch auch eine Mehrheit. Und das sind *sie*. Durch uns sind sie eine Mehrheit geworden, wir geben ihnen ein gutes Gefühl.«

Ich schwieg. Dann sagte er: »Glaubst du, dass jemand freiwillig ins andere Lager überwechselt?«

Ins Lager der Minderheit, dachte ich, das nur aus uns besteht. Ich zuckte mit den Schultern.

»Na ja, es gibt ein paar Ausnahmen«, sagte er. »Es sind zum Glück nicht alle so. Wirst schon merken.« Ich dachte kurz an Maren Rothenburg und dass ich morgen in der Schule ihren Sohn Tommy sehen würde.

»Ach, übrigens«, sagte Ricardo, »lass dich morgen lieber von deinem Handy wecken. Nicht von dem Radiowecker, den Vera dir hingestellt hat. Hier in Waldburgen gibt es total oft Stromschwankungen. Und eine Sache ist so sicher wie das Amen in der Kirche: dass Sonntagnacht der Strom ausfällt. Das ist *immer* so. Seit ich hier bin, ist es nicht ein einziges Mal anders gewesen. – Also verlass dich nicht auf den Radiowecker!«

»Wieso fällt hier der Strom aus?«

»Keine Ahnung. Vielleicht irgendwelche Überlastungen. Alte Kabel. Was weiß ich.«

Ich hatte plötzlich wieder dieses Gefühl, beobachtet zu werden, aber nicht von Ricardo. Es kam vom Feld. Ich stand auf und schaute eine Weile aufmerksam über das Getreide.

»Ist irgendwas?«, fragte Ricardo.

Nichts tat sich. Das Getreide wogte gleichgültig vor sich hin. Das Gefühl war wieder weg. Als wäre nichts gewesen. Und vielleicht war ja auch nichts gewesen. Dachte ich.

»Nein …«, sagte ich langsam. Und dann ließ ich das Feld Feld sein und wies resolut auf das Rad. »Es ist ja wohl eindeutig, dass es eine neue Farbe braucht, oder? Würdest du es eher streichen oder sprühen?«

»Sprühen.« Die Antwort kam wie aus der Pistole geschossen.

Und die Begeisterung, die Ricardo in das Wort legte, hätte mich eigentlich stutzig machen müssen.

Aber ich wurde nicht stutzig, sondern nickte nur und verschwand mit dem Schlauch um die Ecke zur Regenwanne. Ich pfiff wieder vor mich hin und fühlte mich gut, und als ich zurückkam, war Ricardo nicht mehr da. Ich bückte mich nach dem Vulkanisiermittel. Im Gras, neben dem Vorderrad, lag die Aufsteckkappe.

⊙

Die Dorfkirche läutete acht Mal. Es klang wie in einem Heimatfilm, vor allem, als ein paar Hunde von den Nachbarhöfen mitjaulten. Es war zu dunkel geworden, um noch weiter am Rad zu basteln. Ich schob es in den Schuppen.

Als ich oben in meinem Zimmer war, nahm ich als Erstes wieder das Fliegenfenster heraus. Die Luft war immer noch drückend. Sie roch nach heißem Stroh. Spreuteilchen schwebten durch die Luft. Ich hielt die Hand aus dem Fenster und sah zu, wie sie umschwirrt wurde. In der Dämmerung sah ich über das Feld, über die Ruinen von Unland hinweg und in die Ferne und fragte mich, ob ich wohl in Richtung Berlin sah. Und wenn ja, wo genau Pankow lag. Ich beugte mich weit hinaus, ich hielt die Nase richtig rein in die Luft, machte die Augen zu und wunderte mich im selben Moment, wie viel ich riechen konnte. Das war mir bisher nie aufgefallen. So wie meine Augen verschiedene, auch feinste Farbabstufungen wahrnahmen, konnte auch meine Nase unterschiedliche Nuancen riechen. Ich roch: dickes, hartes, stacheliges Getreide. Aber nicht nur. Ich roch darunter etwas Schwelendes, vielleicht sogar Wildes, aber auch Melancholisches. Ich machte die Augen wieder auf. Es roch nach etwas, was langsam zu Ende geht.

Heute war der 17. August. Morgen fing die Schule an.

⊙

Irgendwann mitten in der Nacht schreckte ich hoch.

Etwas hatte mich geweckt, aber ich wusste nicht, was. Ich schaute auf den Radiowecker: Schwärze. Ich knipste auf den Schalter des Nachtlämpchens. Nichts passierte. Ricardo hatte recht gehabt: Der Strom war ausgefallen.

Ich tastete nach meinem Handy und sah aufs Display. Es war fast halb zwei. Draußen war alles still, kein Vogel war zu hören und selbst die Frösche schliefen. Ich lag mit offenen Augen im Bett und wartete. Nichts passierte. Es war so still wie im Innern einer toten Uhr. Warum war ich so unruhig?

Vielleicht wegen der Schule morgen. Die neue Klasse. Aber es war doch nicht das erste Mal für mich, in eine neue Klasse zu kommen?

Erst nach einer Weile merkte ich, dass es draußen nicht komplett dunkel war, sondern dass da ein schwaches Licht durch mein Fenster sickerte. Ich rutschte bis zum Fenster und beugte mich weit hinaus. Bei Siemanns war Licht. Es waren die Scheinwerfer des Multicars.

Um diese Zeit?

Ich robbte zurück, zog die Nachtschrankschublade auf und griff nach dem Fernglas.

⊙

Es war Siemann persönlich. Er strich um den Multicar herum, tastete über die Ecken, prüfte, ob die Plane überall gut saß. Jetzt öffnete er die Fahrertür und stieg ein. Aber er tat nichts. Saß nur da und starrte vor sich hin. Das Licht im Wageninneren beleuchtete sein Gesicht. Plötzlich drehte er den Kopf und sah zu meinem Fenster hoch. Ich zuckte zurück und hielt sogar die Luft an.

Dann wurde mir klar, dass das völlig blödsinnig war. Siemann konnte mich auf die Entfernung gar nicht gesehen haben. Außerdem war es in meinem Zimmer stockdunkel. Er hatte nur aus Zufall in meine Richtung geguckt. Ich beugte mich wieder vor.

Siemann saß wie zuvor, starrte vor sich hin. Dann ging ein Ruck durch seinen Körper und er startete den Motor.

Er fuhr nicht rückwärts am Haus vorbei und auf den Dreieulenweg rauf, der ins Dorf führte. Er fuhr einfach geradeaus aufs Feld. Siemanns hatten keinen Zaun vorm Feld. Kurz dachte ich, er hätte den ersten Gang mit dem Rückwärtsgang verwechselt, aber er hielt nicht an, er fuhr immer weiter, mitten rein ins Feld, immer geradeaus, und mit dem Fernglas folgte ich atemlos seiner Spur durchs Getreide.

Er hielt auf die Ruinen von Unland zu!

Jetzt schien er den Zaun zu erreichen.

Er stoppte.

Ich konnte nicht sehen, was er dort tat. Es war zu dunkel, und das Einzige, was ich noch erkennen konnte, war das Standlicht des Multicars. Dann erlosch auch das und ich sah überhaupt nichts mehr.

⊙

Die Kirchenglocken läuteten zwei Mal, als er zurückkam.

In der Dunkelheit wirkten die Geräusche anders als am Tag. Die Glocke klang blechern und hohl. Als würde die Hand eines Riesen Metalltöpfe über die Landschaft werfen.

Durchs Fernglas sah ich den Multicar kommen, den ganzen langen Weg von Unland bis hierher, sah ihn durchs Getreide fahren, und er fuhr vollkommen stumm, denn der Motor war aus dieser Entfernung nicht zu hören. Um die zwei Scheinwerfer herum plusterte sich die Nacht auf.

Ich sah Siemann sein Grundstück erreichen, jetzt hörte ich auch den Motor. Ein Hund begann zu bellen, nur kurz, dann herrschte wieder Stille. Auch der Motor war verstummt.

Ich sah, wie Siemann ausstieg und auf sein Haus zulief. Die Tür öffnete sich, aber nur einen Spaltbreit, eine Kette lag davor, und in dem Spalt erschien das Gesicht einer Frau, von Kerzenlicht beleuchtet. Sie bewegte die Lippen, offenbar fragte sie etwas, und er, Siemann, schien zu antworten. Dann erst verschwand die Kette und die Tür schwang auf. Siemann trat ein, die Tür fiel ins Schloss, es war vorbei.

Ich lag still in meinem Bett. Mein Herz ging schnell und ungenau. Ich war verwirrt. Was hatte Siemann da gemacht? Warum fuhr er nach Unland?

Schon das war unheimlich genug. Aber warum mitten in der Nacht?

7. KAPITEL

ERSTER SCHULTAG

Ich hatte mich auf das Fensterbrett vor dem Klassenraum geklemmt und wartete auf meinen neuen Klassenlehrer. Ich kaute Kaugummi und schlug mit dem Fuß den Takt von Seeeds *Aufstehn!* gegen die Heizung.

Baby, wach auf, ich zähl bis zehn. Das Leben will einen ausgeben und das will ich sehn ...

Lizzie, Ann und ich waren gemeinsam zur Schule gegangen. Matthias, der offenbar keine Lust hatte, uns zu begleiten oder in unserer Begleitung gesehen zu werden, war schon ein paar Minuten eher losgegangen.

Wir waren den Dreieulenweg zurückgelaufen, in den Großen Streng eingebogen und an der Kreuzung nicht Richtung Markt, sondern nach rechts in einen kleinen Waldpfad eingebogen. Auf einem blauen Straßenschild stand *Sandstraße*.

Zwar war das Schild so neu, dass es in der Sonne glänzte, der Weg aber war buckelig von dicken Wurzeln, und rechts und links wuchsen Bäume, in deren Stämme Buchstaben, kryptische Nachrichten und Telefonnummern geschnitzt waren. Eine Handvoll Spatzen, die im Sand gebadet hatten, flog auf.

Ich war erstaunt, weil ich niemals zuvor daran gedacht hatte, dass es Schulwege geben könnte, die nur ein paar Minuten dauerten und nach Moos und Rinde rochen. Noch einmal schnupperte ich, und wirklich: Ich konnte die Bäume riechen.

Mein letzter Schulweg hatte aus Treppen bestanden, die zur U-Bahn hinabführten, aus dem Brezelgeruch der Ditsch-Imbissbude, aus den Gummihalteschlaufen in der Bahn, die Vera Kämpf garantiert gehasst hatte, weil viel zu viele Menschen mit schwitzigen Händen danach griffen. Wurden diese Halteschlaufen eigentlich je abgewischt? Mein Schulweg hatte aus dem ruckenden Anfahren der Bahn bestanden, dem Dreiklangsignal an jeder Haltestelle und aus Zeitungen vor Gesichtern. Mein Schulweg war eine rasch hintergetrunkene Kabamilch gewesen, eine Geruchsmixtur aus Aftershave und Kopfschmerzparfum, die manchmal zum Schneiden dick in der Bahn hing, und der unverkennbare Dunst Restalkohol, den ein paar Schläfrige aus den Poren schwitzten. Moos oder Rinde hatte ich jedenfalls nie gerochen. Dabei muss es diesen Geruch gegeben haben, schließlich standen auch in Berlin Bäume, aber erinnern konnte ich mich nicht.

Der Waldpfad lichtete sich und auf einmal war Musik zu hören. Ich sah mich um, konnte aber keine Ursache ausmachen. Die Musik wurde mit jedem Schritt lauter. Ich wunderte mich, Lizzie und Ann waren aber gerade in ein Gespräch vertieft. Lizzie klärte Ann darüber auf, welche Rocklänge und Farbe man tragen sollte, wenn man kurze Beine hatte.

Als wir den Schulhof erreichten, hatte auch die Musik ihren Zenit erreicht. Sie schwappte über den ganzen Platz, schwappte über die Wiese, die Bänke, den Springbrunnen und über alle Schüler. Es waren nicht besonders viele Schüler. Sie rannten herum oder standen in Grüppchen zusammen, und sie hatten sich nach den Sommerferien bestimmt eine Menge zu erzählen, aber wie machten sie das bloß bei diesem Höllenlärm?

An der Vorderseite der Schule, gleich neben einer großen Uhr, hing ein riesiger Lautsprecher. Aus dem quoll die Musik. Es war Radiomucke, ein Sender, der *Jump FM* hieß, was einem ein nerviges Jingle ständig in Erinnerung brachte, ganz so, als würde man spätestens nach einer Minute sein Gedächtnis verlieren. Ich beugte mich zu Ann und musste brüllen: »Was soll *das* denn? Ist das etwa immer so?«

»Nein!«, brüllte Ann zurück. »Nur in den Pausen!«

»Aber das ist ja grauenhaft!«

»Wahrscheinlich wollen sie verhindern, dass man mal ein bisschen Ruhe zum Nachdenken hat!«, schrie Ann.

»Waaas?«

»Ruuuuhe! Zum Naaaaachdenken!«

»Da ist Christian!«, brüllte Lizzie und zeigte auf einen Haufen Jungen, aus dem Christians blondierter Schopf hervorragte. Ich sah zu Lizzie, und vielleicht täuschte ich mich, aber ich glaubte einen Moment lang, keine Freude, sondern einen Ausdruck von Pflichtbewusstsein auf ihrem Gesicht zu erkennen.

»Viel Glück!«, schrie Ann ihr hinterher und hielt die Daumen hoch. Wieso Glück? Wobei?

»Komm mit, ich zeig dir deinen Raum!«, schrie Ann jetzt zu mir.

»Welchen Baum?«, brüllte ich zurück. Ein leiser Kopfschmerz begann hinter meinen Schläfen zu pochen, als überlegte er, ob er nur kurz bleiben oder es sich richtig gemütlich machen sollte. Ann winkte ab und zog mich einfach zur Eingangstür. Sie wechselte mit dem Lehrer, der Aufsicht hatte, ein paar Worte, die ich natürlich auch nicht verstand, weil sie sie einander direkt ins Ohr brüllten. Wir wurden durchgelassen und die Tür schloss sich wieder hinter uns.

Im Schulgebäude kreischte die Musik weiter, aber etwas dumpfer.

»Ab morgen gibt's keine Radiomucke mehr, sondern einen Pausen-DJ«, sagte Ann.

»Ist das besser?«, fragte ich.

»Kommt drauf an, welche Klasse ihren DJ schickt. Die aus der sechsten hören ständig TOKIO HOTEL und XAVIER NAIDOO.«

Ich korrigierte im Innern mein Bild von Dorfschulen. Pausen-DJs – auf so eine Idee musste man erst mal kommen!

Ann zog mich über rotes Linoleum, ein Stockwerk höher, an dem Sekretariat vorbei, bis ans Ende des Gangs. »Hier ist dein Raum«, sagte sie. »Ich lass dich mal lieber allein, oder?«

»Okay.«

»Wir sehen uns in der großen Pause. – Toi, toi, toi!« Sie boxte mir in die Seite, dann winkte sie und lief die Treppen hinab, zurück auf den Schulhof.

Kurz überlegte ich, sie zurückzurufen. Aber das würde so aussehen, als bräuchte ich einen Babysitter. Für einen Moment ärgerte ich mich, dass Ann und Lizzie ein Jahr älter waren und schon in die Zehnte gingen. Gemeinsam mit Matthias, obwohl der fast siebzehn war, aber er war einmal sitzen geblieben. Die drei waren wenigstens zusammen.

Doch nach einer Weile wurde ich ruhig. Ganz ruhig.

Vom Schulhof her hörte ich die *Jump Morningshow*, ich hörte, wie *Rockenberg und Na-Na-Na-Nadine* die Mauern durchdrangen und den Gang füllten, alles etwas gedämpft, alles weniger direkt als draußen, und ich fühlte mich plötzlich ruhig. Ich war nicht beteiligt an alldem. Ich war abwesend. Das ging mir oft so, wenn ich aufgeregt war. Als ob mein Blut zäher wurde und sich langsamer voranwälzte. Als ob meine Glieder ein bisschen verholzten. Dann klingelte es.

Ich steckte mir Ohrstöpsel in die Ohren, suchte SEEED in meinem Handy und wusste: Von jetzt an musste ich allein durch.

⊙

Ich hatte sie alle gesehen, die Mädchen und Jungs der Neunten. Ich hatte gesehen, wie sie ins Klassenzimmer gingen: ins Gespräch vertieft oder rempelnd und johlend, ordentlich nebeneinander oder sich gegenseitig auf den Rücken springend. Ich hatte gesehen, was sie anhatten: stretchige Jeans mit ausgebleichten Oberschenkeln, halblange Cargos und Röcke bis zum Knie. Die üblichen Bauchfrei-Tops, Shirts mit Kapuzen, breite Sonnenbrillen. Ich hatte gesehen, wie sie mir, als sie mich auf dem Fensterbrett bemerkten, interessierte Blicke zuwarfen. Zwei Goth-Mädels waren auch dabei. Die trugen schwarze Stulpen, Strumpfhosen mit großen Löchern und geschnürte Stiefel.

Komm, wach auf, ich zähl bis zehn, sang SEEED.

Gleich würde mein Klassenlehrer auftauchen. Gleich würde er mir die Hand geben und mich dann mit in diesen Raum dort nehmen. Ich zählte mit den Füßen die Rippen der Heizung. Ich spürte die Sonne, die durchs Glas auf meinen Nacken brannte. Gleich würde ich aus dieser angenehmen Anonymität gerissen werden, mich vor alle hinstellen und laut meinen Namen sagen müssen.

… lass uns endlich rausgehn, das Radio aufdrehn. Das wird unser Tag, Baby, wenn wir endlich aufstehn!

Und als mein neuer Klassenlehrer am Ende des Gangs auftauchte – ein untersetzter, etwa fünfzigjähriger Mann, der die Lippen zusammenkniff, als er mich sah –, spürte ich mein Herz gegen die Brust picken. Rickatick. Rickatick. Wie Mais, der im glühenden Topf zerknallt.

⊙

»Schneid mir die Haare ab, Ann!« Ich schleuderte das Handtuch, das ich in der Hand hielt, über die Schulter.

»Mensch, Franka, wo warst du denn? Wir haben dich gesucht!«

Ann saß ganz hinten in ihrem Zimmer am Schreibtisch und drehte sich zu mir. Sie war allein.

»Meinst du in der großen Pause? Ich … äh … ich musste noch mal zurück. Hatte was vergessen.« Dass ich abgehauen war, verschwieg ich.

Ich sah mich überrascht im Zimmer um. Ich war das erste Mal hier. Ein Drahtseil verlief quer unter der Decke, daran hing ein Vorhang, der, wenn er zugezogen war, das Zimmer genau in der Mitte teilte. Jetzt war er zur Hälfte aufgeschoben. Es sah aus, als wohnten hier Winter und Sommer in einer WG.

Ann, die meinen Blick bemerkte, erklärte: »Wir sind beide nicht besonders kompromissbereit.«

Das sah man.

Ich stand in Lizzies Reich, und das schien eine Art Harem zu sein: In allen möglichen Gefäßen steckten vertrocknete Rosen. An den erdfarbenen Wänden hingen schiefe Bügel mit Unmengen von Kleidern und Stoffen. Am Fenster stand eine Nähmaschine. Auf dem roten Wuschelfellsofa und auch auf dem Boden tummelten sich etwa eine Million kleiner Kissen in den fantasievollsten Hüllen. »Hat Lizzie die etwa alle selbst genäht?«, fragte ich und wies auf die Kisseninvasion.

»Klar«, sagte Ann. »Und die Kleider auch.«

An jeder freien Stelle, selbst auf den Fensterbrettern, lagen Schnittmuster und Modezeitschriften. Die Überfülle an Farben und Formen hörte abrupt in der Mitte des Zimmers auf. Dann begann der Bereich von Ann.

Ich ging vorsichtig hinein in Anns Reich. Es war, als wäre ich von einem üppigen Farbfilm in einen Schwarz-Weiß-Film übergetreten.

Die Wände waren kalkweiß. Die Scheuerleisten und der gummiartige Bodenbelag ebenfalls. Auch die Möbel waren weiß überstrichen. Alles war total aufgeräumt.

In einer Ecke am Fenster stand ein Blumentopf mit einer Pflanze darin, die eine Art Aufmunterung hätte sein können, hätte sie nicht nur aus einem Stängel mit einem kläglichen Puschel an der Spitze bestanden. Der Puschel war fahlgrau. Ein Staubwedel, dachte ich. Diese Pflanze sah wirklich aus wie ein verdreckter Staubwedel.

»Echte Baumwolle!«, sagte Ann stolz.

»Aha …«, sagte ich. »Sie wirkt ein bisschen … äh … schwächlich.« Das war maßlos untertrieben. Tot wäre der passendere Begriff, aber das so direkt auszusprechen kam mir herzlos vor.

»Da hättest du sie mal vor einem Jahr sehen sollen! Seit wir hierhergezogen sind, ist sie richtig kräftig geworden. Ich finde, sie macht sich ziemlich gut.«

Kräftig. Ich musterte die Mumie und fragte mich, was genau Ann unter »ziemlich gut machen« verstand.

Dann betrachtete ich die Wand über ihrem Schreibtisch. Sie

war mit DIN-A4-Blättern tapeziert, nein, das waren ja Briefköpfe! Es gab kaum mehr einen freien Fleck und auf jedem einzelnen Brief klebte ein grelloranges oder grellgelbes Post-it.

»Kannst sie ruhig durchlesen, wenn du magst …«, sagte Ann und drehte sich wild in ihrem Arbeitsstuhl, als ich zur Wand ging und die Briefe überflog. Sie begannen alle ähnlich: *… sind wir sehr betroffen, erfahren zu müssen … Oder: … tut uns dieser bedauerliche Vorfall aufrichtig leid … Oder: … möchten wir uns mit einer kleinen Entschädigung bei Ihnen entschuldigen …* Auf den Post-its stand in schön geschwungenen Buchstaben, offenbar Anns Handschrift: Reißzwecke in Marsriegel. Und: Gräte im Grünkernbratling. Und einmal: Auf dem Boden der Sprudelflasche wuchs Moos.

Moos? Ich musste lachen und drehte mich zu Ann um. »Nee! Du willst mir nicht erzählen, dass die *das* geglaubt haben! Moos! Das ist jetzt echt zu fett!«

Ann ließ sich austrudeln, zog dann ihre Füße auf den Stuhl und sagte: »Mehr noch. Sie fühlten sich so dermaßen ertappt, dass sie uns gleich zwölf Kisten *Bad Liebensteiner Mineralwasser* als Entschädigung geschickt haben. – Und *Golden Toast* war untröstlich über die scharfkantigen Plastikteile im Teig. – Letzte Woche kam gleich die Geschenklieferung.«

»Verrückt«, sagte ich.

»Wieso?«, fragte Ann.

»Dass die das einfach so hinnehmen. Ohne nachzufragen …«

»Kommt dir das nicht bekannt vor?«, fragte Ann. Ihr Mund wurde zu einem Strich.

»Was?«

»Es ist doch wie bei uns. Jeder von uns Eulen hat eine ätzende Geschichte, frag bloß mal Matthias, der hat eine *Horror-*

story mitgemacht. Aber wenn wir jemandem davon erzählen würden, würden die es einfach hinnehmen. – Klar wären sie schockiert oder mitleidig, aber es interessiert sie nicht *wirklich*. Sie erwarten ja irgendwie, von uns schockiert oder zu Mitleid erregt zu werden. Wie es dir damit *geht*, das will keiner wissen, nur die Geschichte selbst. Und dann schieben sie uns irgendwelche Klamotten durch den Zaun oder fragen, ob wir Möbel brauchen oder so. – Es ist wie bei diesen Firmen hier!« Ann zeigte mit einer großen Armbewegung über die Wand voller Briefe. »Sie hören sich an, was du ihnen vorwirfst, aber sie fragen nicht nach, sondern bieten dir schnell 'ne Entschädigung an. Und damit ist die Sache für die vom Tisch. – Warum ist das so? Und gibt's vielleicht eine Geschichte, wo sie mal anders reagieren? *Das* interessiert mich an dieser Recherche hier«, sagte sie. »*Wie* kurz eigentlich?«

»Was?«, fragte ich.

»Die Haare. Wie kurz?«

»Ach so …« Ich war noch ganz bei dem, was Ann gerade erzählt hatte. »Ganz kurz …«, sagte ich. »Fünf Millimeter. Nein, besser drei!« Ich hielt ihr den Rasierer hin, den ich im Bad gefunden hatte.

»Setz dich«, sagte sie und wies auf den Sitzsack in einer Ecke. Ich ließ mich hineinfallen. Dann rollte sie mit ihrem Stuhl heran. Ich hängte mir das Handtuch um die Schultern.

Sie versuchte nicht, mich von meinem Vorhaben abzubringen, sagte nicht, dass ich erst zu Vera Kämpf gehen sollte, und fragte auch nicht, ob ich wirklich sicher war. Sie schaltete einfach den Rasierer ein und setzte ihn an. Und als sie die erste Spur durch mein Haar fräste, musste ich wieder an meinen gestrigen Traum denken. An das Mähen. Andreas Kämpf hatte wirklich recht gehabt: Der Traum der ersten Nacht geht in Erfüllung.

Ann arbeitete konzentriert und sicher. Die Haare fielen aufs Handtuch und daneben. Und erst nach der dritten Spur, nachdem definitiv nichts mehr rückgängig zu machen war, fragte sie: »Warum eigentlich?«

Ich sagte grimmig: »Wenn du in meiner bescheuerten Klasse wärst, würdest du dasselbe tun.«

⊙

»Kolb«, hatte er gesagt, kurz meine Hand genommen und schlaff gedrückt. Ich war, als ich ihn aufs Klassenzimmer zukommen sah, vom Fensterbrett gesprungen und auf ihn zugegangen, hatte ihm die Hand entgegengestreckt und mich vorgestellt.

Die Art, in der sein Blick meine Augen ausließ und sich stattdessen auf meine Stirn konzentrierte, machte mich unruhig. Er hatte gesagt: »Du lebst also bei den Kämpfs.« Seine Worte kamen schnell und flach, wie Steine, die man übers Wasser wirft und die kaum die Oberfläche berühren. »Der Matthias wohnt doch auch bei euch. Den hab ich in Physik. Sehr aggressiv, dieser Junge. Ein echter Störenfried«, sagte er. Eine Meute Schüler rannte lärmend an uns vorbei und verschwand in ihren Räumen. »Ich hoffe, das ist nicht die Regel bei euch.«

Ich merkte, wie ich mich versteifte, als er *bei euch* sagte und mich mit Matthias verglich, nur weil wir in demselben Haus wohnten. Er kannte mich doch überhaupt nicht! Dann hatte es geklingelt und ich war hinter ihm her ins Klassenzimmer geschlurft.

Als wir den Raum betraten, verebbte der Lärm, und alle verzogen sich auf ihre Plätze. Sie quatschten, ein paar kabbelten noch miteinander, doch die meisten starrten mich mehr oder minder direkt an. Ich hörte, wie einer *Krieg* sagte, oder war es *Freak*? Ich hörte auch, wie ein anderer blöd lachte, wusste aber nicht, ob er mich meinte.

Manchmal sind es fünf lausige Minuten, die über deine nächsten Jahre entscheiden. Die darüber entscheiden, ob die anderen dich akzeptieren oder nicht, ob sie dich quälen werden oder einfach in Ruhe lassen. Fünf Minuten, in denen du es schaffen musst, die anderen von dir zu überzeugen, und sofort, als ich diesen Klassenraum betrat, spürte ich, dass meine Zeit lief.

Ich war bei der Tür stehen geblieben, lehnte jetzt mit einer Schulter an der Wand, über der anderen hing der Rucksack. Ich kaute Kaugummi und schickte dessen Erfinder einen telepathischen Dank. Wenn man gezwungen war, sich anschauen zu lassen, gab einem ein Kaugummi das Gefühl, etwas zu tun.

»Ich hoffe, ihr habt in den Ferien nicht nur gefaulenzt, sondern auch mal ab und zu ins Physikbuch geschaut«, sagte Herr Kolb zur Begrüßung. »Guten Morgen!« Die Klasse nuschelte ihren Gruß zurück. »Setzt euch«, sagte er, stellte seine Tasche auf den Tisch und sah sich um. »Tommy, die Quanten vom Tisch!«

Tommy? Der Sohn von Maren Rothenburg, die so nett zu mir gewesen war?

Kolb fixierte einen Typen in der letzten Reihe, offenbar das Alphatier hier, der nur langsam seine Füße vom Tisch zog.

Dann klappte Herr Kolb seine Tasche auf. »Es gibt Neuigkeiten. Und die gehen euch alle etwas an.«

Während er sprach, machte er drei Dinge: Er packte Bücher aus, sah auf seine Uhr und kratzte sich am Haarkranz. In allem wirkte er einen Tick zu schnell, nur zur Hälfte anwesend, mit der anderen schon zehn Minuten weiter.

»Das ist Franka«, sagte er übergangslos und drehte den Kopf flüchtig zu mir. Seine Brillengläser funkelten. Ich stand noch immer an der Tür.

Ein ersticktes Lachen war zu hören. Dann zog jemand langsam und hörbar die Nase hoch. Herr Kolb schwieg.

Sollte ich jetzt etwas sagen? *Hi, ich komme aus Berlin* oder *Morgen, allerseits*? Ich sagte nichts und versuchte, mich aufs Kauen und gleichmäßige Atmen zu konzentrieren und eventuell noch ein kleines Lächeln hinzukriegen. Es misslang und beinahe hätte ich mich verschluckt.

»Franka wohnt im *Haus Eulenruh*«, fuhr er endlich fort. »Sie ist eure neue Mitschülerin.«

So muss sich ein Koffer fühlen, den jemand auf dem Bahnsteig vergessen hat, dachte ich, denn die Klasse starrte mich an, als wäre ich mit Sprengstoff gefüllt.

»Jenny?« Ein dickes Mädchen in der dritten Reihe schaute auf. »Franka sitzt neben dir.« Herr Kolb winkte mich mit einer knappen Kopfbewegung in die dritte Reihe.

Ich bemühte mich, möglichst locker auf meinen Platz zuzusteuern. Der Weg war endlos. Bloß nicht stolpern, dachte ich, trat fest auf und kaute den faden Kaugummi, als hinge mein Leben davon ab.

Ich hörte es tuscheln und lachen und ein paar Idioten ahmten tatsächlich Eulenrufe nach. Irgendwer machte ein Foto mit dem Handy. Langsam wurde ich wütend.

Als ich an meinem Platz angekommen war und dem Mädchen, das Jenny hieß, kurz zulächelte, »Hi« sagte und ihr sogar meine Hand hinhielt, was völlig bekloppt war und nur passierte, weil ich so nervös war, brüllte dieser Tommy aus der letzten Reihe: »Lesbenalarm!«

⊙

Ann schaltete den Rasierer aus, rollte auf dem Arbeitsstuhl quer durchs Zimmer zur Tür und mit dem Spiegel, der dort hing, wieder zu mir zurück.

»Zufrieden?«, fragte sie und hielt ihn mir hin.

Der Unterschied war überwältigend.

Die Haare, das sah ich jetzt, waren immer zu viel gewesen, hatten nicht wirklich dahingehört, genau wie auf den Kopf eines Bären kein Schleifchen gehörte.

Ich hielt den Spiegel vor mir und schaute von rechts und von links. Es war fantastisch. Es gab nichts Überflüssiges mehr. Die fehlenden Haare brachten alles, was versteckt gewesen war, zum Vorschein: meine Kopfform, die Stirn, vor allem aber meine Augen. Meine Augen sahen groß aus, riesengroß. Wie etwas Neues.

Jetzt war ich kein Mädchen mehr, das zur Hälfte wie ein Junge aussah. Ich war ein Mädchen, das ganz und gar wie ein Junge aussah.

»Absolut zufrieden«, sagte ich und drehte mich zu ihr um.

⊙

»Lesbenalarm!« – Das Wort hatte im Raum gestanden wie ein grobes Möbelstück, an dem man sich Splitter einreißt und dem jeder ausweicht. Herr Kolb hatte nichts getan, nichts gesagt, nicht eingegriffen. Alle waren verstummt.

Ich drehte mich zu Tommy um, der mich fies angrinste und dem das Testosteron offenbar das Gehirn weggefurzt hatte. Auf den war ich neugierig gewesen! Dieser Typ war mal wieder der Beweis dafür, dass nette Eltern nicht automatisch nette Kinder hatten. Ich wollte etwas richtig Bissiges sagen, aber ich war noch zu geplättet. Deshalb brüllte ich nur möglichst laut: »Halt's Maul, du Arsch!« Dann schmiss ich meinen Rucksack auf den Tisch und setzte mich, doch der Rucksack hatte natürlich viel zu viel Schwung drauf und riss die Bücher und die Federtasche von Jenny auf den Boden. Stifte kullerten heraus.

»Ey, sag mal! Spinnst du?«, trompetete sie schrill, bückte sich und hob alles auf, bevor ich ihr helfen konnte.

Ich hörte, wie von vorne rechts einer johlte: »Wie viele Spastis will die fette Kämpf eigentlich noch herholen?« Ich sah mich um, es war ein gut gebauter Typ mit schwarzem Haar, nicht besonders groß, aber muskulös, Typ: Reckturner. Mit so einem 10 000-Volt-Lächeln und offenbar der Don Juan hier, denn die Mädels schmachteten ihn an. Leider hielt sein Verhalten nicht mit seinem Äußeren mit. Er machte erst einen Kussmund und dann eine widerliche Bewegung mit der Zunge in meine Richtung, so als wollte er mich ablecken.

Ich sprang von meinem Stuhl, der gegen den Tisch hinter mir knallte. In derselben Sekunde stand Herr Kolb vor mir, umfasste meine Schultern und drückte mich zurück auf den Stuhl.

»Es ist mir völlig gleich, wie das bei euch in der Stadt an der Schule war«, sagte er, »aber bei uns herrscht Ruhe und Fairness!« Ringsum hörte ich zustimmendes Gemurmel.

»War das etwa fair?«, wollte ich wissen und ließ meinen Daumen vage in Richtung letzter Reihe stoßen.

Im selben Moment wusste ich, dass alles versaut war. Die ganze Situation war komplett verdorben. Ich hatte absolut keine Hoffnung mehr, dass sich noch irgendwas ins Positive verändern würde.

Herr Kolb ging einfach über meine Frage hinweg. »Unser Motto ist Anpassung«, sagte er und fügte tatsächlich noch »junge Dame« hinzu, was einige gehässige Lacher zur Folge hatte. »Und daran haben sich auch die Schüler vom *Haus Eulenruh* zu halten! Für euch gelten keine Sonderregeln. Ist das klar?«

Das folgende Schweigen zog einen fetten schwarzen Strich unter Kolbs Worte. Ich verschränkte meine Arme auf dem Tisch und drehte meinen Kopf Richtung Fenster. Ich sah auf den Springbrunnen, der leer und verdreckt in der Mitte des Schulhofs stand.

⊙

»Es war nicht deine Schuld«, sagte Ann.

Das war mir klar, aber es tat gut, wenn ein anderer es mal aussprach.

»Sie haben es drauf angelegt«, sagte ich. »Ich hatte gar keine Chance, nett zu sein.«

»Es hat ja auch keiner erwartet, dass du nett bist. Sie haben alle damit gerechnet, dass du dich wie ein Idiot aufführst, schließlich kommst du aus'm Eulenhaus. Da kommen ja nur Idioten her. Was meinst du, was bei Matthias los war! Der hat aus Frust am ersten Tag den Lehrertisch umgeschmissen.«

Ich fragte nicht, warum. Einen Grund konnte ich mir schon vorstellen.

»Die sind *alle* bescheuert. Da ist keiner, kein Einziger …«

»Aber in deiner Klasse ist doch eigentlich Valerie Heinrich«, überlegte Ann jetzt. »Hat die denn nichts gesagt? – Komisch …«

»Keine Ahnung, wer das sein soll. Mir gefällt jedenfalls *kein Einziger*.«

»Na ja, da kannst du eigentlich stolz drauf sein!«

»Wieso denn stolz?«

»Die meisten Leute achten überhaupt nicht darauf, ob die anderen ihnen gefallen. Denen ist nur daran gelegen, dass sie *selbst* gefallen. Deshalb versuchen sie, möglichst toll auszusehen, sich überall einzuschleimen und so.«

»Dieser Kolb«, sagte ich, »der hat mich nicht mal richtig angesehen, als er mit mir gesprochen hat!«

»Ach … *Kolb* …« Anns Stimme klang, als würde sie in einen Bottich Schlamm fallen. »Der ist ein Idiot. Der hat seine Meinung über uns und die steht fest. So fest und starr wie die Bronzebank auf'm Marktplatz. – Von Lizzie glaubt er zum Beispiel, dass sie's überall und mit jedem treibt.«

Ann rollte auf ihrem Stuhl zum Computer, drückte ein paar Tasten, und das Textfenster, an dem sie gearbeitet hatte, fiel zusammen. Während Windows herunterfuhr, musste ich an gestern Nachmittag am Mooschkolk denken und wie Lizzie dort auf mich gewirkt hatte.

»Kolb ist ein Schwachkopf«, fuhr Ann fort. »Der sieht bloß, dass Lizzie einen Freund nach dem anderen hat, und glaubt natürlich sofort das Blödeste: dass sie dauergeil ist.«

Ich sah Christian vor mir, wie er so schief gesungen hatte, und dann Lizzie, die ihn angeschmachtet und ihre Hand auf sein Knie gelegt hatte.

»Weißt du«, fuhr sie nach einer Weile fort, »wenn dir die Jungs auf die Pelle rücken und nicht lockerlassen, dann gibt's immer nur zwei Möglichkeiten: Entweder du sagst Nein oder du sagst Ja. Ich bin für klare Verhältnisse. Ich sag Nein. Aber Lizzie, die hat ihren eigenen Weg gefunden.«

»Sie sagt Ja?«

»Ja. – Aber es ist anders, als es aussieht.«

»Sie meint es nicht so?«

»Doch, am Anfang schon. Das ist der Unterschied zwischen uns. Lizzie kann sich kurzzeitig wirklich für den Typen begeistern. Ich weiß nicht, ob sie verknallt ist, aber sie findet ihn *spannend*. – Nur, das hält nie lange an, weil eben leider keiner von denen *wirklich* spannend ist. Und um die Typen wieder loszuwerden, hat sie eine Methode gef…«

Da öffnete sich die Tür, und in dem Spiegel, den ich noch immer in der Hand hielt, sah ich, wie Lizzie hereinkam. Das heißt: Ein Dornröschen kam hereingerauscht. Sie trug ein weißes Kleid mit roten Rosen drauf, ihre Lippen waren tiefrot geschminkt und die langen blonden Haare fielen ihr offen auf die Schultern. Plötzlich duftete das Zimmer wie ein ganzer Parfumladen. Da ich halb hinterm Vorhang und auf Anns Seite saß, sah Lizzie mich nicht.

Sie drehte sich und fragte: »Gut so?«

»Miss Germany kann einpacken«, sagte Ann trocken.

»Das hoffe ich«, sagte Lizzie.

»Ist das *Ruby Dragon*?«, fragte Ann und zeigte auf Lizzies Mund. Offenbar meinte sie den Lippenstift.

Lizzie nickte bedeutungsvoll.

»Armer Christian«, sagte Ann.

»Armer Christian«, sagte Lizzie sanft. »Es dauert nur noch fünf Tage, hoffe ich. Höchstens eine Woche. – Es ist ja schon Phase 4.«

Ich saß versteckt auf meinem Platz und verstand überhaupt nichts.

»Gehst du jetzt gleich zu ihm?«, fragte Ann.

»Unbedingt! Ich muss! Ich hab gerade eine halbe Stunde im Garten mit ihm telefoniert. Er will sich mit Thobsen und Boni zum Angeln treffen. Hat gesagt, dass er keine Zeit hat für mich. Mal sehen, was er sagt, wenn ich jetzt vor seiner Tür stehe …«

Er wird sagen, du bist eine Klette, dachte ich.

»Viel Glück«, wünschte Ann ihr. Dann klappte die Tür. Lizzie war weg. Ann drehte sich zu mir um und grinste. Und dann verriet sie mir Lizzies Geheimnis.

Lizzie, erklärte sie mir, ließ einen Jungen nicht abblitzen, wenn er sie anmachte, sondern verknallte sich kurzerhand in ihn, und nach einer Weile, wenn sie festgestellt hatte, dass er doch nur eine hohle Nuss war, betrieb sie aufwendige Feldzüge, um ihn nicht nur wieder loszuwerden, sondern es außerdem so aussehen zu lassen, als würde nicht *sie* sich trennen. Das war ihr sehr wichtig.

»Warum?«, fragte ich. »Warum schießt sie ihn nicht einfach in den Wind?«

»Weil er ihr leidtut«, sagte Ann. Und dann legte sie ihre Hände ineinander, so wie Lizzie es tat, sie zog ihre Schultern zurück, setzte sich sehr gerade hin, schlug die Beine übereinander und sagte mit Lizzies Heustimme: »*Jungs sind sehr sensibel, wenn jemand mit ihnen Schluss macht. Sie haben ein Selbstbewusstsein wie … wie ein Kristallglas vielleicht. Einmal dumm rangekommen und schon fällt es um und zerspringt in tausend Scherben.*

Da muss man seeehr vorsichtig sein. Echt. Sonst behalten sie vielleicht einen Schaden zurück, der für immer bleibt. Irgend so einen Komplex, und sie können nie wieder ein Mädchen ansprechen.«

»Aber wenn sie will, dass Christian sich trennt, warum macht sie sich dann wie Dornröschen zurecht und läuft ihm hinterher?«

»Taktik«, sagte Ann. »Echte Feldzugtaktik.«

Der Feind bei Lizzies Feldzügen war nicht der jeweilige Junge, sondern dessen Verliebtheit. Erzählte Ann. Lizzie tat *alles*, um diese Verliebtheit auszulöschen. Sie hörte auf damit, sich rarzumachen, ging begeistert auf all seine Vorschläge ein. Sie passte punktgenau den Moment ab, wenn er gerade mit seinen Kumpels wild über Autos oder das letzte Fußballspiel diskutierte, und dann nahm sie seine Hand, gab ihm putzige Tiernamen oder begann ihn zu kraulen.

Sie schrieb ihm Briefe, in denen sie in regelmäßigen Abständen die Worte *bis in den Tod* verwendete, und in den Schulpausen steckte sie sie ihm in die Tasche. Sie zog sich immer schöner an und ihr Lippenstift wurde Tag für Tag röter. Und sie sagte ihm auch noch, dass sie das *extra für ihn* tat. Und wenn sie vorher nie mit ihm telefoniert hatte, wählte sie nun seine Nummer zu jeder Tageszeit, stellte sogar ihren Wecker, um ihn mitten in der Nacht anzurufen. Hatte sie ihn dann wach geklingelt, fragte sie, ob sie am nächsten Tag gleich nach der Schule mit zu ihm kommen könne. Sie könnten ja Hausaufgaben zusammen machen, sagte sie dann, und zum Angeln, da würde sie ihn natürlich begleiten, denn alles, was er so mache, das interessiere *sie* natürlich auch.

Angeln aber, sagte Ann, war *weiberfreie Zone*. Das machten nur die Jungs, sie zogen mit Angelstuhl und Bier los, raus zum

Falkenweiden, und ein Mädchen dabeizuhaben – undenkbar. Das war etwa so, wie Pommes mit Sahne zu essen.

»Sie bringt ihn jetzt also ordentlich in Schwierigkeiten«, sagte ich.

»Exakt!«

Irgendwann, sagte Ann, waren sie immer weich gekocht. Irgendwann bekamen Lizzies jeweilige Freunde Panik, und selbst die, die bis über beide Ohren in Lizzie verschossen gewesen waren, erklärten ihr dann stotternd, dass sie sich einfach noch nicht reif genug fühlten für so eine intensive Beziehung, dass Lizzie nicht böse sein solle und ob sie beide nicht einfach nur Freunde sein könnten, *bitte*? Und dann kam Lizzie jedes Mal freudestrahlend nach Hause, warf ihre Handtasche in die Ecke, wischte sich *Scarlet Love*, den letzten und rötesten aus ihrer Lippenstiftkollektion, vom Mund und rief: *Geschafft!*

»Und sie hat mit dieser Strategie wirklich immer Erfolg?«

»Immer«, sagte Ann. »Und sie tut vor allem was für ihren Ruf. Sie verbessert ihn nämlich. Vorher war sie eine Nutte.«

»Und jetzt?«

»Sie mögen sie.«

Während andere nach dem Ende ihrer Beziehung übereinander herzogen oder hässliche Gerüchte über den anderen in die Welt setzten, stand Lizzie in den Augen ihrer Exfreunde ganz oben, um nicht zu sagen: auf der Spitze des *Wunderbaren*, erklärte Ann. Jeder Ex sprach fast schon ehrfürchtig von ihr, und manchmal, in den Pausen, schauten sie Lizzie verwirrt und seltsam verträumt an, als könnten sie einfach nicht verstehen, was nur in sie gefahren war, als sie ihr den Laufpass gegeben hatten. Aber da war es dann schon zu spät, denn Lizzie hatte meistens schon wieder einen neuen Bewerber.

»Natürlich funktioniert das nur bei den Jungs«, sagte Ann. »Die Mädels und die Lehrer sehen weiter die Nutte in ihr. Eine, die ihre Typen öfter wechselt als ihre Socken. Aber Lizzie sagt immer: *Irgendwo musst du ja anfangen, an deinem Ruf zu arbeiten, und warum nicht an der Basis: bei den Jungs.* – So ist sie. Jetzt weißt du's.«

»Und was hat sie an diesem Christian so spannend gefunden?«

»Na, rat mal.«

Ich holte mir Christians Bild vor Augen, die knallbunten Bermudas, die Käsebeine, die blondierten Haare, die verbrannte Haut, die hochgerollten Ärmel des T-Shirts, die –

»Die Narbe.«

»Exakt!«

⊙

Auf dem Weg nach draußen rannte ich gegen Matthias, der mit einem großen, dick beschmierten Leberwurstbrot aus der Küche kam. Er wollte gerade losbrüllen, sah dann aber meine neue Frisur und brach in sein Gewieher aus. Matthias schien nur aus diesen beiden Gefühlsausdrücken zu bestehen: Brüllen oder Wiehern.

Ich ignorierte ihn, setzte mein Basecap auf die Fastglatze und lief an ihm vorbei.

Mit vollem Mund rief er mir hinterher: »Finster, Mann, echt finster! – Da kriegt man ja … da kriegt man ja …«, er überlegte, »Augenkrebs!«

Das war so blöd, das war schon wieder gut. Deshalb drehte ich mich um und sagte gutmütig: »Mann, du bist ehrlich gesagt auch nicht gerade der Optikboom.« Dann warf ich ihm eine Kusshand zu und ließ die Tür hinter mir zufallen.

⊙

Das Rad stand vor mir, *mein* Rad.

Ich spürte, dass mir noch immer dieser beschissene erste Schultag in den Knochen saß, Kolbs süffisanter Tonfall, als er mich nach der Stunde kurz zurückbehalten hatte, um mir *die Regeln zu erklären*, und dabei meinen Namen zu oft ausgesprochen hatte, so als wäre er ein Bonbon, das man nicht runterschlucken oder zerbeißen wollte, sondern möglichst lange im Mund behalten. Ich dachte daran, wie ich nach der ersten Stunde aus dem Klassenraum getrottet war und im Gang Tommy und ein paar andere Typen aus der Klasse gestanden und mich offen angestarrt hatten. Sie hatten ganz klar auf mich gewartet. Sie versperrten den Weg und rührten sich keinen Millimeter von der Stelle, sodass ich ganz dicht an ihnen vorbeimusste. Als ich sie hinter mir hatte, hatten sie mir geschlossen hinterhergepfiffen. Als wäre ich so ein langbeiniges Barbiepüppchen. Ich hatte nicht reagiert, war einfach die Treppen runtergegangen und dann an der Tür, die nach draußen zum Schulhof führte, vorbeigelaufen, denn ich konnte und wollte Ann und Lizzie, die da auf mich warteten, in diesem Moment einfach nicht sehen. Ich war stattdessen aufs Klo zugesteuert, hatte mir dort kaltes Wasser ins Gesicht geklatscht und war dann in einer der Kabinen verschwunden. Und nachdem es geklingelt hatte, hatte ich noch fünf Minuten verstreichen lassen und war dann aus dem Gebäude und vom Schulhof geschlichen, war den Waldweg entlanggegangen, den wir gekommen waren, und dann rechts in einen unscheinbaren Trampelpfad eingebogen, bis ich vor einem rostigen Tor mit Zacken stand. Das hatte ich aufgeschoben und schnell wieder hinter mir zugeschoben. Es war der Friedhof. Eine alte Frau mit Kopftuch hatte Wasser aus der Pumpe in eine Gießkanne gefüllt. Sie hatte mich stumm angeschaut, als ich über die Wiese ging. Hinter einer kleinen Kapelle lag ein Weiher, still und bewegungslos. Dorthin hatte ich mich gesetzt. Ich hatte in das Wasser gestarrt, das voller Entengrütze war, hatte mein Pausenbrot gegessen und danach ein paar Steine in die dunkle Brühe geschossen. Und dann hatte ich das grüne Geografieheft aus meinem Rucksack gezogen, es von hinten aufgeschlagen. Ich hatte wieder den ersten Satz gesehen, der dort stand: *Ihr Vater hatte sie an seine Kumpels verfüttert*, und hatte weitergeblättert, bis ich zum letzten Eintrag kam. Dann hatte ich meinen Füller aufgeschraubt und die Worte *Lesbenalarm* und *Anpassung* hinzugefügt.

Ich merkte, dass ich das Fahrrad viel zu fest umklammerte, und ließ locker. Ich war immer noch wütend. Das sind Momente, in denen sich die Energie wie eine Faust in mir ballt, und ich weiß nie, wohin damit. Seit dem Vormittag steckte mir dieses Gefühl in den Knochen.

Da kam mir das Rad jetzt gerade recht. Lack und Rost mussten runtergeschrubbt werden. Ich hatte eine Drahtbürste und Schleifpapier in der Hand, beugte mich über den Rahmen und fing an.

Nicht mehr nur aus den Gärten der Nachbarn ertönte das nervtötende Dröhnen der Rasenmäher, auch auf den Feldern wurde jetzt gemäht. Sie holten die Getreideernte ein. Mit riesigen Mähdreschern, die sich geräuschvoll durch die Felder fraßen. Ich schrubbte und schrubbte und schrubbte, bis mein

Arm erlahmte. Ich trat einen Schritt zurück und besah mir mein Werk. Es war kaum ein Fortschritt zu sehen. Nachdenklich kratzte ich mir den Kopf.

»Im Baumarkt gibt's Abbeizer, wär das nicht besser als Abschleifen?«

Wie gestern fuhr ich herum. Wie gestern stand Ricardo an der Schaukel. Und wieder hatte mein inneres Sicherheitssystem versagt. Aber anders als gestern regte ich mich nicht auf. Erstaunt stellte ich fest, dass ich mich sogar darüber freute, dass er da war.

»Hast du schon Feierabend?«

»Ich mach dreißig Stunden«, sagte Ricardo. »Immer bis zwei. Reicht auch.«

»Abbeizen? Meinst du?« Ich dachte kurz nach. Und entschied mich dann dagegen. »Ich schleife besser«, sagte ich. »Beizen ist giftig. Glaub ich. Ich würd's jedenfalls nicht drauf ankommen lassen.«

Ricardo nickte, als hätte er sich das schon gedacht.

»Und wie war's?«, fragte er und meinte die Schule.

»Ging so«, sagte ich. Ich hatte keine Lust, darüber zu reden, und fing lieber an, den Rahmen mit Schleifpapier zu bearbeiten.

»Pass auf, wir machen das zusammen«, sagte er. »Ist 'ne Schweinearbeit, kannst du mir glauben.«

Und so kam es, dass Ricardo und ich abwechselnd an meinem Rad schliffen, den Rost und den Lack runterschrubbten und darauf achteten, dass wir keine allzu großen Rillen und Riefen reinhobelten, weil das scheiße aussehen würde, später, wenn der Lack draufkam.

»Als ich angekommen bin vorgestern ...«, sagte ich und wunderte mich im selben Moment, dass es tatsächlich erst zwei Tage her war, »… warst du ziemlich mies drauf.« Ich erinnerte mich, wie er mich an der Bushaltestelle angebrüllt hatte und dann den ganzen Abend gereizt gewesen war. Ich hatte gedacht, es läge an mir.

»Ach«, sagte er, »Da sind 'n paar Typen in Wittenberg, die Stress machen. Von Berufsehre haben die anscheinend noch nie was gehört. Dilettanten!«

»Berufsehre? – Meinst du deine Kollegen bei *Kaiser's*?« Das kam mir irgendwie komisch vor.

Ricardo ging auch gar nicht darauf ein. Er sagte: »Ich hab sie jetzt erwischt, wie sie meine Tags versaut haben, diese Typen. Schon seit ein paar Wochen geht das so. Irgendwann knallt's.«

Offenbar nahm er an, dass ich schon wüsste, wovon er redete, aber ich verstand nur Bahnhof, und bevor ich nachfragen konnte, wechselte er abrupt das Thema. »Ich hatte auch mal so 'n Rad, das ich selbst abgeschliffen und lackiert hab«, sagte er. »Hab's im Keller bei meiner Großmutter gefunden. Ein Uraltteil, echt heavy, kein Alu … nein …« Er grinste. »Stahl. Verstehst du? Aber es hatte was. Echt, es hatte was.«

»Und wo ist das Teil?«

»Geklaut.« Jetzt lachte er und sah vom Rahmen hoch. Ich saß vor ihm im Gras und ruhte meinen Arm aus. Schleifen ist keine schwere Arbeit, aber die ewig gleiche Bewegung ist ermüdend. Sich abzuwechseln war eine richtig gute Idee gewesen.

Fussel kam um die Ecke gerannt. Er trug seinen orangefarbenen Gummiknochen im Maul, rannte direkt auf mich zu und legte ihn vor mir ab. Er ging ein paar Schritte zurück und sah mich erwartungsvoll an.

»He, Fussel mag dich«, sagte Ricardo. »Dass er dir seinen

Knochen bringt, ist ein echter Liebesbeweis. – Jetzt enttäusch ihn nicht. Du musst ihn werfen.«

Ich stand auf und schleuderte den Knochen am Haus vorbei, über das Grünzeug hinweg. Fussel rannte glücklich los.

»Und deine Großmutter?«, fragte ich. »Wo wohnt die eigentlich?«

»Priesterweg 17.«

»Wo ist das denn?«

»In Berlin-Schöneberg. – Der Friedhof.«

Dazu fiel mir nichts ein. Ich riss Unkraut ab und sagte nichts.

»Sie ist vor drei Jahren gestorben«, fuhr Ricardo fort. Für die Biegungen und Ecken am Rahmen benutzte er nicht die Bürste, sondern das Schleifpapier. Ich hätte es auch so gemacht. Er fuhr mit dem Papier immer wieder kräftig in die Biegungen, es war, als würde er das Rad massieren. »Sie war schon über siebzig.«

Ich verstand die Zusammenhänge nicht. Wo waren seine Eltern? Aber ich schwieg, weil es scheiße war, wenn man ausgefragt wurde.

»Meine Mutter hat mich bei ihr gelassen, da war ich noch 'n Hosenscheißer«, sagte Ricardo, als könnte er Gedanken lesen. »Das war nicht schlimm, sie war 'ne Eins-a-Großmutter. Nur – als ich acht wurde, hat sie's nicht mehr gepackt. – Sie hatte Wasser in den Beinen. Und gucken konnte sie auch nicht mehr gut. Als sie auf der Treppe gestürzt ist und sich die Hüfte gebrochen hat, bin ich ins Heim gekommen. Aber ich bin immer von da aus zu ihr, hab sogar manchmal übernachtet.«

»Deine Mutter hat also …« Ich sprach nicht zu Ende.

»Sie hatte keinen Bock auf mich. Und als sie dann plötzlich Bock hatte, hatte ich keinen mehr. Da war ich fünf, mir ging's gut bei meiner Großmutter und ich kannte meine Mutter nicht mal. Sie hatte zu der Zeit offenbar einen neuen Typen und dachte, sie müsste jetzt einen auf Familie machen. Aber ich fand es voll ätzend. Nicht nur sie, auch den Typen. Ich hab Terror gemacht, ich wollte unbedingt zurück. Ich hab alles vollgepisst, mich taub gestellt und nur geschrien. Irgendwann hatte sie die Schnauze voll und hat mich wieder bei meiner Großmutter abgegeben. – Komisch, ich hab immer nur gedacht: *meine Großmutter*. Nie: *ihre Mutter*. Zwischen den beiden gab's für mich nie 'ne Verbindung.«

»Besucht sie dich eigentlich manchmal? Deine Mutter, meine ich.«

»Meine Mutter ist tot und liegt im Priesterweg 17. Die andere kann mir gestohlen bleiben.« Ricardo nahm kurz sein Basecap ab, wischte sich über die Stirn und setzte das Cap wieder auf. Es war wirklich heiß.

»Du hast sie echt gemocht, deine Großmutter …«

»Sie war cool drauf«, sagte Ricardo, »für ihr Alter.« Er legte das Sandpapier auf den Boden und griff in seine Gesäßtasche. Er zog ein Portemonnaie heraus und aus dem Portemonnaie ein Foto. »Hier.«

Ich sah es mir an. Eine alte Frau wie hundert andere, eine verknitterte Erinnerung an die junge Frau, die sie mal gewesen sein musste. Aber als ich genauer guckte, sah ich, dass sie wahnsinnig viele Lachfältchen hatte und denselben frechen Mund wie Ricardo. Ich gab ihm das Foto zurück. Ich hatte auch ein Foto in meinem Portemonnaie. Das hatte ich noch nie jemandem gezeigt.

Da rief es plötzlich aus Siemanns Garten: »Hi, Ricardo!«

Ricardo und ich sahen rüber und erkannten Eileen Saalfeld, die gerade aus Siemanns Haus herausgekommen war und jetzt hocherfreut zum Zaun lief. Sie beugte sich zu uns rüber. »Was machst'n da?« Sie ließ ihre Stimme ganz kehlig klingen und warf ihre Blicke wie ein Lasso aus.

»Franka und ich machen das Rad wieder flott«, sagte Ricardo kurz angebunden und griff wieder nach dem Rad.

»*Franka?*«, sagte Eileen überrascht. »Ich dachte ...« Dann scannte mich ihr Blick und sie zog die Augenbrauen kurz zusammen.

Ich fragte: »Bist du verwandt mit Siemanns?«

»Nein«, sagte Eileen kühl. »Ich hab ein paar Gläser Birnen vorbeigebracht.«

»Wieso das denn?«, fragte ich.

»Das macht man hier in Waldburgen so. Man bringt Lebensmittel zu Siemanns«, sagte Ricardo zu mir und sah dann zu Eileen. »Stimmt doch, oder?«

Bei seinem Interesse blühte Eileen sofort wieder auf. Sie griff sich ins Haar, hob es kurz hoch und ließ es dann wieder fallen. »Siemanns sammeln für ein Obdachlosenheim, glaub ich. Wir bringen jede Woche was vorbei. Ihr doch auch, oder?«

»Klar. Vera packt auch immer was zusammen«, sagte Ricardo und wendete sich dann wieder mir und dem Fahrrad zu.

Eileen Saalfeld rief: »Kommst du heute vielleicht zum Mooschkolk, Ricardo?«

»Nö. Ich muss hier mit Franka noch ein bisschen rumbasteln.«

»Ach so«, sagte Eileen und beugte sich enttäuscht wieder zurück. »Na dann.« Sie schien noch auf etwas zu warten, aber Ricardo reagierte nicht mehr. Er schliff schon wieder.

Ich lächelte Eileen freundlich zu und sagte »Tschüss«, doch sie sah mich mit schlecht verhülltem Ärger an und drehte einfach ab. Ich zuckte mit den Schultern und wendete mich wieder zu Ricardo.

»Ich hätt gern eine Flamme hier drauf«, sagte ich und zeigte auf die Fahrradstange. »Wenn das Rad blau wird, dann würde eine rote Flamme doch echt gut da drauf aussehen, oder? – Hast du 'ne Ahnung, wie man so was macht?«

Ricardo überlegte nur kurz.

»Sprühen würde ich so was an deiner Stelle nicht«, sagte Ricardo. »Da brauchst du viel Fingerspitzengefühl und du bist ja 'n Laie. Da versaust du dir wahrscheinlich mehr, als dir lieb ist. Reicht es nicht, wenn das Rad einfach nur blau ist?«

In dem Moment kam Ann um die Ecke, die wohl den letzten Teil unseres Gesprächs mit angehört hatte, denn sie sagte: »Warum entwirfst du nicht einfach eine Flamme in Corel Draw?« Sie ging um das Rad herum und sah es sich an. »Mit der Datei kannst du in einen Copyshop in Wittenberg gehen und dir die Flamme auf Selbstklebefolie plotten lassen. Die könntest du dann auf die Stange kleben. Ist zwar nicht gesprüht, aber du kannst sicher sein, dass am Ende alles sauber aussieht.«

»Hey, nicht übel«, sagte Ricardo und boxte Ann spielerisch gegen die Schulter, die sofort in Boxposition sprang, auf der Stelle hüpfte, in die Luft kickte und »Na los, komm doch, komm doch, trau dich!« rief. Die beiden begannen miteinander zu kabbeln. Ich grinste.

Die Idee war wirklich gut. Es gab nur einen Haken: Ich hatte keinen Computer. Und selbst wenn ich einen gehabt hätte: Ich hatte null Ahnung von Corel Draw. Und was war *Plotten*?

»*Hier* seid ihr alle!«, rief Lizzie, die ums Haus kam.

Fussel rannte hinter ihr her und schien sich zu freuen, dass wir so viele auf einmal waren. »Ich hab dich gesucht, Ann.«

Was machte Lizzie denn hier? Sie wollte doch zu Christian und ihn überraschen?

»Ihr möbelt das alte Teil wieder auf?«, fragte Lizzie.

»Franka möbelt es auf«, sagte Ricardo und versuchte, Ann, die um ihn herumtänzelte und nicht aufhörte, spielerisch auf ihn einzuboxen, mit einer Hand wegzuhalten. »Ich helfe nur.« Ann boxte ihn jetzt von hinten in die Arschbacken. Ricardo wirbelte lachend herum.

»Nicht schlecht«, sagte Lizzie und betrachtete mein Rad. »Find ich cool, dass du dich damit auskennst.« Dann sah sie sich um. Offenbar kam sie selten bis hier hinten her, denn sie sagte: »Mann, der Rittersporn steht aber hoch!« Sie meinte die blauen Büsche an der Schuppenwand. »Siemann würde da bestimmt gern mal mit seinem T17 drüber. Und am besten gleich noch über die ganzen Schafgarben und Taubnesseln hier.«

»Du kennst die Namen von dem ganzen Zeug?«, fragte ich beeindruckt.

»Klar«, sagte Ann. »Wenn du mal 'ne Pflanzenfrage hast, geh zu Lizzie. Sie kennt *Was blüht denn da* in- und auswendig. Sie wird mal Biologin. – Oder Modeberaterin, nicht wahr?« Ricardo nutzte die Gelegenheit, eine Kaskade vorgetäuschter Fausthiebe gegen Anns Schulter zu landen.

Lizzie nickte. »Eher beides«, sagte sie.

»Wie läuft's mit Christoph?«, fragte Ricardo.

»Christian«, sagte Lizzie. »Phase 4.«

»Der Arme«, sagte Ricardo und versuchte, mit den Fäusten auf Brusthöhe um Ann herumzutrippeln, die ihn nicht aus den Augen ließ und das Gleiche versuchte. »Der hat nicht mehr viel zu lachen, oder?«

»Er hat mich gerade rausgeschmissen«, sagte Lizzie strahlend. »Er wollte mit seinen Kumpels zum Angeln und ich wollte mit.«

Ricardo passte einen Moment lang nicht auf, als er sich zu mir wendete und erklären wollte: »Angeln ist …«

»… weiberfreie Zone«, unterbrach ich.

Da hatte Ann schon einen gezielten Treffer in Ricardos Magen gelandet. Der heulte auf, brach vor ihr auf die Knie und hielt die Hände vor seinen Bauch wie vor eine blutende Wunde. Er schwankte, bis Ann ihm mit dem Zeigefinger gegen die Stirn tippte und er effektvoll zur Seite wegkippte und reglos im Gras liegen blieb. Mit einer geschmeidigen Bewegung zog Ann den ausgestreckten Finger an ihre Lippen, pustete dagegen und steckte ihn wie einen Revolver in ihre Hosentasche. Dann stupste sie noch einmal mit der Fußspitze gegen Ricardo, der sich wie ein totes Tier auf den Rücken rollen ließ und mit starren Augen in den Himmel sah. Fussel sprang auf, rannte zu Ricardo, schnupperte in seinen Haaren und fuhr ihm dann mit der Zunge übers Gesicht.

»Mann, Köter! Ich bin doch kein Stieleis«, rief Ricardo und setzte sich auf. Fussel sprang um ihn herum und versuchte, ihn zum Spielen zu animieren.

»Ich kenne jetzt das Geheimnis der Narbe«, sagte Lizzie.

»Spuck's aus!«, sagte Ann, und Ricardo hielt Fussel auf Abstand.

»Er hat's mir eben verraten«, sagte Lizzie. »Thobsen und Boni haben mit den Rädern und Angeln draußen gewartet, Christian war schon ganz hibbelig und ich stand da in seinem Zimmer und hab nach der Narbe gefragt. Und da hat er's gesagt. Also: Er ist als Kind mal in die Glasvitrine der Anbauwand im Wohnzimmer gefallen.« Sie sah ziemlich enttäuscht aus.

»In die Anbauwand? Sonst nichts?«, fragte Ricardo.

Und Ann machte es noch schlimmer: »Und das hat er dir *einfach so* erzählt? Ohne was auszuschmücken?«

»Na ja, er wollte mich loswerden. Die anderen hatten ja schon dreimal von draußen gerufen«, druckste Lizzie. »Da hat er's dann eben einfach so gesagt.«

»Mann, er hätte sich trotzdem wenigstens was ausdenken können!«, sagte Ann. »Ein *bisschen* Fantasie … ist denn das zu viel verlangt?«

Lizzie sah jetzt echt bedrückt aus. Obwohl sie froh war, diesen Christian bald los zu sein, war sie doch von dem Ausmaß seiner Einfallslosigkeit verletzt, das merkte man deutlich.

»Und sonst? Ich meine, wie ist er denn sonst so?«, sagte ich deshalb schnell, um die fröhliche Stimmung von gerade eben, die sich langsam aus den Fugen gelöst hatte, nicht komplett in den Keller rutschen zu lassen.

»Na ja, sonst so …«, sagte Lizzie und wurde rot. »Um ehrlich zu sein: Es gibt nichts *sonst so*. Er interessiert sich für nichts außer für Fußball, Angeln und Kickern gehen. Ab und zu ein bisschen Gitarre spielen. Und Rumfummeln natürlich. Aber wir können über nichts reden. Er hört mir nie richtig zu, und wenn ich *ihm* zuhöre, werde ich todmüde …«

Lizzie kickte einen Apfel weg, ich sprang ihm nach und kickte ihn zurück. Sie lachte und kickte drei auf einmal in meine Richtung und plötzlich waren wir alle vier in eine wilde Apfelschießerei verwickelt. Fussel war mittendrin, kläffte und versuchte, die wegfetzenden Apfelstücken aufzuschnappen. Wütend flogen die Fliegen und Wespen auf, faulige Äpfel knallten gegen die Schuppenwand und platzten, wir lachten und dann flog mir das Basecap vom Kopf.

»Hey, neue Frisur?«, rief Lizzie, hörte auf mit Kicken und kam näher, um mich in Augenschein zu nehmen. Sie strich mit der Handfläche über meinen Schädel. »Passt zu deinem Stil.«

Ich hatte nie darüber nachgedacht, dass ich einen *Stil* haben könnte, aber aus Lizzie sprach die Expertin, und ich musste grinsen.

»Natalie Portman hatte in *V for Vendetta* auch 'ne Glatze«, sagte Lizzie jetzt und wandte sich dabei an Ann und Ricardo, als würde sie zu einem Riesenpublikum sprechen. »Wenn man die Kopfform dafür hat, ist 'ne Dreimillimeterrasur echt … fresh!«

Ich sah unauffällig zu Ricardo, der meine neue Frisur aufmerksam betrachtete, aus dessen Gesicht ich aber nichts herauslesen konnte.

⊙

Matthias hatte sein Zimmer ganz unten, halb im Keller. Offenbar verkroch er sich wirklich am liebsten unter der Erde. Wie ein Maulwurf. Ein Maulwurf mit Computer und W-LAN-Anschluss.

An der Zimmertür hing ein Schild *Club der anonymen Psychopathen e. V. – Betreten auf eigene Gefahr.*

Als ich klopfte, kam kein *Herein.* Ich hörte aber Geräusche hinter der Tür. Ein Heulen und Zischen. Ich klopfte noch mal. Wieder keine Antwort, nur das Heulen. Da drückte ich vorsichtig die Klinke herunter.

Es war fast dunkel im Zimmer, wie in einer Höhle. Die Jalousien waren heruntergelassen, nur vom Bildschirm des Computers kam ein wenig Licht. Es reichte aus, um ein paar Plakate an den Wänden zu erkennen, die Solid Snake, Lara Croft, Gray

Fox und noch mehr Helden aus Videogames zeigten. Matthias saß auf einem Sitzsack unter einem Hochbett vorm Computer, mit einer Schüssel in der Hand. Ein Spiel lief.

»Matthias?«, fragte ich.

Er sah kurz hoch, doch anstatt auszurasten, wie ich erwartet hatte, sagte er nur: »Setz dich, aber halt die Klappe.« Sein Kinn zuckte in Richtung eines weiteren Sitzsacks. Ich fand Sitzsäcke cool. Wieso hatte ich eigentlich so einen hässlich braun karierten Sessel in meinem Zimmer?

Ich zog die Tür ran und setzte mich. Der Sitzsack war voller Fettflecke, und es miefte in dem Zimmer, dass sich einem die Zehennägel hochkräuselten. Irgendeine intensive Mischung aus Fuß, Pizza und gebratenen Zwiebeln. Ich verspürte den Drang, ein Fenster aufzureißen, ließ es aber bleiben und sah auf den Monitor. Auch der war voller Fettfingerabdrücke und irgendwas klebte daran. Aber wenn man sich nicht ganz so auf den Mief und das Geschmuddel konzentrierte, konnte man sich nach einer Weile fast daran gewöhnen. Vielleicht hatten sich die Urmenschen früher auch so in ihren Höhlen gefühlt: von Mief und Dunkelheit umgeben und irgendwie geborgen.

»Hey, das ist ja *Futureworld*«, sagte ich, nachdem ich eine Weile geduldig zugeschaut hatte.

»Was dagegen?«, fragte er, und das klang fast freundlich.

Futureworld. DAS *Futureworld.* Es war ein Online-Kultspiel. Das Spiel war in meiner alten Klasse der Renner gewesen. Man verabredete sich sogar online. Ich hatte auch hin und wieder mitgemacht, aber es hatte mir nie so gut gefallen wie den anderen. Mit der Zeit hatten die tödlichen Wolken und die ganzen Geister sogar angefangen, mich zu nerven. Die Monster, die ständig hinter irgendwelchen Mauern lauerten, haben mich aufgeregt. Es kam mir blöd vor, auf ihre haarigen Brustkörbe zu ballern oder *so zu tun*, als ob ich ballerte, denn es war ja nicht *real*, selbst mein eigener Tod war nie real, ich konnte das Spiel abbrechen und von vorn anfangen, sobald ich tot war. *Futureworld* – das tat nur so, als ob. Mir war was Echtes einfach lieber.

Im selben Moment merkte ich, dass ich den letzten Gedanken laut ausgesprochen hatte.

Matthias sah hoch. Er war in dem Spiel ein Zauberer. »Was soll denn *echt* heißen?«, fragte er. »Ist dir die Schule nicht echt genug?«

Ich lief rot an. Wusste er etwa, wie scheiße die heute zu mir gewesen waren? Oder sprach er einfach aus eigener Erfahrung?

»Vielleicht ist das hier der falsche Bereich für dich«, sagte er, zeigte auf den Bildschirm und klickte mit der Maus. Der Zauberer verschwand. »Was hältst du von Angeln?«, fragte er und sah mich das erste Mal direkt an. »Das ist realer als Zaubern.«

Angeln? Ich dachte an den Mooschkolk, an die Elbe, an all die kleinen Weiher, die es hier rund um Waldburgen geben sollte. Schließlich war Waldburgen ein Paradies für Angler. Ich setzte mich in meinem Sitzsack auf. Ich hatte zwar noch nie geangelt, aber vielleicht machte es Spaß?

»Das ist eigentlich 'ne coole Idee«, sagte ich und dachte plötzlich: Angeln ist doch weiberfreie Zone? Hatte meine neue Frisur etwa solche Auswirkungen? Nicht schlecht.

»In *Futureworld* kann man super angeln«, sagte er, klickte wieder mit der Maus, ging dann bei *Hobbys* auf *Angeln* und klickte auf Ausrüstung. Ein mit grünem Schilf umranktes Fenster poppte auf und zeigte eine Auswahl an Hightech-Angeln. »Klasse, oder? Welche willst du?«

»Äh … ich dachte eigentlich …«

»Also, wenn du unter Wasser damit schießen willst, kostet das drei GOLD. Denk dran, du hast am Anfang nur zehn.«

»Schießen? Mit 'ner Angel?«

»Was glaubst du denn? Denk doch an die ganzen Feinde!«

»Feinde? Seit wann gibt's beim Angeln denn Feinde?«

»Das sind doch die anderen, die auch gerade online sind! Denkst du, wir spielen *mit* denen? Wir spielen natürlich *gegen* die! – Und mehr als eine Schussangel kannst du dir eben am Anfang einfach noch nicht leisten.« Matthias sah echt betrübt aus. »Oder du nimmst die hier …« Er wies auf eine grellgrüne, seltsam gebogene Angel. »Die kann wenigstens Gift ver…«

»Ich wollte eigentlich nicht *kämpfen*.«

»Okay, dann ist die hier wahrscheinlich die beste für dich: *Silver Arrow*. Kostet nur ein GOLD, kann aber bis zu fünfunddreißig Meter weit ausgeworfen werden …«

Innerlich stöhnte ich auf, aber ich blieb. Ich nahm die zweite Spielkonsole, die er mir herüberwarf und die natürlich fettig war, wahrscheinlich von dem Zeug, in das er die gerösteten Zwiebelringe immerzu eintauchte. Aber ich versuchte, nicht daran zu denken, und spielte so gut ich konnte, angelte ein paar Schätze, aber leider auch ein paar Minen, während Matthias das *Sichern* übernahm und jeden nahenden Feind mit einem magischen Bann belegte, ihn versteinerte oder in einen Eisblock verwandelte oder einfach abschoss. Am Ende waren wir gar nicht so schlecht. Nach einer Stunde legte ich die Konsole weg.

»Ich mag nicht mehr«, sagte ich.

»Warum?«

»Mir ist 'n bisschen langweilig.«

»Na ja, Angeln ist auch ein bisschen langweilig …«, gab er zu,

»aber für 'n Anfänger bist du gar nicht so übel. *Futureworld* ist riesig, wir finden schon noch den passenden Bereich und den passenden Feind für dich!«

»Ich brauche deine Hilfe«, sagte ich, bevor er womöglich auf die Idee kam, mir jetzt gleich einen passenden Bereich und Feind auszusuchen. »Ich möchte eine Flamme für meine Fahrradstange. Ann meinte, ich sollte die Flamme als Grafik entwerfen, dann könnte ich sie auf Selbstklebefolie drucken lassen. Aber ich hab keine Ahnung von so was. Na ja, und da wollte ich dich fragen.«

⊙

Als wir am nächsten Tag wieder zu dritt zur Schule gingen – Matthias hatte sich wie am Tag zuvor von uns abgeseilt –, war ich innerlich hart wie ein Stein. Ich wollte einfach alle blöden Bemerkungen an mir abprallen lassen, so als ob ich taub wäre. Es ist sinnlos, sich mit einem Stänker in der Klasse anzulegen, wenn im Grunde auch alle anderen gegen dich sind. Da hilft eigentlich nur eins: runterschlucken und ignorieren. Irgendwann verlieren sie dann das Interesse. Wenn man Glück hat.

Wie am Vortag schien sich der Schulhof um den Lautsprecher über dem Eingang zusammenzuziehen. Juli brüllte *Das ist die perfekte Welle* über die Schüler. Aber heute war ein Fenster im ersten Stock geöffnet und dahinter stand ein blondes Mädchen mit Kopfhörern. Ab und zu schrien ihr ein paar Schüler von unten was zu, und erst nach einer Weile kapierte ich, dass es Wunschtitel waren.

Das Mädchen kaute Kaugummi, sah extrem cool aus und schaute gleichgültig auf die Schüler herab.

Stellst dich in'n Sturm und schreist. Ich bin hier, ich bin frei. Ich bin hier, ich bin frei ...

»Das ist Cindy«, brüllte Ann mir zu. »Sie ist diese Woche Pausen-DJ. Die geht bei uns in die Klasse.«

Lizzie strebte wieder auf Christians Jungsgruppe zu, und da Ann ihr folgte, ging ich mit. Beim Springbrunnen sah ich diesen ätzenden Tommy und ein paar andere aus meiner Klasse zusammenstehen, darunter auch meine Banknachbarin Jenny. Ich sah, wie sie zu uns rüberglotzten, dann die Köpfe zusammensteckten und wieder glotzten, aber ich erinnerte mich an meine neue Taktik und ignorierte sie einfach.

... das ist die perfekte Welle, das ist der perfekte Tag, lass dich einfach von ihr tragen, denk am besten gar nicht nach ...

Es klingelte und alle stürmten zum Eingang, auch Matthias war plötzlich neben uns. Tommy drängelte sich zu uns durch, stieß Matthias den Ellenbogen in die Seite, sah aber *mich* an und rief: »Hey, ihr müsst wohl heute alle Gelb tragen? Gab's das im Sonderangebot, oder was? Wer drei Mal Gelb kauft, kriegt eins umsonst ... wie niedlich!« Da erst registrierte ich, dass wir vier tatsächlich zufällig alle etwas Gelbes trugen: Matthias hatte ein gelbes T-Shirt unter seiner schwarzen Bomberjacke an, ich trug mein gelbes Lieblings-Basecap, Ann gelbe Turnschuhe und Lizzie einen gelben Rock. Auch die anderen Schüler um uns herum guckten jetzt. Entsprechend meiner neuen Taktik reagierte ich gar nicht auf den blöden Spruch, genau wie auch Lizzie und Ann so taten, als wäre Tommy gar nicht da, aber Matthias fing an, brüllend loszulachen. »Der war gut, Mann. Der war gut«, rief er Tommy zu und versuchte doch tatsächlich, sich bei diesem Typen einzuschleimen!

»Halt's Maul, Spasti«, zischte der zurück und versetzte Matthias einen Stoß, woraufhin der stolperte und wieder in Lachen ausbrach. Er machte jetzt tatsächlich den Eindruck eines leicht Bekloppten.

Dann bogen Lizzie, Ann und Matthias nach links ein und ich folgte langsam der Strömung in den ersten Stock.

⊙

»Hi, Franka«, sagte Jenny, als ich meinen Rucksack auf unserem Tisch abstellte. Es war verdächtig still im Klassenraum geworden, als ich reingekommen war. Als hätten sie kurz vorher noch alle miteinander gequatscht und einen heimlichen Beschluss gefasst.

Jenny lächelte. Ich witterte eine Falle. Ich traute dem Frieden nicht, aber es war nicht besonders nett, nicht zu antworten, deshalb sagte ich auch: »Hi.«

Jenny war eins dieser Mädchen, die nur aus einem runden rosigen Gesicht zu bestehen schienen. Sie strahlte dieses fast schon Zuviel an Gesundheit aus, das einen nervte, hatte ein leichtes Doppelkinn und einen weinerlichen Zug um den Mund. Es war ein Mund, der immerzu reden musste.

»Wo warst'n gestern?«, fragte der Mund jetzt. »Du hast dich ja gar nicht abgemeldet.«

»Hatte noch was zu tun«, murmelte ich zurück und packte meine Bücher dabei aus. Immer noch war es viel zu still im Raum.

»Kommst du wirklich aus Berlin?«, fragte Jenny. Ich fragte mich, woher diese Information schon wieder durchgesickert war, ob das auf Kolbs Kappe ging.

Ich murmelte irgendwas vor mich hin, was sowohl Ja als auch

Nein bedeuten konnte, und kramte in meinem Rucksack rum, obwohl ich schon alles ausgepackt hatte.

Langsam setzten die Gespräche wieder ein. Ich stellte meinen Rucksack auf den Boden, zog mein Handy aus der Tasche, drehte mich demonstrativ von Jenny weg und tat so, als würde ich eine SMS schreiben. In Wirklichkeit sperrte ich die Ohren auf und sah mich unauffällig um. Ich war jetzt schon in vielen Klassen gewesen und jede hatte im Prinzip dieselbe Struktur gehabt: Es gab immer ein männliches und ein weibliches Alphatier. Die kamen sich im Allgemeinen nicht in die Quere, manchmal waren sie sogar ein Pärchen. Aber nicht immer. In dieser Klasse hier hatte ganz offensichtlich Tommy das Sagen. Wer es bei den Mädchen war, war mir noch nicht klar. Auf keinen Fall eins der beiden Goth-Mädchen da hinten in der Ecke. Die schienen so was wie Außenseiter zu sein. Jenny auch nicht, die war der klassische Typ Klette. Sie hängte sich überall mit ran. Jetzt stand sie gerade auf und ging zu … Ich drehte mich unauffällig zur Seite, um zu gucken, wo sie hinging. Sie ging zu einem Haufen Mädels, die alle mehr oder weniger unauffällig diesen schwarzhaarigen Schönling anhimmelten, diesen Holle.

Tommy war zwar das Alphatier, denn die Jungs bewunderten ihn, aber Holle war ihm dicht auf den Fersen, weil die Mädels auf ihn standen. Es war eindeutig. Und wenn ich Tommys Blick von der hinteren Reihe richtig einschätzte, wusste der das auch.

Dann ging die Tür auf und Kolb kam herein. Es klingelte.

»Morgen!«, sagte Kolb im Kommandoton, und dann: »Franka, die Mütze ab!«

Ich nahm mein Basecap ab und zum Vorschein kam meine Fastglatze. Wie erwartet, johlten die Jungs los. Eine Papierkugel flog von hinten an meinen Rücken. Ich reagierte nicht. Kolb sagte leise: »Ruhe!« Er drehte sich zur Tafel und schrieb: *Der Verbrennungsmotor.*

Ich war sofort hellwach. Technik hatte mich schon immer interessiert. Und Motoren ganz besonders. Seit ich letzten Sommer in einer Kfz-Werkstatt gejobbt hatte, wusste ich eine ganze Menge über Autos.

Doch während Kolb schrieb, ging schon ein Stöhnen durch die Klasse. Es war ein durch und durch weibliches Stöhnen, in das auch Jenny lautstark einstimmte. Offenbar handelte es sich hierbei um eine Art Ritual, denn Kolb schien sich nicht zu wundern.

Er drehte sich um und sagte: »Wir werden also in den nächsten Stunden den Verbrennungsmotor behandeln, und der Lehrplan sieht vor, dass auch die Damen fleißig mitarbeiten!« Er schickte vernichtende Blicke über die Klasse. Die Jungs feixten.

»Hat eine von unseren Damen vielleicht *jetzt* schon eine Ahnung, was ein Verbrennungsmotor sein könnte?«, fragte Kolb.

Alles, was Brüste hatte, duckte sich und guckte weg.

Kolb ließ den Blick schweifen. »Janina?«

Das Mädchen, das Janina hieß, kicherte nur und sah auf ihre Fingernägel.

»Yvonne?«

Betretenes Schweigen.

»Polly?«

Polly zuckte mit den Schultern und duckte sich noch tiefer.

»Gut, das war ja auch nicht anders zu erwarten«, sagte Kolb.

Tommy rief irgendwas von fehlenden Chromosomen und da meldete ich mich. Ich meldete mich, weil Polly, Janina und Yvonne mir leidtaten. Ich wollte Kolb zeigen, dass wir Mädchen keine Grützköpfe waren. Kolb sah über mich hinweg.

Er sagte: »Dann eben Ben.«

»Herr Kolb?«, sagte ich.

»Oh, Franka«, sagte Kolb und tat so, als hätte er mich erst jetzt gesehen. »Was gibt's?«

»Na ja, es gibt zwei Sorten Motoren: Diesel- und Ottomotoren, aber beide sind Verbrennungsmotoren. Das heißt, in beiden wird ein Gemisch aus Diesel und Luft oder aus Benzin und Luft in einem Zylinder verbrannt. Auf diese Weise wird Wärme erzeugt. Die Wärme treibt dann einen Kolben an. Das ist eine Längsbewegung, wir brauchen aber eine Drehbewegung, damit ein Auto fahren kann. Deshalb wird die Längsbewegung über eine Kurbelwelle in eine Drehung umgewandelt.« Es blieb zu lange still, und so fügte ich hinzu: »Na ja, so funktioniert also ein Verbrennungsmotor.«

Ich hatte nicht daran gedacht, dass es auch ein Fehler sein könnte, als Mädchen zu viel über Motoren zu wissen.

⊙

Es ging schnell.

Wir waren auf dem Weg nach draußen, zur Pause, als Jenny plötzlich vorm Jungsklo stolperte und aufs Linoleum stürzte. Sie sah mich mit schmerzverzerrtem Gesicht an und rief:

»Franka, hilf mir.« Nur ich konnte sie hören, weil DJane Cindy schon wieder am Werk war und alles beschallte.

Ich sprang zu Jenny und wollte sie hochziehen. Aber auf einmal lachte sie so merkwürdig und es wurde dunkler um uns herum. Wir waren eingekeilt von Leibern und dann wurde ich hochgerissen und vorwärtsgestoßen. Jemand hatte die Tür vom Jungsklo aufgerissen und ein heftiger Stoß in den Rücken katapultierte mich hinein. Die Tür knallte zu und ich hörte bloß noch RIHANNA durch die Wände quäken.

Take a bow … Now it's time to go … take a bow.

Erst danach erfuhr ich, dass sie das Foto, das Tommy am gestrigen Tag von mir mit der Handykamera gemacht hatte, ausgedruckt und hochkopiert hatten. Sie hatten ein rotes Kreuz drübergeklebt und es an die Tür vom Mädchenklo geklebt. Darunter hatten sie geschrieben: *Nur für Mädchen!*

Ich stürzte mich sofort auf die Türklinke. Die wurde von außen hochgedrückt und bewegte sich keinen Millimeter. Ich drehte mich um. Vor den Pissbecken standen mehrere Jungs aus meiner Klasse. Tommy stand in der Mitte.

Er schnalzte mit der Zunge und da setzten sich alle in Bewegung. Sie kamen auf mich zu. Ich ballte die Fäuste und atmete tief ein.

⊙

»Seid ihr denn alle *komplett* durchgeknallt!« Eine hohe Stimme von draußen übertönte RIHANNA. »Habt ihr nur Scheiße im Kopf, oder was? Lasst mich durch. Lasst mich *verdammt noch mal* durch hier!«

Dann wurde die Tür aufgerissen.

Im Türrahmen stand ein Mädchen, das ich noch nie gesehen hatte. Sie war weder korpulent noch besonders groß, sie war im Gegenteil sogar ziemlich schmächtig, aber wie sie so mit zornigem Gesicht auf der Schwelle stand und sich umsah, wirkte sie *riesig*. Alle Jungs bis auf einen traten unauffällig an die Pissbecken zurück und taten dort sehr beschäftigt.

»Tommy Rothenburg, war ja klar!«, sagte sie und verschränkte die Arme vor der Brust. »Wenn du irgendwas zu sagen hast, dann jetzt.«

Tommy machte eine Geste, als wollte er protestieren und einen Schritt nach vorn machen, doch der Blick des Mädchens schien sich mitten im Raum zu materialisieren und ihn regelrecht wegzuschieben, denn er wich bis ganz ans Pissbecken zurück.

»Pimmelverstopfung solltest du kriegen«, sagte sie und ließ dann den Blick auf eine Art durch den gekachelten Raum ziehen, die ich noch nie bei jemandem gesehen hatte. »Jeder Einzelne von euch.« Sie sprach leise, genauso wie Kolb, wenn er uns etwas besonders Wichtiges sagte, und kam dabei einen Schritt ins Jungsklo herein – erst da wurde mir bewusst, dass sie die ganze Zeit nicht mal die Schwelle übertreten hatte –, griff nach meiner Hand und zog mich raus. Draußen drehte sie sich noch mal um und rief: »Ihr habt's voll drauf, was? Alle gegen einen. Hängt euch 'n Orden um und seid stolz drauf. Feige Säcke!« Dann warf sie die Tür hinter sich zu.

Bevor ich dieses Mädchen getroffen hatte, war ich mir sicher gewesen, dass eine ganz bestimmte Sorte Mensch, die man manchmal in Filmen sah, in der Wirklichkeit einfach nicht vorkam: jene Sorte, die einen vor Wut rasenden Stier allein mit der Stimme packen und beruhigen kann oder die große Menschenaufläufe mit einem einzigen Blick zum Schmelzen bringt. Dieses Mädchen hier konnte das. Sie blickte sich langsam um, und nach und nach löste sich der Schülerklumpen, der sich auf dem Gang vorm Jungsklo gebildet und alles versperrt hatte, auf. Einfach so und ohne großes Trara. Ann drängte sich zu mir durch. »Mensch, Franka«, sagte sie. Sie drückte mir beruhigend den Arm, dann lächelte sie dem Mädchen zu und wurde rot dabei.

Das Mädchen streckte mir jetzt die Hand hin und sagte: »Tut mir total leid, kannste echt glauben. Diese Idioten. – Wir sind übrigens in einer Klasse. Ich war bloß bis heute krank. Sommergrippe«, sagte sie. »Ach so, ich bin die Valerie. Valerie Heinrich.«

8. KAPITEL

BOSEN

Es war Donnerstagnachmittag, und ich stand mit dem Feldstecher am Fenster und folgte der Spur eines Mähdreschers, der durchs Getreide malmte. Er mähte weit in der Ferne. So langsam, wie er vorankam, würde es Tage dauern, bis er hier wäre. Es war wieder einer dieser heißen Nachmittage, ich war schon fast zwei Wochen hier. Der Sommer nahm kein Ende, Spinnweben flogen durch die Luft.

Mit dem Feldstecher war Unland ganz nah. Langsam ließ ich meinen Blick die erste Ruine entlangtasten, bis ich eins der Fensterlöcher erreichte. Das sah rußig aus und an den Rändern irgendwie ausgefranst. Im Innern konnte ich nichts erkennen, dort war alles tiefschwarz. Ich versuchte es bei der nächsten Ruine. Aber ich kam gar nicht bis zum Fenster, denn auf einmal nahm ich eine kleine, hektische Bewegung an meinem linken Augenwinkel wahr. Am Waldrand. Ich drehte den Kopf nach links, aber leider zu weit. Durch geduldiges Hin- und Herschwenken versuchte ich, die Bewegung wiederzufinden, tastete mich stoisch Millimeter um Millimeter am Waldrand entlang, bis ... da war es wieder!

Klein, blaugrün und hektisch bewegte es sich im runden Ausschnitt des Feldstechers. Es fuchtelte, es kam aus dem Wald gerannt, es stolperte durchs Getreide und näherte sich in rasender Geschwindigkeit unserem Haus.

Ein Mann. Blaues Hemd, grüne Latzhose. Ich sah, wie er den Mund öffnete und schloss, wieder weit öffnete und so weiter. Dabei kam er immer näher. Ich senkte irritiert den Feldstecher. Er war jetzt fast da. Und da hörte man endlich seine Stimme. Er brüllte.

»Haaallo!«, brüllte er. »Haaaalloo!«

Er stieß die Gartenpforte auf, hielt sich nicht damit auf, um Veras Kräuterbeet herumzulaufen, sondern trampelte in Riesenschritten einfach darüber hinweg und hämmerte dann gegen die Hintertür. »Aufmachen. *Aufmachen!*«

Fussel fegte um die Ecke und rastete aus. Er sprang um den Mann herum, versuchte, nach seiner Hose zu schnappen, und bellte sich dabei die Kehle aus dem Leib.

Ich hörte, wie Andreas Kämpf unten den Korridor entlanglief und die Hintertür aufriss. Ich beugte mich weit aus dem Fenster, um nichts zu verpassen, kriegte aber nur noch mit, wie der Mann Andreas einfach zur Seite schob und ins Haus stürmte.

Ich warf den Feldstecher aufs Bett, rannte aus meinem Zimmer und über den Korridor zur Treppe, wo ich am Geländer mit Ann zusammenstieß, die ebenfalls die Zimmertür aufgerissen hatte und zur Treppe gehastet war. Wir blieben stehen. Von unten brüllte der Mann nach einem Telefon.

»Wer ist das?«, fragte ich Ann.

»Der Stimme nach ist es Bosen«, sagte sie. »Und wie sich's anhört, scheint er ein Problem zu haben.«

»Bosen?«, fragte ich. »Wer ist Bosen?«

»Pass auf«, sagte Ann nur und hockte sich hin. Ich machte das Gleiche. Gemeinsam sahen wir durchs Geländer nach unten. Von hier hatten wir einen guten Blick auf alles, was passierte.

Vera Kämpf hielt Bosen gerade das Telefon hin. Der tippte eine Nummer ein, presste den Hörer dann fest ans Ohr und schrie: »Sandra, ich brauch einen Krankenwagen!« Er schrie: »Was? Bosen ... Bosenmüller! ... Nein, der Armin! ... Ins Bein hat er sich, mit der Säge! ... In der Birkenlichtung! ... Exakt! Ja, am Hochstand! ... Das sag ich doch, verdammich! ... Nein, natürlich nicht! ... Nu macht doch hinne, der verblutet mir sonst!«

Als Bosen aufgelegt hatte, sagte er nichts, erklärte nichts, sondern stürzte sofort wieder durch die Tür hinaus und aufs Feld. Nach ungefähr fünf Minuten hörten wir, wie ein Auto den Dreieulenweg entlangraste, in den Feldweg einbog und Richtung Wald verschwand.

Nach einer kurzen Weile kam es zurück. Raste wieder am Haus vorbei. Richtung Dorf. Stille.

Kurz darauf stand Bosen abermals auf der Schwelle. Er kratzte sich am Kopf. »So was ...«, sagte er, »also, dass die *so* schnell sind ... Gott sei Dank, dass wir die Arztpraxis hier im Ort haben ...«

Dann sah er sich um, als ob er irgendwas suchte, und als hätte Andreas Kämpf nur darauf gewartet, kam er mit einem Glas und einer Flasche aus der Küche und bot diesem Bosen einen Schnaps an.

»Hier!«, sagte er. »Das ist ein Magenbitter. Auf einen Ruck runter damit. Sie sind ja ganz grün um die Nase!«

»Wenn du das ganze Blut gesehen hättest, wär dir auch flau im Magen, Menschenskind«, sagte Bosen. Er war flatterig und kurzatmig, aber der Anblick des Glases schien ihn innerlich wieder zu festigen. Er nahm es Andreas Kämpf so vorsichtig aus der Hand, als handle es sich um etwas Lebendiges, hob es erst an die Augen, setzte es dann behutsam an die Lippen und legte mit einem Ruck den Kopf zurück. Er trank mit einem Gesicht, das zugleich Konzentration und Abscheu ausdrückte. Dann stellte er das Glas mit Schwung auf dem Garderobenschränkchen ab und schüttelte sich.

»Er hatte die Sicherung nicht drin«, sagte er. »Ich versteh es nicht … ich versteh es einfach nicht …« Er verstummte und atmete nur noch heftig.

»Was genau ist denn passiert, Herr Bosenmüller?«, fragte Vera Kämpf jetzt.

»Ich bin Bosen, Mädchen! *Bosen*. Nichts mit Herr und Müller, so nennt mich nur das Finanzamt!«

Etwas an diesem Bosen faszinierte mich. Und nachdem er Andreas Kämpf das Glas noch einmal hingehalten und nachgeschenkt bekommen hatte, nachdem er endlich aufhörte zu zittern und anfing zu erzählen, fügten sich langsam die Teile der Geschichte zusammen.

Bosen, so erfuhr ich nun, war Waldburgens Förster. Armin – das war sein Waldarbeiter, und der war mit der Säge so weggerutscht, dass das Sägeblatt in seinen Oberschenkel gefahren war und ihn schwer verletzt hatte. Bosen hatte ihm das Bein abgebunden und war dann losgerannt, um Hilfe zu holen.

»Dabei hab ich ein Handy im Bauwagen. Für *solche* Fälle! – Aber das Scheißding war einfach nicht da!«, sagte Bosen grübelnd. »Total verrückt. Als hätte sich alles verschworen.«

Die Säge hatte einen Sicherheitsmechanismus, der solche Unfälle eigentlich verhinderte, erklärte Bosen. »Der ist eigentlich immer drin. Kein Waldarbeiter würde den rausmachen, bevor er zu sägen anfängt. Das wäre … das wäre so, als wenn du, bevor du zur Arbeit gehst, deine Klamotten ausziehen würdest«, sagte er nachdenklich zu Vera. »Wer würde so was machen? Nackt zur Arbeit gehen?« Er starrte vor sich hin. »Wenn die Billa da gewesen wäre … dann wär das nicht passiert«, sagte er ernst. »Nee, nicht bei der Billa. Die hat immer alles kontrolliert …« Er nippte an dem Schnaps. Er sah auf den Boden dabei, seine Schultern hingen herab, er wirkte in Gedanken versunken.

»Hoffentlich bleibt das Bein nicht steif, Herr Bosenmü… äh … Herr Bosen«, sagte Vera Kämpf.

»Ohne Herr«, sagte Bosen und straffte sich. »Sechs Wochen dauert das bestimmt«, fuhr er fort, und bei dieser Aussicht fielen seine Schultern wieder nach vorn, er starrte erneut vor sich hin. »Sechs Wochen. Mindestens …« Er stöhnte. »Und wir wollten doch nächste Woche anfangen aufzuforsten … hundertzehn Bäume und Sträucher … alle schon bestellt …« Er sah auf, als suchte er irgendwas. Sein Blick ging nach oben und da entdeckte er uns hinter dem Geländer. Seine Augen hielten sich an mir fest und er sah mir direkt ins Gesicht. Dann sagte er: »Weißt du, was das bedeutet, Junge? Hast du 'ne Ahnung, was es heißt, hundertzehn Bäume und Sträucher allein aufzuforsten?«

Ich schüttelte fasziniert den Kopf.

»Hockt nicht so da oben rum, als ob ihr was zu verbergen habt«, sagte Vera, und da erhoben wir uns und stiegen die Treppe hinunter.

Bosen hielt Andreas Kämpf wieder das Glas hin. »Hundertzehn …«, murmelte er immer wieder, »… hundertzehn.« Wie eine Formel. »Wenn die Billa noch da wäre, dann wär das alles ja kein Thema. Nee, überhaupt nicht. Die Billa, die hat immer ihren Mann gestanden, die hat ordentlich angepackt, da konnte ihr keiner was vormachen …«

Sybilla Herz, das erfuhr ich später von Ann, war Bosens zweite Kraft gewesen. Doch sie hatte gerade ein Baby bekommen und war jetzt im Erziehungsurlaub.

»Genau da liegt das Problem bei Frauen, und Punkt«, sagte Bosen und sah auf. Er sah jetzt Andreas Kämpf an, als erwarte er Unterstützung. »Sogar bei solchen wie Billa. Auf der einen Seite graben sie dir den halben Wald um, und du fängst an, dich echt auf sie zu verlassen … bis sie auf einmal schwanger sind. Schwuppdiwupp. Und ich? Wie steh ich denn jetzt da?«

Andreas Kämpf goss das Glas nur noch halb voll, dann verschraubte er die Flasche und sagte ruhig: »Die Frau Herz ist bestimmt nicht schwanger geworden, um Sie zu ärgern, Bosen. – Außerdem ist ein Baby nicht nur Frauensache.«

»Aber es ist die Billa, die ein ganzes Jahr ausfällt!«, brauste Bosen auf. »Und jetzt auch noch der Armin … Menschenskind, ich hab keine Ahnung, wie ich das alleine schaffen soll!« Er hielt das halb volle Glas in der Hand. Mit leerem Blick starrte er an uns allen vorbei. Er war so mit seinem Unglück beschäftigt, dass er alles um sich herum vergessen zu haben schien, sogar den Schnaps.

Ich weiß nicht, was genau der Auslöser gewesen war – Bosens leerer Blick, das vergessene Glas oder die Tatsache, dass er nicht Andreas Kämpf, sondern ganz allein *mich* angesehen hatte, als er gesagt hatte: »Hundertzehn Bäume und Sträucher, weißt du, was das bedeutet, Junge?« –, jedenfalls machte ich plötzlich einen Schritt auf ihn zu und sagte: »*Ich* helfe Ihnen, Bosen, sagen Sie mir nur, wo ich hinkommen soll!«

Im selben Moment merkte ich, wie gut das klang. Verdammt gut. Es klang wie in einem Film, wo jemand sagte: *Ich leg ihn für dich um ... sag mir nur seinen Namen.*

Bosen sah mich an. Sein Blick war plötzlich aufmerksam. Interessiert.

»Nach der Schule, meine ich natürlich«, fügte ich schnell hinzu, als ich Vera Kämpfs bestürztes Gesicht sah.

Bosen musterte jetzt meine Gestalt, er taxierte meine Schultern und Oberarme, und was er sah, schien ihm zu gefallen. Dann schaute er mir ins Gesicht und ich erwiderte seinen Blick. Fest und freundlich. Ein zupackender Blick, der zu meinem vorigen Satz passte. Und da setzte Bosen auch schon zu einer Antwort an: »Ich ...«

Doch im selben Moment platzte Vera Kämpf heraus: »Das kommt überhaupt nicht infrage, Franka!«

Sie hatte meinen Namen gesagt!

Ich hasste es, ich hasste es, *ich hasste es*!

Dieser Bosen hätte mich genommen, garantiert, er hätte mich genommen, weil er gesehen hatte, dass alles an mir top in Form war. Jetzt glupschte er mich an wie ein Fisch, der dringend scheißen muss. Ich war so wütend, dass ich nicht mal sprechen konnte. Doch das brauchte ich zum Glück auch nicht, weil Ann das übernahm.

»Und wieso kommt das nicht infrage?«, fragte sie.

»Weil es im *Wald* ist«, sagte Vera Kämpf streng. Sie stemmte die Hände in die Hüften und sah aus wie eine gigantische Bodenvase mit Henkeln. »Jetzt tu nicht so, Ann! Es reicht schon, dass ihr so oft zu diesem Mooschkolk müsst. Im Wald treibt sich *Zeug* rum. Tollwütige Füchse. Wildschweine. Was weiß ich noch alles. Außerdem fallen Äste von den Bäumen.« Sie drehte sich zu mir: »Was, wenn dir einer auf den Kopf fällt?« Ihr Blick glühte förmlich vor Panik.

Das brachte mich total aus dem Konzept, denn obwohl ich sauer war, hatte ich plötzlich Mitleid mit ihr. Sie spielte das alles ja nicht. Der Wald machte ihr *wirklich* Angst.

Es gibt vielleicht Menschen, die als Großstadtmensch geboren werden und das für immer und ewig bleiben. Egal, ob sie dann in ein 800-Seelen-Kaff nach Sachsen-Anhalt ziehen – sie sind und bleiben Großstadtmenschen. Vielleicht war Vera so jemand. Und für eingefleischte Großstadtmenschen mussten Wälder der Inbegriff von Unberechenbarkeit und Gefahr sein.

»Blödsinn!«, rief Ann. Sie pustete sich wütend eine Strähne aus der Stirn. »Bosen ist seit dreißig Jahren *jeden* Tag im Wald. Und? Er lebt noch!«

»Nein, nein!«, fiel Vera Kämpf ihr ins Wort. »Ihr habt doch eben selbst mitgehört, was im Wald alles passiert. Glaubt ihr, ich sehe tatenlos zu, wie ihr euch die Beine absägt? Was sagen Sie denn dazu, Herr Bosen? So als Fachmann, meine ich.«

Bosen, der sich noch davon zu erholen schien, dass ich kein Junge war, antwortete nicht, sondern kippte endlich den Schnaps. Dann wischte er sich über den Mund.

»Ich …«

»Das ist gequirlte Kacke!«, unterbrach Ann. »Schließlich gibt's so was wie Arbeitsschutz. Oder?« Sie sah Bosen herausfordernd an.

»Na ja …«, sagte Bosen jetzt. »Nichts für ungut, aber wo eure … äh … eure … Mutter … recht hat, hat sie recht! – Waldarbeit ist nicht ungefährlich. Und … ja … eigentlich ist es nichts für Mädchen! Das is Arbeit für Kerle.«

»Na klar«, sagte Ann. »Und Sybilla Herz, ist die etwa auch ein Kerl?«

Bosen starrte auf Ann, und man sah richtig, wie er unter der Frage litt. Irgendwie tat er mir leid und irgendwie gefiel mir seine langsame Art auch. Er wirkte so ernsthaft. Schwerfällig zwar, aber ehrlich.

Um ihm das Antwortenmüssen zu ersparen, wendete ich mich an Vera Kämpf: »Ich möchte aber. Bitte. Ich hab zwar noch nie was im Wald gemacht, aber mit körperlicher Arbeit hab ich echt kein Problem. In den letzten Ferien hab ich in einer Autowerkstatt in Pankow gejobbt. Und hier – meine Hände sind beide noch dran.« Ich hielt sie ihr hin. Alle sahen darauf. »Nichts abgequetscht oder aufgerissen, oder so. Und selbst wenn mal was passieren sollte, ich bin ja nicht aus Zucker.«

Ich sah ihrem Gesicht an, dass mein Umstimmungsversuch sie nicht überzeugt hatte. Ich wusste eigentlich gar nicht so richtig, warum mir der Gedanke, Bosen im Wald zu helfen, so gefiel. Fest stand nur, dass ich es jetzt unbedingt wollte.

Vera Kämpf setzte zum Sprechen an und ich sah schon alle meine Felle davonschwimmen, da schaltete sich auf einmal Andreas Kämpf ein. »Findest du nicht, dass Franka ruhig mal ausprobieren sollte, was es heißt, im Wald zu arbeiten, Vera?«, fragte er. »Meiner Meinung nach sollten wir ihr das erlauben.«

Ich glaubte, meinen Ohren nicht zu trauen. Andreas Kämpf war mir bis jetzt wie ein Mitläufer vorgekommen: Vera Kämpf war der Chef hier und Andreas Kämpf half ihr dabei. Ich hatte gar nicht darüber nachgedacht, dass Andreas Kämpf eine eigene Meinung haben könnte.

»Du siehst ja – es ist etwas, was sie selbst gern will«, sagte er jetzt. »Vielleicht entdeckt sie auf diese Weise ihren zukünftigen

Beruf. Und wie soll sie herausfinden, ob ihr die Arbeit gefällt, wenn sie keine Gelegenheit dazu bekommt? – Ich meine, Probieren hat doch noch niemandem geschadet. Der Meinung sind Sie doch auch, Bosen, oder?«

Er legte Vera Kämpf die Hand auf den Arm, als sie protestieren wollte, und lachte gleichzeitig Bosen an. Dann sagte er zu seiner Frau: »Die Kinder sollten sich verwirklichen können, wenn sich schon mal die Chance dazu bietet. So oft passiert das schließlich nicht.«

Ich sah, wie Vera Kämpf auf das Hemd ihres Mannes schaute, irgendwo in Brusthöhe, nachdenklich und konzentriert, und wie sie dabei über den Träger ihres Kleids fuhr, als wollte sie da etwas wegwischen. Sie trug heute ein ganz einfaches weißes, taillen- und gürtelloses Kleid bis zu den Knöcheln, in dem sie noch jünger als sonst wirkte, aber auch ein bisschen wie ein Gespenst.

Nach einer ziemlich langen Weile hob sie den Kopf. Sie schaute mich an und sagte zögernd: »Gut …« Dann sah sie Bosen fest an und sagte: »Aber dass Sie mir gut auf das Mädchen aufpassen!«

Erst da fiel mir auf, dass Bosen – die wichtigste Person in diesem ganzen Unterfangen – ja noch gar nicht sein Einverständnis gegeben hatte. Er sah verwirrt aus, denn die offenkundige Tatsache, dass alle sich schon einig waren, schien es ihm unmöglich zu machen, jetzt noch Nein zu sagen.

Er zögerte noch eine kleine Weile, bevor er seinen Entschluss verkündete: »Gut, du kommst am Sonntag um drei zum Hochsitz am Waldrand. – Aber dass du eins weißt: Eine Säge nimmst du mir nicht in die Hand! Und Punkt!«

Dabei stellte er das Schnapsglas mit solchem Schwung auf

dem Garderobenschränkchen ab, dass ich dachte, er würde ein Loch in das Holz hauen.

◉

Beim Abendessen schob mir Matthias einen USB-Stick über den Tisch und sagte: »Hier … deine Flamme.«

Er sagte es in diesem gleichgültigen, lang gezogenen, zum Gähnen reizenden Tonfall, den sonst nur die Moderatoren auf Deutschlandfunk draufhatten. Vor allem, wenn sie minutenlang die Staulängen quer durch Deutschland ankündigten. Martina hatte Deutschlandfunk gemocht, mir waren dabei immer die inneren Organe eingeschlafen. Sobald Martina aus der Küche gewesen war, hatte ich auf Kiss FM umgestellt und die Lautstärke hochgedreht. Martina hatte jedes Mal, wenn sie in die Küche zurückkam, wieder umgeschaltet, und jetzt, wo Martina tot war, spürte ich immer, wenn ich einen betont drögen Tonfall hörte, eine ziehende Sehnsucht.

»Danke, Mann«, sagte ich und hoffte, dass meine Stimme nicht zitterte. »Voll cool, dass du das gemacht hast.«

»Quatsch«, sagte Matthias ruppig. »Ich hab *gar* nichts gemacht. Es war das Programm.«

Er griff nach der Schüssel mit Reis und schaufelte sich einen Riesenbatzen davon auf.

»Was für eine Flamme?«, fragte Vera Kämpf neugierig.

»Für mein Rad, für die Stange vorn«, sagte ich. »Matthias hat mir eine Flamme layoutet. Damit fahre ich nächste Woche zum Copyshop nach Wittenberg. Die können das Teil auf Selbstklebefolie drucken. – Das heißt …«, sagte ich nachdenklich, »… ich hab ja nächste Woche gar keine Zeit …«

»Kein Thema«, sagte Ricardo. »Mach ich. Ich bin ja eh in Wittenberg. – Wieso hast du keine Zeit?«

»Haste schon so viele Lover hier gefunden, dass du gar nicht mehr wegkommst?«, fragte Matthias und brach in sein Gewieher aus, womit seine Sympathiepunkte schon wieder schmolzen.

»Blödmann«, sagte Ann. »Bosen war heut hier, weil Armin sich ins Bein gesägt hat, und jetzt springt Franka nachmittags für Armin ein.«

»Wie, jetzt willste statt Fahrrad fahren Holz hacken und in der Erde wühlen?«, schrie Matthias. »Freiwillig? Na, mir würde ja was fehlen.«

»Du hast doch überhaupt keine Ahnung vom Wald«, sagte Ann. »Du kennst doch eine Waldameise nur als 3-D-Animation.«

»In *Futureworld* gibt's auch Wald«, sagte Matthias beleidigt. »Und der ist viel witziger. Da kann man Baumjumping machen.«

»Baumjumping? Träum weiter«, sagte Ricardo.

»Ich will dich mal dabei sehen! Du stürzt garantiert vom ersten Baum. Man muss total geschickt sein!« Matthias fuchtelte mit der Gabel herum. Reis und Soße spritzten. »Man spielt das Ganze außerdem zu zweit, das ist nicht ohne, Mann. Ich spiele mit Selina zusammen. – Baumjumping bringt zwar nicht so viel GOLD wie Monsterjagd, ist aber echt cool.«

»Wer is 'n Selina?«, meldete sich Lizzie. »Hast du neuerdings eine Freundin?«

»Nee, wir spielen bloß zusammen«, murmelte Matthias, beugte sich über seinen Teller und stopfte Gabel um Gabel in sich rein.

»Ihr spielt zusammen? Aber dich hat doch noch nie jemand hier besucht«, sagte Lizzie überrascht. Dann murmelte sie: »Selina ... Selina? Ich kenne keine Selina. – Du?«, fragte sie Ann. Die schüttelte den Kopf. »Ist die aus der Achten oder Siebten? Hast du sie heimlich unterirdisch ins Haus geschleust, oder was? – Ich krieg hier nichts mehr mit!«

»Schon mal was von Internet gehört?«, murmelte Matthias. »Wir treffen uns immer in *Futureworld* zum Quatschen und Spielen.«

»Eine Fernbeziehung«, sagte Lizzie und lachte.

»Nee«, sagte Matthias und war jetzt sehr aufgeregt. »Sie *ist* ja aus Waldburgen. Sonst hätte ich sie auch nicht angequatscht im Spiel. Es gibt da diese Regel: Wenn man sich in *Futureworld* einloggt, gibt man am Anfang immer seine Postleitzahl ein. Und wenn man dann zufällig auf jemanden in *Futureworld* trifft, der aus demselben Ort kommt, dann leuchtet der rot auf. So erkennt man sich. Selina hat rot aufgeleuchtet, als wir uns begegnet sind. Das war ... wie 'n Schock. Ich hätte nie gedacht, dass noch irgendwer in Waldburgen *Futureworld* spielt! – Selina hat 'nen coolen Avatar. Aber ich weiß nicht, wer genau sie ist. Selina ist ihr Nickname.«

»Vielleicht ist Selina ein Junge?«, schlug ich vor.

»Mann«, sagte Matthias. »Es sind nicht *alle* schwul.«

Hä?

»He, das heißt, du *magst* sie!«, sagte Lizzie. »Matthias ist verknallt!«

»Du spinnst doch! Leck mich am Arsch!«, schrie Matthias.

»Was haltet ihr eigentlich davon, in den Herbstferien mal nach Halle zu fahren?«, fuhr Vera Kämpf abrupt dazwischen.

»Was wollen wir denn in Halle?«, fragte Ricardo.

»Da ist die Burg Giebichenstein. Eine Kunsthochschule. Die haben Tag der offenen Tür. Man kann sich alles angucken. Die Ateliers und was die Studenten so machen. Lizzie, du könntest dir den Bereich Textil mal anschauen. Wer weiß, vielleicht willst du dich später ja dort bewerben? – Und für uns anderen«, sagte Vera und sah uns alle begeistert an, »wäre es doch ein schöner Ausflug.«

Lizzie stieß einen kurzen Freudenschrei aus.

»Coole Idee«, sagte Ann.

»Ich komme nur mit, wenn ich den Barkas fahren kann«, sagte Ricardo.

Ich stand auf und ging zum Kühlschrank, um mir ein Glas Milch zu holen. Einen Moment lang blieb ich dort stehen und sah auf die anderen. Ich sah, wie Denise die Diskussion aufmerksam verfolgte. Ich hatte keine Ahnung, ob sie verstand, worum es ging, aber sie hatte die Gabel auf ihrem Teller und guckte mal den einen, mal den anderen an, je nachdem, wer gerade sprach. Mir fiel auf, dass ich Denise noch nie hatte lachen sehen, bis auf das eine Mal, wo sie Axel mit dem Schlauch durch den Garten gejagt hatte. Dieses freie, flatternde Lachen. Und ich wollte es noch mal. Ich wollte Denise zum Lachen bringen.

Von hinten schlich ich mich heran, griff um den Stuhl und kitzelte sie an der linken Seite.

⊙

»Denise, was …« Mein Mund fühlte sich an wie Sand. »Was …«

Ich hatte es doch nicht gewusst. Ich hatte doch nicht gewusst, was passieren würde!

Denise kippte rechts vom Stuhl. Ohne Vorwarnung. Sie kippte einfach ab. Ich konnte sie nicht festhalten. Sie knallte auf den Boden, fing den Aufprall überhaupt nicht ab, schlug mit der Schulter auf, dann mit dem Kopf und blieb zusammengerollt liegen.

Axel sprang von seinem Stuhl und stürzte sich auf Denise. Er legte die Arme um sie und schrie: »Nich weinen, nich weinen, Denise, nich weinen, Denise.«

Andreas hockte schon neben den Zwergen und versuchte, sie zu beruhigen.

Matthias schrie mich an. »Bist du jetzt völlig durchgeknallt, Mann! Bist du total bescheuert, oder was? Wie kannst du sie erschrecken? Das ist doch … du … du Idiot. Verdammter Idiot!«

»Matthias!«, sagte Vera.

Aber Matthias sprang auf. Sein Stuhl flog um. Er kam um den Tisch auf mich zu und boxte mir zweimal hart gegen den Oberarm. Dann rannte er aus der Küche und knallte die Tür zu.

Ich stand da wie ein Denkmal.

Axel streichelte Denise wieder und wieder, aber es sah aus, als würde er etwas Totes streicheln.

Ich hielt es nicht aus. Ich brach aus meiner Starre und flüchtete aus der Küche, die Treppe hoch in mein Zimmer. Dort warf ich mich aufs Bett.

Nach einer Weile klopfte es und Vera kam herein. Sie kam zu mir und berührte meinen Arm. Ich lag wie mit Beton übergossen da.

»Franka, das tut mir so leid. Es war nicht dein Fehler, sondern meiner und Andreas'. Wir hätten es dir gleich von Anfang an sagen müssen. Aber wir wollten, dass du dich erst mal ein bisschen einlebst. Das war offenbar die völlig falsche Entscheidung. Es tut mir leid. Wirklich.«

»Ich verstehe überhaupt nichts«, sagte ich leise und drehte mich zur Wand.

»Denise und Axel sind traumatisiert«, sagte Vera Kämpf ganz ruhig.

Ich hörte, was sie sagte, aber es kam nichts an. Nur kalt war mir. »Was heißt traumatisiert?«

»Sie sind gequält worden«, sagte sie. »Von ihren Eltern. Sie haben sie nachts aus ihren Betten geholt. Wenn sie geschlafen haben. Sie haben …« Sie hörte auf zu sprechen. Jemand drückte die Türklinke herunter. Sofort setzte ich mich auf und sah Lizzie und Ricardo hereinkommen. Vera fuhr fort: »Sie haben ihnen wehgetan. Denise und Axel wissen, dass die Gefahr von hinten kommt. Oder im Schlaf. Und von den Menschen, die eigentlich auf sie aufpassen sollten. Ihr Vertrauen ist beschädigt. Wenn man von hinten an sie herantritt, muss man sie immer vorher ansprechen.«

Ricardo ging durchs Zimmer bis zum Fenster und lehnte sich gegen das Fensterbrett. »Sie bekommen einfach Panik, wenn man sie unerwartet anfasst«, sagte er. »Wir warten, bis sie von alleine kommen. Der Axel, der kommt oft von allein. Aber wenn du ihn erschreckst, fängt er an zu schreien und hört nicht mehr auf.«

»Denise ist nicht so zutraulich wie Axel«, sagte Lizzie. »Sie kommt nur selten von allein. Wenn man sie spontan umarmt, klappt sie zusammen. Wie gerade eben.«

»Sie ist wie ein Licht, das bei Gefahr von selbst ausgeht«, sagte Vera. »Sie schaltet sich ab.«

»Scheiße …«, sagte ich und schluckte, und das Schlucken tat weh.

»Wir versuchen, sie nie auszuschließen, auch wenn sie nicht

mit uns reden«, sagte Vera. »Die Fortschritte aus der Therapie zeigen sich nur langsam. Es braucht alles viel Zeit.«

Die drei redeten auf mich ein, aber irgendwie flog ich weg. Woandershin. Ich sah wieder, wie Denise auf dem Boden aufschlug, erst mit der Schulter, dann mit dem Kopf. Und ich flog durch die Mauer dieses Hauses, flog über den vom Grün erwürgten Garten hinweg davon. Je höher ich stieg, desto kleiner wurde Waldburgen, unscheinbar, bis es verschwunden war, und ich drehte nach Norden ab, Richtung Berlin, flog über Bäume, Felder und Dörfer, über kleine Städte, die ersten Hochhäuser von Berlin, ich flog durch die Jahre zurück, vierzehn … dreizehn … zwölf … zurück … elf … zehn … neun … noch weiter … acht … sieben … sechs … zurück … fünf … vier … vier … vier … ich bin vier Jahre alt und mein Herz ist ein Zimmer in einem Altbau, ist ein Tag vor zehn Jahren, ist ein tiefes rotes Loch in meiner Erinnerung, das immer noch pocht, pocht, pocht … und ich sehe nicht mehr Denise aufschlagen, sondern jemand anders.

Jakob.

Jakob liegt auf dem Boden.

Er bewegt sich nicht.

Ich sehe mich selbst, wie ich in der Ecke sitze und sitze und sitze und sitze und starre.

Als ich meinen Namen hörte, schreckte ich auf.

»Es ist nicht deine Schuld, Franka«, sagte Vera. »Wein nicht. Es ist nicht deine Schuld.«

Ich hatte geweint?

»Ich weiß, woran du denkst«, sagte Vera. »Aber es hat nichts mit deinem Bruder zu tun.«

»Nein!«, schrie ich und sprang auf. Meine Fäuste ballten sich.

Ich wollte irgendwo draufhauen. Etwas aufknacken oder zerreißen. »Raus hier!«

Ich sprang auf und zerrte Ricardo vom Fensterbrett weg und schob Vera vorwärts. »Raus aus meinem Zimmer! Alle!«

»Franka …«, versuchte Lizzie es, aber ich hörte nicht hin. Als sie endlich draußen waren, warf ich die Tür zu und schloss ab. Ich suchte KOOL SAVAS auf meinem Handy, *Der Beweis 2*, stöpselte die Boxen an und stellte volle Lautstärke ein.

Mann, ihr wollt Beweise? …

Die Boxen vibrierten auf dem Schreibtisch und brüllten.

… wir kommen, überlassen euch gar nichts, sind unfickbar und somit für immer überdacht, wenn es hagelt …

Keine Ahnung, ob Vera sich vorstellen konnte, wie ich mich damit fühlte, dass sie alles über mich wussten. Dass sie etwas wussten, was ich, wenn überhaupt, dann *nur* meinem besten Freund erzählt hätte. Es fühlte sich scheiße an. Es fühlte sich so an, als wäre es völlig egal, ob du etwas in deinem Leben für dich behalten wolltest. Sie hatten das Recht, deine Akte zu lesen, und da stand alles drin. Sie konnten einfach meine geheimsten Sachen lesen und darüber reden. Sie konnten sie jedem weitererzählen. Sie konnten von Jakob sprechen, einfach so und ohne dass ich etwas dagegen tun konnte.

Ich griff nach dem Geografieheft im Regal, warf mich aufs Bett und schlug es von hinten auf.

Seien wir ehrlich, brüllten die Boxen, *die meisten hatten mich abgeschrieben. Doch ich brech durch die Wohnzimmerwände wie Abrissbirnen … das hier ist der Beweis, du Penner …*

Ich setzte den Stift an und schrieb: Denise.

Der Song fing wieder von vorn an. Er dauerte siebeneinhalb Minuten. Ich setzte den Stift wieder an und schrieb:

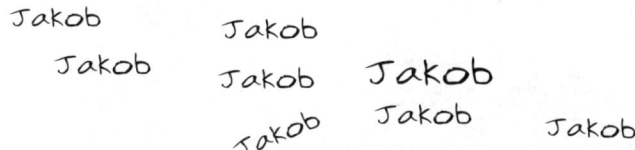

Siebeneinhalb Minuten. In Endlosschleife.

9. Kapitel

DAS EULENHAUS FLIEGT AUS

Ethik hatten wir bei Frau Eider. Sie war eine schlanke, hochgewachsene Frau Anfang sechzig, und sie war hoheitsvoll, um nicht zu sagen: majestätisch.

Ich hatte jetzt schon ein paarmal die Schule gewechselt und jede Menge Lehrer über mich ergehen lassen müssen. Und mit der Zeit war mir klar geworden, dass bestimmte Fächer auch bestimmte Lehrertypen anzogen. Mathelehrer waren streng. Ethiklehrer waren supervorsichtig, jedenfalls so, dass kein Schüler sie wirklich ernst nahm. Deshalb war Ethik normalerweise so ein Fach, wo man die Pause entspannt verlängern konnte.

Frau Eider unterrichtete beides: Ethik *und* Mathematik. In ihren Stunden herrschte Ruhe. Wenn sie in den Raum kam, zum Lehrertisch ging und sich auf ihren Stuhl setzte, war es, als würde sie auf einem Thron Platz nehmen.

Ich mochte sie. Auch weil ich das Gefühl hatte, sie mochte uns.

Jeder Lehrer hat normalerweise einen Lieblingssatz. Kolbs Lieblingssatz hatte ich in mein Geografieheft geschrieben: *Wenn ihr erst mal das wirkliche Leben kennenlernt, dann wird euch das Grinsen schon noch vergehen!* Frau Eider hatte sogar zwei Lieblingssätze: *Ein eigener Gedanke ist mehr wert als drei auswendig gelernte Seiten. Und: Versucht, die Dinge miteinander zu verknüpfen.*

Die Tür ging auf.

»Guten Morgen«, sagte Frau Eider.

Alle verkrümelten sich auf ihre Plätze.

Sie ging von der Tür direkt zur Tafel, legte im Vorübergehen ihre Jacke und die Tasche elegant auf dem Lehrertisch ab und schrieb: *Normalität* ←→ *Andersartigkeit.* Sie schrieb es direkt über die Gauß'sche Kurve, die noch von der letzten Mathestunde dort stand.

Dann drehte sie sich zu uns um. Eine Königin hätte nicht erhabener aussehen können.

»Was uns an Menschen fremd erscheint und anders, bezeichnen wir oft als unnormal. Es macht uns Angst und kann Aggression hervorrufen. – Polly«, sagte sie und schaute zu dem Mädchen in der vierten Reihe. »Nenn etwas Andersartiges an einem Menschen.«

»Ich ... äh ...« Polly wurde rot. »Ich weiß nicht.«

»Denk nach. – Und versuch, die Dinge miteinander in Verbindung zu bringen! Wenn du dich selbst als *normal* ansiehst, wären folglich Eigenschaften oder Äußerlichkeiten, die anders als du sind, etwas *Unnormales* – sag uns einfach etwas, was anders ist als du.«

»Ach so ...« Polly verlor augenblicklich ihre Unsicherheit, streckte sich, schob ihren Busen heraus, schlug die Beine übereinander und sagte: »Fette Menschen.«

Alle Mädchen der Klasse, die XS trugen, kicherten. Holle rief: »Vera Kämpf zum Beispiel, die ist so fett, die braucht ihre eigene Postleitzahl …« Ich zuckte zusammen, als hätte er nicht Vera, sondern mich beleidigt.

»Holmer«, sagte Frau Eider und wischte mit einer Handbewegung das aufsteigende Gelächter beiseite. »Holmer, ehe der Stumpfsinn in deinem Mund Junge bekommt, komm nach vorn und schreib *Stigmatisierung* an die Tafel.« Holle murmelte was, kam aber nach vorn. Er wollte die Gauß'sche Kurve wegwischen, doch Frau Eider sagte: »Die lass ruhig dran, Holmer, die passt gut zu unserem Thema.« Und so krakelte er unter die Kurve in winzigen, kaum zu entziffernden Buchstaben *Stigma*, dann aber schien ihn plötzlich die Idee, dass kleine Krakelbuchstaben unsexy sein könnten, wie ein Blitzschlag zu treffen, denn er vollendete das Wort mit riesigen, ausladenden Buchstaben: TISIERUNG.

Jetzt meldeten sich gleich mehrere Mädchen, und Holle schrieb nacheinander: *andere Hautfarbe; Menschen, die eine tödliche Krankheit haben; Menschen mit psychischen und physischen Behinderungen.*

Es gibt solche Reizworte, bei denen zwangsläufig was passiert, und *behindert* ist so ein Wort. Wie auf Kommando fingen die Jungs an, komische Geräusche zu machen: Sie hechelten, ließen dabei die Zunge aus dem Mund hängen und schielten. Tommy war der Talentierteste von ihnen. Frau Eider sagte mit ausdruckslosem Gesicht: »Genau das meine ich. Solche Reaktionen. Es sieht zwar nur dumm aus, aber es ist aggressiv.«

»Thomas«, sagte sie, und Tommy verstummte. »Was ist für dich andersartig?«

Die Antwort kam wie aus der Pistole geschossen: »Schwule.«

»Holmer, bitte schreib *sexuelle Orientierung* auf.«

»Lesben sind okay«, machte Tommy weiter, »aber nur, wenn

sie hübsch sind. Nicht so was wie Franka Mutanta. – Das ist einfach zum Abgewöhnen.« Ein allgemeines männliches Johlen antwortete: »Mutantaaaa.«

Bevor Frau Eider reagieren konnte, drehte ich mich nach hinten.

»Guck dich doch bloß mal selber an, du Gesichtsglöckner. Platte Nase, kein Kinn, Pickel – dein Gesicht auf 'ner Briefmarke, und die Post geht pleite!«

Ich war richtig stolz auf mich. Und meine Antwort wurde sogar mit einem zaghaften Kichern einiger Mädchen belohnt. Dieser Holle lachte auch und rief von vorn: »He, der hat gesessen!«

Tommy rief: »Mach mich bloß nicht an, Mutanta!«

»Ich würde mich ja sehr gern geistig mit dir duellieren, du Sacknase«, sagte ich, ohne mich umzudrehen, »aber du bist unbewaffnet.«

Ich hörte den Stuhl gegen den Tisch knallen.

»Thomas, setz dich«, sagte Frau Eider. Sie sprach ruhig, dennoch war ihre Stimme nicht zu überhören. Er zögerte. »*Setzen.*« Diese Stimme war wie ein Klammergriff. Sie hatte eine ungeheure Überzeugungskraft. Endlich wusste ich, an wen sie mich erinnerte: an Valerie.

»Lesbe«, rief er mir noch von hinten zu.

»Intelligenzallergiker«, gab ich zurück.

»Mach endlich 'n Kopf zu!«, schrie er.

»Du kannst mir mal ins Ohr gucken, du Blindfisch«, sagte ich.

»Franka«, sagte Frau Eider. »Der Klügere gibt nach.«

»Wenn die Klügeren immer nachgeben, passiert nur, was die Dummen wollen«, sagte ich.

Am Ende der Stunde hielt Frau Eider mich zurück. Sie wartete, bis alle gegangen waren, dann sagte sie lächelnd: »Franka, ich möchte gern, dass du einen Vortrag erarbeitest. Über Andersartigkeit und Normalität. Meinst du, du kriegst das bis Montag hin?«

Ich zögerte. Sonntag war der Tag, an dem ich Bosen im Wald helfen wollte. Doch dann entschied ich mich spontan und nickte.

»Du kannst schnell denken und reagieren«, sagte sie. »Versuch das Thema mit etwas anderem zu verknüpfen. Um etwas verständlich zu machen, müssen manchmal komplett verschiedene Dinge zusammengebracht werden. Dinge, die auf den ersten Blick *gar nicht* zusammengehören. Ich würde mich freuen, einen guten Vortrag von dir zu hören. Weißt du, was ich von dir erwarte, Franka?«

»Ja.« Ich hatte verstanden, aber ich hatte überhaupt keine Idee.

Als ich später nachdenklich über den Schulhof wanderte, kam plötzlich Eileen Saalfeld auf mich zugeschossen. Ehe ich reagieren konnte, gab sie mir schon einen Stoß vor die Brust und zischte: »Finger weg von Ricardo, sonst kriegst du's mit mir zu tun.« Und schon war sie wieder weg.

Ich stand einfach nur da und war geplättet. Dann spürte ich, wie mir das Blut ins Gesicht stieg. Eileen Saalfeld glaubte, dass Ricardo mich gut finden, dass er was mit *mir* haben könnte! Sie glaubte, dass sich ein Junge in mich verlieben könnte!

Ich sah ihr hinterher, und Eileen wäre wahrscheinlich aus allen Wolken gefallen, wenn sie gewusst hätte, dass sie mich gerade glücklich gemacht hatte.

⊙

»Ich muss heute noch zur Bibliothek«, sagte ich am Schultor zu Ann und Lizzie, die auf mich gewartet hatten. »Frau Eider will, dass ich übers Wochenende einen Vortrag mache. – Wo is'n hier überhaupt die Bibliothek?«

»Ich bring dich hin«, sagte Ann. »Hast Glück, dass die Freitag aufhat.«

Lizzie fing an zu grinsen. »Wurm wird sich nicht einkriegen, dass du dich endlich mal wieder blicken lässt«, sagte sie zu Ann. »Vielleicht macht er dir heute einen Heiratsantrag.«

»Dein Freund?«, fragte ich ahnungslos.

»Wurm«, sagte Ann mit todernstem Gesicht, »ist nicht mein Freund. Der ist in meinem Leben so überflüssig wie ein Sandkasten in der Sahara.«

Die Bibliothek befand sich am Marktplatz. Erst jetzt fiel mir auf, dass ich seit meiner Ankunft vor zwei Wochen überhaupt noch nicht im Dorf gewesen war. Peinlich.

Der Marktplatz war ein kreisförmiger Platz aus festgetrampelter Erde. Hohe Weiden standen um ihn herum und in der Mitte befand sich ein kleiner Brunnen. Eine Katze lag träge im Schatten, und ein paar Schmetterlinge flatterten dicht über dem Boden und stiegen auf, als wir näher kamen. Hätte der Brunnen nicht so übermäßig neu und restauriert ausgesehen, als wäre er gar nicht echt, und wäre die Bank davor nicht aus Bronze, sondern aus Holz gewesen, hätte sich dieser Marktplatz locker bei Sat.1 um eine Rolle als Hintergrund für einen schnulzigen Heimatfilm bewerben können. Ein Moped kam die staubige Straße entlang, und als der Fahrer uns sah, drehte er auf, offenbar, um uns zu imponieren. Nachdem er weg war, sank langsam wieder der Staub herab.

Bis auf einen einzigen Wagen, der heldenhaft Brot und Kuchen anbot, war der ganze Marktplatz wie leer gefegt. Man sah niemanden und man hörte auch nichts, außer ein paar fernen Rasenmähern. Der Mann im Bäckerwagen sah uns hoffnungsfroh entgegen, und fast tat er mir leid, als wir nur grüßend vorbeigingen.

Geradeaus befand sich die Kirche. Dicke Bäume standen drumherum. An der hölzernen Kirchentür hing ein einsamer Zettel mit dem Aufruf

Eine Ecke des Zettels hatte sich gelöst und flatterte in einer leichten Brise. Links vom Markt stand ein Wirtshaus, das verkündete:

Zum Eisernen Becher

Es war ein einschüchternd wuchtiges Steingebäude, das auf mich wie ein rotnackiger Fleischer an einer Salatbar wirkte. Es sah so unerschütterlich aus, als würde es in einer Million Jahren, wenn die Menschheit längst ausgestorben war, noch genauso breitbeinig und selbstbewusst dastehen. Irgendjemand, dem die Ernsthaftigkeit dieses Gebäudes offenbar auf die Nerven gegangen war, hatte sich einen Scherz erlaubt und den Schriftzug verändert, denn zwischen den ehrwürdigen, gold verschnörkelten Buchstaben prangte ein kobaltblau gespraytes »L«. Ein »L«, wo keins hingehörte, und unwillkürlich musste ich lachen, denn das Wirtshaus verkündete jetzt:

Zum Eisernen Blecher

»So«, sagte Ann. »Da sind wir. Hier ist die Bibliothek drin.« Sie zeigte auf ein Haus, das neben dem fetten Eisernen Becher wie eine graue Maus wirkte. »Das ist das Mehrzweckgebäude.«

Das Mehrzweckgebäude?

Es handelte sich um ein graues Zementhaus, das irgendwie breit gedrückt aussah. So als hätte eine große Faust von oben einmal draufgehauen. Man ging ein paar Stufen hoch, dann kam eine Balustrade aus Holzbohlen, die an lauter Türen vorbeiführte.

Die erste Tür verriet, dass dahinter ein Friseur wartete, der dienstags und donnerstags geöffnet hatte. Dann kamen ein Angelverleih, ein Rentnertreff und ein *Mietraum*. »Für Jugendweihen, Hochzeiten und so«, sagte Ann. »Zum Feiern. Wenn man zu Hause nicht genug Platz hat.«

Über dem letzten Eingang an der Balustrade stand *Bibliothek, geöffnet Mo, Mi, Fr 15–16.30 Uhr*. Anders als die anderen Türen, die lächerlich dünn gewirkt hatten, so als würde ein einziger kräftiger Fußtritt genügen, um sie umzunieten, war diese aus schwerem Metall und hatte außerdem ein elektronisches Zahlenschloss, das nicht nur höchst teuer, sondern auf geradezu verbissene Art sicher aussah. Einen Moment lang wunderte ich mich darüber, aber da stieß Ann die Tür schon auf. Ein Bimmeln ertönte. Es stammte von dem Gehänge aus kleinen Glöckchen über der Tür.

Die Bibliothek bestand aus einem einzigen Raum, in dem sich etliche Bücherregale an den Wänden entlangschlängelten und auch mittendurch, wie Raumteiler.

»Guten Tag, Herr Krömer«, rief Ann dem Mann am Schreibtisch zu.

Der hob den Kopf, und als er Ann erkannte, breitete sich ein Lächeln wie eine ölige Pfütze auf seinem Gesicht aus. »Oh, Ann«, sagte er, »das ist aber schön …« Ganz flüchtig streifte mich sein Blick, dann wendete er sich sofort wieder Ann zu. »Suchst du vielleicht etwas Bestimmtes?« Er begann, sich hinter seinem Tisch wie ein Aal zu winden. »Etwas zum … zum Abspannen vielleicht? Kann ich dir etwas empfehlen?«

Die Art, wie er *Abspannen* aussprach, hatte etwas Glitschiges.

»Nein, nein«, sagte Ann. »Machen Sie sich bloß keine Umstände, wir gucken nur.« Und dann zog sie mich hinter ein Bücherregal und schnitt ihm den Sichtkontakt zu uns ab.

Hinter dem Regal sah ich Ann entsetzt an, steckte den Finger in den Hals und tat so, als müsste ich kotzen, aber Ann winkte nur ab und fragte: »Was genau suchst du?«

Gute Frage. Ich hatte überhaupt noch nicht darüber nachgedacht.

Ich hörte wieder Frau Eiders Stimme, die sagte, ich solle irgendwas verknüpfen, und sah im Geist die Tafel vor mir, auf der Holle die Gauß'sche Kurve stehen lassen sollte.

»Ein Buch über Gauß.«

»Willst du unter die Mathematiker gehen?«, fragte Ann und zog mich dann zwischen den Bücherregalen durch, und zwar so, dass dieser Krömer immer nur einen kurzen Blick auf uns hatte, wenn wir von einem Bücherregal zum nächsten wechselten. »Hier«, sagte sie, und ich fing an, die Regalreihe zu durchforsten, als Krömer von seinem Tisch aus rief: »Ich bin gleich wieder da, Ann. Ich geh nur mal eben auf die Toilette, ja?«

Es war wirklich nicht zu fassen, wie Menschen es schaffen

konnten, eine ganze Welt in ihre Stimme zu legen. Die Welt in dieser Stimme glich der unter einem großen Stein. Wenn man den zur Seite rollte, kamen darunter lauter Asseln und Würmer zum Vorschein.

»Ist okay«, rief Ann zurück und verdrehte die Augen.

»Oh Mann«, sagte ich, als er draußen war. »Was für ein Schleimer.«

»Ein richtiger *Wurm* eben«, sagte Ann. Ich zog ein Buch aus dem Regal, wandte mich ein wenig nach rechts und da entdeckte ich auf einmal die Vitrine.

Sie stand ganz hinten, in der Ecke der Bibliothek. Sie stand im Schatten, als wollte sie nicht auffallen. Aber sie fiel auf, denn sie war blank wie ein Spiegel und wirkte zwischen all den alten Regalen, dem abgewetzten Linoleum und der wasserfleckigen Tapete wie ein Ufo.

»Was ist das denn?«, fragte ich erstaunt. Es zog mich wie mit Fäden zu der Vitrine, in der, als ich näher kam, auch noch kleine Lichter angingen und das dicke Buch beleuchteten, das darin ausgestellt war.

»Das ist die Chronik von Waldburgen«, sagte Ann nur. »Angeblich ziemlich wertvoll.«

⊙

Bücher, deren Seiten sich vor Alter ins Gelbliche verfärbten, lösten bei mir zuverlässig einen Schwall Langeweile aus, und dieses dicke, in Leder gebundene Teil gehörte eindeutig in diese Kategorie. Es strahlte Erhabenheit, Ernst und Verstaubtheit aus. Es war ganz vorn aufgeschlagen, aber die Seiten waren nicht beschrieben. Stattdessen sah man zwei Baupläne. Über dem

Bauplan auf der linken Seite stand ein Name in alter deutscher Schrift. Ich kniff die Augen zusammen und las: **Waldburgen**. Über dem auf der rechten Seite entzifferte ich: **Unland**.

Dazwischen stand in kleinen, fein geschwungenen Buchstaben: *Lasst die Schatten frei!*

Irgendwas an den Plänen war eigenartig. Ich beugte mich tiefer über die Vitrine, um die feinen Linien und Schriftzüge, die ich als Straßen und Namen erkannte, besser entziffern zu können, als plötzlich etwas Alarmrotes im Glas der Vitrine aufleuchtete. Erschrocken sah ich nach oben und entdeckte eine Signallampe an der Decke, die sich hektisch drehte und blinkte. Automatisch sprang ich einen Schritt zurück und die Lampe schaltete sich wieder aus.

»Das ist ja der Hammer!«, sagte ich zu Ann. »Das Ding ist tatsächlich gesichert! Wenn du dich bis hierhin näherst ...«, ich zeigte Ann einen Abstand von etwa dreißig Zentimetern bis zur Vitrine, »... dann durchbrichst du offenbar eine Lichtschranke, und die Lampe da oben springt an. So kriegt Wurm von seinem Schreibtisch aus sofort mit, dass jemand an der Vitrine ist. Wenn man das Glas *berührt*, geht garantiert auch noch eine Sirene los. – Siehst du diese Drähte hier am Glas und dort die Lautsprecher an den Wänden?«

»Ich hab's ja gesagt«, winkte Ann ab. »Das Teil ist angeblich ziemlich wertvoll.«

Da bimmelten die Glöckchen an der Tür.

»Na, ihr zwei«, rief Wurm, und wir wichen von der Vitrine zurück und kamen zu seinem Schreibtisch. »Haben wir denn etwas gefunden?«

»Dieses hier«, sagte Ann und zog mir das Buch aus der Hand.

»Carl Friedrich Gauß«, las Wurm und sah zu Ann. »Dir haben es also die richtig großen Männer angetan?« Er betonte *richtig* und *groß*, und es war ganz klar, an was er dabei dachte.

»Kann man sich die Chronik von Waldburgen ausleihen?«, fragte ich höflich.

»Nein«, sagte Wurm kurz. Er sah mich nicht mal an, und die eine Silbe klang, als hätte er eine Kelle Beton auf den Boden geklatscht.

Als er wieder zu Ann sprach, änderte er seine Stimme komplett, sie flutschte weich wie eine Qualle aus seinem Mund: »Füllst du bitte noch das Kärtchen aus, ja, Ann?« Er konnte ihren Namen nicht oft genug aussprechen. Es war, als würde er daran lutschen.

»Kann man die Chronik wenigstens hier in der Bibliothek lesen?«, wollte ich wissen.

»Nein«, klatschte Wurm eine zweite Kelle Beton auf den Boden. »Die bleibt, wo sie ist.«

Während Ann die Karte ausfüllte, huschte sein Blick über sie, über ihre schreibende Hand, den Arm und das Shirt. Und als sie fertig war und ihm den Zettel hinschob, sagte er wieder quallig: »Danke, Ann. – Und du weißt ja: Wenn du dir das Taschengeld ein bisschen aufbessern und einem alten Mann helfen willst, die ganzen Bücher neu zu kategorisieren, dann bist du jederzeit willkommen. *Jederzeit*, ja?«

»Ja, Herr Krömer. Auf Wiedersehen.«

Wir verließen die Bibliothek auf schnellstem Wege, und draußen platzte es aus mir heraus: »Meine Fresse, was war *das* denn? Hat der einen Samenstau, oder was? Dir haben es die *richtig großen Männer* angetan … widerlich! Außerdem hat der dich ja fast aufgefressen mit seinen Augen.«

Ann nickte nur.

»Wie kannst du da so cool bleiben! Der hat dich nicht nur angeguckt, Ann. Wenn Blicke sabbern könnten, dann würdest du jetzt tropfen!«, sagte ich wütend.

»Du solltest mal sehen, was los ist, wenn Lizzie mitkommt«, sagte Ann. »Da kriegt er fast 'nen Orgasmus ...«

⊙

Der nächste Tag war Samstag. Wir saßen im Garten bei unserem gewohnten Cornflakesfrühstück, die Rasenmäher aus den Nachbargärten mähten die Morgenstille nieder, alles war wie immer. Da legte Vera ihren Löffel hin, strahlte uns an und verkündete: »Wir machen heute einen Fahrradausflug!«

»Oh neeee«, nölte Matthias. »Ohne mich!«

»Alle kommen mit«, sagte Vera Kämpf gut gelaunt. »Wir fahren mit der Fähre nach Elster und von da aus geht's dann auf dem schönen Elberadweg nach Iserbegka und weiter bis Gallin. Es sind gerade mal acht Kilometer.«

»Aber warum?«, schrie Matthias aufgebracht.

»Radfahren ist gesund, es hält fit und außerdem ist die schöne Landluft gut für uns alle.«

»Sind denn die Räder überhaupt heil, Vera?«, wagte Andreas einen zaghaften Einwurf.

»Ich wüsste nicht, warum sie *nicht* heil sein sollten«, sagte Vera lächelnd.

»Aber wieso müssen wir Rad fahren? Wir haben das seit Ewigkeiten nicht mehr gemacht«, jammerte Matthias.

»Na und? Das verlernt man nicht«, sagte Vera. »Außerdem hat Franka den Elberadweg noch nicht gesehen. Und so lernt sie die Gegend kennen.«

»Ich würde ja gern, aber ich glaub, bei meinen Reifen ist die Luft raus«, versuchte Lizzie ihr Glück.

»Kein Problem!«, sagte ich da. Die Aussicht auf einen Ausflug versetzte mich in Hochstimmung. Es war das erste Mal, dass ich mein Rad ausprobieren konnte. »Ricardo und ich kümmern uns um alle Räder.« Ich wendete mich an Ricardo. »Tun wir doch, oder? Wir pumpen auf und kontrollieren die Bremsen.«

»Klaro.«

Als Lizzie das hörte, versuchte sie, erfreut auszusehen, aber was sich da auf ihrem Gesicht ausbreitete und wohl ein Lächeln werden wollte, sah aus wie das Gegenteil von Hurra.

»Ich kann Radfahren nicht leiden!«, machte Ann jetzt ihren Standpunkt klipp und klar deutlich. »Ich hab das nie richtig gelernt, genau wie Lizzie. Ich bin echt unsicher auf'm Rad. Und ich hab ehrlich gesagt noch keine Lust auf ein Leben im Rollstuhl.«

»Ihr habt Radfahren nicht richtig gelernt?«, staunte ich. Genauso gut hätte Ann behaupten können, sie habe atmen oder laufen nicht richtig gelernt und habe jetzt Schwierigkeiten damit.

»Wir fahren langsam«, sagte Vera.

»Ich versprech's dir«, drohte Ann, »ich fahre ins nächste Gebüsch!«

»Du kriegst einen Helm auf«, sagte Vera.

»Ich könnte dir ein paar Stützräder anbringen«, schlug Ricardo vor.

»Und ich nehme Pflaster mit«, sagte ich eilig.

»Toll, fallt mir nur alle in den Rücken!«, sagte Ann.

Lizzie schien sich bereits in ihr Schicksal gefügt zu haben, denn sie sagte nichts mehr. Andreas war damit beschäftigt, eine

Milchüberschwemmung vom Tisch zu wischen, die Axel in seiner Begeisterung über den Ausflug fabriziert hatte.

Nur Matthias jammerte noch: »Das ist *so* gemein. Endlich ist Samstag, man muss nicht in diese bescheuerte Schule und könnte mal einen gemütlichen Tag am Computer verbringen, und dann so was ... und bloß wegen dir«, sagte er, und sein Kinn zuckte verärgert in meine Richtung.

»Wenn hier irgendjemand ein paar Sonnenstrahlen und frische Luft vertragen kann, dann du, Matthias«, sagte Vera.

»Stimmt«, sagte Ricardo, »'n Sack Mehl hat mehr Farbe als du.«

»Ich *hasse* Sonne. Ich hasse frische Luft. Ich hasse Radfahren. Ich hasse den Elberadweg. Ich hasse Waldburgen. Ich hasse es, ich *hasse* es.«

Vera Kämpf wischte diesen Einwurf mit einem resoluten »Blödsinn!« vom Tisch, und damit Matthias sich nicht noch mehr in seinen Koller hineinsteigerte, gab sie ihm gleich eine Aufgabe. »Zieh dir ein frisches T-Shirt und eine andere Hose an. Schmeiß die Sachen *endlich* in die Dreckwäsche. Du siehst aus, als hättest du damit die Töpfe ausgewischt! – Und außerdem, Matthias, wir haben doch ein schönes Ziel! In Gallin gibt's ein Landgasthaus. Sie machen dort angeblich die besten Bratkartoffeln.«

Das schien ein magischer Satz zu sein, denn als Matthias vom Tisch aufstand, schimpfte er zwar noch leise vor sich hin, doch noch bevor er um die Ecke bog, zog er sich das bekleckerte T-Shirt über den Kopf.

⊙

Wenn auf irgendetwas das Wort *skurril* passen könnte, dann auf unseren Fahrradtrip nach Gallin.

Als wir losfuhren, rollte uns eine hoch motivierte Vera Kämpf voraus. Doch schon nach einer Viertelstunde fing sie an zu ächzen und zu stöhnen und gab die Spitzenposition auf. Außerdem hatte sie eine denkbar ungünstige Fahrradkleidung an: eine Art Wickelgardine.

Ricardo überholte Vera als Erster. Er hatte hinter ihr wahrscheinlich Höllenqualen gelitten, wenn sich wieder irgendein Zipfel von ihrem Gardinenkleid löste und drohte, sich in den Speichen zu verfangen oder in der Kette hängen zu bleiben.

Hinter Ricardo trampelten die Zwerge wild in die Pedale. Ihre Stützräder holperten über die Betonplatten, zwischen denen das Gras der Elbwiesen herauswuchs. Beide trugen einen Helm, und an ihren Gepäckträgern war eine biegsame Stange befestigt, von der ein orangefarbener Wimpel flatterte. Als sie an Vera vorbeizogen, fingen beide an zu juchzen.

»Geradeaus, Axel, *nicht* zu Denise gucken. Geradeaus fahren!«, rief Andreas Kämpf. Er begleitete die Zwerge wie ein Trainer, hielt gleichmäßigen Abstand zu ihnen und rief: »Die Bremse loslassen beim Fahren, Denise. Lass die Bremse los! Siehst du, gleich geht's leichter. – Nein! Geradeaus, Axel. Guck nach *vorn*!« Seine heisere Stimme wurde von dem lauten Klappern seiner Tretmühle unterstützt, deren Hauptbestandteil Rost zu sein schien.

Matthias trug wie immer Kopfhörer und seine schwarze Bomberjacke, auf der hinten der gelbe Schriftzug *FW* prangte. Es musste affenheiß sein in dem Ding. Wahrscheinlich machte er damit jemanden nach. Wenn ich eins gelernt habe, dann, dass es im Leben um Ähnlichkeiten geht. Du kopierst das Original, und wenn es dir gelingt, möglichst dicht ranzukommen, wirst du anerkannt. Der Ehrgeiz der meisten Mädchen in der Schule schien zum Beispiel darin zu bestehen, den anderen, den attraktiveren Mädchen möglichst exakt zu gleichen – indem sie sich einen Gang abguckten und antrainierten, einen bestimmten Haarschnitt kopierten oder alle diese Schuhe trugen, die vorne so spitz waren, als wollten sie bei jedem Schritt die Luft aufspießen. Ich glaube, bei Matthias war es ein bisschen anders. Er schien kein reales Vorbild zu haben. Sein Vorbild war vielleicht er selbst. Er versuchte, eine coolere Variante von sich selbst zu kopieren.

Hinter Matthias fuhren Lizzie und Ann. Beide hatten Sportkleidung an, aber sie eierten über den Radweg, dass mir himmelangst wurde. In regelmäßigen Abständen brachen sie in ein Duett aus Angst- und Schreckensschreien aus: Lizzie in hohem Sopran, als würde sie an den Saiten einer Geige reißen, und Ann in wütendem Alt, begleitet von rau hervorgestoßenen Ausrufen: »Scheiße, Mann! Ich hab's doch gleich gesagt!« oder: »Oh Gott, oh Gott, oh Gott!«

Ich konnte mich weder richtig auf mein neues Rad konzentrieren noch auf den Weg, weil ich unter einer Art Dauerstress litt. Dabei führte der Weg direkt am Damm entlang. Man konnte weit über fette grüne Wiesenflächen schauen. Winzige Seen glänzten darin, aus denen feiner Dampf aufstieg. Störche standen davor, knietief im hohen Gras. Obwohl wir wie ein Idiotentrupp an ihnen vorüberfuhren, nahmen sie keine Notiz von uns.

⊙

Ich schaltete einen Gang runter, ließ die anderen vorausfahren und sah über die Landschaft. Rechts Felder voller Mais und sonnenverbranntem, stachligem Getreide. Links die Wasserwiesen. Die Luft war warm, von Insekten durchsummt. Auf dem Damm ragten in bestimmten Abständen Holzpflöcke aus dem Boden mit einer Strebe oben, die aussahen wie Griffe von einem Spaten. Ich fragte mich, wozu sie wohl da waren, und wusste es erst, als ich einen riesigen Vogel darauf hocken sah. Er flog auf, als unsere Spitzengruppe lautstark heranrollte, und zog schwer und kraftvoll in die Höhe.

Die Landschaft schien sich endlos auszustrecken. Es war, als würde einem die Freiheit mitten ins Gesicht knallen. Ich merkte, dass ich im Stehen fuhr. Dass ich den Kopf reckte, wie um besser sehen zu können, doch es war die Luft, die mich in die Höhe zog. Diese Luft, die sich in alle Richtungen hin ausbreitete. Nichts hielt sie auf. Sie überflutete alles, und ich reckte mich und schnappte danach und hatte doch das Gefühl, meine Lungen wären zu klein, so viel war da, so viel. Und auf einmal wollte ich schreien.

Manchmal denke ich, dass irgendwo in mir drin ein Schreien hockt. Ganz unten. Ein altes Schreien, das in dem Moment, wo es aus mir hätte herauskommen müssen, einfach stecken geblieben ist und das jetzt immer noch in mir ist. Gefangen. Und das langsam verfault. Und mich von innen verpestet. Es sei denn, ich würde es rausschreien.

Ich machte die Augen zu, fuhr blind und hielt das Gesicht in die Sonne. Ich fragte mich, wie lange ich das könnte, ohne wegzurutschen. Ich weiß, dass ein Schreien, das in einem verfault, ein völlig bescheuerter Gedanke ist, aber manchmal habe ich solche Gedanken.

Ich machte die Augen wieder auf. Langsam ließ ich meinen Blick über alle ziehen, wie sie da über den Damm fuhren, und zum ersten Mal fiel mir auf, dass alle zu zweit waren: die Zwerge, die Zwillinge, Vera und Andreas und auch die Jungs. Nur ich war allein.

Jakob.

Der Name meines Bruders ist wie eine Schere in meinem Kopf. Ein Schnitt. Er teilt mich. Teilt mein Leben in zwei Zeiten. Es gibt die Zeit vor dem Schnitt. Und die Zeit danach.

Ich habe ein Foto von Jakob. Es ist in meinem Portemonnaie, ganz hinten in dem Fach für die großen Scheine, die ich sowieso nicht habe. Ich sehe mir das Foto so gut wie nie an, aber es ist wichtig, dass es da ist. Der Jakob auf dem Foto ist winzig und er wird immer so bleiben. Der Jakob in meiner Vorstellung ist anders: Er wächst. Er bekommt Haare. Er hat keine Strampler mehr an, sondern eine Jeans. Er kommt in die Schule. Ich bringe ihm bei, wie man Fahrrad fährt. Der Jakob in meinem Kopf tut, was Jakob nie getan hat, weil er noch zu klein war: Er guckt mich an und sagt meinen Namen.

Franka.

⊙

Ich sah richtig, wie alle aufatmeten und sich für die letzten Meter noch mal ordentlich ins Zeug legten.

Vor dem Gasthaus parkte ein auffälliger silberner Golf mit offenem Verdeck. Alle stellten ihre Räder ab, ohne sich die Mühe zu machen, sie abzuschließen.

Gartenmöbel waren aufgebaut und es waren noch ein paar Plätze frei. Vera Kämpf setzte sich keuchend und schwitzend an einen Tisch im Schatten und sagte eine ganze Weile nichts. Andreas lobte die Zwerge, die beide regelrecht zu leuchten schienen. Ann und Lizzie sah man die Erleichterung an, endlich von den Rädern runter zu sein.

Matthias winkte die Kellnerin heran. »Ich nehme Bratkartoffeln und Sülze«, verkündete er.

»Wir anderen schauen erst mal«, sagte Andreas freundlich und ließ sich die Karte reichen.

Ricardo schaute grinsend in die Runde und sagte: »Ich finde, wir haben uns richtig gut geschlagen.«

Von einem entfernteren Tisch drang lautes, affektiertes Lachen zu uns herüber, und dann hörte ich, wie jemand *Ricardo* sagte und wieder dieses aufmerksamkeitsheischende Gekicher anfing.

Ich schaute hin, so wie auch Lizzie und Ann. Lizzie sagte: »Na toll. Eileen Saalfeld und ihre Crew sind auch da.«

Sie saßen an einem Tisch, zu fünft, aßen Eis und starrten zu uns herüber. Ricardo drehte sich kurz um, was ein weiteres geziertes Aufkreischen zur Folge hatte. Dann wendete er sich wieder zu uns und sagte: »Tussen.«

Nachdem er das gesagt hatte, fühlte ich mich plötzlich pudelwohl.

Jetzt stand Eileen auf, offenbar, um im Gasthof aufs Klo zu

gehen, und kam dabei dicht an unserem Tisch vorbei. Sie grüßte Andreas und Vera und machte sogar so etwas wie einen angedeuteten Knicks.

»Die Eileen ist aber wirklich hübsch«, sagte Vera Kämpf vorsichtig in Ricardos Richtung, als Eileen im Gasthof verschwunden war. Ricardo reagierte nicht auf Veras Worte. Er hatte anscheinend gar nicht begriffen, dass Vera mit *ihm* redete. Er griff sich die Speisekarte vom Nachbartisch.

Ann schnaubte nur: »Hübsch? Hast du das Make-up gesehen? *So* dick.« Sie ließ reichlich Abstand zwischen Daumen und Zeigefinger. »Ehrlich gesagt wäre ich mal gespannt, ob von Eileen Saalfeld überhaupt noch irgendwas übrig bleibt, wenn die Schminke runter ist.«

Die Kellnerin kam wieder zu unserem Tisch. Sie stellte Bratkartoffeln und Sülze vor Matthias ab. Der schlug sofort rein, als hätte er tagelang gehungert. Bratkartoffeln fielen von seinem Teller und die Remouladensauce floss über den Rand. Die Kellnerin sah fassungslos auf die Tischdecke und vergaß, dass sie eigentlich unsere Bestellungen aufnehmen wollte.

»Einmal Bauernfrühstück ohne Schinken, ich bin Vegetarier«, sagten Ricardo und ich gleichzeitig, sahen uns dann an und begannen zu lachen. Irgendwas schob sich vor die Sonne und warf einen Schatten auf den Tisch. Ich hob den Blick. Eileen Saalfeld sah auf Ricardo und dann auf mich.

»Eileen«, rief einer ihrer Freunde. »Kommst du?« Sie waren schon in den silbernen Golf gestiegen. Der Motor lief und aus den Lautsprechern drang die Stimme von Peaches.

Why don't you talk to me!

Eileen zögerte einen Moment. Dann ging sie los. Wir alle sahen ihr nach. Sahen, wie sie sich entfernte. Wie ein helles Schiff.

In sanften, gleichmäßigen Schaukelbewegungen. Als würde sie auf Wasser tanzen. Das blonde Haar fiel ihr leicht wie ein Wind über den Rücken.

… it's just me and you … it's just me and you … why don't you talk to me … say why …

Als sie am Golf angekommen war, drehte sie sich noch einmal um. Der Blick, den sie mir zuwarf, war voller Hass.

⊙

Am frühen Nachmittag kamen wir verschwitzt, aber gut gelaunt, wieder im Eulenhaus an. Nur Vera sagte keinen Ton. Ihr schönes Gardinenkleid war ganz schmutzig, weil es oft im Dreck geschleift hatte. Und die Mücken hatten ihr zugesetzt. Wir fuhren durch den Eisbecher aufs Grundstück nach hinten zum Schuppen, um die Räder abzustellen. Fussel kam uns entgegengerannt und sprang fröhlich um uns herum.

Die Schuppentür stand offen.

Ich stockte.

Die Schuppentür stand offen, und ich war die Letzte gewesen, als wir losgefahren waren. Ich hatte die Tür zugemacht. Definitiv. Hatte der Wind sie wieder aufgedrückt? Aber es wehte heute kein Wind.

Als ich in den Schuppen hineinfuhr, sah ich etwas auf dem Boden liegen. Es war ein Zettel mit einem Stein darauf. Jemand hatte säuberlich in einer fein geschwungenen Schrift geschrieben: *Franka Reinhold, steck deine Nase nicht in Dinge, die dich nichts angehen, oder du wirst es bereuen!*

⊙

»Vielleicht war es einer der Flachschädel aus deiner Klasse?«, fragte Ann, als ich den Zettel herumreichte.

»Du meinst Tommy?«, fragte ich zweifelnd. Irgendwie konnte ich mir das nicht vorstellen. Schon was den Stil der Nachricht anging. Mein Gefühl sagte mir, dass Tommy in so einem Brief nicht die Worte *die Nase in Dinge stecken* oder *bereuen* verwenden würde. Der hätte wahrscheinlich eher geschrieben: *Halt dich raus, sonst fließt Blut!*

»Das klingt irgendwie nicht nach 'nem Jungen«, sagte ich.

»Das ist die Lösung!«, sagte Lizzie da auf einmal. »Ich meine, wer Augen im Kopf gehabt hat, hat ja wohl gemerkt, dass Eileen Saalfeld stinksauer darüber war, wie gut du dich mit Ricardo verstehst.«

»Hä?«, machte Ricardo. »Was soll das dauernd mit dieser Eileen?«

»Eileen Saalfeld fährt auf dich ab, Mann«, sagte Lizzie. »Seit Wochen. Und sie ist eifersüchtig.«

»Sie steht auf *mich*?« Man sah richtig, wie diese Nachricht sich durchboxen musste, bis sie ankam. Dann folgte die nächste Erkenntnis: »Und sie ist eifersüchtig auf ... *Franka*?«

»Blitzmerker«, sagte Lizzie geduldig.

Ich war irgendwie sauer, dass Ricardo so überrascht war, weil Eileen auf *mich* eifersüchtig war. Warum nicht? Ich war schließlich auch jemand. »Aber«, sagte ich und sah in die Runde, »das erklärt noch nicht, warum Fussel keinen Lärm gemacht hat. Vera hat Siemann gefragt, der war die ganze Zeit im Garten und hat nichts gehört.«

»Stimmt«, sagte Ann. »Das ist wirklich komisch. Fussel wird zur Wildsau, wenn irgendein Fremder aufs Grundstück schleicht.«

»Ist jemandem sonst noch etwas aufgefallen?«, fragte ich.

»Ja«, sagte Matthias, der gerade aus dem Haus gekommen war, mit einem Stieleis in der Hand. »Die Küchenuhr zeigt 1:56 Uhr an, obwohl es 14:40 Uhr ist. Als wir weg waren, ist offenbar der Strom ausgefallen.«

Ich verstand nicht, warum alle so erschrocken guckten.

»Okay«, sagte Andreas. »Das ist nichts Schlimmes. Der Strom fällt ja hier erfahrungsgemäß öfter aus. – Ich denke, Lizzie hat recht mit ihrer Vermutung. Es ist ein Streich gewesen. Eileen war eifersüchtig. Ich meine, Fussel ist vielleicht in der Sonne eingeschlafen. Und das mit Eileen macht am besten unter euch aus.«

Ich hatte nicht viel Zeit, um über die ganze Sache nachzudenken, denn ich musste meinen Vortrag für Montag vorbereiten. Während die anderen noch über den Vorfall diskutierten, verschanzte ich mich in meinem Zimmer und schmökerte in dem Buch über Gauß, aber mir fiel einfach nichts ein.

⊙

Am nächsten Tag hatte ich immer noch keine Idee und irgendwann legte ich das Buch genervt weg. Für um drei war ich mit Bosen verabredet.

Als ich übers Feld zum Waldrand lief, zu dem Hochsitz, wo Bosen mich hinbestellt hatte, spürte ich von der Seite plötzlich einen Blick. Ich drehte mich um, aber da war nichts. Überhaupt nichts. Nur das Getreide, das gleichgültig vor sich hin wogte und knisterte. Nur die Ruinen von Unland in einiger Entfernung. Ich ließ noch eine ganze Weile vergeblich meinen Blick schweifen, dann zuckte ich mit den Schultern und setzte mich wieder in Bewegung, denn ich sah, wie Bosen gerade aus dem Wald trat und zum Hochsitz lief. Ich winkte.

In unserem Korridor hatte Bosen rot geschwitzt und angestrengt ausgesehen. So, als wäre ihm alles zu klein, selbst ein ganzes Haus. Er war zwar dick, hatte aber bestimmt nicht mal zwei Drittel so viel auf den Rippen wie Vera. Doch während Vera leichtfüßig durchs Haus schwebte, hatte es bei ihm so ausgesehen, als hätte er Angst, sich zu bewegen, weil er zwangsläufig irgendwas umwerfen würde, die Garderobe vielleicht oder den Spiegel. Jetzt wirkte er ganz anders. Er stand an den Hochsitz gelehnt, als ich näher kam, und sah entspannt aus, richtig frisch. Wie ein Fisch in seinem Element, dachte ich.

Bosens Element war offenbar der Wald, geschlossene Räume machten ihn nervös, und ein Fisch sah schließlich auch nicht besonders glücklich aus, wenn man ihn an Land holte.

»Na, Junge«, sagte er, als ich vor ihm stand. »Da bist du ja wirklich«, und dabei schlug er mir kräftig auf die Schulter.

Ich sah ihn skeptisch an. Entweder verarschte er mich, oder er hatte tatsächlich vergessen, dass ich ein Mädchen war.

»Dann komm mal mit, wir fangen gleich an«, sagte er, wandte sich nach links und stapfte schweigend den breiten Forstweg entlang, der in den Wald hineinführte wie ein Tunnel in einen Berg. Ich lief neben ihm, und als der Weg enger wurde, zu eng für zwei, ließ ich mich zurückfallen und ging hinter ihm.

Eicheln knackten unter meinen Füßen und ich sah mich um. Dunkle, nackte Stämme von Nadelbäumen rechts und links, in dieser Höhe wuchs keine einzige Nadel. Die fingen erst viel höher an, dort, wo sich hin und wieder mal ein Sonnenstrahl hinwagte. Am Wegrand wuchsen Sträucher, in denen Brombeeren hingen. Als ich spontan danach griff, sagte Bosen, der offenbar hellsehen konnte: »Das soll jetzt nicht wie deine Mutter klingen, aber die solltest du wirklich erst abwaschen, denn da könnte der Fuchsbandwurm dran sein. Und der ist tödlich.«

Der Fuchsbandwurm? Verwirrt ließ ich die schwarzen Beeren auf den Weg fallen, wo sie sofort von Waldameisen umzingelt wurden. Ich sah Bosens breiten Rücken von hinten, das dichte Haar, die Art, wie er sich bewegte, als wäre der Wald sein Mantel, der um ihn herum wallte. Da brach ein riesiger Vogel aus einer Baumkrone und ich zuckte zusammen. Der Vogel schoss kreischend in den Himmel.

»Fischreiher«, sagte Bosen, drehte sich um und lächelte. »Kennst du wahrscheinlich nicht, oder? Kommst du auch aus Berlin?«

»Ja«, sagte ich. Und fügte dann hinzu: »Pankow.«

»Da kennste wohl nur Tauben«, sagte Bosen. »Wir haben sogar Seeadler hier. Milane. Und Bussarde. Auch Falken. Richtige Raubvögel.«

»Echt?« Raubvögel. Ich hatte noch nie einen echten Raubvogel außerhalb des Zoos gesehen. Ehrlich gesagt hatte ich sogar gedacht, die kämen gar nicht mehr in der freien Natur vor. Jedenfalls nicht bei uns in Deutschland. Geschweige denn in Sachsen-Anhalt.

Bosen nickte und lachte so stolz, als gehörten ihm die Raubvögel. Sein Lachen war ein Dröhnen, kein heimliches, halb mit der Hand zurückgehaltenes Lachen, wie es wahrscheinlich Kolb draufhatte, nein, dieses Lachen war so dick wie Bosen selbst und es breitete sich wie süßer Brei nach allen Richtungen aus. Es gefiel mir. Sehr sogar.

Ein interessanter Geruch lag in der Luft und kam mir irgendwie bekannt vor. Er ähnelte dem Raumspray, das die Reinemachfrau jedes Mal in unserem Fernsehraum in Pankow versprüht hatte, wenn sie fertig war mit Putzen. Oder nein, doch nicht. Es war anders. Aromatischer. Wie Tee vielleicht. Eine von Martinas Kräuterteemischungen aus dem Reformladen, frisch aufgebrüht.

Während ich halb träumend hinter Bosen herlief, wurde der Wald um uns herum immer dichter, und wie vor Kurzem, als Ann und Lizzie mich mit zum Mooschkolk genommen hatten, ließen wir auch jetzt den Sommer hinter uns, er schien am Waldrand stehen geblieben zu sein und uns von dort aus nachzuschauen, denn je tiefer wir in den Wald eindrangen, desto kälter und dunkler wurde es, und der kräuterige Geruch nahm zu und schien ebenfalls dunkler zu werden.

Als Bosen abrupt anhielt, war ich immer noch so in Gedanken versunken, dass ich fast auf ihn draufgelaufen wäre.

»Da sind wir«, sagte er.

Der schmale Waldweg öffnete sich in eine Lichtung, auf der ein Bauwagen stand.

»Wow!«, entfuhr es mir, und ich stand wie angewurzelt. »Das ist ja der Megahammer!«

Bosen, der meinen erstaunten Blick sah, lachte und sagte: »Ja, wenn man das zum ersten Mal sieht, ist man ganz schön platt, hmm? War ich auch.«

Der Bauwagen hatte keinen Zentimeter mehr, wo man seine Ursprungsfarbe erkennen konnte. Er war von oben bis unten besprayt. Über die gesamte Querseite zog sich ein riesiges Bild in Pink, Lila, Orange und Blau. Es zeigte einen grinsenden Typen, der in einer Hand eine Sprühdose hielt und einem eine Ladung Pink direkt ins Gesicht zu sprayen schien. Cool! Darunter stand (RA Ich lief um den Wagen herum. Auch die

Rückseite war besprayt, aber nur in Orange, darauf stand in fetten schwarzen, aufgeblähten Buchstaben: CRADORI.

»Ich meine«, fuhr Bosen fort und betrachtete dabei nachdenklich den Kopf des Sprayers, »man sieht ja, dass sie nicht nur rumschmieren können, das Bild ist wirklich nicht schlecht geworden …« Das Bild war nicht nur nicht schlecht, das war *vom Feinsten*. In einem Auge des Sprayers saß ein weißer Punkt, von dem weiße Strahlen abgingen, als wäre da eine kleine Sonne drin oder als würde sich die Sonne in dem Auge spiegeln. »… aber warum mussten sie bloß diese Neonfarben nehmen?«, sagte Bosen. »Tannengrün und Braun – *das* wär's gewesen. Da würde nicht jedes Reh gleich einen Herzanfall bekommen …«

Er bückte sich neben dem Bauwagen, hob einen Stein hoch, unter dem ein Schlüssel zum Vorschein kam. Den steckte er in das Vorhängeschloss und öffnete die Tür des Bauwagens.

⊙

Das Innere des Bauwagens sah aus wie ein Wohnzimmer in Miniaturformat: eine Bank, ein Tischchen, das sogar eine blaue Tischdecke hatte, ein kleiner Ofen in der Ecke, ein Regal. Bosen, der seine Jacke an einem Haken am Regal aufhängte, hielt plötzlich mitten in der Bewegung inne und starrte auf den Tisch.

»Jetzt schlägt's dreizehn«, sagte er dröhnend. »Da ist ja das verdammte Ding!«

Er nahm das Handy vom Tisch und drehte es hin und her. »Ich hab es überall gesucht, als Armin sich ins Bein gesägt hat. Überall. Es war nicht da. *Nirgends*. – Das war ja der Grund, warum ich erst zu euch rennen musste.« Er starrte das Handy nachdenklich an, dann legte er es zurück auf den Tisch und wischte sich unbewusst die Hand an seiner Hose ab. Ich griff danach. Das Handy war schmierig. Ölig irgendwie. Auch dort, wo es gelegen hatte, waren Flecke.

»Wieso ist das Ding so fettig?«

»Keine Ahnung«, sagte Bosen. »Vielleicht hat Armin damit telefoniert und vorher irgendwas eingeölt.«

Ich legte das Handy wieder auf den Tisch. Bosen zog eine Mappe aus dem Regal, klemmte sie sich unter den Arm und gab mir ein Zeichen, dass ich ihm nach draußen folgen sollte.

»Fangen wir denn nicht jetzt gleich an?«, fragte ich. Ich hatte gedacht, wie würden sofort mit dem Pflanzen loslegen, und war enttäuscht.

»Natürlich fangen wir an«, sagte Bosen, stieg aus dem Bauwagen und ich hinterher. Er schloss ab und versteckte den Schlüssel wieder unter dem Stein. Ich ließ kurz meine Hand über das Vorhängeschloss gleiten. Es war ebenfalls fettig. An irgendwas erinnerte mich das, aber ich konnte es gerade nicht einordnen, denn Bosen unterbrach schon meine Gedanken und sagte: »Wenn du dem Wald helfen willst, musst du ihn erst mal verstehen, Junge.« Er setzte sich auf einen Baumstamm und schlug die Mappe auf. »Was nützt es, wenn du hinter mir herrennst und Löcher gräbst, ohne zu wissen, wozu?«

»Okay«, sagte ich. Und dann wischte ich kurz über meine Nase, weil etwas da krabbelte, und als ich die Hand runternahm, war der ganze Handrücken voller Blut. »Scheiße, ich hab schon wieder Nasenbluten!«

Ich wühlte in meiner Hosentasche nach einem Tempo, während das Blut überall hintropfte: auf mein T-Shirt, die Hose, den Waldboden. Bosen, der sah, dass ich nichts fand, zog ein riesiges Stofftaschentuch aus seiner Tasche und reichte es mir.

»Tut mir leid«, nuschelte ich, als ich mich auf den Waldboden legte und in den Himmel sah. »Wenn ich sitzen bleibe, hört das nie auf.«

Mist, dachte ich. Jetzt hielt er mich garantiert für einen Hypochonder. Das totale Weichei. Nasenbluten war ungefähr dieselbe Kategorie wie Windpocken. Nur Kleinkinder bekamen Nasenbluten und Windpocken.

Bosen stellte keine blöden Fragen. Er rannte auch nicht hektisch hin und her. Er saß einfach da und wartete gemeinsam mit mir darauf, dass es aufhörte. Zehn Minuten später saß ich wieder neben ihm auf dem Baumstamm.

»Was macht ein Förster?«, fragte Bosen, ohne auf den Zwischenfall einzugehen. Ich war ihm total dankbar.

»Na ja …«, sagte ich und merkte in diesem Moment, dass ich überhaupt keine Ahnung hatte, was Förster eigentlich alles tun. »Er fällt die Bäume im Wald und pflanzt dann neue, oder?«

»Hm, hm«, machte Bosen, und mir war nicht ganz klar, ob das ein gutes oder schlechtes Zeichen war. »Was ist ein Wald denn eigentlich?«

Blöde Frage. »Was schon? Bäume eben«, blaffte ich und war mir jetzt sicher, dass er sich doch bloß über mich lustig machte.

Bosen wartete, und als nichts weiter kam, sagte er: »Der Wald besteht nicht nur aus Bäumen, der ist etwas … Komplexes.« Ein Wort wie *komplex* aus Bosens Mund zu hören, war eine Überraschung, aber irgendwie hatte ich von Anfang an gespürt, dass in Bosen mehr steckte, als man auf den ersten Blick vermutete. »Der Wald«, fuhr er fort, »ist eine Lebensgemeinschaft.« Er guckte mich an, ob ich verstanden hatte, und sagte dann: »Eine WG. Ganz verschiedene Pflanzen und Tiere leben zusammen. Und Förster machen viel mehr als nur Bäume pflanzen und fällen. Die kümmern sich nämlich darum, dass es der WG gut geht. Und zwar der *ganzen* WG, nicht nur ein paar Mitbewohnern. Jedenfalls sollten sie das …«

⊙

»Also«, fing er an, »wirtschaftlich geht es vor allem um Kiefern. Kiefernholz bringt dem Dorf einiges an Geld ein. Deshalb pflanzen wir Kiefern, sie wachsen einige Jahre, dann werden sie gefällt und das Holz wird verkauft. – Das da sind Kiefern«, sagte Bosen und zeigte auf eine Handvoll Bäume, die am Rand der Lichtung standen. Sie hatten schöne lange Nadeln.

»Wenn das die wichtigsten Bäume sind, weshalb stehen dann so wenig davon im Wald?«, parierte ich sofort.

»Gute Frage«, sagte Bosen. »Man könnte ja auch einen Wald nur aus Kiefern pflanzen. Nichts sonst. Nur Kiefern. Man hätte alle auf einem Fleck, könnte sie viel bequemer ernten, die Ernte wäre größer, man würde mehr Geld verdienen und so weiter. Außerdem würde so ein Wald aus lauter Kiefern auf den ersten Blick auch gut aussehen. Ordentlich.« Er machte eine Pause und sah mich an. »Ein Wald ist aber nicht ordentlich«, sagte er dann. »Nicht, wenn er gesund ist. Ein ordentlicher Wald – das wäre ungesund.«

»Wieso ungesund?«

»Ein Wald muss durchmischt sein«, sagte er. »Wenn man nur eine Sorte Bäume pflanzt, dann passiert *das* hier.« Er blätterte in der Mappe und zeigte mir ein Foto von einem Wald, bei dem nur noch die Stämme in die Luft ragten. Alles war kahl. Eine riesige Landschaft aus toten Bäumen.

»Oh Mann, was ist das denn?«

»Monokultur.«

Ich starrte immer noch auf den Gespensterwald.

»Weißt du, was Monokultur ist?«, fragte Bosen. »Monos – das ist griechisch und heißt *einzig*. Und man hat hier nur eine *einzige* Sorte Bäume gepflanzt. In diesem Fall Kiefern. Und dann ist plötzlich der Kiefernspanner reingekommen.«

»Ein Spanner?« Ich verstand es nicht. »Einer, der hinter Kiefern steht und spannt?«

»Quatsch. Jetzt stell dich nicht blöder an, als du bist! Der Kiefernspanner ist ein Falter, ein Schädling. Er ernährt sich von Kiefernnadeln. Und wenn du einen Wald hast, in dem nur Kiefern stehen, dann hast du diesen Wald natürlich nicht mehr lange, wenn der Kiefernspanner reingeht. Das ist ja ein gefundenes Fressen für den. Wäre das hier ein gemischter Wald gewesen, dann wären nur die Kiefern kaputtgegangen, an die anderen Bäume geht der Kiefernspanner ja nicht ran. Und das heißt, dass der Wald *im Gesamten* weitergelebt hätte. Jetzt aber ist *alles* weg. Der ganze Wald. Mausetot. Über Nacht. Nix mehr da, nur noch diese Gerippe hier.« Er tippte mit seinem breiten Finger immer wieder auf den Gespensterwald. »Ein paar Kiefern im Wald zu verlieren ist nicht schlimm, Junge. Aber *das* hier ist die totale Katastrophe! – In einem normalen, natürlich gewachsenen Wald würde es niemals nur Kiefern geben. Es würde nie ein ganzer Wald absterben, weil *ein* Schädling reingeht. Er würde leben. Der Wald muss gemischt sein, damit er überleben kann. – Verstehst du?«

Ich nickte und in diesem Moment fiel mir plötzlich die Ähnlichkeit auf. Die Ähnlichkeit mit uns im Eulenhaus. Wir waren alle total verschieden. *Gemischt*, wie Bosen gesagt hatte.

Und da hatte ich einen dieser Geistesblitze, so ein Wissen, das einem direkt vom Kopf ins Herz schießt: Vielleicht war es nicht einfach nur *gut*, dass Menschen verschieden waren, vielleicht war es sogar wichtig für das Überleben der gesamten Menschheit?

»Wir werden also nicht nur Kiefern pflanzen«, sagte Bosen, »sondern auch jede Menge Wacholder, Haselnuss und Hagebutte.« Und ich lauschte jetzt auf jedes Wort, weil es war, als würde er plötzlich in einer Art Geheimsprache auch von uns im Eulenhaus reden und zugleich von der ganzen Menschheit.

»Wir machen das nicht nur wegen der Schädlinge, sondern auch wegen des Bodens«, sagte Bosen, der lächelte, weil er merkte, dass ich jetzt ganz bei der Sache war.

»Wieso, was passiert mit dem Boden, wenn man nur eine Sorte Menschen ... äh ... Bäume hat?«

»Kiefern brauchen ganz bestimmte Nährstoffe aus dem Boden, Haselnuss braucht andere, Birke sowieso und Vogelbeere auch. Jede Pflanze braucht was anderes. Wenn man nur Kiefern hätte, würden alle denselben Nährstoff aus dem Boden ziehen. Bis er irgendwann ausgelaugt wäre und die Kiefern keine Nahrung mehr finden, krank werden und sterben würden. Ein Teufelskreis. – Siehst du. Wenn du immer nur dieselbe Sorte von irgendwas hast, stirbt es am Ende.«

»Wenn man verschiedene hat, passiert das also nicht? Ist das wirklich sicher?«

»Ja. Sträucher und Bäume geben ja auch Stoffe in den Boden ab. Da fallen Blätter und Äste hinunter und werden zu Nährstoffen, die eine andere Pflanzenart dann wiederum verwerten kann. Wenn du nur Kiefern hast, dann können nur Kiefernabfälle in den Boden gelangen. Kiefern brauchen aber etwas anderes als Kiefernabfälle.«

Als ich am späten Nachmittag wieder nach Hause lief, merkte ich, dass ich grinste. Ich lief über den Forstweg bis zum Feld und grinste. Ich lief übers Feld durch das Getreide in Richtung Eulenhaus und grinste. Als ich an Unland vorüberlief, das in sicherer Entfernung aufragte wie ein schwarzer, stiller, totenhafter Gruß, verging mir das Grinsen zwar ein bisschen, aber wirklich nur ein bisschen.

⊙

Ich war schon fast auf dem Grundstück, da sah ich kurz rüber zu Siemanns. Dort standen zwei Frauen vor der Tür und redeten mit Siemann. Jede von ihnen trug einen prall gefüllten Umweltbeutel an der Seite. Sie zogen etwas daraus hervor und reichten es zu Siemann hinüber. Die eine hatte mehrere Tetrapaks dabei und die andere zog eine ganze Kette aus Bratwürsten aus ihrem Beutel.

Ich blieb stehen und sah erstaunt zu, wie Siemann alles entgegennahm. Sie redeten und lachten. Warum brachten die Frauen Lebensmittel zu Siemann? Da fiel mir wieder Eileen Saalfeld ein, die vor ein paar Tagen eingeweckte Birnen gebracht hatte. Was hatte sie gleich gesagt? Siemann sammelte für Obdachlose? Komisch. Siemann war so biestig, dem hätte ich so was nie zugetraut.

Da erschien plötzlich ein kleines, verkniffenes Frauengesicht zwischen den bunten, baumelnden Plastikstreifen an der Tür, beugte sich zu Siemann und flüsterte ihm etwas zu, woraufhin sich alle zu mir herumdrehten und mich anschauten. Siemann reichte seiner Frau den Saft und die Würste durch die Plastikstreifen hindurch und diese verschwand damit im Haus.

»Was schleichst du da rum? Das wird ja immer schöner hier!«, rief Siemann.

»Ich schleich überhaupt nicht rum!«, brüllte ich zurück und verschränkte die Arme vor der Brust. »Ich bin ganz normal gelaufen. Außerdem wohne ich hier, da kann ich schleichen, soviel ich will.«

»Werd bloß nicht frech, Freundchen«, rief Siemann und lief rot an.

Da kam Vera Kämpf mit einem Korb voll Wäsche auf den Hof. Sie hatte den Korb in die Hüfte gestemmt und das riesige Ding wirkte fast zierlich an ihr. Sie erfasste die angespannte Lage mit einem einzigen Blick, lachte erst mich, dann Siemann an und rief dann über den Gartenzaun: »Huhu, Herr Siemann! Wissen Sie, was ich Ihnen schon länger sagen wollte? Ihr Rasen. Der sieht einfach toll aus! Wie machen Sie das bloß?«

Es war, als hätte sie die Luft aus einem bedrohlich prall gefüllten Ballon abgelassen. Die beiden Frauen nickten kurz herüber und Siemann zwang sich zu einem kleinen »Danke«. Kurz schien er mit sich zu ringen, dann aber siegte sein Stolz auf den Rasen, und er kam zum Zaun und sagte vertraulich: »*Mulchmähen* ist das Zauberwort, Frau Kämpf. Mulchmähen.« Er sprach das Wort *Mulch* so aus, als würde er jemanden zärtlich streicheln.

Vera Kämpf setzte die Wäsche ab, stemmte die Hände in die Hüften, machte große Augen und wiederholte: »*Mulchmähen!* So was!«

»Ja«, sagte Siemann und beugte sich noch weiter über den Zaun. »Ich setze einfach den Mulchkeil in meinen T17 ein, und *zack* – schon kann ich Grasschnitt als natürlichen Dünger in den Rasen einarbeiten! Während des Mähens.«

»*Zack* ...« Vera Kämpf lachte. »Wie Sie das sagen, Herr Siemann. Zack! Da spricht der Fachmann!«

Ich beobachtete unterdessen, wie sich die zwei Frauen an der Tür von dem verkniffenen Gesicht verabschiedeten, und auch Siemann bemerkte es, denn er ging wieder hinüber, rief Vera aber noch zu: »Lassen Sie die Kinder mal den Löwenzahn aus Ihrer Wiese hacken! Der macht das ganze Gras kaputt. Außerdem fliegt der Samen zu uns rüber!«

»Welche Kinder?«, rief ich interessiert zurück, aber da war er schon weg.

»Ein seltsamer Mensch«, sagte Vera Kämpf.

»Blödmann«, bestätigte ich.

Dann lächelten wir uns an. Doch schon erstarb das Lächeln auf ihrem Gesicht wieder, es wich dem puren Entsetzen, und sie rief: »Oh Gott, was ist mit dir *passiert*, Franka? Bist du verletzt?«

Vera starrte auf mein T-Shirt, und als ich nach unten sah, sprangen mir die Blutflecken ins Auge.

»Ach, das«, sagte ich. »Ich hatte bloß mal wieder Nasenbluten. Keine Panik.«

»Gott sei Dank«, sagte sie, und die Farbe kehrte in ihr Gesicht zurück.

Sie fing an, die Wäsche aufzuhängen, und ich reichte ihr ein Stück nach dem anderen. Ein T-Shirt von mir, eins von Ann, dann hielt Vera inne.

»Mulch?«, murmelte sie und warf einen abschätzigen Blick auf Siemanns Rasen, der makellos aussah, ohne ein einziges Fitzelchen Unkraut. Eine Sprinkleranlage stand darauf und versprühte Wasser, erst nach rechts, dann nach links und dann im Kreis. Es sah nach einem ausgeklügelten System aus. Der Sprinkler war so eingestellt, dass die Wassertropfen exakt am

Ende seines Grundstücks abstoppten und zu Boden fielen. Nicht ein Tropfen ging daneben und landete auf unserer Seite. Siemanns Rasen war von einem so ungeheuer fetten Grün, dass es jedem Billardtisch Konkurrenz machen konnte. Unser sah dagegen aus wie nach einem Steppenbrand. Das Einzige, was noch irgendwie grün war, waren diese Löwenzähne. Sie wucherten überall. Vera sah mich an. »Was ist überhaupt *Mulch*? Mist oder so was?«

»Keine Ahnung«, sagte ich, »hab ich noch nie gehört. Hast du mitgekriegt, wie der mich angeranzt hat?« Das erste Mal duzte ich sie. Es fiel mir erst auf, als das Du schon draußen war. Vera Kämpf sagte nichts dazu. Sie hängte weiter die Wäsche auf, die ich ihr reichte. Ein langes rotes Band, das wahrscheinlich von Lizzie stammte. Es sah aus wie eine Verzierung für ein Kleid. Die schwarze Bomberjacke von Matthias mit den dicken gelben Buchstaben *FW* am Rücken. *FW* stand wahrscheinlich für *Futureworld*. Dann folgten ein paar seiner T-Shirts. Ich bin eigentlich keine Sauberkeitsfanatikerin, aber zu sehen, dass die Sachen von Matthias, an denen man einen ganzen Speiseplan hatte ablesen können, jetzt an der Leine hingen, tropfend und sauber – das tat richtig gut. Die schwarze Bomberjacke blähte sich unter einer kurzen Brise und auch das gefiel mir.

»Hast du gesehen, dass die beiden Frauen Lebensmittel bei Siemanns abgeliefert haben? Wozu bloß?«

»Siemann sammelt für arme Leute«, sagte Vera freundlich.

»Was denn für arme Leute?«

»Ich glaube, für die Wittenberger Tafel, eine Suppenküche oder so. Ich weiß nicht genau. – Ich bringe auch jede Woche was rüber. Jeder macht das hier. Ist so eine Art Ehrensache. Sie machen das schon immer so, hat mir Frau Rothenburg erzählt. Sie selbst bringt immer das Brot und das Gemüse, das sie im Laden nicht verkauft hat. Nicht schlecht, vor allem, weil wirklich alle mitmachen. Uns tut's nicht weh und die armen Leute können es gebrauchen. Find ich ziemlich gut. Du auch?«

Ich nickte, obwohl ich immer noch Schwierigkeiten damit hatte, mir vorzustellen, dass gerade Siemann so ein Menschenfreund sein sollte.

Als die ganze Wäsche hing, sagte Vera: »Hoch mit dir! Zieh dir was anderes an, bevor die Zwerge dich zu Gesicht bekommen. Du siehst zum Gruseln aus.«

Ich verschwand um die Ecke, schlich schnell am Zimmer der Zwerge vorbei und die Treppe hoch. Die Stufen knarrten. Doch bevor ich unbehelligt in meinem Zimmer verschwinden konnte, wurde schon die Tür von Lizzies und Anns Zimmer aufgerissen, und Lizzie stürzte heraus. Sie rief: »Franka, na endlich! Ich dachte schon, Bosen lässt dich im Wald vergammeln. Du musst mitkommen zum Neuen Sportplatz, da ist ein –«

Dann ging ihr Blick interessiert über mein T-Shirt, und sie sagte: »Du stehst auf Brutalo-Look? – Ganz schön provokant. Steht dir. Mit einer Sicherheitsnadel im Ohr wär's perfekt. Es ist aber bestimmt nicht jedermanns Sache, vor allem hier in Waldburgen, würd ich mal schätzen …«

»Ist bloß Nasenbluten«, sagte ich.

»Scheiße«, sagte Lizzie und lachte dann. »Egal – kommst du mit zum Neuen Sportplatz?«

»Was gibt's denn da? Fußball?«

»Nee, einen Rummel. Die sind heute angekommen und bauen auf. Wir sollten uns das mal angucken gehen, findest du nicht?«

In diesem Moment hörte ich unten Ann und Matthias aus der Küche kommen. Ann rief nach oben: »Lizzie, wir können los.

Matthias hat keinen Bock.« Dann sah sie mich beziehungsweise mein T-Shirt und wurde blass.

»Ist nur Nasenbluten gewesen«, sagte ich matt und kam mir langsam ein bisschen blöd vor. Für das nächste Mal, dachte ich, sollte ich mir am besten gleich ein Plakat mit einer blutenden Nase basteln, das ich dann als Erklärung nur noch hochhalten müsste.

»Menno«, sagte Ann und atmete hörbar aus. »Hast du mich erschreckt! Ich hab im ersten Moment echt gedacht, du hattest auch ein Date mit Bosens Säge!«

Matthias fing an zu wiehern. Er hatte ein riesiges, dick belegtes Brötchen in der Hand. »Wenn ihr auf den Rummel geht«, sagte er, »dann frag gleich mal, ob sie dich in der Geisterbahn brauchen können. Huaaah. Huaaah.«

»Wie war's im Wald?«, fragte Ann.

»Bosen is 'n cooler Typ. Wir werden jede Menge Bäume und Sträucher pflanzen«, sagte ich. »Aber …« Ich stockte. »Irgendwas ist komisch.«

»Wie komisch?«, fragte Ann.

»An dem Unfall. Diesem Unfall mit der Säge«, sagte ich. »Erinnert ihr euch, wie Bosen gesagt hat, dass das Handy, das sie für Notfälle im Bauwagen liegen haben, plötzlich weg war? – Na ja, es war auf einmal wieder da.«

»Echt?«

»Vielleicht hatte er es in der Aufregung einfach übersehen«, schlug Lizzie vor.

»Mann, das Teil lag mitten auf dem Tisch. Wer das übersieht, der übersieht auch das Brandenburger Tor. Aber …«, sagte ich, »… aber es war ganz schmierig. Auch das Vorhängeschloss am Bauwagen war schmierig. Und – jetzt haltet euch fest: Angeblich war auch die Säge so komisch schmierig gewesen. Das hat mir Bosen gesagt.«

»Klingt wirklich 'n bisschen eigenartig«, sagte Ann.

»Find ich auch«, sagte ich. »Ich meine, was, wenn jemand die Säge manipuliert hat? Wenn jemand einfach den Sicherheitsmechanismus rausgemacht und dann das Telefon geklaut hat, um es später wieder hinzulegen?«

»Und warum sollte jemand so was machen, Miss Watson?«, fragte Matthias und biss so derb in sein Brötchen, dass an den Rändern die Mayonnaise hervorquoll, über seine Finger lief und auf den Boden tropfte.

»Das ist die entscheidende Frage«, sagte ich und zwang mich, von Matthias' faszinierender Fressorgie weg- und zu Lizzie und Ann zu schauen. »Vielleicht wollte irgendjemand, dass Armin verblutet?«

»Also, das kann ich mir nicht vorstellen!«, sagte Lizzie. »Der Armin, der tut keiner Fliege was. Der ist so eine Art Depp vom Dienst. Nett, harmlos und ein bisschen doof. Vielleicht machen sich die Leute lustig über ihn oder nutzen ihn aus, aber irgendwas Böses, geschweige denn *so was,* das würde niemand tun.«

»Na ja, ich kenn ihn ja nicht«, sagte ich. »War ja auch nur 'ne Vermutung. Weil's komisch ist. Ich meine, da *stimmt* doch was nicht, oder?«

»Bei *dir* stimmt was nicht, Miss Watson«, sagte Matthias und wischte sich die Finger in Brusthöhe ab.

Da hörte ich, wie Andreas Kämpf die Tür unten öffnete und dabei mit den Zwergen redete. Ich erinnerte mich an mein blutverschmiertes Shirt und dass die Zwerge mich so besser nicht sehen sollten. Deshalb überhörte ich Matthias' Beleidigung und lief schnell auf mein Zimmer. »Ich zieh mich nur kurz um«, rief ich. »Wartet auf mich, ich komme mit zum Rummel.«

10. Kapitel

STROMAUSFALL

Wir traten durch den riesigen schmiedeeisernen Eisbecher auf den Dreieulenweg. »Wieso heißt das eigentlich Neuer Sportplatz?«, fragte ich. »Gibt's auch einen Alten Sportplatz?«

»Soviel ich weiß, ist es der einzige Sportplatz hier in Waldburgen«, sagte Lizzie. »Oder, Ann?«

»Exakt.«

»Komisch«, sagte ich und blieb stehen, als Lizzie ihre Schnürsenkel neu binden musste. Axel hatte Anns Hand genommen, und als auch Ann stehen blieb, um auf Lizzie zu warten, umfasste er ihr Bein, als wäre es ein Baumstamm, und schmiegte sich daran. Denise stand ein paar Meter daneben. Mit den Händen in den Hosentaschen. Sie wirkte, als wären wir ihr egal, aber sie ließ Axel nicht aus den Augen.

Nach dem Dreieulenweg bogen wir in den Großen Streng ein. Alles wirkte wie ausgestorben. Niemand war auf den Höfen oder in den Gärten zu sehen. Nur Hunde. Die rannten aufgeregt hin und her, wenn sie uns kommen sahen, und sobald wir an einem Tor vorübergingen, warfen sie sich blindwütig dagegen und bellten heiser vor Wut.

Lizzie, Ann und sogar die Zwerge mussten schon so daran gewöhnt sein, dass sie es kaum mehr bemerkten, ich aber zuckte jedes Mal zusammen und sah nervös auf die Tore, ob sie auch wirklich richtig verschlossen waren. Briefträger wollte ich hier in Waldburgen nicht sein. Ich hatte in Berlin nie Schiss vor Hunden gehabt, aber das hier waren keine Hunde, das waren Raubtiere.

An der Kreuzung bogen wir rechts in die Sandstraße ein, die aus dem Dorf hinausführte. Wir liefen nicht bis ganz zur Schule, sondern links in einen kleinen Pfad, der sich *Sportlerweg* nannte und zum Neuen Sportplatz führte.

Und als wir näher kamen, kapierte ich auch endlich, warum wir im Dorf keine Menschenseele gesehen hatten. Die waren alle hier!

Zwischen zwei Fußballtoren wurde gewerkelt und gehämmert. Ein Trupp von vielleicht zwanzig Männern war sehr beschäftigt. Sie trugen große bunte Holzwände und Werkzeuge hin und her und schwangen sich auf die Karussellgerüste, um irgendwo etwas anzuschrauben oder festzuhämmern. Sie fluchten laut und machten Witze dabei, und ich musste grinsen und hatte das Gefühl, sie taten es nicht nur für sich.

Rund um den Sportplatz hatte sich tatsächlich halb Waldburgen versammelt. Alles, was Moped fahren konnte, knatterte um den Platz.

»Rumfahren – das ist hier eins der wenigen Hobbys, die du haben kannst«, erklärte mir Ann. »Über die Äcker preschen und durchs Dorf. Es ist ja auch sonst nichts los. Die meisten geben ihr Jugendweihegeld für ein Moped oder einen Roller aus.«

Die Jüngeren standen mit zwischen die Beine geklemmten Rädern herum und starrten auf die Baustelle. Die beiden

Goth-Mädels aus meiner Klasse lehnten im Schatten am Stamm einer Kastanie. Leider entdeckte ich auch Tommy. Er bockte gerade seinen Roller auf und ging auf einen anderen Typen zu. Sie grüßten sich lauthals. Als wir näher kamen, drehten sich ein paar um und starrten uns ungeniert an. Axel klammerte sich wieder an Anns Bein.

Wir blieben an einem der Fußballtore stehen und schauten beim Aufbauen zu. Leider blieben wir nicht lange ungestört. Tommy Rothenburg und der andere Typ pflügten sich bereits durch die Menge. Mit einem eindeutigen Ziel: wir. Automatisch rastete etwas in mir ein und ballte sich zur Faust.

»Wer ist das neben Tommy Rothenburg?«, fragte ich.

»Ringo Kessler«, sagte Ann.

»Der geht in unsere Klasse«, sagte Lizzie, die sich wieder ihre Schuhe band. »Hat coole Muckis, aber im Kopf ist leider nur Flachland. Sein Wortschatz besteht zu siebzig Prozent aus dem Wort *Alter*.«

»Und die restlichen dreißig Prozent?«

»*Keene Ahnung* und *Bist du schwul?* und *Hau ab, Mann*«, sagte Lizzie von unten wie aus der Pistole geschossen.

»Das ist typisch für Tommy«, sagte Ann kalt. »Der sucht sich genau solche Typen für seine Garde. Stark, aber doof. Ehrlich: Wenn Ringo Kessler eine Fliege verschluckt, dann hat er mehr Verstand im Bauch als im Hirn.«

Und wie zur Bestätigung fing dieser Ringo an zu grölen: »Ey, Alter, hat hier irgendjemand die Freakshow bestellt?« Er sah mich dabei an.

Tommy johlte in demselben Tonfall: »Hat euch das fette Gebirge mal eine Stunde Ausgang gegeben?«

Ich fühlte, wie meine Muskeln sich anspannten, da kam Lizzie wieder vom Boden hoch. Mit einer geschmeidigen Bewegung trat sie nach vorn und stellte sich vor uns alle. Dann sagte sie mit einer Stimme, bei der selbst ein Gefrierschrank zusammengeschmolzen wäre: »Ringo, würdest du mir vielleicht einen Gefallen tun?«

»Oh, Lizzie«, stotterte der und starrte Lizzie an wie vom Licht geblendet. »Ich hab ja nicht gesehen, dass du … dass du auch …«

»Würdest du …«, sagte Lizzie, trat noch einen weiteren Schritt vor und legte Ringo dann kurz die Hand auf den Arm, »… und dein Freund Tommy vielleicht auch …«, und dann wendete sie sich mit demselben Lächeln an Tommy Rothenburg, der puterrot anlief, »… könntet ihr *beide* vielleicht hier stehen bleiben und bis zehn zählen? – Wir bräuchten mal eine Stunde Ruhe.«

Dann kam sie wieder zwei Schritte zu uns zurück, warf den beiden Jungs noch eine Kusshand zu, nahm Ann am Arm und wir liefen an ihnen vorbei zur anderen Seite des Platzes. Die beiden sagten nichts, standen nur da und starrten uns hinterher.

»Wie hast du das gemacht?«, fragte ich entgeistert. »Wieso stehen die so blöd da wie zwei Senfeier? Haben die nicht kapiert, dass du sie verarscht hast?«

Lizzie winkte nur ab. »Die können nur spontan reagieren, wenn du sie anbrüllst. Außerdem ist Ringo Kessler *wirklich* ein Knalli. Der fängt am Montag an zu lachen, wenn du ihm am Freitag einen Witz erzählt hast.«

Es war der kleinste Rummel, den ich je gesehen hatte. Ein Riesenrad, das der Ehrlichkeit halber das Wort *Riesen* aus seinem Namen streichen müsste, war schon fertig aufgebaut. Daneben stand eine winzige Autoscooterbahn und für die ganz Kleinen montierten sie gerade ein Karussell aus Elefanten, Pferden und Maikäfern zusammen. Fünf Buden komplettierten diesen Rummel.

Axel hatte Ann losgelassen und stand jetzt Hand in Hand mit Denise. Er bohrte in der Nase, und beide starrten fasziniert auf den blauen Elefanten, den ein junger Typ mit kurzem schwarzem Haar herbeischleppte und in die Bahn einpasste. Er trug ein lustiges kurzärmeliges Hemd mit schrägen blauen Streifen. Während er arbeitete, beantwortete er die Fragen der Kinder, die sich um ihn versammelt hatten. Sie schienen ihn nicht zu stören, er sah fröhlich und entspannt aus. Überhaupt wirkte die ganze Rummelcrew so. Cool. Ich drehte mich zu Lizzie und Ann um und Ann zwinkerte mir zu.

Lizzie schien nicht mehr ganz unter uns zu sein. Sie stand völlig in sich versunken da und starrte ebenfalls fasziniert auf den Elefanten. Das heißt, eigentlich starrte sie daneben: auf den schwarzhaarigen Typen.

⊙

Nach ein paar Minuten lösten sich die Zwerge aus unserer Mitte und begannen, auf dem Platz hin und her zu rennen, sich hinter den Buden zu verstecken und Fangen zu spielen. Sie standen den Aufbauern im Weg herum, aber da waren noch mehr Kinder, die genau dasselbe machten, und die Aufbauer lachten und schienen das gewohnt zu sein.

Lizzie lehnte im Schatten einer Bude, die morgen Zuckerwatte verkaufen würde, wie die glitzernden, flamingofarbenen Buchstaben verrieten. Der Typ war jetzt dabei, einen großen Maikäfer in das Kinderkarussell einzupassen. Dann sah er zu

Lizzie herüber, stockte, fuhr sich nervös durchs Haar, Lizzie schaute ebenfalls und die Luft schien plötzlich zu brutzeln.

»Oh, oh«, sagte Ann. »Ich höre Amors Pfeil heranschwirren.« Lizzie ging aber seltsamerweise nicht näher an das Karussell, sondern zog sich tiefer in den Schatten der Bude zurück. Der Junge machte weiter, sah aber immer wieder zu Lizzie hin.

Jemand stellte riesige Boxen auf, ein anderer schraubte Lautsprecher an die Buden und Karussells. Ein paar Jungs aus der Achten beschwerten sich, dass die Autoscooterbahn viel zu klein sei. Schließlich waren die Karussells fertig aufgebaut. Die Buden standen. Vor den Buden parkten Jeeps mit Anhängern und Männer mit Cowboyhüten schoben Kartons und Kisten über die Budentheken. In der Mitte des Sportplatzes wurde jetzt ein Pfahl errichtet, der höher als alles, höher sogar als das kleine Riesenrad war und von dem aus lauter lange Schnüre mit Hunderten Glühlampen in alle Richtungen gespannt wurden. Wenn man die alle anmachte, würde der Platz so aussehen, als hätte er ein Dach aus farbigem Licht. Erst jetzt merkte ich, dass die Dämmerung längst gekommen war.

»Es wäre echt cool, wenn sie die Beleuchtung oder die Musik testen würden!«

Und als hätte irgendwer mich gehört, passierte es.

Es klang, als würde jemand einen riesigen Schalter umlegen. Es knirschte, knarzte, rauschte in den Boxen und Lautsprechern, dann flammten alle Lichter auf, blau, rot, grün, gelb, und nicht nur die ganz kleinen Kinder schrien begeistert auf. Die Musik sprang an. SEPTEMBER brüllte *Cry for you* über den Platz in die Lichter und in die Dunkelheit dahinter, in die dichten Bäume, und ich fühlte, wie mir der Rhythmus direkt in die Füße schoss, meine Zehen zum Zucken brachte und die Mundwinkel anhob, und hatte doch zugleich ein unangenehmes Schule-Gefühl, so als würde DJane Cindy wieder auflegen. Das brachte mich zum Grinsen. Nie hätte ich gedacht, dass Musik mich mal an Schule denken lassen würde.

SEPTEMBER war jetzt beim ersten Refrain angekommen, die Lampen leuchteten, die Autoscooterbahn gab ein Heulen von sich, und ich fing gerade an, wie Ann und all die anderen um uns herum mitzubrüllen, *You never see me agaaaaaaaiiiin …*, als sich plötzlich das Licht veränderte, merkwürdig hell wurde und alle nach oben sahen, in diese bunten Lampen, die den ganzen Platz überstrahlten und heller wurden, immer heller, viel zu –

Dann gab es einen Knall, und SEPTEMBERS Stimme erstarb, als hätte jemand sie erschossen. Im selben Augenblick war es finster. Nicht einfach nur abenddunkel, wie sonst auch, nein, stockfinster – denn die Straßenlampen waren ebenfalls erloschen.

Einen – wie mir vorkam – unendlich langen Moment war es erschreckend still, so als hätten alle um uns herum den Atem angehalten. Und dann schrie ein kleines Mädchen: »Stromausfall! Es ist Stromausfall!« Es klang aber eher, als würde sie schreien: »Lauft! Lauft um euer Leben!«

Ich wollte gerade was Witziges zu Ann sagen, als ich das Getrappel hörte. Hektisches Getrappel von Füßen um uns herum. Taschenlampen und Handylichter wurden hastig angeschaltet. Und dann fingen die Waldburgener an, sich beim Namen zu rufen. Sie riefen ihre Familie zusammen, Geschwister und Freunde. Sie griffen sich fest an den Händen und rannten los. Um nicht zu sagen: Sie stoben davon. Es dauerte nur Sekunden. Dann war der Platz leer. Nur ein paar Fahrräder lagen noch da, wie ich im Schein meines Handylichts erkannte. Es war geradezu gespenstisch.

Außer der Rummelcrew und uns war niemand mehr da. Und da kroch auf einmal ein unangenehmes Gefühl in mir hoch. Im selben Moment klingelte ein Handy, und ich hörte, wie Ann antwortete: »Ja, ja, wir sind schon unterwegs. Nein, es fehlt keiner. Mach dir keine Sorgen! Wir sind in drei Minuten da.«

»Wo sind die Zwerge?«, fragte Lizzie. »Wir müssen nach Hause.«

»Aber …«, wollte ich protestieren.

»Sofort!«, sagte jetzt auch Ann, und ihr Tonfall duldete keinen Widerspruch. »Denise, Axel?«, rief sie. »Kommt zu mir! – Franka, leuchte mich an!« Ich richtete das Handylicht auf Anns Gesicht, und dann hörten wir, wie Denise und Axel aus dem Dunkel angetrippelt kamen. Eine kleine Hand griff nach meiner und hielt sich an mir fest, und ich brauchte das Licht nicht nach unten zu richten, um zu wissen, dass es Axel war.

»Okay«, sagte Lizzie. »Sind wir vollzählig?«

»Alle da«, sagte Ann. »Gebt mir eure Handys«, sagte sie zu Lizzie und mir. »Franka, du bist stärker als ich, du trägst Axel. Lizzie und ich werden uns abwechseln, Denise zu tragen. Ich leuchte uns erst mal den Weg. – Denise, pass auf, hab keine Angst, wir werden dich jetzt anfassen und hochheben, ja?«

Denise nickte.

»Sie können doch selber laufen«, wagte ich einzuwerfen. »Es sind doch keine Babys mehr.«

»Wir müssen so schnell wie möglich nach Hause!«, schnitt Lizzie mir das Wort ab.

»Was ist denn bloß mit euch los? Hier ist es doch viel interessanter!«

Ich hörte, wie die Aufbauer leise miteinander redeten. Ich schnappte das Wort »Stromüberlastung« auf und hatte absolut keine Lust, jetzt nach Hause zu gehen.

»Hast du Axel?«, wollte Lizzie wissen.

»Eye, eye, Käpt'n«, sagte ich und hob den kleinen Racker hoch, sodass er auf meiner Hüfte saß und sich an meinem Hals festhalten konnte.

»Dann los«, sagte Ann und stürmte davon. Die zwei zitternden Lichtkreise entfernten sich immer schneller.

Ich hatte nicht gewusst, dass wir rennen würden. Aber als auch Lizzie lospreschte, umfasste ich Axel fester, flüsterte ihm noch mal ins Ohr: »Halt dich gut fest, okay? Ich bin jetzt dein Rennpferd!«, und dann stürzte ich hinterher.

⊙

Mir war in Berlin nie so richtig aufgefallen, wie dunkel Dunkelheit eigentlich sein konnte. Es war so finster wie in einem Kino, wenn der Film gerissen war. Nein, sogar noch viel dunkler, denn im Kino gab es wenigstens noch das wabernde grüne Licht der Notlampen.

Hier gab es nichts. Nur die schwärzeste Schwärze. Ich musste aufpassen, dass ich nicht mit dem Fuß in einer dieser Wurzeln hängen blieb. Auch die Häuser waren alle finster. Nirgendwo eine Lampe, nicht mal das bläuliche Flimmern eines Fernsehers. Ich war mir nicht sicher, ob ich alleine in dieser Finsternis überhaupt bis zum *Haus Eulenruh* finden würde.

Es war etwas Seltsames an dieser Dunkelheit. Etwas, was mir ganz und gar nicht gefiel. Vielleicht war es diese eigenartige Stille. Das Einzige, was man hören konnte, waren unsere

Schritte und unser Atem. Und dennoch war da noch etwas. Es war ganz deutlich. Etwas, was noch viel dunkler war als die Finsternis.

Ich zog Axel dichter an mich heran und flüsterte: »Hab bloß keine Angst! Wir kommen schon gut zu Hause an«, und merkte im gleichen Moment zwei Dinge: dass ich *Haus Eulenruh* als *Zuhause* bezeichnet hatte. Und dass ich eigentlich nicht Axel beruhigen wollte, sondern mich.

Wir bogen vom Großen Streng in den Dreieulenweg ein. Als wir durch den riesigen Eisbecher hindurchrannten und auf unserem Grundstück waren, als ich hörte, wie Fussel neben uns hersprang und ich mich gerade beruhigen wollte, als wir durch das ganze Grün zur Haustür liefen, streifte mich auf einmal etwas am Arm, und ich machte einen Sprung zur Seite und stieß einen kleinen Schrei aus.

Und dann hetzte ich *richtig*.

Es war nur eins der Klettergewächse gewesen, sagte ich mir, nur eine Pflanze. Knöterich. Klematis. Und Wilder Wein. Sonst nichts. Sonst nichts!

Aber das stimmte nicht.

Wir standen japsend vor dem Haus und hämmerten gegen die Tür. Der Schlüssel drehte sich im Schloss und die Tür ging auf. Andreas Kämpf stand mit einem Kerzenleuchter in der Hand da und rief: »Gott sei Dank!«

Wir sagten nichts, stürmten nur ins Haus. Andreas Kämpf schlug die Tür zu und drehte den Schlüssel wieder herum. Als hätte er Angst.

Wir standen drin und keuchten. Ich presste Axel immer noch an mich. Ich starrte auf die geschlossene Tür.

Nicht etwas hatte mich da draußen gestreift. Sondern jemand. Jemand hatte gerade versucht, nach meinem Oberarm zu greifen.

⊙

Andreas Kämpf sah mit dem Kerzenleuchter in der Hand aus wie ein Schlossgeist. Wir gingen alle hinter ihm her in die Küche, wo Vera Kämpf schon mit Matthias bei Kerzenschein saß. Sie sah zu erleichtert aus dafür, dass doch nur ein lächerlicher Stromausfall passiert sein sollte. Sie ging uns alle mit den Augen ab, schien uns im Stillen zu zählen und einen Moment lang kam ich mir wirklich wie bei den sieben Geißlein vor. Da stockte Vera auf einmal und sagte in einem Tonfall, den ich nicht an ihr kannte: »Wo ist Ricardo?«

»Wo soll der schon sein«, maulte Matthias. Er legte seine Stirn auf den verschränkten Armen auf dem Tisch ab und sagte: »Der hängt in Wittenberg ab. Der wollte doch ins Kino …«

»Stand der VW draußen?«, fragte uns Vera Kämpf. Und da fiel mir auf, was es war: Ihre Stimme zitterte. Es war, als wollte sie dieses Zittern vor uns verbergen, aber es gelang nicht ganz.

»Es ist stockduster draußen«, sagte Lizzie. »Kann sein, dass der VW dastand, kann sein, dass nicht.«

»Soll ich noch mal nachschauen gehen?«, fragte Ann.

»Nein! – Es geht keiner mehr raus!«

Ich warf Ann einen fragenden Blick zu, aber die zuckte nur mit den Schultern. »Ich mache uns Kakao«, sagte Ann und wollte schon zum Herd gehen, da ließ Matthias verlauten: »Menno, es ist *Stromausfall*, du Nachtwächter, wie willst'n die Milch heiß kriegen?«

»Stimmt«, sagte Ann und blieb unschlüssig stehen.

»Kann mir mal irgendwer erklären, warum sich alle so aufregen?«, fragte ich. »Alle rennen wie die Angestochenen vom Rummel nach Hause. Es ist doch bloß ein Stromausfall! – Und gestern Mittag, als der Strom weg war, während wir unsere Fahrradtour gemacht haben, habt ihr auch alle so komisch geguckt. Ich kapier es nicht!«, sagte ich zu Ann und Lizzie. »Und du, warum hängst *du* wie 'n Schluck Wasser da?«, fragte ich Matthias.

»Ich war mit Selina schon fast im achten Level, Mann!«, brauste Matthias auf und starrte mich wütend an. »Du hast doch keine Ahnung. Wir arbeiten da schon seit Wochen dran und endlich sind wir durch sieben Levels durch. Das geht nur, wenn du keine Fehler machst, wenn du alles schaffst, ohne dass irgendwer dich anschießt oder dir dein GOLD klaut, und *endlich* stehen wir kurz davor, sozusagen nur noch einen *Sprung* entfernt, wir wollen gerade lospreschen und dann …« Er ließ seinen Kopf erschöpft zurück auf die Unterarme sinken, »… dann fällt dieser beschissene Strom aus … Ich hasse es so … ich hasse dieses ganze beschissene Dorf …«

Axel ließ meine Hand los und trippelte jetzt zu Matthias. Er zog an seinem Ärmel. Er zog so lange, bis Matthias ihn anguckte. Dann streckte Axel die Hände aus und gab Matthias auf diese Weise zu verstehen, dass er hoch wollte. Und Matthias war nicht genervt, sondern griff nach dem Zwerg und setzte ihn sich auf den Schoß, wo dieser seinen Hals umfasste, als wollte er Matthias trösten. Als ich das sah, empfand ich fast so etwas wie Zuneigung zu Matthias.

»Ich meine, warum fällt hier ständig der Strom aus?«, fragte er. »Das ist doch tiefstes Mittelalter!«

»Wahrscheinlich war's eine Stromüberlastung«, sagte ich.

»Genau in dem Moment, als der Rummel die Lichter und die Karussells angeschaltet hat, ist der Strom ausgefallen.«

»Lizzie und Matthias – könntet ihr die Zwerge ins Bett bringen? Es ist schon nach neun. Und Ann, hilfst du mir Käsestangen machen, ja? Dann werden wir Franka alles über die Stromausfälle erzählen.«

⊙

Wir saßen um den großen runden Küchentisch, Matthias stopfte sich eine Käsestange nach der anderen in den Mund. Ich saß gespannt da.

»Was ist mit Ricardo?«, fragte Lizzie. »Hat irgendwer ihn angerufen? Der kommt vielleicht jeden Moment zurück. Und er weiß nicht, dass Stromausfall ist ...«

»Ich hab ihn angerufen«, sagte Andreas Kämpf. »Aber es ging nur die Mailbox ran. Er sitzt offenbar im Kino«, sagte er. »Der Strom ist sicher längst wieder da, wenn er zurückkommt«, sagte er zu Vera Kämpf. Die nickte, aber ich sah, wie sie die ganze Zeit nervös ihre Hände knetete.

»Also«, fing sie an. »Lizzie, Ann, Ricardo und Matthias wissen ja schon Bescheid, aber du noch nicht, Franka. – Und ich wollte nicht, dass die Zwerge mithören. Die kriegen sonst noch mehr Angst.«

Ich machte mich innerlich langsam auf ein Riesending gefasst, aber dann sagte Vera Kämpf nur drei Sätze: »Es ist einfach so: Bei Stromausfall sind hier schon einige ... Zwischenfälle passiert. Einmal ist wohl einer ausgerastet. Im Dunkeln.«

»Nicht nur *ein Mal*«, sagte Ann.

»Wie – *ausgerastet*?«, fragte ich.

»Ja, Ann hat recht, nicht nur ein Mal«, sagte Vera Kämpf und sah dann Hilfe suchend zu Andreas Kämpf.

»Das Problem ist einfach …«, übernahm Andreas Kämpf jetzt das Gespräch, während Vera ihre Hände ineinanderlegte und versuchte, sie ruhig zu halten, »… das Problem ist einfach, dass er nie geschnappt wurde.«

»Aber wenn das stimmt«, rief ich, »warum sagt ihr mir das erst jetzt?« Ich war echt sauer. »Wo ich doch immer abends hinterm Schuppen an meinem Rad rumbastle! Wenn hier irgendein Idiot rumschleicht, dann könnte der doch jederzeit hinter den Büschen vorspringen. – Und was ist, wenn wir im Winter nachmittags von der Schule kommen? Da ist es schon um vier stockdunkel, und …«

»Ja, das haben wir am Anfang auch gedacht …«, sagte Lizzie, »… aber es passiert nichts bei *normaler* Dunkelheit. Nur bei Stromausfall.«

»Es ist zwar offenbar schon länger nichts mehr passiert, aber das heißt ja nicht, dass das so bleibt«, sagte Ann jetzt.

Und da merkte ich, wie mir ein Schauer über den Rücken lief. Ich erinnerte mich an die Hand auf meinem Arm. Draußen, zwischen all dem grünen Kletterzeug. Draußen, vorm Haus.

⊙

Ich ging noch mit zu Lizzie und Ann. Lizzie zündete Kerzen an und das rötliche Licht zitterte und warf bewegliche Schatten an die Wände.

»Was soll das heißen: *Zwischenfälle*?«, fragte ich. »Ist jemand abgemurkst worden? Rennt hier etwa ein Psychopath rum?«

»Es ist mal einer erschlagen worden während eines Stromausfalls. Deshalb haben die jetzt alle so einen mörderischen Schiss. Aber wer es war und warum, wissen wir nicht.«

»Jetzt erzählt doch keinen Scheiß! Erst die Sache mit dem Zaun um Unland herum, von dem ihr mir nichts sagt, bis ich fast am Stromschlag sterbe, dann die Sache mit den Zwergen, die man besonders behandeln muss, und jetzt schon wieder was! Ständig verschweigt ihr mir etwas!«

»Hör zu«, sagte Ann. »Du bist gerade mal vierzehn Tage da! Wir haben dir nicht gleich alles erzählt, weil du dich erst mal ein bisschen eingewöhnen solltest, ohne dass du gleich von allem Möglichen erschlagen wirst. Okay, jetzt finde ich es auch scheiße, dass wir's nicht eher gesagt haben, aber es war nicht hinterhältig gemeint gewesen.«

»Jetzt weißt du genauso viel oder so wenig wie wir, Franka, und das stimmt«, sagte Lizzie sanft.

»Aber warum versucht ihr dann nicht, mehr herauszukriegen? Ich kapiere das nicht.«

»Denkst du, das haben wir nicht?«, sagte Lizzie. »Aber die Leute hier *wissen* einfach nichts darüber.«

Ich sah mich in Lizzies und Anns Zimmer um, der zweigeteilten Welt. Lizzie lachte, als sie meinen Blick sah. »Wir sind wie Schichtnutella«, sagte sie. »Ann ist die weiße Schicht, ich bin Nougat. Zusammen sind wir unübertrefflich.«

»Nutella hab ich noch nicht angeschrieben«, überlegte Ann laut, ging zu ihrem Schreibtisch und machte eine Notiz. Mein Blick streifte die Zettel. Irgendwas war an den Notizen, irgendwas machte mich stutzig, und ich wollte hingehen, wollte gucken, was es war, da sagte Lizzie zu mir: »Letztens, als das mit Denise passiert ist, da hat Vera gesagt, du hast einen Bruder. Wo ist der?«

Noch bevor ich einschnappen konnte, war die Antwort schon draußen: »Da, wo auch eure Mutter ist.«

»Oh …«, sagte Lizzie. »Scheiße.« Dann sagte sie nichts mehr, setzte sich aber in ihren Sessel und sah mich an. Ann kam vom Schreibtisch zurück und setzte sich auf die Armlehne. Zögernd ließ ich mich aufs Sofa herab und versank sofort in etwa zwanzig kleinen Samtkissen. Nach einer Weile sagte ich leise: »Vermisst ihr eure Eltern?«

»Nein«, sagten sie beide gleichzeitig.

Nein? Es klang nur im ersten Moment komisch, dann erinnerte ich mich, dass ich meine Eltern auch nicht vermisste.

»Weißt du, warum wir aus Berlin wegwollten? Zu viele Leute wussten, wer wir waren und was passiert war«, sagte Ann. »*Entweder* haben sie uns angeguckt wie zwei Pulverfässer, die jeden Moment in die Luft gehen könnten. So als bräuchten sie einen großen Sicherheitsabstand, weil wir ihnen einfach so an die Gurgel springen könnten. Schließlich waren wir die Kinder eines Mörders. In unseren Adern fließt Mörderblut …«

»*Oder* …«, fuhr Lizzie fort, »sie sind vor Mitleid schier übergeflossen. Und nach einer Weile haben sie immer angefangen, uns komisch zu behandeln, wurden wütend und so. Sie haben uns übel genommen, dass wir nicht ständig traurig waren.«

»Oder dass wir nicht ausgerastet sind«, sagte Ann.

»Gibt's irgendwas, was ihr euch wünscht?«, fragte ich.

»Ich würde mich gern an ein paar mehr Sachen von früher erinnern«, sagte Lizzie.

Ich würde gern vergessen, dachte ich.

Ann ging zum Fenster und machte es weit auf. Wir stellten uns neben sie und starrten in den von Dunkelheit überschwemmten Garten. Die Grillen machten diese Zirpgeräusche. Von weit entfernt hörte man wütendes Hundegebell. Dann raschelte es in den Büschen unten. »Was ist das?«, flüsterte ich.

»Wahrscheinlich Katzen«, flüsterte Lizzie zurück, und wie auf Kommando fingen tatsächlich zwei Katzen an zu schreien und zu fauchen und stoben auseinander. Dann bellte Fussel. Ann machte das Fenster zu.

»Es klingt vielleicht komisch«, sagte ich, »aber als wir vom Rummel nach Hause gerannt sind, hatte ich auf einmal so ein Gefühl ...«

Ann und Lizzie sahen mich an.

»Habt ihr es denn nicht gemerkt?«, fragte ich.

»Was?«, fragte Ann.

»Als ob wir nicht allein wären. Als wäre da noch jemand. Jemand, der auf uns gewartet hat. Es war ... es war ... total unheimlich.«

»Hör auf, du machst mir Angst!«, sagte Lizzie.

»Das Merkwürdige daran war, dass Fussel nicht gebellt hat«, sagte ich.

⊙

Als ich in meinem Zimmer war, ließ ich die Tür weit auf, weil ich Ricardo kommen hören wollte. Ich wollte auf keinen Fall einschlafen, aber ich musste doch weggenickt sein, denn ich schreckte von plötzlicher Helligkeit hoch. Mein Deckenlicht war an.

Es dauerte eine Weile, bis ich begriff. Ich hatte, als ich ins Bett gegangen war, auf den Schalter gedrückt, und es war natürlich dunkel geblieben. Ich hatte vergessen, den Schalter wieder auszudrücken, und jetzt war der Strom wieder da!

Ich schlüpfte aus dem Bett, verließ mein Zimmer, tappte den Korridor entlang und die Treppe hinunter. Ich blieb vor Ricardos Zimmer stehen. Durch den Türspalt sickerte ein dünnes Licht. Ich klopfte leise.

Als keine Antwort kam, schob ich vorsichtig die Tür auf.

»Ricardo?«, flüsterte ich.

Auf dem Schreibtisch stand eine Lampe, die aussah wie ein leuchtender Stein. Ricardo saß im Sessel am Fenster.

»Mann, bin ich froh, dass du …«, sagte ich und ging ins Zimmer. Und erst in diesem Moment merkte ich, was für eine wahnsinnige Angst ich gehabt hatte. »… dass du wieder da bist.«

Er saß nur da. Er rauchte nicht, er hatte kein Buch in der Hand, keine Zeitschrift. Er saß einfach nur da, die Hände auf die Armlehnen des Sessels gelegt. Er starrte vor sich hin und sein Kopf lag im Schatten. Dann drehte er sich zu mir, und sein Gesicht geriet in den Lichtradius der Lampe. Alles, was im Dunkeln verborgen gewesen war, wurde hell. Hart ausgeleuchtet. Seine Wut.

»Was willst du?«, zischte er. »Eben Vera, jetzt auch noch du. Könnt ihr mich nicht einfach mal in Ruhe lassen? Ich brauch kein verdammtes Kindermädchen. Ich bin achtzehn, und es ist ganz allein meine Sache, wann ich nach Hause komme!« Er sprach ganz leise, aber jedes Wort fühlte sich an, als würde er schreien.

Ich konnte nicht reagieren, und er sagte: »Bist du immer noch da? – Hau ab, Mensch! Los, raus hier!«

»Entschuldige, Ricardo«, murmelte ich und ging rückwärts. »Ich wollte dich nicht stören.«

»Halt die Fresse und mach jetzt endlich die verdammte Tür zu!«

Ich tappte zurück zur Treppe, mein Mund war trocken. Staub-trocken.

Als ich die Treppen hochstieg, merkte ich, dass ich mir ge-rade die Innenseiten meiner Wangen aufbiss. Die Gegen-schmerz-Methode. Ich hörte sofort auf damit.

Die Gegenschmerz-Methode hatte ich als Kind erfunden: Wenn einem jemand eine gescheuert hatte, musste man sich in die Wangen beißen. Richtig fest. Bis es blutete. Dadurch hörte der Schmerz im Gesicht zwar nicht auf, aber wenn der Schmerz im Mund unerträglich wurde, konnte man den ersten darüber vergessen.

In meinem Zimmer ließ ich mich aufs Bett fallen. Mein Herz raste. Ich erinnerte mich. Ich erinnerte mich an etwas, an das ich nicht mehr denken wollte!

Das Ding aus meiner Kindheit.

Noch Jahre später, noch im Heim hatte ich Albträume des-wegen, aus denen ich schwitzend aufwachte und nach Luft schnappte. Meine Mutter konnte sich verwandeln. Es war gräss-lich und immer unvorhersehbar. Ich hatte mir vorgestellt, dass in solchen Momenten ein *Ding* in sie reinschlüpfte. Mit schar-fen Zähnen. Das fraß meine Mutter von innen auf, und wenn es zuschnappte, dann schrie sie. Ich hatte mir vorgestellt, dass es dieses *Ding* war, was mich gegen die Wand schleuderte. Was mir mit der Kelle auf den Kopf schlug, bis der Griff abgebro-chen war. Und dann … dann war dieser Tag gekommen. Dieser schreckliche Tag, an dem Jakob pausenlos geweint hatte. Stun-denlang. Meine Mutter hatte ihn aus dem Bett gehoben. Aber nicht, um ihn zu trösten. Nicht, um ihn zu trösten … Meine

Mutter war es nicht gewesen! Es war *das Ding*. Ich hatte in der Ecke gehockt und mich nicht bewegt. Ich hatte auf Jakob gestarrt. Er lag auf dem Boden. Er hatte nicht mehr geweint.

Die Nacht lief in den Ecken des Zimmers zusammen. Draußen schrien irgendwelche Tiere. Schreie, die fremd und unheimlich und nicht nach Vögeln klangen, sondern nach etwas, was Zähne hatte. Ich ging ans Fenster, hob das Fliegengitter heraus und dann sah ich in die Nacht.

Wenn es einen Mond gegeben hätte in dieser Nacht, wenn der Himmel nicht völlig bedeckt gewesen wäre, wäre es mir vielleicht gar nicht aufgefallen. Aber es war finster. Finster wie in einem Fass Teer. Und nur deshalb konnte ich sie auf einmal sehen: Glühwürmchen.

Ich griff mit einer Hand vorsichtig nach der Schublade, zog sie auf und holte das Fernglas heraus. Warum ich so vorsichtig war, weiß ich nicht. Ganz langsam hob ich das Fernglas an die Augen und sah hindurch.

Es waren keine Glühwürmchen. Es waren Lichter. Lichter in Unland. Sie bewegten sich zwischen den Mauern. Und plötzlich erloschen sie. Ich starrte durch das Fernglas in die tiefe Schwärze, aber nichts passierte mehr. Die Lichter waren fort, als hätte es sie nie gegeben.

11. Kapitel

DER VERDACHT

Am nächsten Morgen war alles wie immer: Ricardo war schon zur Arbeit gefahren, Lizzie, Ann und ich aßen Cornflakes. Matthias schlug sich vier Eier in die Pfanne, rührte, salzte, pfefferte und aß sie dann gleich stehend direkt aus der Pfanne. Er musste Unmengen Öl reingeschüttet haben, denn es roch wie in einer Pommesbude, und das Fett tropfte auf sein T-Shirt und den Boden. Ich hatte noch nie jemanden so essen sehen wie Matthias. So gierig. Er kümmerte sich nicht um uns, er war ganz mit der Pfanne beschäftigt. Die Gabel kratzte über den Boden.

Lizzie sah auf. »Danke, dass du gefragt hast, ob wir auch was möchten«, sagte sie. Matthias reagierte nicht, sondern stopfte nur das Ei in sich hinein. »Mann, kannst du dich nicht wenigstens hinsetzen, das nervt echt. Außerdem hab *ich* diese Woche Küchendienst, und ich hab keinen Bock, ständig deine ganzen Ölkatastrophen wegzumachen. Hier!« Sie griff nach einer Küchenrolle und warf sie zu Matthias, der sie auffing, dabei aber die Gabel samt Inhalt auf dem Boden verlor. »Du bist echt wie 'n Öltanker mit Loch. Man kann deine Spur durchs ganze Haus verfolgen. Und du merkst das nicht mal ...«

»Du gehst mir auf'n Sack mit deinem Putzfimmel«, sagte er, schluckte und kaute, stellte dann aber die Pfanne weg und wischte auf dem Boden rum.

»Gehen wir heute nach der Schule auf den Rummel?«, fragte Lizzie. »Logo«, sagte Ann.

⊙

Auf dem Weg zur Schule kamen wir an den Gärten vorbei, und – da waren Leute draußen! Das erste Mal, seit ich hier war, sah ich Menschen in den Gärten.

»Guten Morgen!«, riefen Lizzie und Ann jedes Mal, wenn wir wieder an jemandem vorbeikamen, der dann aufsah und angespannt zurückgrüßte. Und nach dem dritten Hof sagte Ann irritiert: »Mensch, was ist denn los, ist heut *Tag des Gartens* oder was?«

»Keine Ahnung«, sagte Lizzie. »Aber die sehen irgendwie aufgeregt aus.«

Im vierten Garten stand ein Mann in Jeans und Unterhemd. Er telefonierte und schien sich bei dem anderen zu beschweren. Von drinnen war lautes Kinderheulen zu hören: »Muuucki! Ich will meinen Mucki wiederhaben. Mu-hu-hu-cki …«

Lizzie tippte mich leicht an. »Jetzt mach *du* mal«, sagte sie. Der Mann hatte sein Telefonat beendet und sah uns irgendwie lauernd entgegen.

»*Was* soll ich machen?«, fragte ich.

»Grüßen.«

»Ich kenn den doch überhaupt nicht!«, protestierte ich.

»Das spielt keine Rolle. Es ist eine Art geheimes Gesetz«, sagte Ann.

Als wir am Zaun vorbeigingen, gab Lizzie mir einen Stups. »Jetzt mach schon!«

Der Mann mit dem empörten Gesicht sah mir direkt in die Augen. Er machte keine Anstalten, selber zu grüßen.

»Moin«, nuschelte ich, als wir auf gleicher Höhe waren.

»Mmm …«, kam es zurück.

»He, gut gemacht!«, sagte Ann, als wir vorüber waren, und schlug mir anerkennend auf die Schulter.

»Was soll der Scheiß?« Ich fühlte mich verarscht und schüttelte die Hand ab.

»Wenn du nicht von vornherein hier rausfliegen willst, musst du Grüßen lernen. Das ist das A und O.«

»Und wieso hat der das dann nicht gemacht?«

»Weil *du* grüßen musst. Es gibt da empfindliche Regeln«, erklärte Lizzie. »Erstens: Es grüßt immer der zuerst, der an einem Garten oder Haus vorbeikommt. Nie der andere. Zweitens: Wenn man sich auf der Straße begegnet, grüßt immer der Jüngere zuerst.«

»Und was soll das Ganze?«

»Wenn du es nicht machst, schaufelst du dir dein eigenes Grab«, sagte Ann. »Als wir hier angekommen sind, kannte keiner von uns die Regeln. Und dann hab ich einmal, als ich hinten beim Shampooregal in *Maren's Minimarkt* stand, zufällig mitgehört, wie jemand an der Kasse über Vera schimpfte.« Ann sah in die Luft, verdrehte die Augen und ahmte die Stimme nach. Eine Stimme, die erstaunliche Ähnlichkeit mit einer Sirene bei Großbrand hatte: »*So eine eingebildete Schnepfe! Ein richtig feines Stadt-Schnittchen ist das, und nicht nur sie, die ganze Bande, arrogant und uuuuunverschämt …* – Und das nur, weil wir nicht gegrüßt haben, wenn wir durchs Dorf gegangen sind! –

Ich glaube, da hab ich das erste Mal kapiert, dass die uns nicht etwa ignorieren, wie ich immer gedacht hatte, sondern dass die alles ganz genau beobachten.«

»Das ist nicht die einzige Regel«, sagte Lizzie. »Es gibt einen ganzen Haufen.«

In der Zwischenzeit waren wir schon auf der Sandstraße, und wir redeten immer lauter, weil uns lautstark Musik entgegenschallte.

»He, das ist Sido!«, sagte ich. »Cool!«

»Du magst Rap?«, rief Ann.

Beweg deinen Arsch!

»Klar!«, brüllte ich.

»Dann kannste dich ja mit Ricardo zusammenschmeißen!«, rief Lizzie.

Als Ricardos Name fiel, erinnerte ich mich wieder an die letzte Nacht. Wie sauer er gewesen war. Wie er mich angeätzt hatte. Aber ich ließ mir nichts anmerken und sang stattdessen mit Kitty Kat mit.

Reiß dich zusammen, Schwester … sei nicht voll Hass … heut wird dein Tag … steh einfach auf und … beweg deinen Arsch!

Wir kamen auf dem Schulhof an.

Beweg deinen Arsch!, brüllte Sido enthusiastisch, aber niemand bewegte seinen Arsch. Dabei liefen sonst alle durcheinander. Sie standen wie zusammengeklebt in großen Gruppen und steckten die Köpfe zusammen. Irgendwas lag in der Luft.

»Wir sehen uns in der großen Pause«, schrie Lizzie.

Beweg deinen Arsch!, schrie Sido.

Dann klingelte es.

⊙

Als ich in den Raum kam, war Frau Eider noch nicht da. Alle redeten durcheinander und waren irgendwie total aufgedreht. Ich ging an meinen Platz. Jenny schrieb gerade eine SMS.

»Was is'n eigentlich los?«, fragte ich. »Warum benehmen sich alle wie im Nervenkrimi?«

Jenny schickte erst die SMS ab, dann sah sie unwillig hoch und fragte nur kurz angebunden: »Habt ihr Hasen?«

»*Hasen?* Wie kommst'n darauf ...«

»Waaaaar ja klar«, sagte sie nur. Ihre Stimme klang dabei, als würde sie sich langsam von irgendwo herunterlassen. Und dann piepte ihr Telefon. Jenny überflog schnell die SMS, sprang auf und rannte nach hinten in die Ecke, wo Annika, Janina und Holle standen. Sie kreischte dabei: »Bei Hellmanns auch! Selbst die zwei Alten!«

Offenbar war wirklich etwas Besonderes passiert, etwas, von dem alle wussten. Nur bis zu uns im Eulenhaus war die Neuigkeit nicht durchgedrungen. Valerie war noch nicht da. Und weil ich nicht wusste, wen ich sonst fragen könnte, und keine Lust auf eine weitere Abfuhr hatte, packte ich einfach mein Zeug aus und tat so, als würde mich das ganze Gequatsche überhaupt nicht interessieren.

Ich kramte gerade in meinem Rucksack nach einem Kaugummi, da kam endlich Valerie. Sie stellte ihren Rucksack ab, und ich sprintete sofort zu ihr, doch noch bevor ich etwas fragen konnte, fragte sie.

»Habt *ihr* hinten im Dreieulenweg irgendwas gesehen?«

»Ehrlich gesagt«, sagte ich, »weiß ich nicht mal, was los ist.«

»Diebstahl«, sagte Valerie. »Gestern Abend. Während des Stromausfalls. Jemand hat eine Menge Hasen- und Kaninchenställe geplündert.«

»Ach.« Mir fiel nichts zu sagen ein. Ich wusste nicht mal, was der Unterschied zwischen Hasen und Kaninchen war. »Was will denn jemand mit *Hasen*?«

»Na ja, zum Kuscheln hat der die nicht geklaut. Aber woher sollst du's auch wissen, du bist ja aus der Großstadt. Frische Schlachtekaninchen sind nicht gerade billig. Wer auch immer die Tiere gestohlen hat, wird sie jetzt für gutes Geld verscherbeln.«

»Schlachtekaninchen.« Mir wurde ein bisschen übel.

»Ja«, sagte Valerie. »Aber der finanzielle Schaden ist nicht mal das Wichtigste. Für die meisten hier sind die Kaninchen mehr als bloß ein Nebenverdienst. Da steckt Herzblut drin. – Mein Vater zum Beispiel ist total mit den Nerven runter. Wir hatten zehn Rote Neuseeländer, die hat er sogar auf Ausstellungen präsentiert.«

»Rote Neuseeländer sind … Kaninchen?«

»Es ist eine ganz besondere Züchtung. Sie sind rot. Und ein bisschen gelb. Total auffällig. Und sie sind ziemlich groß. Fünf Kilo, fast schon Riesenkaninchen. Da ist ordentlich was dran.«

»Aber wer macht denn …«, setzte ich zu einer Frage an.

Da wurde die Tür aufgerissen und Kolb kam herein.

»Auf eure Plätze!«, rief er, und alle verdrückten sich. »Ruhe«, sagte Kolb mit Grabesstimme. »Frau Eider hat eine Sommergrippe. Ich werde heute den Unterricht übernehmen!«

Bei mir fiel innerlich gleich der Deckel zu und ich sackte auf meinem Stuhl in mich zusammen.

»Was nehmt ihr gerade für ein Thema durch?«, fragte Kolb.

Jenny meldete sich. Ich begann, meinen Handknöchel mit Kuli zu bemalen. Ich malte eine Eule um den Knöchel herum.

»Wir haben letzte Stunde angefangen, über Normalität und

Andersartigkeit zu sprechen«, sagte Jenny mit so einer nervigen Streberstimme. Ich fing an, die Flügel der Eule auszumalen.

⊙

»Normalität. Ein wichtiges Thema«, sagte Kolb. »Sehr wichtig. Das Normale ist die Basis für jede Ordnung.« Er ging jetzt vor der Tafel auf und ab, dann blieb er stehen und sah aus dem Fenster. Ich schaute mich vorsichtig um. Keiner achtete auf Kolb. Holle riss sich sonnenverbrannte Hautfetzen vom Unterarm. Janina feilte ihre Nägel. Nur Valerie sah aufmerksam nach vorn.

»Die Normalität«, fuhr Kolb fort, »hat Grenzen. Ohne diese Grenzen gäbe es kein geordnetes Leben. Jeder würde machen, was er will. Diese Grenzen heißen Gesetze. Alles, was über die Grenzen geht, nennt man andersartig.«

Ein Finger schnippte.

»Ja, Valerie.«

»Wäre das Andersartige dann ungesetzlich?«

»In gewissem Sinne, Valerie. In gewissem Sinne.« Kolb war stehen geblieben und sagte dann: »Natürlich nicht *illegal*, jedenfalls nicht immer. Aber es bedroht die Ordnung.«

»Und Ordnung geht vom Normalen aus?«, fragte Valerie.

»Ja. Die Normalität sichert die Gemeinschaft.«

»Wer legt denn fest, was normal ist?«

»Die Gemeinschaft.«

»Wenn das so wäre, dann dürfte die Gemeinschaft nur aus Normalen bestehen.«

»Valerie«, sagte Kolb jetzt und sah aus dem Fenster dabei. »Ihr seid noch zu jung. Habt kaum Lebenserfahrung.«

Ich sah, wie Valerie die Lippen zusammenpresste. »Beginnt das Leben erst, wenn man dreißig ist?«, fragte sie. »Gehört die Jugend nicht auch zum Leben?«

»Genau so was meine ich«, sagte Kolb. »Das ist undurchdachte Argumentation. Reine Provokation.«

Ich sah mich um, ob nicht mal irgendjemand was sagen würde. Aber alle hatten auf Stand-by-Modus geschaltet.

»Es ist keine Provokation, es sind Ideen, Herr Kolb.«

»Ideen kann man nicht essen.«

Da stand ich auf.

»Herr Kolb«, sagte ich.

»Setz dich, Franka«, sagte Kolb.

»Ich würde gern etwas sagen«, sagte ich und blieb stehen. »Eigentlich zeigen. Dafür müsste ich an die Tafel.«

»Da bin ich aber gespannt«, sagte Kolb und machte eine einladende Bewegung nach vorn. Zur Tafel.

⊙

Als ich vorn stand, war es totenstill. Kolb hatte sich auf meinen Platz neben Jenny gesetzt. Dort lagen auch meine Notizen. Scheiße. Ich konnte jetzt auf keinen Fall zurück. Damit wäre dieser Augenblick der absoluten Aufmerksamkeit total versaut. Ich drehte mich zur Tafel, schnappte mir ein Stück Kreide und malte das, was Holle letztens erst von dieser Tafel weggewischt hatte.

Ein paar wurden unruhig, und Tommy brüllte von hinten: »Mann, falsches Fach, Mutanta! Mach ma'n Kopf auf. Wir haben Ethik, nicht Mathe!«

Ich ließ mich nicht aus dem Konzept bringen, legte die Kreide weg, wischte mir die Hände ab und sagte: »Stimmt, das ist die Gauß'sche Kurve. Wenn du dich erinnerst, nennt man die auch die *Normal*verteilung! Wenn wir über Normalität reden, ist es nicht abwegig, über Normalverteilung zu reden, oder? – Man

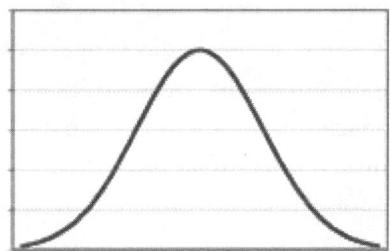

kann zwei Dinge nämlich miteinander verknüpfen, du Wurst«, sagte ich in Richtung Tommy. »Zum Beispiel Ethik und Mathematik.«

Es raschelte und flüsterte. Ich sah zu Valerie. Sie sah mich mit derselben Wachheit an, mit der sie vorher Kolb angesehen hatte. Sie wirkte so aufmerksam, dass sie regelrecht zu vibrieren schien. Ich hielt mich an diesem Gesicht fest. »Oder auch drei Dinge, nämlich Ethik, Mathematik und … sagen wir … Forstwirtschaft …«

Jemand machte einen Eulenruf nach. Ich achtete gar nicht darauf.

»Ein Wald ist nämlich erstaunlicherweise ganz genauso aufgebaut«, fuhr ich fort. »Ich meine, genau wie die Gauß'sche Kurve: In der Mitte wachsen die hohen, geraden Bäume. Je mehr wir an die Ränder kommen, umso kleiner und windzerzauster werden sie, bis sie zu Büschen werden und die Büsche zu Farnen.«

Und dann hörte ich Bosen erzählen. Bosen, der mir all dies gestern erklärt hatte.

»Es ist ja auch logisch«, sagte ich und spürte, wie ich auf einmal ruhig wurde. Ich sah immer noch Valerie an. Kolb und das ganze Fratzengewitter vor mir machte mir nichts mehr aus. Ich hörte Bosen, der sagte, der Wald wäre eine WG, und ich hörte Frau Eider, wie sie sagte, ich solle die Dinge verknüpfen, und beide redeten gemeinsam in meinem Kopf, als wären sie ein Paar, und da drehte ich mich zur Tafel und malte Pfeile, die von rechts und links auf die Kurve zuschossen.

»Von dieser Richtung, *vom Rand aus*, kommen der Wind, der Sturm, die Kälte, die Hitze«, sagte ich. »All diese Gefahren muss der Wald aushalten. Und die Bäume und Sträucher am Rand sind sozusagen der *Schutzwall*.« Ich machte eine kurze Pause, hörte wieder Bosen in meinem Innern und sagte: »Der Wald ist ein bisschen wie eine WG. Total verschiedene Gewächse leben zusammen. Und die am Rand wachsen, kriegen die ganzen Gefahren ab. Deshalb sind sie krummer und kleiner, schützen aber die, die in der Mitte wachsen. Bei den Menschen ist es ähnlich. Der Wald ist eine Lebensgemeinschaft aus Bäumen. Waldburgen ist eine Lebensgemeinschaft aus Menschen. Sie sind nicht alle gleich. Es wäre *unnormal*, wenn alle gleich wären. All die anderen, die Dicken, die Behinderten, die Freaks, die Superhirne, die Schwulen, die, die eben aus der Reihe tanzen, sind *normal*, weil sie zur Kurve dazugehören. Sie sind … diese Ränder hier«, sagte ich und tippte auf die flachen Seiten der Kurve. »Wenn sie wegfallen würden, wenn man sie *beseitigen* würde, dann würde zum Beispiel ein Wald so aussehen.« Ich zog zwei senkrechte Striche und schnitt die Ränder der Kurve ab, sodass nur noch die Kurvenspitze übrig blieb. »Wir hätten dann bloß noch die höchsten Bäume.« Ich drehte mich wieder zur Klasse. Komischerweise war es jetzt sehr ruhig im Raum. Sogar Kolb saß vornübergebeugt auf meinem Platz, das Kinn in die Hand gestützt. Kim und Tanja, die Goths, saßen da wie immer: in sich zusammengesunken wie schlafende schwarze Schwäne. Aber ihre stark geschminkten Augen waren wach und sahen mich aufmerksam wie aus schwarzen Fensterrahmen an.

»Aber was würde dann passieren?«, fuhr ich fort. »Die Kälte und der Sturm würden jetzt, ohne von irgendwas aufgehalten zu werden, *direkt* die hohen, schlanken Stämme angreifen.« Ich schwieg.

»Wenn die am Rand nicht wären«, sagte Valerie plötzlich in das Schweigen, »würden die ›normalen‹ Bäume also die volle Breitseite abkriegen und vielleicht einfach umknicken?«

»Ja«, sagte ich. »In falsch aufgeforsteten Wäldern passiert das sogar. In Wäldern, die nur aus einer Sorte Bäume bestehen, zum Beispiel nur aus Kiefern. Das Problem daran ist, dass jede Baumsorte ihre eigene Schwingungsfrequenz hat. Manche Sorten schwingen stärker hin und her, andere weniger. Wenn ein Wald viele *verschiedene* Bäume hat, kommen die sich beim Schwingen zwar immer so ein bisschen ins Gehege, aber sobald ein Sturm aufkommt, ist es gut, wenn alles unterschiedlich schwingt. Dann wird die Spannung nicht so hoch. Wenn ein Sturm in einen Wald reinprescht, der nur aus gleichen Bäumen besteht, dann schwingen alle Bäume gleich. Die Spannung wird extrem hoch und der *ganze* Wald bricht in einem bestimmten Moment. – So was passiert immer wieder.«

»Je mehr *verschiedene* Bäume in einem Wald wachsen, umso kräftiger und gesünder ist er also«, sagte Kolb.

»Ganz genau«, sagte ich begeistert.

»Gut, du kannst dich wieder setzen«, sagte Kolb und stand auf. »Bis zum Klingeln beschäftigt ihr euch mit Aufgabe 3 auf Seite 21.«

⊙

Als ich auf dem Schulhof nach Ann und Lizzie Ausschau hielt, stand Valerie plötzlich neben mir. Ich sah die Zwillinge auf dem Springbrunnenrand sitzen, winkte und wir gingen gemeinsam zu ihnen hin.

»Das war echt cool«, sagte Valerie. »Vielleicht haben wenigstens ein paar mal was kapiert. – Schade, dass Frau Eider nicht dabei war. Sie wäre jetzt voll happy, wirklich.«

Silbermond sang *Irgendwas bleibt*, und man konnte sich sogar mal unterhalten, ohne sich die Lunge aus dem Hals zu schreien.

Sag mir, dass dieser Ort hier sicher ist, klang es zärtlich über den Schulhof.

»Wer ist happy?«, fragte Lizzie.

»Frau Eider. Wegen Frankas Vortrag. Über die Gauß'sche Kurve und den Wald. Und über Lesben und Schwule.«

»Echt?«, fragte Ann und sah mich an.

Gib mir 'n kleines bisschen Sicherheit.

»Ehrlich gesagt«, druckste ich herum, »ich weiß, dass irgendwie alle hier denken, ich wäre … und ich seh vielleicht auch nicht so … na ja … *weiblich* aus, aber ich … ich bin nicht lesbisch. Echt nicht.«

»Na und, das ist doch egal«, sagte Valerie fröhlich. »Das ändert doch nichts an dem Vortrag. Der war super. Und vielleicht ist ja jemand anderes hier an der Schule lesbisch oder schwul.«

250

»Wer denn?«, fragte Lizzie interessiert.

»Woher soll ich das denn wissen?«, sagte Valerie und lachte. »Aber könnte doch sein, oder?« Ann sah zu Boden, sie war blass. Was war los?

In dieser Welt, in der nichts sicher scheint … gib mir was … irgendwas …

Keine sagte etwas, und ich hatte das komische Gefühl, dass gerade etwas Wichtiges passiert war, aber was?

»He, Mutanta«, brüllte es plötzlich hinter mir, und dann landete ein harter Schlag auf meiner Schulter. Ich fuhr herum, da stand Tommy mit seiner Mannschaft. »Ich wollte dir nur was sagen. Im Guten. Hör auf, unseren Mädels auf die Titten zu gaffen, ja? Glaubst du, es merkt keiner?«, brüllte er. »Wir haben Augen im Kopf!« Mit *wir* meinte er wohl die anderen Typen, die alle breitbeinig dastanden, die Hände in den Hosentaschen, darunter auch Ringo Kessler. »Hier, ich geb dir Nachhilfeunterricht, damit du weißt, worauf Mädels stehen«, sagte Tommy jetzt. »Darauf!« Er griff sich in den Schritt. Nicht nur ich sah hin, auch Valerie, Lizzie und Ann guckten.

»Na klar«, sagte Valerie, »ganz bestimmt«, und setzte zu einer Antwort an, da sprang Ann vom Brunnenrand. Sie lief auf Tommy zu und gab ihm einen heftigen Stoß vor die Brust. Dabei brüllte sie: »Lasst verdammt noch mal Franka endlich in Ruhe! Pack deinen Schwanz und deine blöde Fresse ein und verpiss dich einfach.«

Tommy lief rot an. »Wer hat *dich* um deine Meinung gefragt, du blöde Fotze«, sagte er. »Schon lange nicht mehr gevögelt, oder was?«

»Autsch …«, sagte Valerie leise.

Gib mir was … irgendwas … das bleibt, sang Silbermond.

251

Ann ließ ihre Hand mit dem ausgestreckten Mittelfinger nach oben fliegen. Direkt vor seiner Nase. Er schlug die Hand weg. Dann verstummten die Gitarren und es war plötzlich unwirklich still. Man konnte die Vögel in den Bäumen ringsherum hören. Es schien die Stille noch zu verstärken. Und in diese Stille brüllte Ann so laut in Tommys Gesicht, dass ihm die Ohren abfallen mussten und es garantiert jeder auf dem Schulhof hören konnte: »Auf *dich* hätt ich jedenfalls nicht mal Bock, wenn's nur noch Affen auf der Welt gäbe, Thomas Rothenburg – Auge fickt mit, Mann!« Damit drehte sie sich um und ging mit großen Schritten zum Schuleingang.

»Ann!«, rief Valerie. Aber Ann hörte nicht.

Valerie drehte sich zu Tommy und sagte kalt: »Danke für die Vorstellung, Tommy. Wo sind deine klatschenden Fans? Ich schätz mal, jeder hier an der Schule weiß, dass du auf Lizzie stehst, aber mit der Nummer hast du es endgültig versaut. Dumm wie drei Reihen Feldsalat. Mann, aber ehrlich!«

Lizzie stand auf, ging an Tommy vorbei und sagte: »Nur mal als Tipp, damit du weißt, worauf Mädchen *auf keinen Fall* stehen: Sie stehen nicht auf Jungs, die einem Namen geben, die sich auf Kotze reimen. Sie stehen auch nicht auf Typen, die ihrer Schwester so einen Namen geben. Eigentlich finden sie Typen, die das zu *irgendeinem* Mädchen sagen, zum Abgewöhnen.«

⊙

In der ganzen nächsten Stunde saß ich taub und stumm auf meinem Platz und dachte nach. Es war seit Samstag so viel Seltsames passiert: Irgendjemand war bei uns aufs Grundstück geschlichen und hatte einen Drohzettel in den Schuppen gelegt, vielleicht Eileen Saalfeld, vielleicht aber auch nicht. Eileen Saalfeld war eifersüchtig, dabei war überhaupt nichts zwischen Ricardo und mir. Er hatte mich gestern Nacht sogar wie den letzten Dreck behandelt. Dann dieser Stromausfall. Da hatte jemand auf unserem Grundstück auf uns gewartet. Ich hatte es deutlich gespürt. Warum hatte Fussel nicht gebellt? Er hätte mich warnen müssen, beschützen, aber er war nur um mich herumgesprungen. Fussel bellte alle Fremden an, nur uns nicht. Ich kapierte das nicht. Ich kapierte es einfach nicht. Vielleicht sah ich schon Gespenster?

⊙

Ann und Lizzie hatten wie ich nach der sechsten Stunde Schluss. Sie warteten am Schultor.

»Was sagt ihr eigentlich zu dieser Sache?«, fing ich an.

»Du meinst die Hasen? Das ist 'ne echt miese Geschichte!«, sagte Ann aufgebracht. »Unglaublich! Nicht nur, dass es Diebstahl ist, es ist einfach gemein.«

»Was ist mit den Hunden?«, fragte ich.

»Haste schon mal daran gedacht, Detektiv zu werden?«, fragte Ann und dachte kurz nach. »Komisch, wenn ich mir das mal so angucke, ich meine: Hellmanns, Siemanns, Rothenburgs …«, sie zählte alle an der Hand auf. »Webers, Kunzes, Tamms, Rybackis und Wendts – die haben alle keinen Hund. Das ist auffällig. Der Dieb scheint tatsächlich nur dort zugeschlagen zu haben, wo es keinen Hund gibt! – Und was bedeutet das?« Sie sah uns triumphierend an.

»Wahrscheinlich hat er sich vorher kundig gemacht«, sagte ich.

»Vielleicht brauchte er das aber auch gar nicht!«, sagte Ann. »Wenn er nämlich jemand von hier ist und kein Fremder, dann weiß er natürlich ganz genau, wo er keinen Hund zu befürchten hat!«

»Ist das eigentlich so ein … Zwischenfall, den Vera gemeint hatte?« fragte ich.

»Ja«, sagte Lizzie. »Aber es ist das erste Mal, dass Tiere gestohlen worden sind.«

»Vielleicht waren die deshalb alle so aufgeregt in den Gärten heut Morgen …«, überlegte ich.

Ich musste an das Kind denken, das so herzzerreißend nach seinem »Mucki« gerufen hatte. Mucki war bestimmt ein Hase gewesen.

Und dann sagte Lizzie übergangslos: »Wann gehen wir zum Rummel?«

»Ich muss zu Bosen«, sagte ich. »Und vorher will ich das Buch noch zurück in die Bibliothek bringen. Ich hab's eigentlich gar nicht gebraucht.«

»Ich komme mit«, sagte Ann. »Zu zweit hält man Wurm besser aus. Lizzie, geh einfach schon vor, wir treffen uns auf dem Rummel.«

»Ich muss vorher noch nach Hause«, sagte Lizzie. »Mich umziehen …« Sie druckste irgendwie herum.

»Ich hab's geahnt«, sagte Ann. »Die Lumpenzeit ist angebrochen.«

Lizzie sah auf den Boden. Ihr Gesicht glühte. »Ich … ich glaub, mich hat's echt erwischt. Er ist einfach so unheimlich … lustig …«, sagte sie.

Ich sah zwischen Ann und Lizzie hin und her, wartete auf eine Erklärung, aber es kam nichts.

»Bis später!«, rief Ann nur, als wir uns an der Kreuzung von Lizzie trennten.

⊙

Auf dem Markt kamen wir wieder am Bäckerwagen vorbei. Niemand wollte etwas kaufen. Der Verkäufer schaute dem Wirt zu, der auf einer Leiter stand und das *L* aus dem *EISER- NEN BLECHER* entfernte.

Als wir in die Bibliothek kamen, war Wurm nicht zu sehen. Ich strebte sofort Richtung Vitrine.

»Ann«, sagte ich. »Guck dir das mal an. Irgendwas ist komisch an diesen Bauplänen.« Ich beugte mich tiefer über die Vitrine und sofort begann die rote Lampe zu leuchten und sich zu drehen. Auch Ann beugte sich, endlich neugierig geworden, darüber.

»Stimmt«, sagte sie, »da gibt's ja richtige Straßennamen in Unland. Kannst du das lesen? Es ist so winzig … *Kl… Klei*«, versuchte Ann zu entziffern. »*Kleiner*«, sagte sie. »Das erste Wort hier heißt *Kleiner*, dann kommt *St… Str… Kleiner Stre…*«

Doch in diesem Moment bimmelte das Glockengehänge an der Eingangstür und schnell trat Ann von der Vitrine weg und die Lampe hörte auf zu leuchten.

»… ist es doch schröcklich, einfach schröcklich«, jammerte eine Frauenstimme laut. »Üch meine, natürlich hat man so einiges gehört, aber bis jetzt würkte er doch immer ganz nett?« Es sollte wohl mitfühlend klingen, hatte aber einen unüberhörbar lauernden Unterton.

Daraufhin sagte eine Stimme, die sich in regelmäßigen Abständen überschlug, als könnte sie gar nicht so schnell sprechen, wie sie sich aufregte: »Nett? Ich hab's von Anfang an gewusst, was das für eine Bande ist! Guck dir doch bloß mal deren Garten an, da weißte doch gleich Bescheid! Ich will gar nicht wissen, wie's bei denen im Haus aussieht!« Ihr Tonfall, der mich an quietschende Kreide auf einer Tafel erinnerte, machte allerdings klar, dass sie es sogar sehr gern wissen wollte. »Ich wette, schlimmer als Sodom und Gomorrha!« Sie holte tief Luft und wollte offenbar weiterzetern, wurde aber von einer dritten Stimme unterbrochen: »Und dann nennen die das Erziehungsstelle. Jesses Maria, unter Erziehung versteh ich was anderes. Wisst ihr, wie ich das nenne: einen Stall voll Kinder! Da muss man sich nicht wundern, wenn die sich wie Schweine aufführen. Ich hoffe nur, dass jetzt endlich mal hart durchgegriffen wird und ...«

In diesem Moment kapierte ich, wen die drei meinten. Auch Ann war ganz blass geworden. Ich wollte sofort vorstürzen, aber Ann schob mich mit dem Ellenbogen zurück und trat hinter den Regalen hervor.

»Guten Tag«, sagte sie. Ich versuchte, über ihre Schulter zu gucken.

Die drei Frauen drehten sich erstaunt um.

»Jesses, musst du uns so erschrecken!«, entfuhr es der dritten.

Die mit der schrillen Stimme ergriff sofort das Wort: »Was sind das denn für Manieren, junge Dame, sich einfach hier zu verstecken und uns zu belauschen!«

»Was heißt hier lauschen«, machte ich den Fehler, mich einzumischen. »Sie haben so laut rumgebrüllt, dass es garantiert auch noch die Toten in der Erde gehört haben. Und was soll das eigentlich heißen: Wir führen uns wie Schweine auf? – Sie sollten sich entschuldigen!«

Ich sah, wie die Schrille die anderen mit diesem Hab-ich's-dir-nicht-gesagt-Blick ansah.

»Das steht *dir* wohl nicht zu, Bengel«, sagte sie. »Der Lauscher an der Wand hört seine eig'ne *Schand*!«

»Meine Damen!« Wurm stand plötzlich in der Tür und sah von einer zur anderen. Er ging durch den Raum bis zu seinem Schreibtisch, hob beschwichtigend die Hände in die Luft und wiederholte: »Meine Damen, meine *Damen* ...«

Seine Stimme tastete sich über das Wort wie eine Nacktschnecke.

Eine der Frauen sagte: »Die Bücher hier gehen zurück, Herr Krömer. Sie können das sicher zuordnen.« Damit rauschten die drei an dem verblüfften Wurm vorbei.

Wurm setzte sich und warf Ann einen Blick zu, als wäre sie eine gemischte Grillplatte.

»Herr Krömer«, sagte Ann weich und lächelte ihn an. Ein Lächeln und ein Tonfall, die wie von Lizzie ausgeliehen wirkten. Ich staunte. »Meinen Sie, ich dürfte mal einen genaueren Blick auf die Chronik werfen? Ich hab da einen Vortrag in der Schule über Waldburgen, und ich dachte, vielleicht hilft mir die Chronik weiter. Würden Sie mir die Vitrine aufschließen?«

»Oh, Ann.« Wurm leckte sich kurz und nervös über die Lippen. »Ich glaube nicht, dass ... dass das so einfach ... und ...« Er sah kurz auf mich, seine Blicke schienen mein Gesicht zu scannen. Ich tat so harmlos und doof wie möglich, legte das Buch über Carl Friedrich Gauß auf seinen Schreibtisch und schlenderte zum nächsten Regal. »Na ja ... aber ich könnte dir ...« Er senkte die Stimme. Ich blätterte hochinteressiert in einem Reiseführer über Bielefeld. »... etwas über Waldburgen und seine Geschichte *erzählen* ...«, sagte er leise mit einem Seitenblick auf mich. Dieser Widerling machte sich tatsächlich an Ann ran! »*Zeigen* darf ich dir die Chronik nicht. Das könnte mich mein Amt kosten.«

»Aber darum geht es doch gerade, Herr Krömer. Um die Chronik.«

»Ich weiß einiges über Waldburgens Entstehung. Und vielleicht bei einem Spaziergang …«

Anns Handy klingelte. Sie schaute aufs Display und hielt es sich ans Ohr. Eine Weile hörte sie aufmerksam zu, dann sagte sie: »Scheiße! Das glaub ich nicht. – Okay, wir sind schon unterwegs!«

»Auf … äh … auf Wiedersehen, Ann«, rief uns Wurm noch hinterher.

Vera Kämpf lief im Wohnzimmer hin und her. In dem silbergrauen Gewand, das mit zwei Knöpfen unter dem Busen zusammengehalten war, sah sie wie eine Römerin aus. Ich erkannte sofort eine modische Kreation von Lizzie darin. Ich glaubte mich sogar zu erinnern, dass ich die Zeichnungen für das Teil schon bei Lizzie gesehen hatte. Unglaublich, wie grazil Vera sich darin bewegte, obwohl sie bestimmt hundert Kilo auf die Waage brachte.

Andreas Kämpf saß rittlings auf einem Stuhl und sagte: »Ich kann's mir einfach nicht vorstellen. Und selbst wenn es stimmen sollte, dann müssen wir uns anhören, warum sie es getan haben, und vor allem herausfinden, wie wir ihnen helfen können.«

»Wem?«, fragte ich und ließ mich auf einen Stuhl plumpsen.

»Ich begreif es nicht«, sagte Vera Kämpf und lief hin und her.
»Ich begreif es einfach nicht.« Hin und her.

»Ricardo müsste jeden Moment kommen und Matthias hat in zehn Minuten Schluss, dann wissen wir mehr«, meldete sich da der Sessel. Das heißt, es meldete sich ein Mädchen, in dem ich nur mit äußerster Mühe Lizzie wiedererkannte. Die Modeschöpferin des eleganten Römerinnen-Kleids hatte etwas an, was einem riesigen Abwaschlappen ähnelte, und sie schien dem bratensoßenbraunen Sessel an Hässlichkeit nicht nur Konkurrenz machen, sondern regelrecht mit ihm verschmelzen zu wollen.

»Was ist denn mit dir passiert, Lizzie?«, fragte ich fassungslos, aber Lizzie winkte nur ungeduldig ab, und Ann flüsterte von der Seite: »Ich erklär's dir später. Es hat jedenfalls nichts mit dem hier zu tun.«

»Geht es um Ricardo?«, fragte ich, und sofort sah ich mich wieder in sein Zimmer treten. Sah ihn, wie er ganz stumm dagesessen und vor sich hin gestarrt hatte.

Und dann hörten wir den VW draußen heranrollen. Hörten Bässe. Reggae, nein, Hip-Hop, nein, eine Mischung aus beidem.

Guten Morgen, Berlin, du kannst so hässlich sein, so dreckig und grau, du kannst so schön schrecklich sein, deine Nächte fressen mich auf …

»Wer singt das eigentlich?«, fragte Ann.

»Peter Fox«, sagte ich.

Ich fand Peter Fox toll. Ricardo offenbar auch, denn er schien nicht aussteigen zu wollen, bevor der Song zu Ende war. Ich stellte mir vor, wie er in dem Wagen saß, bei geöffneter Tür, rauchte und wartete.

Ich bin kaputt und reib mir aus meinen Augen deinen Staub …

»Mach verdammt noch mal die Heule aus!«, brüllte es aus Siemanns Garten.

Du bist nicht schön und das weißt du auch, dein Panorama versaut, siehst nicht mal schön von Weitem aus, doch die Sonne geht gerade auf …

»Sag mal, wird's bald oder muss ich nachhelfen?«

… und ich weiß, ob ich will oder nicht, dass ich dich zum Atmen brauch …

Geigen. Geigen. Noch mal Geigen. Schluss. Stille. Cool.

Die Autotür schlug zu.

»Das wird ja immer besser hier!«, brüllte Siemann.

»Ihnen auch einen schönen guten Tag«, rief Ricardo.

»Komm mir nicht *so*, Freundchen!«

Wir blieben alle ganz still, keiner sagte etwas, keiner bewegte sich. Wir hörten, wie das Eisbechertor quietschte, hörten, wie das Laub raschelte, als Ricardo sich durch das hängende Grün bis zur Haustür durchkämpfte, hörten, wie die Haustür geöffnet wurde. Dann schaute er ins Wohnzimmer und sagte erstaunt: »Was ist denn *hier* los? Ist jemand gestorben, oder was?«

Kurz danach kam auch Matthias.

⊙

Wir saßen zusammen um den Wohnzimmertisch und sahen auf das Foto.

»Es lag im Briefkasten«, sagte Vera. Sie knüllte mit der Hand den silbergrauen Stoff in Brusthöhe zusammen und ließ ihn dann los, nur um ihn erneut zusammenzuknüllen.

Vor uns lag ein DIN-A4-Blatt. Es war ein Foto, das wahrscheinlich mit einem Handy gemacht worden war. Es war hochkopiert, die Auflösung entsprechend schlecht, dennoch erkannte man genug.

»Das ist 'ne beschissene Fälschung!«, schrie Matthias erbost.

Das Foto zeigte einen Garten mit Kaninchenställen, die aus einem ehemaligen Wohnzimmerschrank gezimmert waren. Es zeigte Ricardo, der gerade in einen dieser Ställe reingriff, und Matthias, der einen Sack aufhielt. Rechts unten sah man in Digitalbuchstaben Datum und Uhrzeit der Aufnahme: 31. AUG. 20:23 UHR.

»Um 20.23 Uhr«, fuhr Matthias fort, »hab ich in der Küche gesessen. Das könnt ihr alle bezeugen. Wir haben Käsestangen gegessen.«

»Das stimmt«, sagte Vera. »Ich hab gar nicht auf die Uhrzeit geachtet! – Man sieht dich auch nur von hinten, Matthias. Es könnte im Grunde auch … jemand anders sein. – Aber Ricardo, dich erkennt man.«

»Es ist 'ne Fälschung«, sagte Ricardo nur. Sein Gesicht war weiß, sogar die Lippen. Als keiner von uns etwas sagte, platzte er heraus: »Ich schwör's, Leute! Ihr glaubt doch nicht ernsthaft, dass ich so was Mieses da machen würde.«

»Ich glaube dir«, sagte Ann fest. »Du würdest so was nie tun. Aber das Problem ist, dass du um 20.23 Uhr nicht hier warst. Du wirst 'n Alibi brauchen.« Axel saß auf ihrem Schoß, und er schien vor irgendwas Angst zu haben, denn er presste sein Gesicht an ihre Brust. Ann streichelte seinen Kopf. Denise saß auf dem Boden und schien mit einem Bären zu spielen, aber an der stoischen Art, mit der sie ihn hin und her schob, sah ich, dass sie zuhörte.

»Ich war im Kino«, sagte Ricardo lahm, »hab den neuen Teil von *Final Destination* geguckt.« Er sah unglücklich aus, obwohl er mit dem Stuhl kippelte und locker zu sein versuchte. Dass er etwas verschwieg, war offensichtlich. Etwas war faul an der Sache, und zwar fauler als ein seit sechs Wochen im Kühlschrank stehender Joghurt. Matthias begann auf seinem Handy rumzutippen.

»Da warst du doch nicht allein«, sagte Andreas aufatmend. »Einer deiner Kumpels wird bezeugen können, dass du um diese Zeit im *Central* und nicht in Waldburgen warst.«

»Ich war ganz alleine da«, sagte Ricardo. »Ich hab keinen Zeugen, aber ich schwöre, dass ich diese Scheißhasen nicht geklaut hab. Wozu auch?«

Vera knäulte weiter nervös den Stoff ihres Gewands zusammen. Sie seufzte. Da legte Matthias auf einmal sein Handy auf den Tisch und sah Ricardo komisch an.

»Was ist?«, fragte Ricardo.

»Ich wollt mir gerade 'n Ticket holen. Für *Final Destination Death Trip*. Aber im Programm steht, dass der erst nächste Woche im *Central* anläuft.« Er hielt das Handy hoch, mit dem er das Kinoprogramm aufgerufen hatte. Ricardo hörte abrupt auf zu kippeln, als hätte Matthias ihn angespuckt. Plötzlich war es ganz still. So als hätte jemand den Ton am Fernseher abgedreht. Man hörte nichts außer dem schrillen Geräusch einer entfernten Kreissäge.

Nach einer Weile, die mir wie eine Ewigkeit vorkam, meldete sich wieder der Sessel. »Was soll das, Ricardo?« Lizzie beugte sich vor. Sie sah ernst aus. »Seit wann lügst du?«

Ricardo stützte die Ellenbogen auf den Tisch und legte das Gesicht in seine Hände.

»He«, sagte Vera Kämpf sanft. Ihre ganze Nervosität und Angst waren plötzlich verschwunden. Sie hatte den Stoff endgültig losgelassen und legte ihre Hand auf Ricardos Rücken. Jetzt, wo klar war, dass Ricardo in Schwierigkeiten steckte, schien sich alles in ihr darauf zu konzentrieren, Ruhe auszustrahlen und Zuversicht. »Du weißt, dass du auf uns zählen kannst, Ricardo. Das war immer so, daran ändert sich auch jetzt nichts. Wenn du Mist gebaut hast, dann werden wir dir helfen.«

»Aber«, sagte Andreas Kämpf ernst, »... wir müssen wissen, was genau passiert ist. – Wenn *du* das auf dem Foto bist ...« Er zeigte auf Ricardos Gesicht, das im Blitzlicht kränklich aussah, mit Augen, die wie aus Höhlen schauten, aber vielleicht lag das auch an den großen Pixeln. »... und es sieht einfach verdammt danach aus, wer ist dann der andere Junge? Warum hat er Matthias' Jacke an, und vor allem: *Wieso* habt ihr das gemacht?«

»Es ist eine Fälschung, wirklich ...«, murmelte Ricardo in seine Hände. »Ich *habe* ja ein Alibi für gestern Abend.«

Mir wurde eng um die Brust. Irgendwie ahnte ich schon, dass das Wichtigste *jetzt* erst kommen würde, denn eins habe ich mit der Zeit begriffen: dass sich ein unglaubliches Ereignis nur mit einem noch unglaublicheren Ereignis überdecken ließ.

Ricardo nahm die Hände weg, setzte sein Basecap ab und wieder auf und sah uns alle an. »Ich war um 20.23 Uhr nicht im Kino, das stimmt«, sagte er und warf Matthias einen kurzen Blick zu. »Ich war ... ich ...« Er stockte und sah aus dem Fenster, sah in die grüne Wildnis auf unserem Grundstück, in diese aus den Fugen geratene Pflanzenwelt, in der garantiert die Hälfte aller Vögel Waldburgens wohnten. Dann ging ein Ruck durch seinen Körper, er sah uns wieder an und sagte mit fester Stimme: »Ich war gestern Abend auf der Polizeiwache.«

Heute Morgen, dachte ich, heute Morgen war das noch ein ganz normaler Tag.

»Jemand hat mich verpfiffen«, sagte Ricardo. »Ich hab drei Stunden auf der Wache gesessen. Der Typ, der das Protokoll aufgenommen hat, muss Legastheniker gewesen sein, der hat die Buchstaben im Schleichgang in den Computer getippt, ein totaler Schnarchzapfen – es war zum Kotzen. – Ich hab gemerkt, dass du versucht hast, mich anzurufen«, sagte er in Veras Richtung. »Aber ich hab dich weggedrückt. Ich konnte doch nicht sagen, dass ich bei den Bullen festsaß. So 'ne verdammte Scheiße, Mann.«

»Wer hat dich weswegen verpfiffen?«, fragte Ann.

»Okay, ich zeig's euch einfach. Jetzt ist es noch hell. Wenn ich so darüber rede, klingt es einfach bekloppt, wie so 'n Krimineller.«

Zwanzig Minuten später passierten wir das Ortsschild von Wittenberg. Andreas hatte Ricardo erlaubt, den Barkas zu fahren. Zuerst nahm Ricardo den Weg zu dem Supermarkt, wo er arbeitete. Er fuhr ganz langsam daran vorbei und sagte: »Das ist Tatort Nummer eins.«

Ich sah über den Parkplatz. Leere Chipstüten lagen rum. An der Eingangstür des *Kaiser's* lehnten ein paar Alkis und glotzten zu uns rüber.

»Was wird'n das für 'n bescheuertes Spiel?«, fragte Matthias.

»Wart mal …«, sagte Lizzie nachdenklich, als wir an ein paar Häusern vorüberfuhren, und Ricardo sagte: »Tatort Nummer zwei.«

Und als wir am Paul-Gerhardt-Stift waren, fiel es mir endlich auf. *Es* war blau und lila und aufgebläht und zog sich über die Mauer. Ich sagte: »*Du* bist (RADORI …«

Ricardo sah in den Rückspiegel. Er sah mir genau in die Augen. Sein Blick war fast schwarz. Noch nie hatte er mich so aufmerksam angesehen. Es machte mich total nervös. Ich weiß nicht, warum.

»Du kennst (RADORI?«

»Ja, vom Bauwagen im Wald«, sagte ich.

»Ist ja toll, dass ihr euch so versteht«, schrie Matthias. »Heiratet einfach, okay? Aber könntet ihr uns vorher mal aufklären?«

»Ricardo ist Sprayer«, sagte ich. Ich zeigte auf den Schriftzug (RADORI, der sich an einer Mauer entlangzog, vor der Ricardo jetzt anhielt. » (RADORI ist sein Name.«

Ricardo machte den Motor aus. Wir schnallten uns ab und stiegen aus.

»Das hast wirklich du gemalt?«, fragte Vera Kämpf draußen und betrachtete den Kopf des Sprayers, der einem wie schon auf dem Bauwagen im Wald seine volle Ladung Farbe direkt entgegenzuschleudern schien.

»Ja, ich hab noch viel größere Pieces gesprayt«, sagte Ricardo stolz, »aber in der Innenstadt ist es fast unmöglich, etwas noch Größeres als das hier zu sprayen. Es sind zu viele Leute unterwegs. Und du musst schnell sein. Da leidet die Qualität …«

»Okay«, sagte Ann. »Aber was ist gestern passiert?«

»Da müssen wir den Tatort wechseln.«

Wir stiegen wieder ein und Ricardo kutschierte uns zum Bahnhof. Wir sahen es schon von Weitem. »Das da«, sagte Ricardo und zeigte auf das schmuddelgraue Bahnwärterhäuschen. »Das ist passiert.«

Es war ein Riesendrache.

Der Drache zog sich über die Wand, so hoch, wie Hände reichten, und noch ein Stück höher. Ricardo musste eine Leiter dabeigehabt haben. Es war ein Wahnsinnsteil. Über drei Meter lang, und so, wie der Sprayer seine Farbe ins Gesicht desjenigen zu schießen schien, der ihn anschaute, so spie einem dieses Drachenvieh eine Feuersbrunst entgegen.

»Ey, das ist ja voll cool!«, sagte Matthias und sprach mir damit aus dem Herzen.

»Nicht cool, scheiße!«, sagte Ricardo. »Diese Idioten versauen einem alles.«

Und da sah ich, was er meinte: Jemand hatte damit begonnen, den Drachen zu übersprayen. In großen, nicht besonders schönen Buchstaben war da der Schriftzug ZID über den Körper des Untiers gesprayt, und von unten hatte jemand begonnen, schwarz drüberzusprayen.

»ZID hat keine Ahnung, was es bedeutet, ein Writer zu sein«, sagte Ricardo. »Der tut nur so. Der glaubt, das wäre eine Art Kampf, wo man den anderen vernichten muss. Es hat ganz harmlos angefangen, aber dann hat er es gezielt auf meine Pieces abgesehen, dabei respektiert jeder Writer die Werke des anderen. Ein *echter* Writer, einer mit Ehre im Leib, würde niemals ein Piece von einem anderen versauen.«

»Aber ZID tut das«, sagte Lizzie einfühlsam. »Und du … du hast ihn gestern Abend erwischt und … zusammengeschlagen? Und dann ist die Polizei gekommen?«

»Nein«, sagte Ricardo. »Ich hab ihn nicht mal zu Gesicht bekommen. Er hat gewusst, dass ich hier arbeite. Er hatte es auch auf die Wand abgesehen. Ich war einfach schneller gewesen. Also hat er mich verpfiffen.«

»Und jetzt?«, fragte ich. Ich spürte, dass ich ihm schon verziehen hatte. »Was passiert jetzt? Kommst du etwa vors Gericht?«

»Ich weiß nicht«, murmelte er und fummelte an seinem Basecap. Er sah hoch und zu Vera. Und dann wurde seine Stimme lauter, trotzig. »Mann, das Haus – das seht ihr doch selbst –, das war stockhässlich vorher! Wieso behandeln die mich wie einen Kriminellen?«

»Weil es eine Straftat ist«, sagte Andreas ruhig. Zum ersten Mal während der ganzen Diskussion sagte er etwas. Mir schien, als hätten er und Vera sich absichtlich zurückgehalten, damit wir das Ganze erst mal untereinander ausmachten. Jetzt sah er Ricardo ins Gesicht. »Das hier ist keine freigegebene Wand, Ricardo. Die gehört der Stadt. Und es ist hierbei ganz egal, ob das Bild gut aussieht oder nicht. Vor dem Gesetz ist das hier …« Er nickte dem Drachen zu. »… Sachbeschädigung.«

Ricardo ließ den Kopf wieder hängen. »Ich weiß. Ich weiß ja. Aber diese Wand, die war einfach so …«

»Andreas und ich gehen morgen mit dir auf die Wache«, sagte Vera.

»Muss das sein?«, fragte Ricardo erschrocken.

»Du musst wissen, was jetzt passiert und was du für Möglichkeiten hast, um den Schaden so gering wie möglich zu halten«, sagte Vera, und es lag eine gewisse Schärfe in ihrer Stimme, die mir neu war, die ich aber gut fand. Es klang nicht so, als würde sie meckern, sondern als wollte sie wirklich helfen. »Wie willst du dich sonst informieren? Mit Buchstabensuppe etwa?«

Da fing Denise an zu kichern.

Jeder von uns schien die Luft anzuhalten.

»Ja, halt dich fest, Alter«, sagte Matthias nach einer Weile, »die Kleine kann lachen.«

12. Kapitel

WIR SIND DIE EULEN!

Wir wussten es noch nicht, aber der nächste Morgen war der Beginn von unserem Ende.

Dabei fing alles ganz normal an. Matthias, Lizzie, Ann und ich waren kurz vor der Schule, als CASSANDRA STEEN anfing, *Darum leben wir* zu singen. Ihre Stimme rauschte durch die Bäume und Büsche, schwebte den ganzen Sandweg entlang.

»Ich mag den Song«, sagte Lizzie noch. »Er ist wie ein Laufsteg, der in ein Theater führt. Ich hab immer das Gefühl, dass ein Vorhang aufgeht, wenn das Lied anfängt. Es ist so … dramatisch. Glamourös.«

»Weiberkram«, sagte Matthias nur und spielte an seinem Handy rum.

Alles ist nur einmal da, auch wenn es nicht so scheint … In jeder Nacht bricht der erste Tag vom Rest unseres Lebens an …

Wir betraten den Schulhof. Es war, als hätten wir ein heimliches Signal ausgelöst. Wie auf Kommando drehte sich die gesamte Schule zu uns um, und was uns da aus den Gesichtern entgegensah, war nichts Freundliches. Ganz und gar nichts Freundliches.

... und jeden Morgen springen wir direkt auf die Umlauf-
bahn ...

»Was ist denn mit denen los?«, fragte Ann.

Wir liefen über den Schulhof zu unserem Platz, dem leeren Springbrunnen.

... und darum leben wir. Wir leben, um da zu sein ... leben, um
wahr zu sein ...

Und plötzlich sah ich uns von außen. Wie in einem Film. Und Lizzie hatte recht: Der Song war wie ein Theater. Er legte sich mit einem riesigen Klangkörper, mit einem enormen Orchester um uns herum. Rechts und links öffnete sich das Publikum und wir liefen langsam über den Laufsteg auf die Bühne zu, den Springbrunnen.

Und wir nehmen alles mit ... jeden Schmerz und alles Glück ...
der Welt.

Noch einmal ein kirchenhoher Hall, als wir den Rand des Springbrunnens erreichten. Wir drehten uns um, die ganze Schule stand uns gegenüber. Der Hall verklang. Cassandra Steen war fertig.

»Irgendwas stimmt nicht«, flüsterte Ann mir noch zu. Dann ging alles schnell.

Ann lag plötzlich am Boden. Jemand schrie, die Schulklingel läutete, Lizzie hockte neben Ann.

»Diese Schweine ...«, sagte Lizzie zu Matthias. »Hilf mir, sie zu stützen! Wir müssen zu Dr. Tamm.«

⊙

Später, in der Arztpraxis, sagte Schwester Sandra: »Das muss genäht werden. Wie ist das denn passiert?«

»Ein Stein«, sagte ich. »Irgendein Idiot hat mit einem Stein auf Ann gezielt. Keine Ahnung, wieso.«

»Vielleicht deswegen«, sagte Schwester Sandra und reichte mir ein A4-Blatt. »Lag heute im Briefkasten.«

Wenn es bei Matthias' Hautfarbe überhaupt möglich war, so wurde er noch blasser. Er wurde käseweiß.

Es war das Foto, das Ricardo und Matthias beim Hasenklauen zeigte.

»Der Scheißstein, der hat *dir* gegolten, nicht mir!«, sagte Ann zu Matthias, als wir sie nach Hause brachten. Die weiße Kompresse auf ihrer Stirn leuchtete wie eine Brosche aus Schnee. »Die werden uns nicht glauben, wenn wir sagen, dass du ein Alibi hast. Was gilt schon ein Alibi, wenn nur *wir* es bezeugen können? Die werden bloß denken, dass wir alle unter einer Decke stecken. Wir müssen was unternehmen!«

»Und was, Frau Schlauberger?«, fragte Matthias. Es klang nicht aggressiv. Matthias war zu schockiert, um aggressiv zu klingen.

»Wir müssen *beweisen*, dass die Kopie eine Fälschung ist«, sagte Ann. »Wir müssen rausfinden, wer hinter diesem Komplott steckt. – Und das können wir nur *gemeinsam*. – Sobald ihr von der Schule kommt, setzen wir uns zusammen und machen einen Plan. Ich hab auch schon eine Idee.«

»Ich muss heute Nachmittag zu Bosen in den Wald«, sagte ich kleinlaut.

»Mann, kannst du das nicht verschieben?«, fragte Matthias.

»Wenn ich könnte, würde ich«, sagte ich geknickt, »aber gerade heute kommt die erste Lieferung Sträucher. Wenn ich Bosen nicht helfe, dann vertrocknen die vielleicht.«

»Okay«, sagte Ann, als wir am Eisbecher angekommen waren und Fussel uns entgegengerannt kam. »Du kommst einfach später.«

»Ricardo wird auch später kommen«, sagte ich. »Er geht doch heute mit Vera und Andreas auf die Polizeiwache.«

»Stimmt«, sagte Lizzie. »Dann machen wir das Ganze nach dem Abendessen.«

Ann sah auf die Uhr. »Wenn ihr euch beeilt, schafft ihr es noch zur dritten Stunde.«

»Ich bin doch nicht lebensmüde!«, sagte Matthias. »Die lynchen mich, wenn ich mich da blicken lasse.«

»Blödsinn«, sagte Lizzie. »Wir beide bleiben zusammen. Dann müssen sie mich auch lynchen.«

⊙

Als ich nach der Schule in den Wald ging, stand Bosen schon vor dem grellbunten Bauwagen, den ich jetzt in einem ganz anderen Licht sah.

»Es ist alles vorbereitet«, sagte er gut gelaunt. Er schien sich wirklich zu freuen, mich zu sehen. »Die Lieferung liegt schon auf der Birkenlichtung. Wir fangen mit Wacholder und Hagebuttensträuchern an. – In den nächsten Tagen bringen sie die Haselnussbüsche. Die Kiefern machen wir ganz zum Schluss.«

Ich nickte.

Wir liefen durch die wild duftenden Bäume und die Schatten, liefen den Forstweg entlang zur Birkenlichtung. Bosen ging vor mir. Und da spürte ich es plötzlich wieder. Ich hatte es schon fast vergessen. Aber ich spürte es plötzlich im Nacken. Diese totale Gewissheit, dass jemand mich beobachtete.

Ich fuhr herum, aber da waren nur Bäume und der Forstweg. Der Forstweg, der zum Feld führte. In der Ferne standen die Ruinen. Ich strengte die Augen an, ich stand ganz still, und ich war absolut sicher: Da war etwas. Jemand. Irgendjemand beobachtete mich.

Da knisterte und knackte es im Unterholz und ich drehte mich wieder um. Bosen war schon mindestens dreißig Meter vor mir und auf einmal sprang etwas aus dem Brombeergestrüpp heraus auf den Weg.

Sie waren zu sechst, nein, zu siebt, blieben mitten auf dem Weg stehen, die Ohren steil nach oben, und witterten. Und dann rasten sie wie auf ein unhörbares Signal hin auf die andere Waldseite und verschwanden im Zickzack zwischen den Bäumen.

Es waren Kaninchen gewesen. Ein ganzes Rudel Kaninchen. Rote Kaninchen mit ein bisschen Gelb und mindestens fünf Kilo schwer. Riesenkaninchen.

Ich starrte in den Wald, wo sie verschwunden waren, und erst als Bosen von vorne rief: »Jetzt aber mal flinke Hufe, Mensch! Ich wollte eigentlich nicht bis Weihnachten warten«, erwachte ich aus meiner Erstarrung. Ich sah auf das Unterholz, aus dem die Kaninchen herausgesprungen waren, sah das winzige rote Fellbüschel, das in den dornigen Zweigen hing, ging in die Hocke, zupfte das Bällchen ab und schob es in die Hosentasche. Schnell setzte ich mich in Bewegung und holte Bosen wieder ein.

»Du siehst aus, als wärst du einem Waldgeist begegnet«, sagte Bosen und lachte dröhnend.

»Nur Kaninchen«, sagte ich und lachte mit, aber es klang falsch in meinen Ohren.

Ich drehte mich noch ein paarmal um, aber da war nichts. Keine Menschenseele. Das Gefühl im Nacken war weg. Ich steckte die Hand in die Hosentasche. Wäre da nicht das Fellbüschel gewesen, hätte ich vielleicht geglaubt, die Kaninchen wären eine Fata Morgana gewesen.

⊙

Beim Abendessen herrschte eine angespannte, elektrisierte Stimmung am Tisch. Blicke zischten wie Tennisbälle zwischen Ann, Lizzie, Matthias, Ricardo und mir hin und her. Alle waren wir hibbelig und konnten es kaum erwarten, unter uns zu sein.

»Wie war's heut mit Bosen?«, fragte Ann.

»Na ja«, sagte ich und überlegte kurz, ob ich das rote Haarbüschel zeigen sollte. »Wir haben haufenweise Wacholder und Hagebutten gesetzt.« Mir taten die Arme weh, die Schultern. Ich hatte zwei dicke Blasen vom Löchergraben, auf die ich stolz war. Vor allem, weil Bosen mir am Ende auf die Schulter gehauen und dröhnend gesagt hatte: *Hut ab, Franka, du bist 'n ganzer Kerl. Aber das hab ich gleich gesehen.*

»Es ist ein cooles Gefühl, wenn die Büsche dann da stehen«, sagte ich, »und wenn du weißt: nur wegen dir. Die wachsen jetzt nur wegen dir.« Es stimmte. Ich hatte am Ende über die Pflanzen gesehen und war happy gewesen. Kaputt, aber happy. »Aber egal«, sagte ich, »erzählt mal, was auf der Polizeiwache passiert ist. Musst du … vors Gericht?«, fragte ich Ricardo.

Es gab Spaghetti mit Brokkoli und Käsesoße. Matthias hatte schon den zweiten Teller vor sich, und er schaufelte, als wollte er sich einen geheimen Vorrat irgendwo in seinem Körper anlegen.

»Nein, ich hab Glück gehabt«, sagte Ricardo. Dann sah er hoch, sah Vera an und sagte ein bisschen zu laut: »He, danke. Ohne dich …« Er brach ab und schöpfte sich etwas zu viel Käsesoße auf.

Vera lächelte nicht. Axel kletterte vom Nebenstuhl auf ihren Schoß. Sie zog nur seinen Teller heran und er begann zu essen. Sie sah zu Ricardo und sagte: »Dafür sind Freunde da. Für genau so was.«

»Und was ist jetzt genau passiert?«, fragte ich. Ich platzte fast vor Neugier.

Statt Ricardo antwortete Andreas Kämpf: »Sie haben sich auf einen Täter-Opfer-Ausgleich eingelassen.«

»Was ist *das* denn?«, fragte Lizzie. »Das klingt ja total kriminell!« Sie hatte schon wieder so etwas Hässliches an. Eine Art Sack mit Gürtel. Ann saß neben ihr. Mit der großen weißen Kompresse auf ihrer Stirn sah sie zarter aus als sonst, gefährdeter.

»Es ist einfach so«, sagte Vera, »dass es normalerweise in solchen Fällen wirklich zur Verhandlung kommt. Aber manchmal, wenn der Täter – und Ricardo ist im Sinne des Gesetzes ein Täter –, wenn der also einsichtig ist und seine Mithilfe anbietet, dann verzichten sie auf einen Prozess. Ricardo muss jetzt den Schaden bezahlen.«

»Wie viel ist es denn?«, meldete sich Matthias, der seinen zweiten Teller beendet hatte und nachlegte.

»Ricardo zahlt nicht in Geld, sondern mit gemeinnütziger Arbeit. Er muss fünfundzwanzig Tagessätze gemeinnütziger Arbeit leisten.«

»Sollste jetzt in der Schule die Klos putzen, oder was?«, fragte Matthias und wieherte.

»Ich weiß nicht«, sagte Ricardo unwirsch. »Wenn ich keinen eigenen Vorschlag mache, dann legen sie einfach eine Arbeit fest.«

⊙

Nach dem Abendessen, als Lizzie, die Küchendienst hatte, in der Küche aufräumte und Ann schon auf ihr Zimmer verschwunden war, als Matthias sich eine Schüssel mit irgendwas Fettigem fertig machte und Ricardo noch etwas aus seinem Zimmer holte, schnappte ich mir das Telefonbuch, das im Korridor lag, setzte mich kurz in mein Zimmer ab und rief Valerie an.

»Hi«, sagte Valerie überrascht. »Ist irgendwas passiert?«

»Könnte man so sagen«, sagte ich. »Kannst du herkommen? Wir machen eine … äh … eine Versammlung. Es ist wichtig, dass du dabei bist.«

»Jetzt? – Es ist fast neun. Ich glaub nicht, dass meine Eltern mich jetzt noch rauslassen.«

»Dann schleich dich raus, nimm das Fenster, was weiß ich, aber komm!«

»Hat das nicht Zeit bis morgen?« Ich hörte Valerie an, dass sie eigentlich nicht wollte.

Instinktiv tat ich das Richtige. Ich sagte: »Wenn du willst, dass Ann morgen wieder einen Stein vor den Kopf gehauen bekommt, dann ja«, und legte auf.

Ich lief über den langen Gang zu Lizzie und Ann.

»Hier ist es viel gemütlicher als bei mir«, sagte ich, »aber direkt unter uns liegt das Schlafzimmer von Andreas und Vera. Wenn wir nicht wollen, dass Vera plötzlich auf der Schwelle steht und unser Treffen auflöst, sollten wir besser zu mir gehen.«

Lizzie blies die Kerzen wieder aus und unter dem Protest von Matthias setzten sich alle in Bewegung und wechselten das Zimmer.

»Wir müssen noch kurz warten«, sagte ich. »Valerie kommt auch.«

»Valerie?« Anns Gesicht fing an zu glühen.

»Ja, sie muss dabei sein. Wir brauchen sie. *Ich* brauche sie. Sie muss ein Beweismittel … na ja … identifizieren.«

Im selben Moment fing Fussel an, einen Heidenlärm zu machen. »Da ist sie schon!«

Ich sprintete die Treppen runter, durch die grüne Wildnis und ließ Valerie durch den Eisbecher rein.

»Mann«, sagte sie atemlos. »Der kleine Kläffer ist ganz schön auf Draht.«

»Er hat auch so seine schwachen Momente«, sagte ich mit einem Seitenblick auf Fussel.

⊙

»Okay«, sagte Ann mit Nachdruck, als wir auf allen Sitzgelegenheiten saßen, die mein Zimmer bot: dem Bett, dem Stuhl, dem Sessel. Und dann noch einmal: »Okay. – Wir haben uns hier zusammengefunden, weil etwas Merkwürdiges vor sich geht. Jemand versucht, uns fertigzumachen, das heißt Ricardo und Matthias. Die Frage ist, wer und warum! Das müssen wir herausfinden.« Zu Valerie sagte sie: »Du weißt es noch nicht, aber das Foto, das in Umlauf gebracht worden ist, ist gefälscht. Ricardo und Matthias haben beide bombensichere Alibis. – Aber durch das Foto glaubt jetzt jeder, dass die beiden die Hasen geklaut und verscherbelt haben.«

»Jemand versucht, uns hinter Gitter zu bringen«, sagte Ricardo finster.

»Die Viecher sind nicht verscherbelt worden«, sagte ich und griff in meine Hosentasche. Ich zog das rote Fellbüschel hervor und reichte es Valerie. »Valerie, kannst du dieses Büschel identifizieren?« Die schaute darauf, pflückte es auseinander, roch sogar daran.

»Rote Neuseeländer«, sagte sie. »Definitiv.«

»Also«, sagte ich. »Valerie hat erzählt, dass bei ihnen alle Roten Neuseeländer geklaut worden sind, und ich hab heut ein ganzes Rudel davon gesehen. Die hoppeln gemütlich im Wald herum.«

»Alter Schalter!«, sagte Ricardo überrascht. »Und ihr seid echt sicher, dass das …« Er zeigte auf das Fellbällchen. »… keine normalen Waldkaninchen sein können?«

»Bist _du_ echt sicher, dass du nicht einfach 'n Neandertaler bist?«, sagte ich. »Die Viecher waren _rot_. Und riesig. Total dicke Klopper. Fünf Kilo. Mindestens. Wenn das Waldkaninchen waren, dann bin ich Britney Spears«, sagte ich. »Kommen Rote Neuseeländer auch frei lebend vor?«, fragte ich Valerie.

»Nein«, sagte sie. »Das ist eine Züchtung. Es sei denn …«

»Es sei denn … jemand hätte sie erst geklaut und dann im Wald ausgesetzt«, vervollständigte Ann den Gedanken.

»Leute«, sagte Lizzie ernst. »Wenn ihr mich nach meiner Meinung fragt: Das sieht verdammt nach einem Komplott aus. Irgendwer klaut Karnickel, setzt sie aus, dann wird ein gefälschtes Foto in Umlauf gebracht und schon haben wir den Hass eines ganzen Dorfes im Nacken. Das betrifft doch nicht nur Ricardo und Matthias, das betrifft jeden im Eulenhaus! Ich meine, den Leuten hier sind ihre Viecher einfach heilig und wir kommen von außerhalb. Es gibt ein Foto. Mehr Beweise brauchen die gar nicht.«

»Das heißt, wir müssen herausfinden, wer das verdammte Foto gemacht hat!«, sagte Ann.

Da schrie Matthias, der neben mir saß und vor Aufregung seine Chips in der Schüssel zerbröselte: »Das brauchen wir nicht mehr! Ich sag euch, wer es war!« Er blies mir dabei seinen Kartoffelchipsatem zu.

»Vorher krepierst du noch an Fettvergiftung«, sagte Ricardo.

Matthias stopfte sich nervös die letzten Chips in den Mund, stellte die Schüssel ab, wischte sich die Hände an seinem T-Shirt ab und sah groß in die Runde. »Es war Sandro Hoffmann«, sagte er. »Auf jeden Fall hat er die Fotos in die Briefkästen gesteckt.«

⊙

»Sandro Hoffmann? Das glaub ich nicht!«, sagte Valerie. »Der ist viel zu verschüchtert und … na ja … zu deppig für so was. Wie kommst du überhaupt auf den?«

»Ich hab auch meine Methoden«, sagte Matthias beleidigt. »Und ich brauche dafür nicht in den Wald zu gehen.« Er bedachte mich mit einem kurzen Seitenblick. »Ich mache das von zu Hause aus. Selina hat's mir heute erzählt, als wir uns in *Futureworld* getroffen haben. Sie hat gesehen, wie Sandro ein Foto bei ihnen reingesteckt hat.«

»Wer ist Sandro Hoffmann?«, fragte ich.

»Wer ist Selina?«, fragte Valerie.

»Matthias' virtuelle Flamme«, sagte Ricardo ungeduldig.

»Sandro geht in die Siebte«, erklärte mir Ann. »Er ist 'n Angsthase.«

»Warum hängt dieser Typ uns was an?«, sagte ich erbost. »Der kennt uns doch gar nicht!«

»Der Spruch *Von nichts kommt nichts* ist eben totaler Quatsch«, sagte Ricardo aus tiefster Überzeugung. »Von nichts kommt Langeweile, von Langeweile kommt Ärger. Und offenbar heckt sogar jemand wie Sandro Hoffmann dann solche miesen Pläne aus.«

»Jetzt hört auf damit, auf Sandro Hoffmann rumzuhacken!«, sagte Lizzie. »Er ist vielleicht ein Angsthase, aber habt ihr mal daran gedacht, dass man Angsthasen gut dressieren kann?«

»Ich geh morgen in der Pause zu ihm und fühl ihm auf den Zahn«, sagte Ann. »Nein, wartet, am besten, du machst das, Lizzie, du hast von uns allen die überzeugendste Art.«

»Wieso Lizzie?«, fragte Matthias. »*Ich* will das machen! Schließlich verbreitet der Lügen über *mich*!«

»Du machst das auf keinen Fall«, sagte Ann. »Du hast so viel Feingefühl wie ein Bulldozer. Bei dir wird Sandro Hoffmann dichtmachen und wir erfahren überhaupt nichts.«

»Dann hau ich ihm eine aufs Maul«, sagte Matthias großspurig.

»Klar«, sagte Valerie. »Super Idee. Es reicht ja nicht, dass du und Ricardo in aller Augen schon hinterhältige Diebe seid. Da könnt ihr hier im Eulenhaus gleich eure Sachen packen.«

In diesem Moment flackerte mein Nachtlämpchen. Es flackerte und sirrte, und wir sahen alle gebannt darauf, wie es erst immer heller wurde, immer heller, und wie es dann mit einem hörbaren Zzzzzzing verlosch.

»Scheiße«, flüsterte Valerie. »Stromausfall.«

»Nicht schon wieder«, stöhnte Matthias. »Da kann ich meinen Download ja vergessen.«

⊙

Meine Augen gewöhnten sich rasch an die Dunkelheit. Vielleicht, weil es nicht vollkommen finster war. Es war Vollmond und das kalte weiße Licht drang durchs Fenster.

In diesem Licht sah ich, wie Valerie hastig aufstand und nach ihrer Jacke suchte.

»Ich muss nach Hause«, sagte sie. »Jetzt gleich!«

»Valerie, du bleibst da!«, sagte Ann. »Wir sind noch nicht fertig. Du gehörst jetzt zu uns! Scheiß auf den Stromausfall.«

»Aber ich *muss*«, flüsterte Valerie. »Ich *muss* gehen. Meine Familie weiß nicht, dass ich weg bin.«

Ann drückte Valerie einfach zurück aufs Bett. Dann setzte sie sich neben sie und legte ihre Hand auf Valeries. »Geh noch nicht, bitte«, sagte sie. »Bestimmt ist der Strom gleich wieder da.« Sie hob die Hand und strich Valerie sanft eine Locke aus dem Gesicht.

Wir sahen es alle. Keiner sagte was. Ich spürte einen feinen Stich, den ich nicht einordnen konnte.

»Also«, sagte Ann und zerbrach die Gebanntheit, die uns alle erfasst hatte. »Wo waren wir?«

»Bei Sandro Hoffmann«, sagte Matthias.

»Gut«, sagte Ann, »Lizzie wird morgen mit ihm reden. – Was wissen wir noch?«

Ricardo machte einen Knutschmund zu Valerie und Ann. Wir anderen kicherten nervös. Ann schlug Ricardo spielerisch vor die Stirn. Valerie lächelte nur.

Dann zog Ricardo einen zerknüllten Zettel aus der Hosentasche und hielt ihn in die Runde. In dem kalten Mondlicht schien der Zettel zu leuchten, und die Schrift darauf sah schwarz aus, aber ich wusste, dass sie rot war. Mein Herz fing an, wie wild zu schlagen. Ich hatte diese Schrift schon einmal gesehen!

»Der Zettel lag heute im Briefkasten. Im Umschlag und ohne Briefmarke. Einfach nur mit meinem Namen drauf.«

Ich sah mir den Zettel genauer an. Die rote Tinte zerlief an den Rändern und ließ die Schrift ausgefranst und irgendwie brutal aussehen.

Ann nahm mir den Zettel aus der Hand und las laut vor, was dort stand: **Ricardo Leuschner, du mieses Stück Dreck, wir wissen, dass du's warst. Wir machen dich fertig.**

»Ich …« Ich stockte. »Ich kenne die Schrift.«

»Du kennst sie?«, fragte Ricardo. »Woher?«

»Erinnert ihr euch noch an die zwei Kartons, die vor der Haustür standen?«, sagte ich. »Es war mein erster Tag hier. Auf den kleineren hatte jemand in exakt dieser Schrift **Für die Kinder vom Haus Eulenruh** draufgeschrieben.«

»Stimmt …«, meinte Ricardo nachdenklich, »… jetzt, wo du's sagst …«

»Der Karton, in dem diese grässlichen Klamotten drin waren?« Lizzie schüttelte sich noch mal nachträglich. Dabei sah sie gerade selbst so aus, als wäre sie vom Roten Kreuz mit einer Kleiderspende versorgt worden.

»Nein«, sagte ich. »Das war der große. In dem kleinen war …« Ich zog die Nachttischschublade auf. »… da war das hier drin.« Ich holte das Fernglas hervor und ließ es herumgehen.

»Mann, das ist garantiert wertvoll«, sagte Ann, als sie es in den Händen drehte.

»Das glaube ich auch«, sagte ich. »Aber ist das nicht komisch, dass jemand so etwas einfach verschenkt? Vor allem an uns?«

Als das Fernglas bei Matthias landete, stand er auf und ging damit ans Fenster. Lizzie hatte sich in der Zwischenzeit den Zettel gegriffen.

»Waren diese Flecken schon drauf?«, fragte sie. »Macht doch mal 'ne Kerze an.«

»Is ja geil. Das Teil musst du mir mal ausleihen«, rief Matthias und drehte sich vom Fenster zu uns um. Sein Gesicht zeigte dieselbe Begeisterung, die auch ich gespürt hatte, als ich das erste Mal durch das Fernglas gesehen hatte. »Man kann genau in Siemanns Küche reingucken. Bei denen sieht's aus wie in 'ner Kirche. Kerzenleuchter ohne Ende. Lustig. Selbst als Elektriker biste also nicht vor Stromausfall gefeit. Hey, ich glaube, die machen eine Tupperware-Party.«

Ich ging zu ihm. »Gib mal.« Ich sah durch. Frau Siemann stand in der Küche, in der sich lauter hellblaue Kühlboxen stapelten. Dann reichte ich das Fernglas an Ann weiter.

»Siemanns sortieren das Zeug, das sie für die Suppenküche gesammelt haben«, sagte Ann und senkte das Fernglas.

Und in diesem Moment fiel es mir plötzlich wieder ein. »Das ist eine Lüge«, sagte ich und sah in die Runde. »Was auch immer in den Kühlboxen drin ist, es ist *nicht* für eine Suppenküche. Siemann fährt diese Kühlboxen sonntags übers Feld. Und zwar nachts um zwei. Ich hab es schon zweimal beobachtet.«

»Jetzt versteh ich nur noch Bahnhof«, sagte Matthias.

»Er hat jedes Mal exakt bei Unland haltgemacht«, sagte ich.

»Und dann?«, wollte Ricardo wissen.

»Keine Ahnung.«

»Leute«, unterbrach Lizzie uns, die die ganze Zeit den Zettel am Wickel gehabt hatte, auf einmal. »Ich will ja keinen beunruhigen, aber dieser Fleck hier ...« Sie hob den Zettel hoch und zeigte auf einen etwa daumengroßen Fleck. »... ist Ruß.«

Sie sah in die Runde. Wir warteten alle, dass sie weitersprach, aber Lizzie schwieg bedeutungsvoll.

Matthias platzte heraus: »Und? Willste uns damit sagen, dass der Schornsteinfeger den Brief geschrieben hat?«

»Ruß kommt im Schornstein vor, richtig, du Blitzbirne«, sagte Lizzie. »Aber warum? Weil Ruß ein Verbrennungsprodukt ist, das sich schwarz an den Innenwänden des Schornsteins ablagert. Fällt euch zu schwarzen, verrußten Wänden noch irgendwas anderes ein?«

Wie auf ein unhörbares Signal hin hoben wir alle die Köpfe und sahen zum Fenster. Der Mond war so voll, dass das Feld wie unter einem Scheinwerfer dalag. Die düstere, scharf gezackte Silhouette von Unland schien sich wie eine Antwort vor dem Horizont abzuheben.

⊙

Ich hatte die beiden Fensterflügel jetzt weit geöffnet und die Nacht drang ins Zimmer. Mit der Nacht kam auch ein Geruch herein, frisch und feucht und voller Leben. Ricardo und Ann standen neben mir am Fenster.

Ich sagte: »In der Nacht, als die Karnickel geklaut worden sind, hab ich Lichter in Unland gesehen. Kein elektrisches Licht, der Strom war ja weg. Es müssen Fackeln oder so was gewesen sein. Es waren jedenfalls Lichter, die sich *bewegt* haben.«

»Das würde ja heißen, dass da jemand herumschleicht ...«, sagte Ricardo und starrte auf die toten Häuser in der Ferne. Mir lief ein Schauer über den Rücken. Vielleicht hatte es mit diesem Mond zu tun. Mit dem Kontrast zwischen dem bleichen Licht und den Ruinen dort, die wie in Pech getunkt schienen. Es kam mir vor wie eine Botschaft, die an mir zupfte, die ich aber nicht verstand.

»Okay«, sagte Ann und machte mit Nachdruck das Fenster zu. Dann räusperte sie sich. »Unser Plan für morgen: Lizzie wird in der Pause mit Sandro Hoffmann reden. Wir alle treffen uns morgen Nachmittag wieder hier. Matthias, du schaust vorher noch mal bei *Futureworld* vorbei. Wenn du Selina triffst, versuch sie auszuquetschen. Vielleicht weiß sie noch mehr. – Und danach, ja, danach gehen wir alle zusammen nach Unland. Franka, du zeigst uns, wo Siemann sonntagnachts immer angehalten hat. Vielleicht fällt uns irgendwas auf. Wir müssen der Sache auf den Grund gehen.«

⊙

»Was hast du da?«, fragte Lizzie auf einmal und griff nach meiner Hand. »Ein Tattoo?«

»Ach, das«, sagte ich und sah auf die Eule, die ich heute in der Schule mit Kuli um meinen Knöchel herum gemalt hatte. »Mir war bloß langweilig im Unterricht.«

»Hey, das ist es«, sagte Valerie da. »Wenn wir jetzt zusammengehören, dann sollten wir alle dasselbe Tattoo tragen. Wie Blutsgeschwister. Eins, was sich nicht abwaschen lässt.«

»Das ist mir zu teuer«, sagte Matthias. »Außerdem muss man volljährig sein, glaub ich.«

»Nicht, wenn man's selber macht«, sagte Valerie. »Habt ihr Jod? – Was ist denn?«, fragte sie in das erschrockene Schweigen.

»Ich glaube, wir haben kein Jod«, sagte Ann zögernd.

»Nagellackentferner tut's auch«, sagte Valerie. Sie ließ sich nicht beirren. Ann stand auf und ging ins Bad. »Bring noch ein paar Tempos mit«, rief Valerie ihr hinterher.

Als sie wiederkam, lagen neben Valerie mein Zirkel, Ricardos Feuerzeug und ein Tintenfass. Ann legte die Tempos und den Nagellackentferner dazu. Lizzie stellte rundum Kerzen auf und zündete sie an. Als sie alle an waren, war das Zimmer hell erleuchtet wie ein Ballsaal. Das Kerzenlicht zitterte und heizte den Raum auf. Ich stand auf und öffnete das Fenster wieder, damit ein bisschen frische Luft reinkam. Im selben Moment spürte ich, dass jemand mich ansah. Von draußen. Es war intensiv. Ein Blick wie eine Berührung. Ich starrte in den mondhellen Garten. Nichts war zu sehen. War da jemand auf dem Feld? Ich starrte über die Ähren. Nirgends eine Bewegung. Nichts. Kam der Blick von noch weiter? Und dann war es auf einmal vorbei. Als wäre nichts gewesen.

Als Valerie fragte: »Kommst du, Franka?«, drehte ich mich um und beschloss, den Vorfall zu verschweigen. Vielleicht hatte ich mich ja geirrt. Und überhaupt – wie hörte sich das an, wenn man behauptete, man könnte Blicke *spüren*?

Ich setzte mich zu den anderen.

»Also – wer fängt an?«, fragte Valerie.

Ann hielt ohne zu zögern ihre Hand hin.

»Bist du sicher?«, fragte Valerie.

»Ja.«

Valerie goss Nagellackentferner auf ein Tempo, wischte Anns Knöchel damit ab und danach die Spitze des Zirkels. Dann hielt sie die Spitze in die Kerzenflamme und wartete.

»Du hast da echt Erfahrung?«, fragte ich und staunte.

»Hmmm«, machte Valerie nur, tauchte die heiße Spitze in die Tinte und fing langsam an, einen Kreis um Anns Knöchel herum zu stechen. Es begann, ein bisschen zu bluten. Immer wieder tauchte sie die Spitze in die Tinte. Sie arbeitete konzentriert und mit ruhiger Hand. Sie biss sich auf die Unterlippe dabei und Ann hielt ganz still. Wir schwiegen und sahen gebannt zu.

Als Valerie mit Ann fertig war und wir den tätowierten Kreis bewunderten, sah sie mich an und sagte: »*Jetzt* hab ich Erfahrung. Bis eben hatte ich noch keine.«

»*Was?*« Ann sah bestürzt auf Valerie und dann auf ihren Knöchel. »Ich bin doch kein Versuchskaninchen!«

»Ich kann das Wort Kaninchen nicht mehr hören«, sagte Ricardo.

»Es sah ziemlich – professionell aus«, sagte ich zu Valerie.

»Ich bin eben ein Naturtalent«, sagte Valerie lächelnd. »Ich hab *Foxfire* gesehen, mit Angelina Jolie, das ist alles. Dort haben sie das so gemacht. – Nur ohne Nagellackentferner. Okay, wer ist der Nächste?«

Ricardo hielt seine Hand hin. »*Foxfire?*«, fragte ich. »Ist das der Film, in dem Angelina Jolie eine Lesbe spielt?«

»Ja. Das war cool«, sagte Valerie nur kurz, weil sie sich konzentrierte.

»Tut es weh?«, fragte ich Ricardo.

»Es sind unbeschreibliche Schmerzen«, sagte er und verzog übertrieben das Gesicht. »Ich weiß nicht, ob ich überlebe.«

Und das war alles, was in der Zwischenzeit gesprochen wurde. Jeder von uns ließ sich von Valerie tätowieren. Am Ende, als nur noch sie selbst einen nackten Knöchel hatte, nahm Ann ihr den Zirkel und das Feuerzeug aus der Hand, tränkte ein Tempo mit Nagellackentferner und sagte: »Leg deine Hand hier hin.«

Die Kerzen waren fast heruntergebrannt, als wir fertig waren. »Wir sind die Eulen!«, sagte Valerie und legte ihre Hand in die Mitte. Das Tattoo zeigte nach oben. Wir alle legten unsere Hände daneben und sagten: »Wir sind die Eulen!«

Ich fühlte mich verändert. Mit der Tinte, dem Feuer und dem Schmerz war noch etwas anderes in uns eingesunken: ein Eid. Ein heimliches Glühen. Jeder von uns schien ein bisschen größer, ein bisschen stärker geworden zu sein.

Als der zwölfte Gong der Kirchenglocke verhallte, sagte Valerie: »Ich muss jetzt echt nach Hause. Dieser blöde Strom ist immer noch nicht wieder da.« Sie sah durchs Fenster in die Nacht. »Ich hab vielleicht Bock, allein durch diese Finsternis zu laufen …«

»Warte«, sagte Ann. »Ich komme mit!«

»Ich auch«, hörte ich mich gleichzeitig mit Ricardo sagen.

⊙

Draußen kam Fussel uns entgegengerast, er knurrte leise, als er Valerie bemerkte, aber Ann nahm ihn hoch und hielt ihm die Schnauze zu. Sie ließ ihn erst wieder am Eisbechertor runter.

»Gott, bin ich froh, dass ich nicht allein gehen muss«, sagte Valerie. »Ich hätte mir in die Hosen gemacht vor Angst.« Dann griff sie nach Anns Hand. Und so liefen sie. Hand in Hand.

Ich schaute zu Ricardo, der sich im selben Moment zu mir drehte und stehen blieb. Ich sah, dass er dasselbe dachte wie ich: wie es wäre, wenn wir beide uns auch anfassen würden. Das Herz schlug mir plötzlich im Mund. Ich wollte, dass es aufhörte, und vergrub meine Hände in den Hosentaschen. Bloß nicht zurückbleiben mit Ricardo, dachte ich und versuchte, Ann und Valerie mit Riesenschritten einzuholen.

»Weiß irgendjemand von euch, was Unland früher mal war?«, rief ich nach vorn. Ich hoffte, sie würden stehen bleiben und auf mich warten. Es kam keine Antwort und fast wäre ich an ihnen vorbeigelaufen.

»Nein«, sagte Valerie und löste sich aus der Umarmung. Hatten sie sich etwa geküsst? »Keiner redet darüber.«

»Vielleicht steht ja wirklich was in der Chronik«, sagte Ann.

»Die Chronik von Waldburgen?«, fragte Valerie. Sie hatten jetzt ihre Finger ineinander verhakt. »Vergiss es. Das Ding ist gesichert. Keiner weiß, was drinsteht. Ich wette, Krömer weiß das selbst nicht.«

»Und was, wenn jemand rauskriegt, wie man den Alarm abstellt und die Seiten kopiert?«, sagte Ann.

»Das könnte nur jemand, der bei Krömer arbeitet und bei dem er keinen Verdacht schöpft«, sagte Valerie.

»Valerie, das ist es!«, rief ich viel zu laut, aber wenigstens hatte ich mich aus meiner Starre befreit. »Das ist *die* Idee!« Ich drehte mich zu Ricardo um. »Du musst doch fünfundzwanzig Tagessätze leisten und weißt nicht, wo. Wie wär's, wenn du Wurm hilfst, die Bücher neu zu kategorisieren? Er braucht jemanden, das hat er Ann gesagt.« Ich gab Ricardo einen leichten Schubs. Und Ricardo boxte mich leicht zurück.

Während wir weiterliefen, versuchten wir uns gegenseitig umzuwerfen, stellten uns Beine, zerrten aneinander herum und wehrten vorgetäuschte Schläge ab. Wir feixten und alles fühlte sich tausendmal besser an als Küssen.

»Wir sind da«, sagte Valerie und hielt vor einem zweistöckigen Haus an.

»Okay, Kumpel«, keuchte Ricardo zu mir. »Gleichstand für heute.«

13. Kapitel

ALLES STEHT KOPF

Als am nächsten Morgen der Wecker um sechs klingelte, fühlte ich mich wie eine überfahrene Pampelmuse. Ich war hundemüde und schleppte mich vom Bett ins Bad, erschrak dort vor meinem eigenen Spiegelbild, zog das Basecap tiefer in die Stirn und schleppte mich weiter vom Bad in die Küche.

Matthias schien die kurze Nacht nicht auf den Magen geschlagen zu sein, denn er stand schon geschäftig am Herd und brutzelte sich irgendwas Undefinierbares, über das er dann Mayonnaise träufelte. Mir wurde übel.

Lizzie las in ihrem Biologiebuch. Sie sah munter und fröhlich aus, aber ihr Aussehen versetzte mir einen solchen Schock, dass ich abrupt wach war. Ihre Haare sahen aus wie ein alter Besen. Sie trug beigefarbene Wollkniestrümpfe und einen ausgeleierten Strickrock. Dazu ein Oberteil, das einem Schlafanzug ähnelte.

»Lizzie«, sagte ich fassungslos, »… also, ich weiß echt nicht viel über Mode, *du* bist die Expertin, und vielleicht ist das der letzte Schrei, was du da anhast, aber ich finde, du siehst einfach grässlich aus damit.«

Da sah Lizzie vom Biobuch hoch, strahlte mich an und sagte: »Echt? – Super!«

»Das muss ich jetzt nicht verstehen, oder?«

»Nee, du bist ja auch nicht David«, versuchte Ann mir auf die Sprünge zu helfen. Sie merkte schnell, dass ich absolut keine Peilung hatte, und gab mir eine zweite Chance. »Der Typ vom Rummel, der das Kinderkarussell aufgebaut hat.«

»Ich kapier's immer noch nicht«, sagte ich.

»Mann«, sagte Matthias jetzt aufgebracht. »Sonst ganz die Miss Watson, aber hier rafft sie die einfachsten Zusammenhänge nicht: Es ist Schluss mit Christian. Lizzie ist in David verknallt!«

Hä?

»Es ist sozusagen das Gegenteil ihrer Methode, einen Jungen loszuwerden«, erbarmte sich Ann später auf dem Weg zur Schule und erklärte es mir. »Du hast ja mitgekriegt, wie das mit Christian gelaufen ist.«

Ich erinnerte mich: Lizzie war von Tag zu Tag mehr aufgeblüht. Sie hatte sich immer schöner angezogen, je mehr es dem Ende zuging.

»Normalerweise verknallen sich die Typen in Lizzie, nicht andersrum, und deshalb hat sie Schiss, dass er sich nur in ihr tolles Aussehen verlieben könnte, wenn sie ihn anspricht. Sie will aber sicher sein, dass er sich für *sie* interessiert, für das, was sie zu sagen hat, wie sie lacht und so. Sie ist überzeugt davon, dass jemand, der es wirklich ernst meint, über alles hinwegsieht, über unmodische Klamotten und fettiges Haar, bis in ihr Herz hinein.«

»Und, funktioniert es?«, fragte ich mit einem Kopfnicken Richtung Rummel, wohin Lizzie verschwunden war.

»Ich glaube schon«, mischte Matthias sich ein. Er war die ganze Zeit neben uns gelaufen und hatte mit seinem Handy gespielt. Jetzt hielt er es mir hin, sodass ich das Display mit der Uhrzeit sehen konnte. »Sie ist schon drei Minuten über der Zeit.«

Und da kam Lizzie auch schon den Weg zurückgerannt und die Röte in ihrem Gesicht und das Glänzen in den Augen waren genug Erklärung. Es lief offenbar sogar *sehr* gut.

»Er kann sogar Schach spielen«, freute sich Lizzie atemlos, während sie aus dem Strickmonster und dem Schlafanzug schlüpfte und ein schönes Sommerkleid darunter zum Vorschein kam. Rasch bürstete sie ihre Haare und band sie zum Pferdeschwanz, während wir in die Sandstraße einbogen. Mithilfe eines kleinen Taschenspiegels zog sie einen schnellen Lidstrich und sah schon fast wieder aus wie Lizzie.

Lady Gaga begrüßte den Morgen aus den Lautsprecherboxen und schrie uns die restliche Müdigkeit weg.

Oh, oh, oh, I'll get him hot, show him what I've got …

»Dahinten steht Valerie«, rief Ann aufgeregt. Sie winkte, und ich fragte mich, ob Verlieben ansteckend ist. Bei Zwillingen bestand sicher ein erhöhtes Risiko.

Valerie sah uns starr entgegen, winkte nicht, sondern drehte sich um und begann ein Gespräch oder eher ein Geschrei mit Holle.

P-p-p-poker face, p-p-poker face, mmmm, mmmm …

»Sie hat uns nicht gesehen«, wollte ich Ann schnell beruhigen. Auch ohne Kompresse wirkte sie verletzt.

Wie am Tag zuvor starrten uns fast alle hasserfüllt an. Keiner wollte in unserer Nähe sein, nur Eileen Saalfeld stolzierte mit ihrer Crew ganz dicht an uns vorbei und jemand gab mir von hinten einen Stoß.

»Echt ungemütlich hier«, brüllte ich. »Kommt, wir gehen rüber zu Valerie.«

»Hi, Valerie!«, rief ich, als wir näher kamen. Aber Valerie bewegte sich keinen Zentimeter. Erst als wir vor ihr standen, unterbrach sie ihr Gespräch mit Holle.

»Wir treffen uns heute schon um zwei bei uns«, sagte Ann leicht verunsichert. Valerie lächelte, aber ihre Augen waren kalt. »Kommst du?«

A little gambling is fun when you're with me ...

»Ich bin draußen«, sagte sie. »Ich will nichts mehr mit euch zu tun haben.«

Was?

Ich starrte Valerie an, genauso geschockt wie Lizzie und Ann. Dann ging Valerie einfach weg.

Russian Roulette is not the same without a gun ...

Ann lief ihr nach, aber Valerie drehte sich um und sagte: »Welche Silbe des Wortes Nein hast du nicht verstanden, Anastasia Fischer? Verzieh dich!«

Ann prallte zurück, als hätte ein Medizinball sie in vollem Flug erwischt.

And baby when it's love if it's not rough it isn't fun ...

Sie taumelte zu uns zurück wie eine Kranke. Lizzie nahm sie sofort in die Arme und sah zu Valerie. »Es gibt eine Erklärung dafür«, sagte Lizzie. »Ganz bestimmt.«

Valerie sah von Weitem zu uns herüber, und dieses Gesicht war ihres, alles daran war so wie immer, aber es hätte auch das Gesicht einer Fremden sein können.

⊙

»Ich verstehe nicht, was mit Valerie ist«, sagte Ann zu mir und Matthias in der großen Pause. Sie sah aus, als wäre sie in den letzten zwei Stunden um Jahre gealtert. Valerie stand an die Wand gelehnt und unterhielt sich mit Christian. Holle war auch wieder dabei.

»Es ist, als wäre sie nicht sie selbst«, sagte ich.

Ich war nach der ersten Stunde noch mal zu ihr hingegangen.

»Valerie, was ist los? Wir gehören zusammen!«, hatte ich sie gefragt und ihr meinen Knöchel hingedreht. Sie hatte auf das Tattoo gesehen und gesagt: »Nein.« Ihr eigenes Tattoo war durch den langen Ärmel ihres Shirts bedeckt gewesen. »Ist irgendwas passiert?«, hatte ich wissen wollen. »*Nein* ist ein vollständiger Satz«, hatte sie geantwortet und durch mich hindurchgesehen.

»Vielleicht hat sie Schiss bekommen«, sagte Matthias.

»Valerie bekommt keinen Schiss«, sagte ich. »Die ist nicht der Typ dafür.«

»Oh nein, bitte nicht …«, sagte Ann mit Sterbensmiene, als der Pausen-DJ anfing aufzulegen, »… nicht auch noch Polarkreis 18. Ich fang eh gleich an zu heulen.«

We look into faces, wait for a sign, wir sind allein …

Ich beobachtete Lizzie, die bei den Heckenrosen mit diesem Sandro sprach. Es hätte alles ganz anders laufen sollen. Es lief trotzdem, aber ohne Valerie. Vielleicht sogar gegen sie. Eine ewig lange Sekunde spürte ich, wie ich den Glauben an unsere Sache verlor. Doch je mehr ich den Gedanken zuließ, dass Valerie uns einfach verlassen hatte, desto deutlicher fühlte ich plötzlich eine Schutzschicht um mich herum wachsen und fühlte mich merkwürdigerweise stärker als vorher.

A prisoner behind the walls, a heart away … wir sind allein …

Sandro Hoffmann war ein blasser Junge mit dünnen Armen

und Beinen, der nur aus Locken zu bestehen schien und der erschrocken zurückgewichen war, als Lizzie auf ihn zukam. Aber nach einer Weile lachten beide und er fing an zu erzählen und schien sich mehr und mehr zu entspannen.

»Lizzie hat wirklich genau die richtige Art«, sagte ich zu Ann, aber Ann achtete gar nicht auf Lizzie, sondern sah die ganze Zeit zu Valerie.

»Ich versteh es einfach nicht«, sagte sie.

Valerie sah kurz in unsere Richtung, sie sah genau zu Ann, sie fing regelrecht Anns Blick ein, und dann warf sie den Kopf in den Nacken und lachte über einen Witz, den Holle gemacht hatte.

Wir sind allein, allein, allein, allein, allein, allein, allein …

⊙

»Der wird mir die Stelle nie geben«, sagte Ricardo, als wir auf dem Weg zur Bibliothek waren.

»Das lass mal meine Sorge sein«, sagte Ann.

»Das ist 'n Lustmolch, der will seinen Knochen vergraben, mehr nicht«, sagte ich. »Ich bin echt gespannt, wie du ihm Ricardo als Leckerli unterjubeln willst.«

Ein sehr alter Mann, der gerade ein Brot im Bäckerwagen gekauft hatte, stieg wieder aufs Rad und fuhr weg. Als ich einen Blick auf das Wirtshaus warf, musste ich lachen. Der Besitzer hatte das *L* erfolgreich entfernt. Allerdings hatte das nicht lange gehalten. Jetzt verkündete das Haus:

Zum eisernen Brecher

Dann sah ich auf Ricardo, der sich ein Grinsen nicht verkneifen konnte.

»Das warst du, oder?«

»Hm.«

»Wie bist'n da hochgekommen?«, fragte Ann verblüfft.

»Mit unserer Klappleiter.«

»Wie, du hast die Klappleiter bis hierher geschleppt, bist da hoch, hast das **R** gesprayt und bist wieder weg? Wenn jemand dich gesehen hätte! Das ist doch sauriskant!«

Ricardo grinste breit. »Ein Schiff, das im Hafen liegt, ist sicher«, sagte er, »aber dafür werden Schiffe nicht gebaut!«

Ich boxte ihn ein paarmal in die Seite. Ricardo stieg sofort in unser Spiel ein und schaffte es diesmal, mich in den Schwitzkasten zu nehmen. Ich hatte gar keine Lust, mich wieder zu befreien.

»Auseinander«, sagte Ann. »Jetzt wird's ernst. Reißt euch zusammen.« Und damit stieß sie die Tür zur Bibliothek auf.

»Guten Ta-hag, Herr Krömer«, flötete sie wie eine verliebte Nachtigall.

⊙

»Oh, Ann … da könnten wir uns die Bestände ja mal *ganz in Ruhe* anschauen«, schleimte Ricardo Ann von der Seite an.

Wir waren auf dem Rückweg. Ricardo sprang vor ihr auf den Weg, legte beide Hände ineinander, als wollte er beten, und setzte ein salbungsvolles Lächeln auf. »Aber *natürlich* war das Angebot ernst gemeint, liebe Ann. Ich bin ja nicht mehr der Jüngste. Ich suche dringend jemanden, der mir hilft.« Ricardo lachte ein triefendes Lachen, griff sich dann ans Herz.

Ich kam von der anderen Seite an sie herangequallt und säuselte ihr ins Ohr: »Vor allem so ein hübsches junges Blut.« Dabei tat ich so, als würde mir der Sabber runterlaufen, den ich abwischen musste, und Ann stieß mich lachend in die Seite und rief: »Und wann soll's losgehen, Herr Krömer?«

»Na ja«, sagte ich sabbernd, schnappte mir Anns Hand und knutschte mich bis zum Ellenbogen hoch. »Von mir aus schon morgen, liebste Ann. Da ist die Bibliothek geschlossen und wir könnten uns die Bestände mal *ganz in Ruhe* anschauen.«

Wir prusteten.

»Morgen Nachmittag um drei also?«, fragte Ann und warf mir einen Barbiepuppenblick zu. »Wäre Ihnen das recht, Herr Krömer?«

Jetzt schnappte sich Ricardo die andere Hand von Ann und schmatzte sie ebenfalls ab. »Unbedingt, Ann, unbedingt. Die Bestände ... du weißt doch ... wir müssen sie Stück für Stück durcharbeiten ... nur du und ich ... *ganz in Ruhe* und ohne Zeugen ...«

»Gut, Herr Krömer, dann ist die Sache geritzt«, sagte Ann und entzog uns ihre Hände wie eine Königin. Sie lächelte Ricardo von oben herab an. »Dann steht hier Ihr junges Blut!« Sie schnappte mich und präsentierte mich Ricardo. »Das ist Ricardo. Der braucht den Job.«

Ricardo stotterte: »Aber Ann ... ich ... ich wollte doch mit *dir* die Bestände ...«

»Danke schön, Herr Krömer«, sagte Ann. »Und einen schönen Gruß an Ihre Frau!«

Wir kreischten.

»Wirklich ein amüsanter älterer Herr«, sagte Ricardo, als wir wieder im Dreieulenweg waren.

»Klar. Amüsant«, sagte ich und brach schon wieder in Gelächter aus. »Amüsant wie 'ne Beinamputation.«

⊙

Als wir zurückkamen, warteten Lizzie und Matthias schon ungeduldig in meinem Zimmer. Lizzie sah uns fragend an. Wir
hielten den Daumen hoch.

»Wo ist eigentlich Valerie?«, fragte Ricardo.

»Valerie macht nicht mehr mit«, sagte Lizzie, »und frag jetzt
nicht, warum.«

Ricardo schaute zu mir und verstand, dass es ernst gemeint
war.

»Also los, fangen wir an. Was ist mit Sandro Hoffmann?«,
fragte Ann.

»Der hat im Auftrag gehandelt«, brüllte Matthias.

»*Im Auftrag gehandelt* – wer redet denn so! Du hast zu viele
Agentenfilme gesehen, Alter«, sagte Ricardo.

»Du hast doch keine Ahnung, du Affenkopp«, wehrte sich
Matthias.

»Also«, begann Lizzie ihren Bericht, während wir anderen uns
auf mein Bett setzten und Matthias sich das Fernglas schnappte
und aus dem Fenster sah. »Ich hatte es ja schon geahnt. Sandro
hat sich dressieren lassen. – *Jemand* hat ihm 'ne E-Mail geschickt. Kurz vor der Nacht, in der die Hasen geklaut worden
sind. Sandro ist ja bei SchülerVZ angemeldet, es ist also ganz
einfach, mit ihm Kontakt aufzunehmen. In der Mail stand, dass
am Abend ein Verbrechen passieren wird und dass er, Sandro
Hoffmann, der Einzige sein wird, der dabei helfen kann, es auf-
zuklären. Er solle ›auf Instruktionen warten‹.«

»Und die kamen dann?«, fragte ich.

»Ja«, fuhr Lizzie fort. »Die kamen. In Form dieses Fotos, das der Auftraggeber als E-Mail-Anhang geschickt hat. Die Instruktionen lauteten: vervielfältigen und in die Briefkästen stecken.«

»Und das hat er auch gemacht.«

»Ja«, sagte Lizzie. »Weil es ihm imponiert hat. Nicht, weil er uns schaden wollte. So weit hat er gar nicht gedacht.«

»Und woher willst du wissen, dass er sich diese Geschichte nicht nur ausgedacht hat?«, fragte Ann zweifelnd.

»Weil – und jetzt haltet euch fest …«, sagte Lizzie, »… weil diese E-Mail von einer Selina stammte.«

»Was?«, sagte Matthias und drehte sich erschrocken vom Fenster zu uns um. »Von … Selina?«

»Vielleicht …«, sagte Lizzie zögernd und versuchte, Matthias schonungsvoll vorzubereiten, »… ist deine Selina nicht diejenige, die sie vorgibt zu sein, sondern eine falsche Schlange. – Jetzt guckt mal«, sagte sie, als ihr Blick das Fenster streifte, »Siemann holt noch mehr Kühlboxen aus seinem Keller.«

»Ja«, sagte Matthias am Boden zerstört, »das wollte ich euch auch gerade sagen.«

»Gib mal«, sagte ich und griff nach dem Fernglas. Es war schmierig, aber ich hatte keine Zeit, darüber nachzudenken. Ich hob es an die Augen. Es stimmte. Siemann kam mit Kühlboxen aus dem Keller und stapelte sie vor der Haustür. Seine Frau, die eine ganze Kollektion an verbiesterten Gesichtern haben musste, trug die Boxen nacheinander durch den bunten Plastikstreifenvorhang ins Haus.

»Selina … niemals«, murmelte Matthias vor sich hin und schüttelte immer wieder den Kopf.

»Du bist nicht der Einzige, der verarscht wurde«, sagte Ann mit Bitterkeit in der Stimme.

»Also«, sagte ich. »Was ist jetzt? Gehen wir nach Unland? – Ich hab nur eine Stunde Zeit, dann muss ich zu Bosen. Heute kommt die Lieferung Haselnussbüsche.«

⊙

Die Zwerge waren draußen im Garten in ein stilles, einmütiges Spiel an der Regenwanne vertieft – sie pflückten lange Gräser und kleine Blätter, die sie vorsichtig ins Wasser legten, um Insekten zu retten.

Als wir durch die Gartenpforte auf das Feld traten, fuhren die Mähdrescher gerade auf die mittleren Felder. Wir liefen eilig durch das Getreide, trampelten einen Pfad hindurch. Die Sonne knallte auf meinen Kopf. Staub stob bei jedem Schritt nach oben, denn der Boden war hart und extrem trocken, es hatte seit Wochen nicht geregnet. Nach zehn Minuten Fußmarsch waren wir da.

Ich weiß nicht, was ich erwartet hatte, jedenfalls nicht diese vollkommene Trostlosigkeit. Dabei hatte ich Unland doch schon oft durch das Fernglas betrachtet. Aber vom Fenster aus war mir diese Ödnis immer wie ein Bild vorgekommen. Ein Bild in einem Museum. So als wäre es nicht ganz echt.

Jetzt standen wir direkt davor.

Schwarz verkohlte Ruinen, Häuser mit aufgerissenen Dächern, die wie Mäuler nach der Sonne zu schnappen schienen, fehlende Fensterscheiben, offen stehende Türen. Alles Lebendige war verbrannt und erstickt. Feuerkäfer krabbelten durch den Zaun auf die schwarze Erde, doch sie verstärkten nur den

Eindruck, dass die Welt hinter dem Zaun unwiderruflich zu Ende war.

⊙

»Da muss jetzt ziemlich bald ein Tor kommen«, versuchte Ann uns zu motivieren. Die Sonne schaltete von *Backen* auf *Grillen* um. Wir gingen hintereinander, ein Suchtrupp, der aufmerksam den Lauf der Drähte verfolgte, um jede noch so kleine Unregelmäßigkeit, jeden Defekt im Material aufzuspüren. »Ich hab es gesehen, als ich im letzten Herbst hier drum herum gelaufen bin.«

Nachdem wir zehn weitere Minuten gelaufen waren, erreichten wir die Stelle. »Hier ist es«, triumphierte Ann.

»Hier hat Siemann nachts angehalten«, sagte ich.

Wir standen vor einem Tor aus Metall, das von Drähten umwickelt war.

»Ich seh keinen Riegel, keine Klinke oder so was«, sagte Matthias.

Kurz hinter dem Tor stand eine Kirchenruine, halb in sich zusammengesunken. Das mächtige Kirchenschiff hob sich schwarz gegen den Himmel ab. Ich spürte ein Ziehen im Herzen, eine seltsame Traurigkeit. Auch die anderen mussten es gespürt haben. Die Traurigkeit schien von den Ruinen zu uns herüberzuschwappen. Matthias sagte: »Ätzend.« Ann atmete tief ein und Ricardo griff nervös nach seinen Zigaretten und steckte sich eine an. Er inhalierte tief und starrte auf die vom Feuer zerstörte Kirche. Er rauchte, als wollte er ein Gegenfeuer legen.

Durch die zerbrochenen Kirchenfenster flogen Vögel ein und

aus. Getreidespelzen segelten durch die Luft und Falter flatterten lautlos über den Zaun und setzten sich auf Mauervorsprünge der Ruine. Die Sonne knisterte in den Ähren rings um uns und die Elektrizität summte.

So einen Blick hatte ich noch nie an Ricardo gesehen. Es war die pure Faszination. So als wäre da etwas, was er unbedingt haben wollte.

Ich versuchte herauszufinden, was genau er ansah, und folgte seinem Blick, aber ich traf nur auf die verrußte Wand des Kirchenschiffs. Ich sah wieder zurück zu ihm und da erwiderte er meinen Blick und der Ausdruck verschwand.

Ich fühlte einen Stich. Es war völlig absurd. Ich fühlte einen Stich, den ich zum Beispiel wegen Eileen Saalfeld nie gefühlt hatte. Aber Eileen hatte er auch nie so einen Blick zugeworfen wie dieser zerfallenen Kirche. Ich drückte das Gefühl sofort weg und grinste zurück.

Als Ricardo den Zigarettenstummel ausgetreten hatte – er hatte ihn sorgsam mit dem Schuh zerrieben und am Ende auch noch Erde darübergehäuft, damit die Getreidehalme nicht zufällig Feuer fingen – und wir weitergingen, hatte ich auf einmal das Gefühl, ich hätte etwas Wichtiges übersehen.

Auf dem Rückweg hatte ich mich abgesetzt, um rechtzeitig bei Bosen zu sein. Ich sah ihn schon von Weitem.

Ich merkte sofort, dass irgendwas nicht stimmte, und wurde langsamer. Bosen, der sonst vor Kraft und Leben nur so sprühte, wirkte klein und ausgetrocknet, wie er dort an der Schonung auf mich wartete. Gebeugt und mit einer Hand an den Stamm einer Birke gelehnt, als bräuchte er Halt. Selbst als ich nach ihm rief, bewegte er sich nicht.

⊙

Die Schonung war ein Schlachtfeld.

Die frisch gepflanzten Hagebutten- und Wacholdersträucher waren ausgerissen, die Wurzeln abgeknickt, die Zweige brutal zerstampft. Der große Aschefleck in der Mitte der Schonung ließ keinen Zweifel. Jemand hatte dort ein Feuer gelegt.

Ich begann, hin und her zu laufen. Eine hilflose Wut hatte mich erfasst, und ich konnte nur noch ein Wort denken: *abgeschlachtet*. Irgendein Verrückter hatte meine Sträucher abgeschlachtet, alle. Alle, die Bosen und ich gemeinsam gepflanzt hatten. Nicht ein einziger war verschont geblieben. Er hatte sie umgebracht, abgemurkst, hatte sie *abgeschlachtet* …

»Der ganze Forst hätte verbrennen können«, sagte Bosen leise, »… der ganze Forst …«

Und da brach die Wut aus mir heraus: »Was für verdammte Arschlöcher! So 'ne Schweine, Idioten! Die haben doch keine Ahnung, die wissen überhaupt nicht, was das bedeutet, diese *Viecher*!« Ich hatte mich nicht unter Kontrolle, und erst als ich merkte, dass Bosen mich anstarrte, hörte ich abrupt auf zu schreien.

Mir war, als ginge sein Blick in mich hinein, als würde er wie ein Netz über den Grund meines Kopfes schleifen und sämtliche Gedanken abfischen wollen, und hinter seiner Traurigkeit erkannte ich plötzlich noch etwas anderes. Eine hoch konzentrierte Aufmerksamkeit, die gar nicht zu Bosen passte. Er warf die zerfetzten Sträucher auf einen Karren und vielleicht hatte ich mir alles auch nur eingebildet. Aber dann sagte er langsam: »Franka, hast du … Feinde?«

Und in dem Moment verstand ich, was er sagen wollte: Was, wenn es hier gar nicht um die Sträucher ging? Was, wenn es um *mich* ging? Mir fiel die Nachricht ein, die jemand in unserem Schuppen hinterlassen hatte und die ich in den letzten Tagen total vergessen hatte: Franka Reinhold, steck deine Nase nicht in Dinge, die dich nichts angehen, oder du wirst es bereuen!

Vielleicht hatte jemand das hier wegen mir getan. Um mir einen Hieb zu versetzen. Ich sagte leise: »Ich … ich weiß nicht … ich bin nicht gerade die beliebteste Schülerin an der Schule, wenn Sie das meinen …« Ich dachte an Tommy, an Holle, an Eileen.

»Und bei euch zu Hause?«, hakte Bosen nach.

»Wie meinen Sie das?«

»Dem, der das hier angerichtet hat, muss wohl zu heiß geworden sein, kein Wunder. Er hat das hier jedenfalls liegen lassen.«

Bosen hielt mir eine Jacke hin. Es war eine schwarze Bomberjacke. Auf dem Rücken prangte ein gelbes *FW*.

»Aber warum sollte er das tun?«, fragte Lizzie entsetzt. Wir saßen in meinem Zimmer, und wir flüsterten, obwohl Matthias in seinem Zimmer war und uns nicht hören konnte.

»Vielleicht hasst er mich«, sagte ich.

»Matthias hat 'n großes Maul«, sagte Ricardo. »Aber er hasst dich nicht. Er hasst keinen von uns. Er hat nur seine Eltern gehasst.«

Was wusste ich eigentlich von Matthias? Ich kannte Lizzies und Anns Geschichte, ich kannte die von Ricardo und von den Zwergen, aber warum Matthias hier war, das wusste ich nicht.

»Außerdem«, sagte Ann, »war Matthias gestern Abend hier mit uns zusammen. Er kann nicht da draußen gewütet haben.«

»Jemand will Matthias unbedingt was in die Schuhe schieben«, dachte Lizzie laut nach. »Erst das Foto, auf dem er zu sehen ist. Jetzt soll er die Schonung zerstört haben? Und das alles innerhalb von zwei Tagen. Was ist überhaupt unser Beweis?« Lizzie sah in die Runde und sagte: »Die Jacke! Und zwar *nur* die Jacke! – Auf dem Foto ist Matthias selbst gar nicht zu sehen, nur seine Jacke. Und was ist im Wald gefunden worden: die Jacke! Wann hatte er die Jacke überhaupt zum letzten Mal an?«

»Auf dem Fahrradausflug am Samstag«, sagte ich.

»Und danach?«, fragte Lizzie.

»Vera hat sie am nächsten Tag gewaschen«, erinnerte ich mich. »Sie hing an der Leine.«

»Ich hab die Wäsche abgenommen«, sagte Ann. »Aber diese Jacke war nicht dabei. Das weiß ich genau.«

»Da haben wir es! Es liegt doch völlig auf der Hand!«, triumphierte Lizzie. »Jemand hat die Jacke geklaut, macht 'n Foto davon, dazu gibt's noch irgendein Schnappschussfoto von Ricardo, beides wird mit Photoshop zusammengefummelt, ein paar Hasen dazu, und fertig ist die Chose. Und dann …«

»… und dann zerstört derjenige die Schonung und legt als Beweismittel die geklaute Jacke dazu«, vervollständigte Ann den Satz.

»Aber was ist das hier?« Ich reichte das Fernglas herum. »Fällt euch was auf?«

»Igitt, das Teil ist voll klebrig!«, sagte Lizzie.

»Ja! Wer hatte es gestern die ganze Zeit am Wickel? Unser Öltanker Matthias! Als ich gemerkt hab, wie schmierig das Teil ist, ist mir nämlich eingefallen, dass ich ein ganz genauso klebriges Ding schon mal in der Hand hatte: das Handy in Bosens Bauwagen. Dieses bei Armins Unfall so merkwürdig verschwundene und plötzlich wiederaufgetauchte Handy!«

»Hör auf!«, sagte Lizzie erbost. »Hör auf, Matthias zu verdächtigen!«

»Es kommt noch besser«, sagte ich und dachte überhaupt nicht daran, aufzuhören. »Angeblich war auch die Säge so schmierig, als der Unfall passiert ist.«

»Jetzt reicht's!« Lizzie gab mir einen Stoß, sodass ich aufs Bett fiel. Ich rammte mir den Ellenbogen am Bettrahmen. »Du spielst dich hier als Superkommissarin auf«, rief Lizzie. »Und alles auf Kosten von Matthias. Du kennst ihn überhaupt nicht! – Matthias ist so was wie … unser Bruder!«, schleuderte sie mir entgegen, »aber du …«

»Aber ich?«, fragte ich leise. »Wer bin ich?« Ich sah, wie es in ihr arbeitete, und wartete auf Antwort.

»Du gehörst genauso zu uns, zur Familie«, schaltete sich Ann ein. »Und in unserer Familie würde keiner eine Schonung zerstören und in Brand stecken.«

Ich sah Ann eine Weile an und dachte nach. Dann sagte ich: »Vielleicht war es wirklich keiner von uns. Vielleicht war es Valerie?«

»Bist du jetzt völlig übergeschnappt?«, fragte Ann.

»Warum war sie so komisch heute? Vielleicht steckt irgendwas dahinter? Wieso quatscht sie mit Holle? Sie kann ihn doch angeblich überhaupt nicht leiden. Vielleicht stecken die alle unter einer Decke? Und Valerie ist ein Spion? Und als sie gestern bei unserem Treffen rausgekriegt hat, was wir alles schon wissen, hat sie die Schonung abgefackelt und Matthias' Jacke hingelegt, damit wir endgültig als Verbrecher dastehen.«

»Das ist das Blödeste, was ich je gehört hab«, sagte Ann.

»Könnt ihr Valeries Handschrift identifizieren?«, beharrte ich, zog den Zettel vor, der nach unserem Fahrradausflug im Schuppen gelegen hatte, und zeigte auf den Satz: Franka Reinhold, steck deine Nase nicht in Dinge, die dich nichts angehen, oder du wirst es bereuen!

»Schreibt Valerie so?«

»Ich hab Valeries Schrift noch nie gesehen«, sagte Lizzie. »Aber irgendwie kommt mir diese Handschrift tatsächlich bekannt vor. Sie …« Und dann verstummte sie auf einmal. Sie sah erschrocken hoch und Ann genau in die Augen. Beide waren auf einen Schlag totenblass geworden. »Ist das jetzt Valeries Handschrift?«, fragte ich ungeduldig.

Beide schwiegen.

Und langsam sickerte eine ungeheuerliche Nachricht in mein Hirn. Langsam formte sich eine Erklärung zu Lizzies und Anns abruptem Schweigen.

Ich stürzte aus dem Zimmer, über den Gang, stieß Anns und Lizzies Zimmer auf, rannte an Anns Schreibtisch, riss eine der Notizen von der Wand und kam damit zurück. Ich hielt die Notiz gegen den Zettel. Wir lasen: Auf dem Boden der Sprudelflasche wuchs Moos. Und: Franka Reinhold, steck deine Nase nicht in Dinge, die dich nichts angehen, oder du wirst es bereuen!

»Hey, Leute«, sagte Ann. »Jetzt guckt mich gefälligst nicht so an! Ihr glaubt doch nicht ernsthaft, dass *ich* irgendwas mit dieser Sache zu tun habe!«

Ich sah die Schriften an, ich verglich. Ich konnte keinen Unterschied feststellen, alles stimmte, es war exakt dieselbe Handschrift.

»Wohnen wir neuerdings im Irrenhaus, oder was?«, rief Ricardo.

⊙

»Abgesehen davon, dass es völlig hirnrissig ist, kannst du es nicht gewesen sein«, sagte Lizzie, »weil wir gestern Nacht zusammen hier waren. Außerdem schlafen wir beide in einem Zimmer, also weiß ich, dass du hier warst und nicht im Wald!«

Hatte ich vorher so etwas wie eine Feindschaft zwischen Lizzie und mir gespürt, so wollte ich jetzt an ihrer Seite sein. Gemeinsam mit ihr gegen eine Verschwörung kämpfen. »Was ich viel eher glaube«, fuhr sie fort, »ist, dass jemand versucht, den Verdacht auf uns zu lenken. Jemand imitiert deine Handschrift. Jemand fälscht ein Foto. Und hier …« Sie griff nach dem Zettel, den ich ihr bereitwillig überließ. »… sind wieder Rußpartikel auf der Seite.« Sie zeigte auf ein paar winzige Flecke, die ich gar nicht für voll genommen hatte. Ich erschrak. »Und hier …« Sie griff nach der Jacke und zeigte auf den Ärmel. »… auch. Und dann … Franka, riech mal an diesem Ledertäschchen!« Sie hielt mir das Fernglas hin und ich hob das Täschchen an die Nase.

»Riecht nach Keller«, sagte ich. »Total muffig.« Ich senkte das Täschchen leicht angeekelt wieder.

»Nach Keller also«, nahm Lizzie den Faden auf. »Oder vielleicht einfach nach einem dunklen Ort? Einer … Ruine vielleicht?« Ich war verblüfft. »Bevor wir uns gegenseitig beschuldigen«, fuhr Lizzie fort, »sollten wir uns klarmachen, dass hier eine ganz miese Geschichte läuft. Wer auch immer dahintersteckt, hat etwas mit Unland zu tun!«

»Okay«, sagte Ricardo. Er reckte den Hals, um aus dem Fenster zu sehen. »Wir müssen nach Unland. Wir müssen da rein. Siemann holt gerade noch mehr Kühlboxen ins Haus, was ja bedeutet, dass er demnächst seinen Multicar damit bepackt und nach Unland fährt. Franka, wann war Siemann gleich noch mal gefahren?«

»Sonntag«, sagte ich wie aus der Pistole geschossen. »Von Sonntag auf Montag. Gegen zwei. Immer dann, wenn der Strom weg war.«

»Heute ist Mittwoch«, sagte Ricardo. »Wir haben vier Tage. Wenn ich morgen nach der Arbeit zum Wurm gehe, versuche ich, an die Chronik ranzukommen. – Wenn ich Glück hab, kann ich die Sicherung rausdrehen und damit die Alarmanlage lahmlegen.«

»Der Typ hat 'ne Blasenschwäche«, sagte ich. »Wenn der aufs Klo geht, braucht der dort mindestens eine Viertelstunde.«

»Eine Viertelstunde …«, überlegte Ricardo. »Dann würde Scannen viel zu lange dauern, das schaffe ich nicht in der kurzen Zeit, aber …« Er grübelte. »… aber ich könnte die Seiten einfach mit der Digitalkamera abfotografieren!« Ricardo hielt uns seine Hand hin. »Give me five!« Wir schlugen ein. Endlich gehörten wir wieder zusammen.

⊙

»Was?«, fragte Matthias am nächsten Morgen am Frühstückstisch. Ricardo war arbeiten, Andreas und Vera waren mit den Zwergen bei der Psychologin in Wittenberg. »Ihr habt echt geglaubt, dass ich Frankas Büsche wieder ausgerissen hab und dann auch noch abgefackelt? Seid ihr bescheuert, oder was? Warum sollte ich das denn machen? Ich bin doch kein Psycho! Oder glaubt ihr, ich bin das: ein Psycho?«

Matthias war so sauer, dass Speicheltröpfchen aus seinem Mund sprühten. »Ja klar, ich hab mal 'n Haus abgefackelt. Das war was anderes, Mann! Und ihr habt nichts Besseres zu tun, als sofort zu denken: *Das kann ja nur der Matthias gewesen sein.*« Er äffte das in einer hohen Mädchenstimme nach, bevor er wieder er selbst wurde. »Mann, wie lange kennen wir uns eigentlich?« Er hielt seine Hand hoch, hielt uns die Tätowierung unter die Nase. Und dann äffte er wieder: »*Wir gehören zusammen.* Toll, echt.« Er weinte jetzt vor Wut. »Ihr Idioten. Ihr … Idioten!«

Er sprang auf und sein Stuhl knallte gegen die Spülmaschine. Dann rannte er aus der Küche.

Ich war Matthias' Wutanfälle schon gewohnt, aber jetzt war ich geschockt. Ich war von mir selbst angewidert. *Ich* hatte Matthias all das unterstellt, *ich* hatte ihn verdächtigt. Ich fühlte mich schuldig. Nein. Ich fühlte mich richtig scheiße.

»Ich Idiot«, sagte ich und stierte vor mich hin.

»Matthias hat 'ne Horrorstory erlebt«, sagte Ann leise. Und ich erinnerte mich, dass sie mir diesen Satz schon einmal gesagt hatte. »Weißt du, als Vera uns fragte, ob wir uns vorstellen könnten, zwei traumatisierte kleine Kinder in unsere Gemeinschaft aufzunehmen, war Matthias der Einzige von uns, der sofort Ja gesagt hat. Ohne zu zögern. Wir anderen waren … na ja … wir waren am Anfang sehr skeptisch. Vielleicht wären die Zwerge ohne Matthias gar nicht bei uns. Er hat uns auf seine … auf seine ruppige Art zurechtgestaucht.« Ich konnte es nicht glauben. Es hörte sich völlig widersinnig an. »Und jetzt sind wir alle echt froh, dass Axel und Denise da sind. Aber damals ... da war das anders.«

»Matthias weiß als Einziger von uns, wie sich die Zwerge fühlen«, sagte Lizzie. »Er weiß es, weil er genau so eine Scheiße mitgemacht hat. Hast du dir mal seine Handflächen angeguckt?«

Ich schüttelte den Kopf und wollte mir die Ohren zuhalten. Ich wollte es nicht wissen. Nicht wissen, nicht wissen. Aber mir war klar, dass das nicht mehr ging. Dass ich es nicht mehr aufschieben und weghören konnte, weil Matthias zu meinem Leben gehörte.

»Seine Eltern haben ihm die Handflächen auf die heißen Herdplatten gedrückt«, sagte Ann.

»Sie haben Zigaretten auf ihm ausgedrückt und ihn *Aschenbecher* genannt«, sagte Lizzie.

Ich hatte die Ellenbogen aufgestützt und das Gesicht in die Hände gelegt.

»Das ging jahrelang«, sagte Ann. »Aber er hat sich gerächt.«

Ich murmelte zwischen meinen Händen: »Er hat das Haus abgefackelt?«

»Ja. Er hat seine Eltern abgefackelt.«

»Oh Gott, ich Idiot«, flüsterte ich. Ich ließ den Kopf auf die Tischplatte sinken und stieß immer wieder mit der Stirn darauf. »Ich verdammter Idiot.«

⊙

Zum Abendbrot war Ricardo wieder zurück. Er grinste und hielt seine Digitalkamera hoch wie eine Trophäe.

»Ein fürchterlicher Knilch«, erzählte er, als wir uns alle in Lizzies und Anns Zimmer zurückgezogen hatten, damit Vera und Andreas nichts mitkriegten.

Ich sah Matthias an. Wir waren uns den ganzen Tag aus dem Weg gegangen. Ich hatte in meinem Zimmer mein grünes Geografieheft von hinten aufgeschlagen und *Herdplatte* geschrieben. Nur dieses eine Wort. Ich hatte »sorry« geflüstert und das Heft lange in den Händen gehalten.

Matthias hatte zum Abendbrot gefehlt. Er war einfach nicht aus seinem Zimmer rausgekommen, und das versetzte mir einen Stich, weil ich ja wusste, wie gern er aß. Ich hatte vor seiner Tür gestanden, aber ich hatte es nicht über mich gebracht, zu klopfen. Jetzt klappte er ein dick belegtes Brötchen zu und biss hinein. Als er aufsah, schaute ich nicht weg. Er kaute langsamer und hörte schließlich ganz auf. Irgendeine Sauce tropfte an den Seiten heraus und auf den Boden. Zum ersten Mal machte mich dieser Anblick fast glücklich.

»Matthias, du Schwein!«, kreischte Lizzie auf, denn es war ihre Seite des Zimmers. »Du wirst dir nachher einen Eimer nehmen und den Mist aus dem Teppich schrubben, dass das klar ist!«

»Is ja *gut*, Lizzie«, sagte Matthias. »Reg dich wieder ab.«

»Es ist überhaupt nicht gut!«, sagte Lizzie. »Wenn *dein* Teppich aussieht wie halb verdaut, ist mir das scheißegal. Aber hier bist du zu Besuch bei *mir*!«

»Ich mach das weg«, murmelte er nur.

»Es war viel einfacher, als ich dachte«, fing Ricardo an und stöpselte die Kamera an den Computer. »Du hattest übrigens recht, Franka. Der Typ sollte sein Klo heiraten. Ich wette, der verbringt mehr Zeit dort als bei seiner Frau …« Ich musste lachen. »Jedenfalls frag ich mich, warum die so ein Riesenalarmsystem haben, wenn man es tatsächlich sofort mit der Sicherung ausschalten kann. Es war mir fast *zu* einfach«, protzte Ricardo. Wir ließen ihn protzen, obwohl ich sah, dass auch Lizzie und Ann vor Neugier fast platzten.

»Und – ist es viel?«, fragte Matthias.

»Das wollte ich euch gerade sagen«, sagte Ricardo. »Man kennt ja die Chronik, wie sie da unter Glas liegt. Mit diesen komischen Bauplänen. Ich hab gedacht, ich muss hundert Seiten abfotografieren, und hab schon vorher Blut und Wasser geschwitzt, dass Wurm vorzeitig zurückkommen und mich erwischen könnte. Und dann nehme ich den Vitrinendeckel ab, hole diesen riesigen, staubigen Klopper raus, schlage die Seiten um und …« Er machte eine effektvolle Pause.

»Was?«, fragte Lizzie. »Los, mach's nicht so spannend!«

»Dann …«, sagte Ricardo, »… ist da nichts.«

Er schaltete den Computer an.

»Wie, nichts?«, lamentierte Matthias. »Was meinst du denn damit?«

»Ich meine damit«, sagte Ricardo, »dass diese ganze verdammte Schwarte leer ist. Es gibt gar keine Chronik von Waldburgen. Oder anders: Diese Baupläne *sind* die Chronik.«

Ich atmete aus. Ich musste die Enttäuschung erst mal verdauen. Alles, was ich erhofft hatte, hatte sich als Luftnummer erwiesen. Der Computer fuhr hoch. Wir starrten auf den Monitor. Ricardo klickte eine Datei an und dann erschien die Chronik von Waldburgen. Zwei Baupläne, zwischen denen, quer über dem Knick in der Mitte, in fein geschwungener Schrift der rätselhafte Satz stand: *Lasst die Schatten frei!*

⊙

»Das ist verrückt«, murmelte Lizzie. Wir ließen die Augen immer wieder zwischen den Bauplänen hin- und herwandern. »Die sind identisch«, sagte sie. »Unland und Waldburgen sind identisch!«

Ich sah Lizzie fragend an. »Na ja«, erklärte sie. »Nicht auf die Art identisch, dass eins wie das andere aussieht, sondern irgendwie wie bei einem Fossil … wisst ihr, was ich meine? Wenn ein Vogel vor Millionen Jahren gestorben ist und sich eine Kalkschicht um den toten Körper gelegt hat, dann hat der Körper in dem Kalk einen Abdruck hinterlassen. Im Laufe der Zeit ist der Körper verwest, hat sich aufgelöst, ist komplett verschwunden. Aber der Abdruck ist noch da. Nur – alles ist *andersrum*. Wie bei einer Hand, die man in den feuchten Sand drückt. Das wäre auch so ein fossilartiger Abdruck. Alles, was an der Hand eine *Erhebung* ist, wird in dem Abdruck eine *Vertiefung*, weil die Erhebung ja in den Sand *reindrückt*. Versteht ihr? – Das hier …« Sie zeigte auf Waldburgens Bauplan. »… ist der Abdruck von dem hier!« Sie zeigte auf Unlands Bauplan.

»Du hast recht«, sagte Ann nach einer Weile, nachdem wir alle angestrengt und wie hypnotisiert auf die Baupläne gestarrt hatten. »Ist euch aufgefallen, dass sie auch noch spiegelbildlich sind? Und wisst ihr, was ich jetzt erst kapiere? … Matthias, zoom das hier mal näher.« Ann zeigte auf einen Straßenzug in Unland. Matthias zoomte ihn ran. »Das meinte ich«, sagte Ann. »Das konnte man unter der Vitrine nicht erkennen, es war einfach zu klein und zu weit weg!«

Über dem Straßenzug war jetzt zu lesen: **Kleiner Streng**. Matthias zoomte eine andere Straße heran, und wir entzifferten: **Kurze Maßen.**

»*Hier* ist er also!«, sagte ich und zeigte auf **Alter Sportplatz**.

313

»Guckt mal das hier«, sagte Matthias und klickte mit der Maus auf das, was in Waldburgen Sandstraße hieß und sich in Unland **Bei den Sümpfen** nannte.

»Und habt ihr gesehen, was der Mooschkolk ist?« Wir folgten Anns Finger von dem Weiher in Waldburgen zu demselben Fleck in Unland. Er hieß dort **Düsterer Hügel**.

»Wisst ihr, wie man das hier unter Sprayern nennt?«, sagte Ricardo nach einer Weile verblüfft. »Reverse-Graffiti. – Es ist dasselbe, was Lizzie mit dem Fossil erklärt hat. *Reverse*, das heißt *umgedreht*. Und Reverse-Graffiti ist umgedrehtes Graffiti. Eigentlich ist es die Zukunft …«, sagte er verträumt. »Da kann dich keiner mehr anscheißen. Denn bei Reverse-Graffiti wird keine Farbe *aufgetragen*, sondern Dreck *abgetragen*. Du nimmst dir 'ne dreckige Wand vor und säuberst sie mit Bürsten und Wasser und Reinigungsmittel, aber nur *stückchenweise*. Du *malst* quasi mit dem Schwamm in den Dreck, sodass die gesäuberten Flächen am Ende wiederum ein Bild ergeben. Einen Totenkopf, eine Landschaft, einen Drachen, was auch immer. Reverse-Graffiti ist wie ein Negativ. – Das Verrückte daran ist, dass du riesige Graffiti auf diese Weise machen kannst, du aber trotzdem nicht angeklagt werden darfst, weil kein Mensch dich dafür bestrafen kann, dass du öffentliche Wände stückchenweise sauber machst …«

Wenn Ricardo einmal in seinem Element war, konnte man ihn kaum stoppen. Man wollte eigentlich auch nicht, denn so wie er mit Händen und Füßen erzählte, wie er die dreckige Häuserwand vor unseren Augen entstehen ließ, Schwamm, Bürste und Reinigungsmittel aus einem imaginären Rucksack zauberte und abwechselnd wischte und schrubbte, dabei mit den Händen und sogar den Beinen in alle Richtungen schoss, wurde er immer mehr zum Breakdancer, der extra für uns eine Show machte.

⊙

»Was ist eigentlich das hier?«, fragte Lizzie, als Ricardo fertig war, und zeigte auf eine kleine Kritzelei am untersten Rand der Seite. Ich hatte es für Dreck gehalten. »Zoomst du das mal näher, Matthias?«

Matthias holte die höchstmögliche Vergrößerung heraus, und wir entzifferten: *Waldburgener, wenn ihr sie nicht freilasst, dann sammelt stets Brot und Wasser. Bringt eure Gaben zu Siemann, der im letzten Haus des Ortes wohnt. Siemann versorgt die armen, dunklen Seelen.*

»Was soll das bedeuten?«

»Siemanns haben offenbar schon immer Lebensmittel gesammelt«, sagte Ann. »Auch schon vor hundert Jahren. Bevor *Haus Eulenruh* gebaut wurde, muss Siemanns Haus das letzte in Waldburgen gewesen sein.«

»Aber warum gerade Brot und Wasser? – Warum nicht Äpfel und Kartoffeln?«, fragte Ricardo.

»Weil es billiger ist?«, vermutete Ann.

»Wasser und Brot – das ist von jeher die Nahrung der Gefangenen«, überlegte Lizzie. »Vielleicht haben Siemanns früher ein Gefängnis versorgt?«

»*... wenn ihr sie nicht freilasst ...* – das könnte wirklich für ein Gefängnis sprechen«, sagte ich. »Aber wer ist *sie*?«

Wir grübelten noch eine Weile herum, kamen aber zu keinem rechten Ergebnis.

14. Kapitel

DER COUNTDOWN LÄUFT

Mitten in der Nacht schreckte ich hoch und saß mit hämmerndem Herzen im Bett.

You didn't wake up when we died!!!

Was war los?

Irgendwas war passiert. Draußen. Jemand schrie!

… agaiiiiin …

Nein, es war Musik, ein Lied!

You'll never see me agaiiiiin …

SEPTEMBER. Der Song, der immer auf dem Rummel lief. Der Sound blähte sich auf … *No matter what you do …* wurde eine riesige Welle … *You'll never see me agaiiiiin …* zog weit, weit durch die Nacht … *So now who's gonna cry for you …* und – brach ab.

Ich saß und lauschte. Es war totenstill.

Was war *das* gewesen? Wieso lief SEPTEMBER mitten in der Nacht? In brüllender Lautstärke! Waren die auf dem Rummel jetzt völlig durchgeknallt? Ich sah auf den Radiowecker. Der zeigte nur ein schwarzes Display.

Da war mir auf einmal, als hätte ich ein Geräusch gehört. Unten im Garten. Ich robbte zum Fußende des Bettes und sah aus dem Fenster.

Alles war friedlich. Der Mond schien. Die Blätter raschelten. Fussel wuffte freundlich, als würde er jemanden begrüßen. Dann quietschte die Gartenpforte, die zum Feld führte. Ich hielt den Atem an. Kam jemand? Oder ging jemand? Wer zum Teufel war das? Ich zog die Schublade des Nachtschränkchens auf und holte das Fernglas heraus. Doch da schaufelte der Wind eine große Wolke auf den Mond und die Landschaft versank in tiefster Finsternis.

Als sie endlich vorübergezogen war, war nichts mehr zu sehen und zu hören.

⊙

Etwa eine Stunde später, als ich schon wieder eingeschlafen war, klingelte plötzlich mein Handy. Die Nummer wurde nicht angezeigt.

»Ja, hier Franka Reinhold«, sagte ich leise.

Vom anderen Ende kam nichts. Nicht so, als würde jemand warten, sondern als *wäre* da einfach nichts.

Verwirrt legte ich das Handy auf das Nachtschränkchen zurück.

⊙

»Habt ihr das auch gehört in der Nacht?«, regte ich mich am Morgen beim Cornflakesfrühstück auf. »Diesen Höllenlärm vom Rummel!«

»Die machen doch um elf dicht«, sagte Matthias.

»Nee, ich schwör's«, sagte ich. »Die haben einmal kurz volle Kanne aufgedreht!«

»Also, ich hab nichts gehört«, sagte Ann. »Aber ich schlafe auch wie ein Toter.«

Lizzie sagte nichts. Aber beim Wort *Rummel* fing sie an zu strahlen. Sie strahlte von innen, als hätte jemand hinter ihrer Haut Feuer gelegt. Was war los? Hatten sie und David beschlossen, gemeinsam nach Amerika auszuwandern? Sie versuchte, ihr Glühen zu verheimlichen, denn sie hielt den Kopf gesenkt und sah auf ihre Schüssel, in der sich die Toppas mit Milch vollsaugten, aber es war klar, dass ihr irgendwas Wunderbares zugestoßen war. Das Glück strömte geradezu aus jeder ihrer Poren.

»Ich bin jedenfalls davon wach geworden«, sagte ich. »Und ich hatte das Gefühl, da schleicht jemand in unserem Garten rum. Es ist nicht zufällig einer von uns Schlafwandler?«

In dem Moment ging die Küchentür auf und Ricardo kam herein. Er hatte das Telefon am Ohr und redete.

»Nein«, sagte er. »Ich meine nicht heute Nachmittag, sondern jetzt …«

»Wieso ist Ricardo nicht auf Arbeit?«, fragte ich.

»Keine Ahnung«, sagte Ann und zuckte verwundert mit den Schultern.

Ricardo ging zur Kaffeemaschine und goss sich eine Tasse Kaffee ein. »Ich weiß«, sagte er und nahm einen Schluck. »Ich müsste auch, aber was soll's? Nun mach schon! Schwänz einfach. Wen interessiert's? Lass uns irgendwas zusammen machen. – Ja klar, mit dem Wagen, denkst du, ich nehm den Bus?« Er lachte und drehte sich von uns weg.

»Wir müssen überlegen, wie wir das am Sonntag machen«, sagte ich. »Siemann wird nach Unland fahren. Vielleicht sollte einer von uns heimlich in den Multicar einsteigen, sich zwischen die Kühlboxen quetschen und unter der Plane verstecken.«

»Wenn Siemann uns erwischt, dann haben wir nicht viel zu lachen«, gab Ann zu bedenken. Lizzie sagte nichts, glühte nur still vor sich hin und wirkte halb weggetreten vor Seligkeit.

Ricardo lachte wieder. Ich verspürte einen Hauch Neid auf den, mit dem er da so vergnügt telefonierte. »Nein, *jetzt*! Ich schieb mir nur noch was rein. – Ja klar, wenn du willst, können wir auch zum Bergwitzsee. Also, ich warte. Bis gleich.«

Er steckte das Handy in seine Gesäßtasche und fing an, sich ein Brot zu schmieren.

»Guten Morgen«, sagte Lizzie strahlend zu Ricardo.

Ricardo stand mit dem Rücken zu uns und grummelte etwas. Er hatte ein langes Shirt an, das sein Tattoo am Knöchel verbarg. »Was machst'n du um diese Zeit noch hier?«, platzte ich heraus.

»Ich mach heut mal blau«, sagte Ricardo in genervtem Tonfall und holte was aus dem Kühlschrank. »Was dagegen?«

Ich stand auf, um mir ein neues Glas Milch einzugießen. Dabei zog ich von hinten leicht an Ricardos Ärmel und stellte mich schon in Positur. Da fuhr er herum.

»Pfoten weg!«, brüllte er und schlug meinen Arm mit der Handkante weg. Ich wich zurück und rieb mir den Unterarm. In dem Handgemenge war Ricardos Brötchen zu Boden gefallen. Ich starrte auf die auseinandergeklappten Hälften.

»Seit wann isst du Fleisch?«

In diesem Moment bellte Fussel wie wild los, und eine Mädchenstimme rief: »Ricky, Ricky! Bist du da irgendwo?«

Ricardo rief zurück: »Ja, ich komme!« Und weg war er.

Ann stand auf und lief ebenfalls raus. Nach einer Weile hörten wir, wie der Motor des VWs ansprang. Als Ann zurückkam, sagte sie verblüfft: »Er ist mit Eileen Saalfeld weggefahren.«

⊙

»Es ist wie bei Valerie«, fasste Ann ihre Gedanken zusammen. Wir waren schweigend den Großen Streng entlanggelaufen. Lizzie war schon vorgegangen, um sich noch mit David zu treffen. Matthias schlurfte ein paar Meter hinter uns. »Valerie ist total gereizt. Sie weicht nicht nur mir aus, sondern jedem, redet höchstens mal mit Holle oder Christian, die sie beide eigentlich nicht leiden kann. Ricardo ist genauso gereizt. Er hängt mit Eileen ab, die er doch blöd findet. Was ist mit den beiden los? Valerie redet nicht mit mir. Ich hab sie angerufen. Sie hat mich abserviert. Gestern Nachmittag wollte ich sie zur Rede stellen und bin zu ihr gegangen. Sie hatte gerade den Zaun gestrichen und sich mit ihrer Mutter gestritten. Sie hat mich nicht gesehen. Aber ich … ich hab etwas gesehen. Sie hatte ein T-Shirt an, nackte Arme. Und an ihrem Knöchel war *kein* Tattoo.«

»Quatsch«, sagte ich.

»Ich schwör's«, sagte Ann.

»Vielleicht hast du an der falschen Hand geguckt?«, schlug ich vor.

»Blödsinn!«, sagte Ann beleidigt.

Mir fiel plötzlich ein, dass Ricardo ein langes Shirt angehabt hatte. Dass ich sein Tattoo nicht gesehen hatte. Dass er so sauer reagiert hatte, als ich seinen Ärmel verschoben hatte. Ich hatte auf einmal ein ganz komisches Gefühl. Vielleicht war was dran an dem, was Ann sagte?

»Ich gucke mir das mal an«, sagte ich. »Ich werde mich an Valeries Fersen heften.«

»Ann, Lizzie!« Ich platzte am Nachmittag in das Zimmer der Zwillinge. Lizzie saß immer noch heimlich vor sich hin glühend an der Nähmaschine, Ann las irgendwas auf einer Nudelpackung.

»Was ist los?«, fragte Lizzie.

»Es geht um das Tattoo«, sagte Ann aufgeregt. »Oder? Hast du's auch gesehen? Dass es weg ist, meine ich.«

»Nee. Darum geht's nicht«, sagte ich ungeduldig. »Ich konnte blöderweise auch nichts erkennen. Valerie hat Stulpen angehabt.«

»Stulpen im Sommer?«, sagte Lizzie skeptisch. »Da ist eindeutig was faul!«

»Ja, aber ich muss euch was ganz anderes zeigen!«, rief ich und schwenkte das Fernglas. »Ihr fallt um!«

In meinem Zimmer schob ich Ann und Lizzie zu meinem Fenster und drückte Ann das Fernglas in die Hand. »Schau rüber, nach Unland!«

»Ich kapier gar nichts mehr«, sagte Ann, als sie durchgesehen hatte. Sie reichte das Fernglas weiter an Lizzie.

Es war ein Hund. Er war riesig. Kobaltblau. Mit aufgerissenem Maul, extrem spitzen Zähnen und tropfenden Lefzen war er auf die Querseite des verrußten Kirchenschiffs gesprayt. Am Hals baumelte ihm der letzte Rest einer Eisenkette. Unten rechts erkannte ich den Schriftzug in Lichtweiß: CRADORI.

»Ricardo war einfach ohne uns da«, sagte ich. »Dem hat's in

den Händen gekribbelt, als er die Riesenwand an der Kirchenruine gesehen hat! Jetzt kapiere ich auch, warum er so sehn-
süchtig auf diese Mauer gestarrt hat, als wir um Unland he-
rumgelaufen sind. Die Wand ist ja quasi unerreichbar. Und für
einen echten Sprayer ist eine unerreichbare Wand *die* Heraus-
forderung. Das ist mehr als nur eine Mutprobe. Das ist 'ne Art
Selbstbeweis.«

»Ob er deswegen heute blaugemacht hat?«, fragte Ann. »Aber
wieso war er so sauer?«

»Und wie ist er eigentlich über den Elektrozaun gekommen?«,
überlegte ich.

»Dann hat er mir also gar nicht helfen wollen …«, sagte Lizzie entgeistert. Sie nahm das Fernglas runter und drehte sich
zu uns um. Sie sah uns verzweifelt an. Von dem Glühen war
nichts mehr zu sehen. »Er hat mich nur benutzt!« Sie lief aus
dem Zimmer.

Ann und ich sahen uns verständnislos an, dann liefen wir ihr
hinterher. Sie stand an ihrer Nähmaschine und starrte auf das
Stück Stoff, auf dem lauter Spiralen aufgedruckt waren.

»Es war gestern Abend«, fing sie an. »Ich wollte noch schnell
zu David auf den Rummel und Ricardo ist mitgegangen. Auf
dem Weg hat er mich gefragt, ob ich mir eigentlich sicher bin,
dass David nicht nur so 'n Spaß mit mir macht. Der hat bestimmt überall eine, meinte er. So als Rummeltyp. Außerdem
würde die Sache mit den hässlichen Klamotten nichts bringen,
jedenfalls keine Klarheit. Und da hab ich ihn gefragt, was denn
Klarheit bringt. Ein Liebesbeweis, hat er gesagt. Das sei das einzig Zuverlässige. Ich hab ihn gefragt, was er damit meint. Und da
hat er gesagt, ich soll ihn einfach fragen, ob er für mich nachts
um zwei den ganzen Rummel anschalten würde. Alle Lichter,

alle Boxen, die Musikanlage, die Heulen, die Karussells, einfach *alles* volle Kanne. Ich hab in dem Moment nicht daran gedacht, dass die Leute vom Rummel seit der Panne am ersten Tag nie wieder alles auf einmal angeschaltet haben. Sie hatten entweder keine Lampen an oder nur ein paar oder die Musik lief nur mit halber Kraft, aber nie hatten sie alles gleichzeitig an.«

»Okay«, sagte Ann. »Du hast ihn gefragt und er hat's gemacht. Mitten in der Nacht. Franka hat's gehört. Und deshalb warst du so happy, oder? Weil David den Liebesbeweis erbracht hat. Aber was hat das *damit* zu tun?« Sie zeigte in die Ferne, auf das Graffiti.

»Denkt doch mal nach«, sagte sie und schniefte. »Denkt doch mal nach, was passiert, wenn der Strom ausfällt! Ich meine: *Womit* ist Unland gesichert?«

»Ja, verdammt, wieso sind wir da nicht eher drauf gekommen!« rief ich. »Mit Elektrizität natürlich!«

⊙

Es war dunkel hier drin. Dunkel, hart und langsam wurde es ziemlich kühl. Ich kauerte zwischen den Kühlboxen und versuchte mir einzubilden, dass ich auf Lizzies Couch lag, mit fünfzig flauschigen Sofakissen um mich herum. Die Vorstellung hielt immer nur ein paar Minuten lang, dann musste ich mein Gewicht verlagern oder mein Fuß war eingeschlafen oder ich fror einfach zu sehr. Wieso hatte ich Idiot keine Jacke angezogen?

Wir hatten die letzten drei Tage mehr oder weniger mit Warten zugebracht. Warten auf den Sonntag. Und mit dem Gefühl von Bedrückung. Wegen Ricardo. Keiner von uns wusste, was mit Ricardo los war. Seit er den Hund an die Mauer in Unland gesprayt hatte, war eine Veränderung in ihm vorgegangen. Er wich mir aus, wenn ich ihn etwas fragte. Er wich jedem aus. Die Sache mit Eileen hatte sich zum Glück als Eintagsfliege herausgestellt – aber wie war er nur darauf gekommen? Ich verstand das nicht. Und dann diese Nervosität! Er sah sich ständig um, und wenn man ihn fragte, warum, runzelte er nur die Stirn und sagte: »Ich … ich weiß nicht. Lasst mich doch einfach in Ruhe!« Er trug langärmlige Klamotten. Ich weiß nicht, ob es nur daran lag, dass er seinen Knöchel verbergen wollte, er kam mir auch dünner vor. Irgendwie anders eben. Nicht nur innerlich, auch äußerlich. Irgendwas war mit ihm passiert. Oder war es diese Unruhe, die ihn so dünn aussehen ließ? Da war so eine Anspannung in ihm, als hätte jemand einen Stock durch seinen Körper gezogen. Wo seine Haut aus den langen Klamotten rausschaute, war sie so blass wie die von Matthias. Was war mit seiner tollen Sonnenbräune geschehen? Oder bildete ich mir das alles ein? Als ich ihn gefragt hatte, was in Unland passiert war, weil er sich seitdem so komisch verhielt, sagte er wieder nur das Gleiche: »Ich … weiß nicht. Lass mich in Ruhe!«

Auch deshalb war unser Wunsch, einen von uns in Unland einzuschleusen, immer dringlicher geworden. Irgendwas musste dort vorgefallen sein, und wir mussten herausfinden, was das war!

Ich hatte recht behalten: Siemann hatte wie an jedem Sonntag den Multicar beladen. Unser Plan war voll und ganz aufgegangen. Lizzie, Matthias und ich waren spätabends hinüber zu Siemanns gegangen. Als das automatische Hoflicht aufleuchtete, war ich schnell zu dem Multicar gerannt und hatte mich eilig auf die Ladefläche gestemmt. Siemann hatte die Tür aufgerissen, weil er Einbrecher vermutet hatte, aber da standen nur Matthias und Lizzie auf der Schwelle und sahen ihn freundlich an.

»Es geht um einen Vortrag in Technik«, fiel Matthias mit der Tür ins Haus.

»Was soll der Blödsinn!«, fuhr Siemann Matthias an und sah sich misstrauisch im Garten um. Durch einen Spalt in der Plane sah ich, wie Lizzie dieses Lächeln aufsetzte, mit dem sie von Aronal bis Elmex alles hätte verkaufen können. »Es soll ein Vortrag über die Vor- und Nachteile verschiedener Rasentraktoren sein«, sagte sie.

»Wir vergleichen den *Motec Gardenrider* 63 mit dem *Powerline* T17«, kam Matthias zum Kern der Sache. »Und wir wollten fragen, ob Sie uns mit Ihrer Erfahrung ein paar Fragen beantworten könnten?«

Schon als Lizzie das Wort *Rasentraktor* sagte, schien Siemanns Gesicht zu schmelzen.

»Der *Gardenrider* 63?«, sagte er, und seine Stimme klang ganz weich. »Der hat doch diese elektromagnetische Messerkupplung ...«

»Genau das meinten wir, Herr Siemann«, sagte Matthias. »Sie sind der Einzige, der diese Feinheiten weiß.«

»Nnna gut«, sagte Siemann und hielt die Tür auf.

⊙

Ich musste tatsächlich eingeschlafen sein, denn ich schreckte vom Geräusch des Motors auf. Es ging los!

Ich sah auf mein Handy: Es war halb zwei. Ein Ruckeln ging

durch den Wagen. Und dann setzte er sich langsam in Bewegung.

·

Als wir über das Feld fuhren, versuchte ich verzweifelt, mich festzuhalten. Aber wo? Alles wackelte, die Kühlboxen rutschten hin und her und stießen von allen Seiten gegen meinen Körper. Mein Hintern flog hoch und plumpste zurück auf den Metallboden. Es war immer dieselbe Stelle. Ich zählte in rasendem Tempo vor mich hin, um mich von dem Schmerz abzulenken.

Und dann – endlich – hielt der Wagen an.

Ich hörte, wie Siemann die Tür öffnete, ausstieg und sie wieder zuschlug. Ich hörte, wie er um den Multicar herumging und anfing, die Plane zu lösen. Ich duckte mich, so tief ich konnte, und hielt den Atem an. Wenn er mich jetzt entdeckte, wäre alles umsonst gewesen. Aber er löste die Plane nur zur Hälfte. Dann stieg er wieder in den Multicar und fuhr rückwärts. Durch einen Spalt in der Plane sah ich, dass das Tor offen stand, und Siemann fuhr den Wagen nach Unland hinein. Plötzlich kippte er die Ladefläche an.

Alles geriet ins Rutschen. Vergebens versuchte ich, irgendwo Halt zu finden. Ich stürzte mitsamt den Kühlboxen auf die Erde und hielt mit Mühe einen Aufschrei zurück. Bevor Siemann mich womöglich entdeckte, robbte ich weg und versteckte mich hinter der Mauer der Kirchenruine. Siemann aber stieg nicht mal aus. Er ließ nur das Fenster herunter und rief in die Nacht: »In einer Stunde geht der Strom wieder an.«

15. Kapitel

ICH BIN SCHON DA

Ich hockte wie versteinert im Schutz der Mauer und starrte auf den Berg Kühlboxen, die im Mondlicht fahl und fremdartig aussahen. Mit wem hatte Siemann geredet? Mit mir? Hatte er doch etwas gemerkt? Oder redete er mit sich selbst?

Und dann spürte ich einen Blick im Nacken. Ich fuhr herum und da kam etwas hinter mir aus der Finsternis geschossen. Ein Stoß in den Rücken warf mich in den Dreck. Etwas sprang über mich drüber und rannte durch das Tor übers Feld davon.

Ein Tier, redete ich mir ein, und rappelte mich wieder auf. Es war nur ein Tier.

Aber das Tier war groß gewesen. Ein *verdammt großes Tier*. Ich versuchte, mich zu beruhigen, zog mein Handy aus der Hosentasche und sah auf die Uhrzeit. In weniger als einer Stunde musste ich wieder hier vorn am Tor sein. In der Zwischenzeit musste ich etwas herausfinden. Ich atmete tief ein und aus und dann stand ich auf und ging los.

Ich rief mir die Baupläne in Erinnerung. Wenn hier die Kirche war, überlegte ich, dann musste dahinter der Marktplatz liegen. Dort müsste der Weg beginnen, der in Waldburgen zum Großen Streng führte.

Nach einer Weile kam ich an die Kreuzung. Ich leuchtete mit dem Handy und entdeckte ein windschiefes, verwittertes Straßenschild, auf dem tatsächlich 𝕶𝖑𝖊𝖎𝖓𝖊𝖗 𝕾𝖙𝖗𝖊𝖓𝖌 stand. Ich wendete mich nach rechts. Nach hundert Metern ging ein schmaler Pfad ab, der in Waldburgen der Dreieulenweg gewesen wäre. Den lief ich entlang. Lief an Ruinen vorbei, an zerbröckelnden Gebäuden, die wie schwarze Gespenster am Straßenrand auftauchten. Ich lief, bis ich das Ende des Pfads erreicht hatte. Dort blieb ich stehen.

Der Eistütenzaun. Ich ließ den Lichtschein des Handys darüberwandern. Der Rost hatte seine Farben zerfressen, er war überzogen davon wie von einer rissigen Haut. An manchen Stellen war der Zaun so stark nach innen eingedrückt und aufgerissen, als wäre einmal etwas Riesiges dagegengefahren.

Mit klopfendem Herzen streckte ich die Hand nach der Klinke aus. Quietschend schwang der Eisbecher auf.

⊙

Dort, wo bei uns die grüne Wildnis wucherte, war hier ein Steingeröllfeld, das zur Ruine führte. Wie von unsichtbaren Fäden gezogen, ging ich zum Eingang, der nur ein Loch in der Mauer war, und trat ein.

Es war derselbe Korridor wie im *Haus Eulenruh*. Nur dass der dünne Lichtstrahl des Handys hier über Spinnen glitt, die grün und behaart am Mauerwerk hingen. Schritt für Schritt folgte ich dem Korridor, der ins Wohnzimmer führte. Dort sah ich mich fröstelnd um. Das Skelett eines Sofas stand an derselben Stelle, wo unsere Couch stand.

Langsam ging ich in die Küche. Im schwankenden Handylicht erkannte ich einen verbogenen Herd und halb verbrannte Küchenmöbel. Die Fenster waren Krater, die in die Nacht führten.

Der Anblick traf mich. Er traf mich tief im Innern und ich ließ mich auf eins der Stuhlgerippe sinken. Ich atmete die Einsamkeit ein, die Traurigkeit, die Finsternis. Atmete.

Etwas passierte.

Nicht äußerlich. Äußerlich blieb alles still. Aber etwas in *mir* begann sich zu bewegen. Etwas löste sich, brach ab, trieb davon. Ich sah mich um, und ich hatte plötzlich die Vorstellung, dass ich auch *hier* leben könnte. Ich spürte, wie *Haus Eulenruh*, in dem ich jetzt schon fast drei Wochen lang wohnte, und diese Ruine sich aus ihren Zusammenhängen lösten, wie sie vor meinem inneren Auge nebeneinander schwebten und sich langsam ineinanderschoben. Wie die Hand, die sich in ihren eigenen Abdruck im feuchten Sand legt. Alles passte. Die Seen trafen auf Hügel, die Senkungen auf Wälle, mein Leben traf auf einen Abguss dieses Lebens und alles glitt aufeinander zu, bewegte sich minimal hin und her und dann rastete etwas ein. Und auf einmal wusste ich nicht mehr genau, wo ich mich befand, ob in der Wirklichkeit oder in einer anderen Version davon. Und in dem Moment, als die beiden Gebäude – *Haus Eulenruh* und die Ruine davon – sich vor meinem inneren Auge und um mich herum drehten, schneller, immer schneller, schwindelerregend, und einen Strom, einen Strudel ergaben, an dessen Rändern sich dieser düstere Raum aufzulösen begann, als ich einen hypnotischen Sog spürte, der mich immer näher heranzog, immer tiefer hinein – streifte mich plötzlich ein Schatten, und ich ließ vor Schreck das Handy fallen und war wieder wach.

Es war eine Fledermaus, die sich von dem Lampenkadaver gelöst hatte, eine Runde drehte und durch ein Fenster in die Nacht wischte.

Ich riss die Augen auf. »Franka«, sagte ich laut ins Dunkel. »Franka Reinhold.« Alles stimmte. Ich konnte sehen, sprechen, denken. Trotzdem hatte sich etwas verändert.

Als ich mich nach dem fallen gelassenen Handy bückte und es wieder anmachte, sah ich, dass der Boden mit Linoleum bedeckt war, das erst zerschmolzen und dann erstarrt war und an manchen Stellen noch schwarze Blasen zeigte. Ich drehte mich einmal im Kreis, mit dem leuchtenden Handy in der Hand.

Da war überall Ödnis und Zerstörung, aber es sah nicht tot aus. Es sah verdammt noch mal nicht tot aus!

Vielleicht, weil der Tisch so sauber war? Müsste er nicht mit dem Staub von Jahren bedeckt sein? Mit Ruß und Spinnendreck? Ich ging zum Spülbecken, das verformt und hässlich war, aber als ich mit dem Finger über das Metall strich, blieb mein Finger sauber. Ich drehte probehalber an dem Wasserhahn, der wie ein abgebrochenes Rohr aus der Wand ragte. Meine Verwunderung wuchs, als Wasser herausgeschossen kam und weder rostig noch schlammig, weder abgestanden noch faulig war. Es war klares Wasser.

Und dann tat ich, was ich gleich am Anfang hätte tun sollen: Ich öffnete einen der schwarzen Schränke.

Aufgestapelt standen da Dosen mit Bohnen, Mais, Tomaten. Einweckgläser mit Birnen, Kirschen und Kürbis. Tetrapaks Milch und Saft. Käse und eine Salami. Ich hielt das Licht des Handys auf alles, und nach einer Weile erst verstand ich, was ich dort sah. Und es dauerte noch einen Bruchteil länger, bis ich begriff, was das bedeutete.

⊙

Ich machte sofort das Handylicht aus und stand im Dunkeln. Ich war vor Angst wie versteinert. Ich lauschte. Ich lauschte so angestrengt, dass ich mein Herz in der Brust spürte wie einen Stein, den man in einem großen Kessel schüttelte.

Unland war kein toter Ort. Hier lebte jemand!

Ich hörte nichts. Kein Geräusch von Schritten, die durch den Korridor kamen. Kein Scharren eines Möbelstücks aus einem der Räume über mir. Kein Räuspern. Niemand, der plötzlich in der Türöffnung stand und atmete. Es war totenstill. Von draußen kam ein leiser, kühler Wind herein.

Und dann geschah, was nur passiert, wenn man so viel Angst hat, dass man fast überschnappt: Die Angst fällt ab.

Die Lähmung, die meine Glieder festgehalten hatte, verschwand, und ich konnte mich wieder bewegen. Ich hielt das Handy wie eine Waffe in der ausgestreckten Hand, machte das Licht wieder an und ging Schritt für Schritt aus der Küche. In den Korridor. Im Korridor fand ich die Treppe, die nach oben führte. Die Stufen waren von Schutt bedeckt und das Geländer war abgeknickt, es hing schief in die Tiefe.

Mit jeder Stufe, die ich höher stieg, spürte ich, wie sich erneut dieses hypnotische Gefühl über mich legte, wie sich wieder etwas in mir löste und abzudriften begann, wie ich weich und empfänglich wurde für den dunklen Atem dieses Hauses. Und als ich schließlich oben war und in dem Gang stand, der eine Türöffnung rechts, eine links und eine in der Mitte des

Gangs zeigte, wendete ich mich automatisch nach links. Meine Schritte klangen wie Schüsse in der Stille. Meine Zunge lag wie eine ausgetrocknete Schnecke im Mund. Mit jedem Atemzug schienen meine Lungen sich auszudehnen. Mir war, als würde all mein Blut ins Herz strömen, und dieses Herz schlug so wild, als wollte es etwas totschlagen. Nie zuvor, niemals zuvor war ich mir lebendiger vorgekommen.

Wie von einer Stimme angezogen, ging ich auf die Tür zu, hinter der im *Haus Eulenruh* mein Zimmer lag.

Ich trat über die Schwelle.

⊙

Auf dem Boden in der Ecke lag eine nackte Matratze. Ich ging näher heran. Neben dem Bett stand ein Teller mit einer Gabel und Essensresten. Ich starrte darauf, und mein Kopf war ein Haus ohne Türen, durch das der Wind strich. Ich hockte mich hin, berührte die fleckige Decke und stellte mir vor, wie ich auf der Matratze saß, die Decke um mich geschlungen und den Teller in der Hand. Ich sah mich zu dem kaputten Nachtschränkchen hinübergreifen, die Schublade herausziehen und …

Ich sprang in die Höhe. Ich musste aufhören damit! Ich musste aufhören, diese Bilder, diese Stimmung in mich hineinträufeln zu lassen! An diesem Haus stimmte etwas nicht! Irgendwer war hier gewesen, hatte hier gegessen, hatte hier geschlafen. Ich wollte mich umdrehen und das Zimmer verlassen, wollte raus hier, *weg*, da streifte mein Blick das Fenster. Auf dem Fensterbrett lag ein Feldstecher.

⊙

Ich zwang mich zu bleiben. Mehr noch. Ich zwang mich, an das Fenster heranzutreten. Und hinauszusehen.

Der Mond beleuchtete das Stoppelfeld.

Diese Stille.

Sie lag über allem. Über allen Nachtgeräuschen, über dem Rascheln des Windes in den Getreidestoppeln, über meinem Atem.

Langsam nahm ich den Feldstecher und hob ihn an die Augen. Ich schaute über den Zaun, über das Feld, weiter, bis zum *Haus Eulenruh*. Ich ließ meinen Blick die Mauer des Hauses hochsteigen. Bis zu meinem Fenster. Ich konnte genau in mein Zimmer sehen. Da flackerte ein Licht. Kerzenlicht. Waren Ann und Lizzie in meinem Zimmer?

Ich sah, wie eine Person aus der Tiefe des Zimmers auftauchte, und ich drehte an dem Rädchen in der Mitte des Fernglases, stellte es scharf. Die Person wurde deutlicher, Konturen schälten sich heraus. Die Person näherte sich dem Fenster. Sie nahm das Fliegengitter heraus. Ein Gesicht sah hinaus. Sah in meine Richtung.

Nein! Ich prallte zurück. Das war nicht möglich! Das war einfach *nicht möglich*! Ich spürte einen stechenden Schmerz in meinem Kopf und riss die Hände an die Schläfen. Das Fernglas fiel auf den Boden und ich taumelte zurück.

Diese Person dort an meinem Fenster – das war *ich*!

⊙

Im selben Moment hörte ich ein Geräusch hinter mir. »Franka?«, fragte eine Stimme, die ich gut kannte.

Und eine andere, ebenso bekannte, sagte: »Bist du's wirklich?«

Ich fuhr herum. »Ricardo, Valerie«, flüsterte ich, »was macht ihr hier?«

Statt einer Antwort kam Valerie auf mich zu. Sie hatte eine Taschenlampe in der Hand, leuchtete damit in mein Gesicht, griff dann nach meiner Hand, drehte den Knöchel nach oben und leuchtete darauf. Das Tattoo war deutlich sichtbar.

»Sie ist es wirklich«, sagte Valerie und ließ meine Hand wieder los.

Ich sah von einem zum anderen.

»Was ist hier los?«, sagte ich. Ich war zu geschockt, um zu schreien. Mein Mund war ganz trocken, mein Kopf fühlte sich schwammig an. Es waren zu viele Seltsamkeiten. Zu viele …

»In meinem Zimmer dort drüben ist jemand«, flüsterte ich und zeigte durch das Fenster. »Sie … sieht aus wie ich …«

»Ich weiß«, sagte Ricardo. »In meinem Zimmer ist es dasselbe.«

»Bei mir auch«, sagte Valerie.

Sie hätten genauso gut in einer anderen Sprache reden können.

Aber es waren ihre Stimmen und die Vertrautheit dieser Stimmen holte mich wieder aus meiner Betäubung heraus. »Was soll diese ganze Scheiße hier?«, brüllte ich. Ich war wütend. Ich war so wütend wie überhaupt noch nie. »Könnt ihr mir mal erklären, was ihr hier macht und warum ihr so tut, als wäre alles in bester Ordnung? – Oder wartet, ich hab's: Ihr habt euch ein Spiel ausgedacht: *Wir verarschen Franka!* – Habt ihr das hier alles inszeniert?« Mit einer Armbewegung wies ich auf die Matratze, den Teller, das Fernglas. »Tolle Arbeit, wirklich! Und das Fernglas habt ihr extra aufs Fensterbrett gelegt, damit ich auch ja durchgucke. Und da drüben hat sich Ann im Fenster positioniert und sich eine Maske mit meinem Gesicht aufgesetzt? Oder ist es Lizzie? Oder etwa Matthias?« Meine Stimme kippte fast über. »Was wolltet ihr rausfinden? Ob ich mir vor Angst in die Hosen scheiße? – Wisst ihr, was ihr seid? Miese Schweine!« Ich schnappte nach Luft.

»Franka«, sagte Valerie beruhigend und streckte die Hand nach mir aus.

»Fass mich nicht an«, brüllte ich und schüttelte ihre Hand ab. Dann wurde mir schwindlig. Ich sah auf den Boden und dann sah ich plötzlich die Decke und wie aus weiter Ferne hörte ich Ricardos aufgeregte Stimme: »Wir müssen ihr die Beine hochhalten …«

Danach war alles schwarz, als hätte jemand das Licht ausgeschlagen.

⊙

Als ich die Augen aufschlug, lag ich auf der Matratze, und Valerie und Ricardo standen vor mir und diskutierten.

»… totale Überforderung«, beendete Valerie gerade einen Satz. »Was meinst du, wie es *mir* ging, als ich hier angekommen bin. Du hattest wenigstens mich, aber ich war ganz allein mit den Schatten.«

»Wir müssen hier weg«, sagte ich mit schwacher Stimme. »Siemann stellt den Strom wieder an.«

Valerie hockte sich sofort neben mich. Sie legte mir die Hand auf den Arm und sagte mit weicher Stimme: »Franka, hör mir zu: Du kommst hier nicht mehr weg. Ricardo und ich auch nicht. Nein, das ist kein Witz. Leider. In dem Moment, als du Unland betreten hast, hast du deinen Schatten befreit. Du hast ihn vielleicht sogar bemerkt? Wie er übers Feld gelaufen ist, zum *Haus Eulenruh*?«

Ich erinnerte mich, wie etwas über mich drübergesprungen war. Ein *verdammt großes Tier …*

»Dein Schatten«, sagte Ricardo jetzt, »hat die ganze Zeit darauf gewartet, dass du hierherkommst. Es ist die einzige Chance für ihn, dich dort drüben zu ersetzen.« Er wies mit dem Kopf zum Fenster, Richtung Eulenhaus. »Dein Schatten sieht genauso aus wie du.«

»Ihr erzählt doch bloß Scheiße, oder?«, sagte ich matt. »Was denn für Schatten? Das ist doch Schwachsinn. Sagt mir, dass das nur ein blödes Spiel ist und dass ihr …«

»Wir müssen es ihr zeigen«, sagte Valerie zu Ricardo. Und dann griff Ricardo meinen linken und Valerie meinen rechten Arm und sie stellten mich auf die Beine. Meine Knie wackelten noch, aber ich konnte wieder laufen. Sie führten mich wie eine Kranke durchs Zimmer, den Gang entlang und die Treppen hinunter. Sie schoben mich durch die Haustür auf den schwarzen Hof, den Dreieulenweg entlang, und der Mond schüttete sein knochenweißes Licht über alles. Sie zogen mich über den **Kleinen Streng** zum Marktplatz, den ganzen Weg, den ich gekommen war. Sie führten mich bis zu der halb versunkenen Kirchenruine, hinter der das Tor war, wo Siemann die Kühlboxen abgeladen hatte. Wir blieben im Schutz der Kirchenmauer stehen.

»Du glaubst uns sowieso nicht, wenn wir es dir erzählen«, sagte Valerie. »Du musst es mit eigenen Augen sehen.«

Und dann sah ich, was sie meinten.

Es waren Menschen. Menschen, die ich kannte. Schwester Sandra aus der Arztpraxis, Jenny und Ben aus meiner Klasse und … Frau Eider. Sie kamen den Weg entlanggeschlichen, gingen zum Tor, griffen nach den Kühlboxen und gingen langsam wieder davon.

»Was machen die hier?«, flüsterte ich fassungslos.

»Sie leben hier«, sagte Ricardo und sah Frau Eider hinterher, die mit einer Kühlbox in einer Ruine verschwand.

Ich sah Bosen, die Goth-Mädels Tanja und Kim und sogar Frau Rothenburg, aber ihre Bewegungen waren so schleppend.

»Es sind nicht die, die du kennst«, sagte Valerie. »Es sind die Schatten von denen drüben«, sagte Valerie.

Und dann sah ich auf einmal …

»Ann! Lizzie!«, rief ich ungläubig und wollte auf sie zulaufen.

»Nein«, sagte Ricardo und versuchte, mich zurückzuhalten. Aber ich war schon mitten auf den Weg gerannt. »Ann, was macht ihr hier?«

Doch Ann und Lizzie stürzten sich, ohne mich weiter zu beachten, auf die Kühlboxen. Erst als sie sich eine gesichert hatten, drehten sie sich um. Die, die aussah wie Lizzie, sah an mir hoch und runter und sagte zu Ann: »Es hat wirklich geklappt. Jetzt hat es auch Franka rübergeschafft. Gott, hoffentlich kommen die anderen bald nach.« Damit drehten sie sich einfach um und gingen den Weg zurück.

»Lizzie?«, rief ich, aber ich hörte nur, wie Ann zu Lizzie sagte: »Sie kommen bestimmt. Vielleicht dauert es nur noch ein paar Tage.«

»Ich hatte solche Angst, dass der Plan nicht klappt«, sagte Lizzies leiser werdende Stimme. Dann waren sie in der Finsternis verschwunden.

Ricardo sagte: »Sie sind Lizzies und Anns Schatten.«

»Sie *alle* sind Schatten«, sagte Valerie und wies mit dem Kopf auf den Weg, auf dem ich Menschen mit Kühlboxen gehen sah.

Der Mond beleuchtete ihre Gestalten. Ihre Bewegungen waren müde. Traurig. Manche stießen sich zwar wütend zur Seite, wenn sie am Berg Kühlboxen angekommen waren, um an ein besonders großes Exemplar zu gelangen, die meisten aber gingen sich aus dem Weg, mieden sogar Blickkontakt. »Jeder aus Waldburgen hat einen Schatten, der hier lebt. Aber die Schatten wollen hier nicht gefangen sein. Sie wollen raus. Sie wollen *wir* sein.«

Ich sah, wie jeder Einzelne, nachdem er sich eine Kühlbox genommen hatte, am Tor anhielt und lange hindurchsah, Richtung Waldburgen. Das Tor war wieder verschlossen. Die Elektrizität summte in den Drähten.

»Ich glaube das alles nicht.«

»Ich weiß«, sagte Ricardo. »Ich hab's auch nicht glauben wollen.«

»Das ist doch alles nicht wahr!«, rief ich noch mal lauter.

»Doch«, sagte Valerie. »Dein Schatten hat dich ersetzt. So wie Ricardos Schatten Ricardo ersetzt hat und meiner mich. – Erinnerst du dich noch an die Nacht, in der wir uns tätowiert haben?«, fragte Valerie. »In dieser Nacht habt ihr mich nach Hause gebracht. Es war Stromausfall. – Und als ihr alle weg wart, hatte ich plötzlich so eine Eingebung. Ich hab auf einmal verstanden, dass Stromausfall bedeutet, dass auch der Zaun abgestellt ist. Ich war so aufgekratzt in dieser Nacht«, sagte Valerie leise, »und ich bin nach Unland gegangen, ohne weiter drüber nachzudenken. Ich weiß nicht mal, was ich wollte. Ich wollte irgendwas herausfinden. Und ich wollte es euch dann am nächsten Morgen erzählen. Ich wollte wahrscheinlich ein Held sein. Oder so was. Ich wollte euch überraschen. Vor allem ... Ann.« Sie sah mich wehmütig an.

»Und dann?«, fragte ich.

»Als ich angekommen bin, ist etwas an mir vorbeigerannt, Richtung Dorf. Ich dachte, es sei ein Reh. Jetzt weiß ich, dass es mein Schatten war. Ich hätte ihr hinterherlaufen müssen, ich hätte eher im Haus sein müssen als sie, denn wenn sie erst mal drin sind, dann ist es zu spät. Aber ich hab das nicht gewusst. Ich hatte überhaupt keine Chance. Ich stand in Unland und war zu meinem eigenen Schatten geworden, ohne es überhaupt zu kapieren.«

»Schatten – das ist doch Blödsinn!« Ich *wollte* es nicht glauben. Es war einfach zu absurd.

»War ich denn am nächsten Tag so wie immer?«, fragte Valerie. Und da sah ich wieder die kühle und unnahbare Valerie vor mir. Ich schüttelte den Kopf.

»Pass auf, Kumpel«, sagte Ricardo, »das hier *ist* ein abgekartetes Spiel, ja. Aber nicht *wir* spielen das mit dir, sondern *die* haben das die ganze Zeit mit uns gespielt.«

»Wer die?«

»Unsere Schatten.«

»Aber ich …« Und im selben Moment merkte ich wieder, wie etwas in mir zu Boden ging und mich mitzog. Ich spürte, wie ich gegen Ricardo fiel, und dann spürte ich nichts mehr.

⊙

Ich verschlief den ganzen nächsten Tag. Wahrscheinlich war es der Schock. Ich wusste noch nicht, dass es in Unland normal war, tagsüber zu schlafen und nachts zu leben.

Ich erwachte erst, als der Akku meines Handys piepte. Es war mitten in der Nacht. Mein Handy! Das war die Lösung! Wieso war ich nicht gleich auf die Idee gekommen? Fieberhaft tippte ich die Nummer von Ann ein und wartete auf das Freizeichen. Als sich endlich Anns verschlafene Stimme meldete, rief ich: »Ann, wir sind in Unland, ihr müsst uns retten!« Doch noch bevor das erste Wort meinen Mund verlassen hatte, umfassten meine Finger nur noch Luft. Ich riss meine Hand vom Ohr und sah sie fassungslos an. Das Handy war verschwunden!

»Oh nein!«, rief Valerie. »Nicht auch noch deins!« Sie und Ricardo standen auf der Schwelle. »Du hast jemandem sagen wollen, dass wir in Unland sind, oder? – Es geht nicht. Verdammter Mist, dass ich nicht dran gedacht hab, es dir zu sagen. Jetzt ist das Handy weg. Wir hätten das Licht so gut gebrauchen können.«

»Valerie, das Telefon hat sich … es hat sich … *aufgelöst.*«

»Ja«, sagte Valerie. »Das ist das 𝕲𝖊𝖘𝖊𝖙𝖟 𝖛𝖔𝖓 𝖀𝖓𝖑𝖆𝖓𝖉. Du darfst keinem von drüben das Geheimnis verraten.« Ihr Tonfall klang zugleich resigniert und wütend.

Ich starrte sie verständnislos an. »Valerie, es hat sich aufgelöst!«, sagte ich noch mal. »Verstehst du? Es ist *von selbst* verschwunden!«

Aber weder Valerie noch Ricardo reagierten erstaunt.

»Komm mit«, sagte Valerie. »Wir zeigen es dir. Vielleicht glaubst du uns dann endlich. Das hier ist kein blödes Spiel von uns.«

Sie führte uns zum Marktplatz. Auf dem Weg dorthin sagte Ricardo zu mir: »Ich hab genau das Gleiche gemacht. Als ich gemerkt hab, dass ich hier nicht mehr wegkomme, hab ich versucht, dich anzurufen.«

»In der Nacht, als du das Graffito an die Kirchenmauer gesprayt hast?«, fragte ich leise. Ich erinnerte mich an den seltsamen Anruf in der Nacht. An das Schweigen auf der anderen Seite, das sich so anders, so *endgültig* angehört hatte.

»Ja, dieses Graffito. Ich war so scharf auf die Mauer, ich Idiot. Ich hab sogar Lizzie zu was Blödem überredet deswegen. Bloß weil ich hier ein Piece hinterlassen wollte. Als ich fertig war, war das Tor zu. Da hab ich versucht, dich anzurufen. Das Handy hat sich aufgelöst, bevor ich auch nur einen Pieps machen konnte.«

In der Zwischenzeit waren wir an einer Ruine angekommen, in der ich das Mehrzweckgebäude wiedererkannte. Wir traten auf die Balustrade. Wo in Waldburgen die Türen gewesen waren, die zum Friseur, zum Angelverleih und zum Mietraum geführt hatten, gähnten auch hier nur schwarze Löcher. Dann standen wir vor dem letzten Eingang, der Bibliothek. Er war, wie in Waldburgen, durch eine schwere Metalltür versperrt.

Der Mond beleuchtete die Spuren, die Menschen auf dieser Tür hinterlassen hatten. Spuren wie schwere Wunden. Spuren, die von Hämmern, Messern und Äxten stammen mussten, denn die gesamte Oberfläche wies tiefe Kerben auf und brutale Scharten. Wer auch immer hier hineingewollt hat – er hatte es geschafft, denn Valerie musste nur die Hand ausstrecken und schieben und schon öffnete sich die Metalltür.

⊙

Valerie leuchtete mit der Taschenlampe in den Raum. Schief und in sich versunken standen die Regale da. Sie neigten sich einander zu, als wollten sie sich Mut zusprechen.

Kein einziges Buch befand sich in den Regalen. Auf den wenigen verbliebenen Metallböden lagen schwarze Flocken, und als wir vorübergingen, flogen sie auf wie die Flügel toter Falter und schwebten langsam wieder herab. Valerie ging zielstrebig in den hinteren Teil des Raums, und ich wusste sofort, wohin sie wollte.

Die Vitrine war zerschlagen, aber es lag tatsächlich die Chronik darin. Doch sie hatte hier einen anderen Namen. Ricardo wischte Glasscherben und Schmutz vom Einband des Buchs. Dann lasen wir: **Gesetz von Unland**.

Valerie leuchtete und ich schlug die erste Seite mit den Bauplänen auf. Dann blätterte ich um. Und dort, wo in der Chronik von Waldburgen nur leere Seiten folgten, waren hier zwei weitere eng beschriebene Seiten. Ich beugte mich tief über das vergilbte Papier und las:

Franka, wenn du das liest, bist du eine Einwohnerin Unlands geworden, ein Schatten.

»Dort steht mein Name«, flüsterte ich.

»Pass auf«, sagte Valerie und beugte sich an meiner Stelle über das Buch. Über ihrer Schulter las ich mit:

Valerie, wenn du das liest, bist du eine Einwohnerin Unlands geworden, ein Schatten.

»Es erkennt dich«, sagte Ricardo.

»Lies«, sagte Valerie und schob mich wieder vor das Buch.

Franka, deine Zeit ist jetzt die Nacht, dein Weg der Umweg. Du kannst Unland nicht verlassen, außer wenn das Tor geöffnet ist. Dann kannst du hinausgehen, doch du wirst nicht frei sein.

Kurz bevor das Tor sich wieder schließt, wird Unland dich wieder heranziehen, in sich hinein. Erst wenn die Franka von drüben freiwillig diesen Boden betritt, freiwillig durch das Tor geht, fällt der Bann von dir. Erst dann kannst du wieder dein Haus in Waldburgen betreten und dein Leben im Licht führen. Die Franka von drüben wird an deiner Stelle zum Schatten, und Unlands Kraft wird sie an sich binden, so lange, bis sie sich wieder befreit.

Sobald du wieder drüben bist, wirst du dein Leben hier ganz und gar vergessen. Das ist Gesetz.

Du kannst dich befreien, doch achte auf die Regeln, denn das Geheimnis von Unland muss gewahrt bleiben!

1) Versuch nicht, dich einem von drüben hör- oder sichtbar zu machen. Ein unerträglicher Schmerz wird dich daran hindern.

2) Wenn du Spuren hinterlässt, um die Franka von drüben hierherzulocken, sei geschickt und erwähne Unland niemals direkt. Sie muss von selbst den Wunsch verspüren, hierherzukommen! Solltest du trotzdem versuchen, Unlands Geheimnis zu verraten, wird sich deine Nachricht in nichts auflösen.

3) Versuche niemals, der Franka von drüben etwas anzutun. Ihr seid miteinander verbunden, so wie Unland und Waldburgen miteinander verbunden sind. Unland entstand, als Waldburgen gebaut wurde, und genauso entsteht ein Schatten mit jedem Menschen. Wenn Franka drüben stirbt, dann stirbst auch du. Wenn du stirbst, dann stirbt auch sie.

Agaiiiiin!!!

Mitten in diesen letzten Satz hinein brüllte Musik aus der Ferne los, und wir rannten aus der Bibliothek auf die Balustrade und von dort zur Kirche, von der aus wir nach Waldburgen hinübersahen. Eine Kaskade aus bunten Lichtern, ein Blinken und Funkeln leuchtete von drüben zu uns herüber. Das Spektakel kam vom Rummel. September schrie sich die Seele aus dem Leib:

Forever and ever, life is now or never, forever never comes around … you'll never see me agaiiiiin …

»Scheiße«, rief Ricardo. »Sie versuchen denselben Trick wie ich. Schnell, zum Tor! Vielleicht können wir sie zurückhalten. Los! Kommt!«

… no matter what you do …

Der ganze Spuk dauerte zwanzig Sekunden, dann brach erwartungsgemäß das Stromnetz zusammen. Kurz darauf standen wir atemlos vor dem Tor in Unland.

Es dauerte nicht lange. Ich sah sie übers Feld kommen. Ann, Lizzie und Matthias. Ricardo und Valerie traten aus dem Dunkel der Kirchenruine und schrien ihnen zu: »Lauft zurück!!«

Doch im selben Moment stürzten die beiden zu Boden und krümmten sich vor Schmerz.

Lizzie, Ann und Matthias aber hatten den Ruf gehört, und Matthias richtete einen riesigen Taschenlampenstrahl auf Valerie und Ricardo, die jetzt vor Schmerz wimmerten. »Oh nein«, flüsterte ich und versuchte, Ricardo und Valerie aus dem Strahl der Taschenlampe in den Schutz der Kirchenmauer zu ziehen, denn ich erinnerte mich an zwei Sätze, die ich gerade gelesen hatte: **Versuch nicht, dich einem von drüben hör= oder sicht= bar zu machen. Ein unerträglicher Schmerz wird dich daran hindern.**

Ann schrie: »Da liegt Valerie.«

Keine zehn Sekunden später waren sie durch das offene Tor gerannt, und mehrere Dinge passierten gleichzeitig: Ich sah, wie drei Personen aus dem Dunkel hinter uns hervorsprangen und übers Feld rannten. Ich sah, wie Ann, Lizzie und Matthias ihnen verdutzt hinterherschauten. Und ich sah, wie der Schmerz aus Valeries und Ricardos Gesicht wich.

Da fing Valerie an zu weinen und sagte: »Es ist zu spät. Sie sind Schatten geworden. Wie wir.«

Auf der anderen Seite

DREI MONATE SPÄTER

Die Morgendämmerung bricht an. Die anderen haben sich vor einer Stunde hingelegt. Ich schlafe nicht. Das ist eines dieser Dinge, an die ich mich nur schwer gewöhnen konnte: tagsüber zu schlafen und nachts zu leben. Außerdem bin ich dran mit Wacheschieben. Ich hab mich dicht ans Fensterloch gesetzt und sehe nach draußen.

Das Feld liegt gepflügt in der Morgendämmerung, eine öde Fläche aus nassen Erdschollen. Keine Bewegung draußen, niemand. Nur ein paar Kolkraben hocken auf den Pfosten und drehen die Köpfe.

Ich weiß nicht, wie es weitergeht. Essen bringen uns *die von drüben* einmal die Woche. Siemann bringt es. Hin und wieder bekommen wir auch Decken und etwas Geschirr. Aber immer fehlt etwas Wichtiges.

Uns fehlt ein Heizofen. Es fehlt Medizin für Ricardo. Es ist immer zu wenig Obst und Gemüse. Deshalb haben Ricardo und ich wieder angefangen, Fleisch zu essen.

Erst hatten die anderen uns das Obst und das Gemüse überlassen, aber dann blieb kaum was für sie. Sie haben nie direkt was gesagt, aber nach einer Weile haben wir von allein darauf verzichtet.

Ich hätte vor drei Monaten nie für möglich gehalten, dass ich immer noch hier sitzen würde, hinter mir das Atmen von Matthias, Ann, Ricardo, Lizzie und Valerie. Während die Sonne aufgeht und die Kälte von Tag zu Tag zunimmt.

Die Vögel fliegen tief über dem Acker. Ich habe sie jeden Tag beobachtet. Wenn sie so tief fliegen, dass ihre Bäuche fast den Boden berühren, dann kommt ein Sturm.

Der Sturm. Wir haben es alle im Internet gelesen: Ein Sturm wird über den Fläming hinweggrasen, aber wir haben nicht darüber geredet. Dabei ist er unsere einzige Chance. Jeder von uns weiß das.

Er ist noch längst nicht da, er soll erst im Laufe des Tages kommen, aber die Vögel spüren ihn schon.

Ich auch. Innerlich. Irgendwas hat sich an der Luft verändert. Hat sie elektrisch aufgeladen.

Aber noch ist es still. Bis auf das Husten. Ricardo hustet immer mehr. Sein Gesicht ist aschfahl, er zittert vor Kälte und an seinen Schläfen läuft Schweiß herab. Wir wissen nicht genau, was es ist. Es ist etwas anderes als eine einfache Erkältung. Er hat es schon seit Wochen und es wird immer schlimmer. Ich hab Siemann die beiden letzten Sonntage dringend um Medikamente gebeten. Er hat Aspirin mitgebracht. Aber es hilft nicht.

Wir leben alle in meinem Zimmer. In dieser Ruine hier will keiner allein bleiben. Es gibt keine Türen und Fenster, die man schließen kann, das Haus klafft Tag und Nacht auf. Seit einmal jemand heimlich reingeschlichen und fast unsere ganze Wochenration Lebensmittel aus der Küche geplündert hat, haben wir die Lebensmittel nach oben geholt und das Sofaskelett vor die Haustür geschoben. Aber es ist kein wirksamer Schutz, und so bleibt immer einer von uns wach, während die anderen schlafen. Bald kommt der erste Schnee, und vielleicht fällt dann jemandem ein, unsere Decken zu klauen. Wir müssen zusammenbleiben.

Ich schaue nach draußen, zucke bei jedem Geräusch zusammen. Diese ständige Wachsamkeit. Sie ist in uns übergegangen. Selbst im Schlaf wird man sie nicht los. Wenn ich mich umdrehe, sehe ich, wie angespannt alle sind: Lizzie schläft mit geballten Fäusten. Valeries Brauen sind zusammengezogen. Ann schläft mit einer Hand unter dem Kissen. Vielleicht hat sie dort einen Stein versteckt? Auf Ricardos Stirn ist eine scharfe Falte gewachsen und um Matthias' Mund liegt ein gehetzter Ausdruck. Ob ich selbst auch so ein Zeichen trage? Wir haben keinen Spiegel hier. Ich hab mich schon lange nicht mehr gesehen.

Am Horizont zeigt sich die erste fahle Helligkeit. Die kühle Luft kommt herein und zieht mir trotz der zwei Pullover bis in die Knochen. Wir könnten ein paar Bretter vor die Fensterlöcher nageln, aber dann wäre es immer dunkel hier drin. Noch kann ich mich nicht dazu überwinden.

Gestern war der 7. Dezember. Meine Arme und Beine fühlen sich verrostet an, eingefroren. Wenn mir allzu kalt wird, schleiche ich auf Zehenspitzen zwischen den Schlafenden hindurch aus dem Zimmer, den Gang entlang und dann die Treppe hinunter. Ich steige über das Sofaskelett und bin unter freiem Himmel. Dort mache ich ein paar Kniebeugen, boxe in die Luft und laufe auf der Stelle, um mich zu erwärmen, sehe rüber nach Waldburgen und komme dann langsam wieder zurück zu den schlafenden Eulen.

Es ist Zeit, die Kerze auszublasen.

Ein neuer Tag fängt an.

Der einundneunzigste.

Der Sturm soll ein kleiner Orkan werden. Windstärke 9. Bäume werden umknicken. Die Leitungen werden diese Kraft nicht aushalten. Wir wissen, was es bedeutet. Es wird einen Stromausfall geben. Das erste Mal seit einer Ewigkeit wird das Tor sich wieder öffnen. Wir müssen heute etwas tun. Irgendwas, was uns hier rausbringt.

⊙

Kurz nachdem die anderen hierhergekommen und Unland in die Falle gegangen waren, vor drei Monaten, hatten wir die Ruine durchsucht. Vielleicht gab es irgendwas hier, was wir gebrauchen konnten. Werkzeuge, Taschenlampen, irgendwas.

Wir hatten ganz unten angefangen, in Matthias' Kellerraum. Der Raum war leer bis auf ein paar total verfleckte Decken auf dem Boden. Wir hatten sie hochgehoben und darunter lagen ein Handy und ein Laptop.

»Ein Laptop!« Matthias hatte sich gleich auf den Boden niedergelassen und mit der monströsen Taschenlampe, die er aus Waldburgen mitgebracht hatte, die Mauer angestrahlt, über die ein Kabel verlief. Es führte durchs Fenster hinaus und Matthias leuchtete nach draußen. Dann drehte er sich wieder zu uns um und sagte: »Der Typ, der hier gewohnt hat, hat es geschafft, den Zaun anzuzapfen!«

»Der Typ warst du«, sagte Valerie leise. »Dein Schatten.«

Matthias hörte nicht hin. »Die haben einen UMTS-Stick«, sagte er. »Die konnten also von hier aus ins Internet. Krass.«

Er fuhr den Laptop hoch. Wir sahen gebannt zu, wie der Bildschirm hell wurde und wie sich der Desktop aufbaute. Links oben erschien der Papierkorb, in der Mitte das Hintergrundbild, das ein Zeitungsartikel war, auf dem ein viel jüngerer Matthias zu sehen war. An seiner Seite ein kleiner Junge. Beide lächelten glücklich in die Kamera. Darunter stand: *Der dreizehnjährige Matthias Sch. rettet im Eis eingebrochenes Kind*. Matthias starrte darauf. »Ich hab dasselbe Foto auf meinem Desktop«, sagte er fassungslos. »Er hat mich als Hintergrund.«

»Er *ist* du«, sagte Valerie wieder.

Auf dem Laptop gab es keinen einzigen Ordner.

»Na toll, das Teil ist so leer wie Holles Kopf«, murmelte ich enttäuscht.

»Warte mal.« Matthias klickte geistesgegenwärtig den Papierkorb an. Im Papierkorb befand sich ein Ordner. Er hieß *Haus Eulenruh*. Matthias klickte ihn an. In dem Ordner befanden sich zwei Dateien. Die erste Datei war ein Foto. Es zeigte Matthias und Ricardo beim Kaninchenklauen. Die zweite Datei war ein Brief. Er war an Sandro Hoffmann gerichtet.

»Sie haben von hier aus alles geplant!«, sagte Lizzie.

»Hier sind auch Spiele drauf«, stellte Matthias interessiert fest und klickte dann auf *Spiele*. Es erschien ein Globus mit einem *FW* in der Mitte. Er klickte darauf. Das Log-in-Fenster öffnete sich. Bei *Username* stand schon *Selina*. Es fehlte nur noch das Passwort. In dem Feld blinkte der Cursor.

Wir schwiegen alle.

»Das kann nicht sein«, sagte Matthias tonlos.

»Du hast die ganze Zeit mit deinem Schatten gespielt«, sprach Valerie es schließlich aus.

»Aber Selina ... sie war ... sie war so ... wir haben uns so gut verstanden«, sagte Matthias stockend. »Wir haben so viel geredet! Wir konnten so gut miteinander spielen. Ich kann es nicht … ich kann es einfach nicht glauben …«

Ricardo schaltete das Handy an. Es war nichts Bemerkenswertes daran zu entdecken, bis wir die Fotodateien durchsahen. Dort waren zehn weitere Fotos des Kaninchendiebstahls gespeichert.

»Sie müssen mindestens zu dritt gewesen sein«, sagte ich. »Matthias' und Ricardos Schatten haben die Kaninchen geklaut. Und jemand anders hat die beiden mit den Kaninchen fotografiert, damit sie das Foto dann an Sandro Hoffmann schicken konnten.«

»Sie haben uns gegeneinander aufgehetzt!«, sagte Lizzie. »Sie haben Spuren hinterlassen, die alle zu uns führen. Sie wollten, dass wir unter Druck geraten, uns erst gegenseitig zerfleischen, dann mitkriegen, dass irgendwas nicht stimmt, und anfangen, nach dem *wirklichen* Schuldigen zu suchen.«

»Sie wollten offenbar, dass wir auf Unland verfallen, ohne dass sie es direkt gesagt haben«, sagte Ricardo. »Sie konnten es ja auch nicht direkt machen. Wegen dem **Gesetz von Unland**.«

Wir waren von einem verkohlten Zimmer ins nächste gegangen. Als wir in Ricardos standen, sagte er: »Ich hab schon gefunden, wonach wir suchen.«

Er ging zu dem halb verbrannten Schrank in der Ecke, öffnete ihn, und wir sahen eine Kiste mit Ferngläsern, so wie meines. Ferngläser in braunen Ledertäschchen, alle stockfleckig von der Feuchtigkeit hier. Daneben stand eine Kiste mit einem Stapel Zettel und mehreren roten Edding-Stiften darin.

»*Du* hast mir das Fernglas geschickt«, sagte ich. »Und du hast dir selbst den Drohbrief geschrieben.«

»Es war sein Schatten«, sagte Valerie.

»Aber woher stammen diese Ferngläser?«, fragte ich. »Sind die noch aus dem Krieg?«

»Keine Ahnung«, sagte Ricardo, »aber so scharf, wie die sind, müssten die eigentlich erst noch erfunden werden.«

Im Zimmer der Zwillinge fanden wir ebenfalls Zettel. Sie lagen auf Anns Seite. Doch was wir auf Lizzies Seite entdeckten, war ein Schock. Zwischen ihre Matratze und die Mauer geklemmt waren eine kleine Axt und mehrere Flaschen Feuerzeugbenzin. An der Schneide der Axt klebten Holzsplitter und Blätter. Lizzie zog mehrere ab und betrachtete die Blattstruktur.

»Was ist das?«, fragte ich.

»Hagebutte«, sagte sie tonlos, »und Wacholder.«

»Nein …«, sagte ich. »Das kann ich nicht glauben … nicht *du* …«

»*Ich* war es auch nicht«, sagte Lizzie mit blassen Lippen. »Ich hab die Schonung nicht abgefackelt.«

In das betretene Schweigen sagte Matthias: »Was hat das hier eigentlich verloren? Das gehört doch zu den Lebensmitteln unten.« Er stand auf Anns Seite und hielt eine Flasche Sonnenblumenöl in den Händen. Allein der Anblick dieser gelben Flüssigkeit schien ihn irgendwie zu beruhigen. Ich ging zu ihm rüber, froh, von der Axt und von Lizzie wegzukommen.

»Gib mal«, sagte ich und griff nach der harmlos wirkenden Ölflasche. Und in dem Moment, in dem ich das fettige Plastik berührte, erinnerte ich mich. Ich war so erschrocken, dass mir die Flasche aus der Hand rutschte und zu Boden fiel. Matthias stürzte gleich hinterher und rettete sie. »Du warst es!«, sagte ich und drehte mich zu Ann um. »Nein, nicht du, aber dein Schatten!«

»Was denn?«, sagte Ann erschrocken. »Hat mein Schatten irgendwas Schlimmes mit dem Öl gemacht?«

»Mit dem Öl nicht. Das hat dein Schatten nur als Spur hinterlassen, als er in Bosens Bauwagen eingebrochen ist und erst den Sicherheitsmechanismus der Säge ausgeschaltet und dann das Handy weggenommen hat. Nur das Öl, das überall geklebt hat, hat mich dazu gebracht, Matthias zu verdächtigen, weil der ja überall seine Fettfinger abwischt! So was Mieses! Und ich bin auch prompt darauf reingefallen!«

»Aber woher wusste Anns Schatten, wo der Schlüssel für den Bauwagen ist?«, überlegte Matthias.

»Ganz einfach«, sagte ich. »Kommt mit.« Ich führte alle vor das Haus und hielt Ann den Feldstecher hin. »Guck mal durch. Diese Richtung.«

Ann guckte. Nach einer Weile senkte sie das Fernglas und gab es mir wortlos zurück.

»Was ist?«, fragte Matthias.

»Man kann den ganzen Forstweg einsehen, bis zur Lichtung. Und dort steht der Bauwagen«, erklärte ich. »Es war sehr leicht für Anns Schatten, Bosen dabei zu beobachten, wie er den Schlüssel neben den Bauwagen unter dem Stein versteckt hat. – Und jetzt kapiere ich auch, warum ich mich ständig im Wald beobachtet gefühlt hab!«

Ann war noch völlig schockiert. »Wenn Armin verblutet wäre …«, sagte sie. »Wie kann man … wie kann jemand nur so was tun …«

Ricardo sagte: »Aber eins verstehe ich nicht: Da planen die also, dass sie die Säge lahmlegen und das Handy klauen. Sie planen, dass Armin einen Unfall baut und Bosen nicht anrufen kann und zu uns rennen muss. Aber sie konnten doch nicht wissen, dass Franka Bosen ihre Hilfe im Wald anbieten würde! Das *kann* doch keiner wissen!«

»Stimmt«, schrie Matthias. »Und wenn du Bosen nicht geholfen hättest, wärst du nie in den Bauwagen gekommen und hättest nie die Ölspuren entdeckt.«

»Ich glaube«, sagte Valerie, die bis jetzt geschwiegen hatte, »das ist nicht so rätselhaft, wie es scheint. Sie sind ja keine Fremden. Sie sind *auch* wir. Frankas Schatten hat wahrscheinlich nur nachgedacht, was sie selbst an Frankas Stelle gemacht hätte, wenn so ein verzweifelter Bosen in der Tür gestanden hätte. Und sie hat wahrscheinlich denselben Impuls gespürt, gemeinsam mit Bosen im Wald zu arbeiten. Sie haben die Sachen nicht magisch vorhergesehen, sie haben einfach nur in sich hineingelauscht, dann war ihnen klar, wie alles ablaufen würde.«

»Jetzt verstehe ich auch, warum Fussel nie gebellt hat!«, sagte ich, als wir wieder ins Haus und dann in mein Zimmer gegangen waren. »An dem Tag, an dem auf dem Rummel der Strom ausgefallen ist und wir alle nach Hause gerannt sind, hat jemand auf unserem Grundstück gewartet. Er hat nach meinem Arm *gegriffen*. Fussel stand direkt daneben und hat nicht gebellt. Warum? Weil es kein Fremder war. Es war jemand von uns. Nur als Schatten.«

»Riechen Schatten so wie wir?«, fragte Matthias.

»Offensichtlich«, sagte Valerie. »Jetzt sind *wir* die Schatten. Wahrscheinlich würde Fussel sich freuen, uns zu sehen.«

Dann standen wir in meinem Zimmer. Ein nacktes, ausgehöhltes, zerstörtes Zimmer. Ricardo war zu meinem Schrank gegangen. Der war an den Rändern so zerschmolzen, dass die Tür sich nur mit Gewalt öffnen ließ.

»Was ist das?«, fragte Matthias, als Ricardo eine kleine rote Rolle herausholte.

»Ich weiß nicht«, sagte Ricardo. »Ein Stoffband?«

Lizzie ging zu ihm, nahm es ihm aus der Hand und rollte es auseinander. »Das ist meine Häkelborte!«, sagte sie. »Vera hatte sie gewaschen und dann hing sie an der Leine. Sie war verschwunden. Ich habe mich geärgert und überall im Garten danach gesucht, weil ich dachte, dass der Wind sie abgerissen hat.«

»Es war wahrscheinlich derselbe Schatten, der auch Matthias' Jacke von der Leine geklaut hat.«

»Aber was hat mein Schatten bloß damit gemacht?«, fragte ich. Ich ließ die Borte nachdenklich durch meine Finger gleiten. Obwohl sie zerbrechlich aussah, war sie sehr fest und wirkte äußerst strapazierfähig.

»Vielleicht noch gar nichts«, sagte Ann. »Vielleicht wollte dein Schatten erst später etwas damit machen. Aber garantiert nichts Gutes.«

»Hört auf«, sagte Lizzie. »Ich kriege Angst.«

Etwas Drohendes war plötzlich im Raum und wir schwiegen und sahen alle auf das rote Band. Valerie war es, die das Schweigen durchbrach. »Wir kommen hier raus!«, rief sie. »Wir sind stark! Wir gehören zusammen! Wer sind wir?«

»Wir sind die Eulen«, stimmte ich in den Chor mit ein und legte die Borte langsam in das verkohlte Schrankfach zurück.

Das war vor drei Monaten.

Wir sind immer noch hier drin.

⊙

Hinter dem Zaun breiten sich die Ackerschollen aus, von Nebel bedeckt. Nebel wie weißer, feuchter Atem. Sobald die Sonne aufgeht, wird er höher ziehen, die Bäume am Waldrand empor, bis er in Ringen um die Kiefernspitzen hängen und sich auflösen wird.

Durch ein Loch im Nebel kann ich sehen, wie ein Licht in meinem Fenster im *Haus Eulenruh* angeht. Ich bin also aufgewacht. Ich greife nach dem Fernglas um meinen Hals, stelle die Linse scharf und sehe mir beim Aufstehen zu.

Das tue ich seit drei Monaten. Ich beobachte die dort drüben im *Haus Eulenruh*. Im September war es einfacher. Sie waren oft auf dem Grundstück zu sehen. Hinterm Haus, am Schuppen. Oder im Stoppelfeld. Jetzt bricht der Winter an und sie sind viel im Haus. Mir bleibt nur das Fenster, hinter dem ich selbst wohne.

Aber am Anfang hab ich alles ganz genau beobachten können: wie sie sich aus dem Weg gegangen sind. Sie haben kaum miteinander geredet, und wenn, dann haben sie gestritten. Sie waren nervös und sind bei jeder Kleinigkeit aus der Haut gefahren. Jeder von ihnen war sofort bereit, loszuschreien oder zuzuschlagen. Ich hab durch das Fernglas beobachtet, wie Vera und Andreas immer wieder dazwischengegangen sind. Die beiden haben sorgenvoll und vergrämt ausgesehen. Für sie musste eine Welt zusammengestürzt sein. Sie mussten ihre Familie nicht mehr wiedererkannt haben.

Aber nach und nach wurde es besser. Ich konnte es erst nicht glauben, aber das **Gesetz von Unland** hat offenbar recht: Sie haben alles vergessen.

Erst sind sie ruhiger geworden, entspannter. Die seltsame Vorsicht ist langsam aus ihren Gesichtern verschwunden, bis sie eines Tages angefangen haben zu lächeln. Sie haben auch angefangen, miteinander zu reden und etwas zusammen zu machen. Ich habe sie aus dem Fensterloch beobachtet, wie sie gemeinsam durchs Feld Richtung Mooschkolk gelaufen sind. Sie haben sich unterhalten, und die, die Ann war, hat hell gelacht. Als meine Doppelgängerin den Kopf in meine Richtung gedreht hat, hab ich mich weggeduckt. Sie kann es spüren, wenn sie angesehen wird. Wie ich. Sie hat verwundert ausgesehen. Sie hat nicht einordnen können, woher der Blick kam. So wie ich vorher. Als ich nach einer Weile wieder rausgeguckt habe, waren sie schon im Wald verschwunden.

Ja, die Bewohner vom *Haus Eulenruh* mögen sich und fühlen sich wie eine Familie, so wie wir. Sogar Valerie ist wieder dabei.

Sie haben alles vergessen. Haben vergessen, wo sie waren. Dass sie hier in Unland gefangen waren. Dass sie uns überlistet haben und jetzt an unserer Stelle leben.

Sie haben *uns* vergessen.

In den ersten Tagen hatten wir fieberhaft überlegt, wie wir hier rauskommen. Wir dachten, das Problem sei der Zaun. Aber das stimmt nicht. Wir merkten es, als Siemann am nächsten Sonntag wieder neue Kühlboxen mit Lebensmitteln brachte und die alten mitnahm und wir die günstige Gelegenheit nutzten, durch das geöffnete Tor zu flüchten.

Wir drehten uns um und lachten laut in Richtung der schwarzen Mauern. Wir wunderten uns, warum nur eine Handvoll anderer Schatten uns nach draußen folgte. Die meisten standen am Tor, griffen nach den Kühlboxen und sahen uns mit einem schwer zu deutenden Gesichtsausdruck hinterher. »Sie sind einfach verrückt«, flüsterte Ann, und dann drehten wir uns nicht mehr um.

Es war nachts um zwei gewesen. *Haus Eulenruh* war stockdunkel. Als wir durch die Gartenpforte aufs Grundstück traten, kam Fussel uns freudig entgegengerannt. Unser Plan war gewesen: ins Haus zu schleichen und die anderen im Schlaf zu überwältigen.

Aber als Ann den Schlüssel ins Schloss steckte, die Tür öffnete und eintreten wollte, prallte sie zurück. Sie rieb sich die Stirn.

»Was ist los?«, fragte Lizzie flüsternd.

»Ich weiß nicht, es geht nicht«, flüsterte Ann genauso leise zurück.

Die Tür war auf, wir konnten den Korridor sehen, wir konnten auch hineinleuchten, aber wir kamen einfach nicht rein! Keiner von uns.

Da war ein Hindernis, an dem wir abprallten. Etwas wie eine unsichtbare Glasscheibe. Auch Gewalt half nicht. Ricardo warf sich mehrfach mit Wucht dagegen. Später hatte er Blutergüsse an der Schulter; der unsichtbare Widerstand aber hatte um keinen Millimeter nachgegeben. An der Hintertür war es das Gleiche.

»Dann wecken wir eben Vera und Andreas auf!«, sagte Matthias wütend. Noch bevor Valerie ihn aufhalten konnte, war er schon unter Andreas' und Veras Fenster gerannt und setzte zum Schreien an. Doch kein Ton kam über seine Lippen. Stattdessen lag er plötzlich am Boden. Er krallte sich ins Gras und krümmte sich vor Schmerzen. Wir dürfen uns nicht sehen und hören lassen. Das **Gesetz von Unland** verbietet es. Wir können nur Spuren hinterlassen, sonst nichts. Keine eindeutigen Spuren, sondern solche, die nur Andeutungen enthalten. Sie dürfen nie direkt auf Unland verweisen, nie direkt auf uns, sonst lösen sie sich auf.

Wir hatten uns um Matthias gekümmert, dem es langsam wieder besser ging. Wir hatten ihm wieder auf die Beine geholfen und waren gerade dabei zu überlegen, was wir tun könnten, als ich spürte, wie etwas von hinten an mir zupfte. Zuerst dachte ich, es wäre Lizzie oder Ann, aber die standen beide weiter weg, und dann merkte ich, dass auch sie sich irritiert umdrehten und an den Rücken griffen. Aus dem Zupfen wurde ein Ziehen, aus dem Ziehen ein Reißen. Ich wollte etwas sagen, aber ich konnte nicht. Ich wollte vorwärts gehen, aber es funktionierte nicht. Da war ein Widerstand in der Luft, der sich in Bewegung setzte und mich wegschob, rückwärts, durch die Gartenpforte hindurch aufs Feld zurück, während gleichzeitig etwas an meinem Rücken zog, mich näher zog.

Wir waren alle so durchs Feld gestolpert. Rückwärts und ohne uns dagegen wehren zu können. Wir kamen erst wieder zum Stehen, als wir in Unland waren, und keine Sekunde später schloss sich das Tor.

»Es ist alles ganz genau so, wie es im **Gesetz von Unland** steht«, sagte Valerie, während wir anderen stumm dastanden und auf den elektrischen Zaun sahen. »Wir können zwar raus, wenn das Tor geöffnet ist, aber nur, solange der Strom weg ist. Kurz vorher zieht Unland uns wieder in sich hinein. Wir müssen tun, was im Gesetz steht: Unsere Doppelgänger herlocken. Erst dann kommen wir wirklich frei.«

Aber wie?

Wir haben uns ganz genau angeschaut, was sie selbst vorher mit uns gemacht haben, und wir haben versucht, etwas Ähnliches zu tun. Wenn sie sich nicht mehr daran erinnerten, dass sie einmal hier waren und was sie getan haben, um uns hierherzuholen, würde es leicht sein, sie auf die gleiche Weise heranzulocken, haben wir gedacht.

Aber es funktioniert nicht. Bisher haben wir nur ein bisschen Unruhe im *Haus Eulenruh* verbreitet, sonst nichts. Langsam werden wir ungeduldig. Irgendwas machen wir falsch, aber was?

Matthias hat versucht, Kontakt mit sich selbst aufzunehmen, aber der Matthias dort drüben in Waldburgen muss ein anderes Spiel entdeckt haben. Er spielt nur noch selten *Futureworld*. Ann und Lizzie sind während einer der ersten Sonntagnächte, an denen Siemann uns Lebensmittel brachte und das Tor für eine Stunde aufblieb, über unser Grundstück geschlichen, bis zum Barkas vor dem Eisbechertor, und haben die Reifen zerstochen. Sie haben einen Zettel mit einer Drohung hinter die Scheibenwischer geklemmt. Auf dem Zettel waren auch auffällige Rußflecken.

Ricardo und ich sind in derselben Nacht bis zur frisch renovierten Arztpraxis gerannt und haben sie mit schwarzen Totenköpfen besprayt. Die Sprühdosen haben wir in den Garten von *Haus Eulenruh* geworfen. Wir haben uns alles genau ausgemalt: wie der Ricardo dort drüben am nächsten Tag verdächtigt wird. Wie Vera und Andreas ihn ausfragen. Wie er unter Druck gerät und wie die anderen dann zu ihm halten und ihm helfen wollen, seine Unschuld zu beweisen. Und wie kann man das? Indem man herausfindet, wer *wirklich* dahintersteckt! Ricardo und ich haben uns so angestrengt, Fußspuren zu hinterlassen, die ins Feld weisen, in der Hoffnung, dass unsere Doppelgänger von allein auf Unland kommen.

Es hat nichts genützt. Sie verstehen unsere Spuren nicht. Sie versuchen nicht herauszufinden, wer dahintersteckt.

»Wir müssen vielleicht den Druck erhöhen«, hat Ricardo enttäuscht gesagt.

»Und die Spur deutlicher machen, die nach Unland führt«, hat Ann überlegt.

Aber seit dieser Nacht blieb das Tor geschlossen. Wenn Siemann sonntagnachts kam, um neue Kühlboxen zu bringen, ging es zwar auf, doch sofort, nachdem er losgefahren war, verschloss es sich wieder, und der Strom rauschte hindurch. Was war passiert?

»In der Nacht, in der du in Siemanns Multicar nach Unland gefahren bist, haben wir ihn beobachtet, als er zurückgekommen ist«, hat Lizzie gesagt. »Er hat den Wagen abgeschlossen, ist ins Haus gegangen, und wir haben zuerst gedacht, das war's jetzt, aber nach einer Weile ist er wieder rausgekommen und Richtung Dorf gegangen. Wir sind ihm nachgeschlichen.«

»Er ist zum Trafohäuschen gegangen«, hat Ann gesagt. »Und dort ist er lange geblieben. Nach einer Weile gingen die Straßenlampen an. Dann kam er wieder heraus.«

»Den ganzen Weg zurück hat er leise vor sich hin geschimpft«, hat Lizzie gesagt. »Er hat irgendwas von einer Zeitschaltung gesagt und dass er sich dann endlich den Weg zum Trafohäuschen ersparen kann.«

»Ja, es klang so, als würde er schon seit Langem an so einer Zeitschaltung herumbasteln, aber es hat bisher nicht funktioniert.«

»Und jetzt scheint er es hinbekommen zu haben«, habe ich gesagt.

Wir wissen nicht, wer Siemann ist. Es scheint seit Ewigkeiten, seit Jahrhunderten vielleicht sogar, immer einen Siemann zu geben, der wie ein Fährmann zwischen Waldburgen und Unland hin- und herfährt. Niemand in Waldburgen weiß offenbar, dass er ein Dorf aus Schatten versorgt, und ich frage mich, ob Siemann selbst es eigentlich weiß. Ob er *wirklich* weiß, was er tut.

Seit das Tor immer geschlossen bleibt, können wir nicht mehr raus. Wir können keine Spuren mehr legen. Die ganze Zeit haben wir auf einen Zufall gehofft. Auf irgendetwas, was die Leitungen lahmlegen könnte. Und heute passiert es. Heute kommt der Sturm.

⊙

Ich spüre einen Blick und drehe mich um. Valerie sitzt im Schneidersitz auf der Matratze und sieht mich nachdenklich an. »Ich weiß, woran du denkst«, sagt sie. »Heute oder nie! Ich will hier raus. Egal wie.«

Jetzt wachen auch die anderen auf. Oder tun sie nur so? Haben sie gar nicht geschlafen? Haben sie wach gelegen und an den Sturm gedacht? Lizzie und Ann lehnen sich an die Mauer, ziehen die Decken bis ans Kinn.

Matthias murmelt: »Hat man denn nie seine Ruhe?«

»Die haben wir seit Monaten«, sagt Valerie.

»Hast du eine Idee?«, fragt Ricardo in Valeries Richtung. Sein Atem steht in Wolken in der eisigen Luft. Dann hustet er wieder. Der Husten kommt flach und hart aus ihm heraus.

»Du brauchst richtige Medizin«, sagt Lizzie. »Nicht nur die Aspirin von Siemann. Vielleicht hast du eine Lungenentzündung. Wenn wir wenigstens einen Wasserkocher hätten«, sagt sie leise. »Dann könnten wir heißen Tee machen …«

»Wenn, wenn, wenn …«, jammert Matthias. »Wenn ihr mich damals nicht überredet hättet, mitzukommen, dann wäre ich jetzt da drüben und nicht hier!« Er weist mit dem Kinn in Richtung Waldburgen.

»Blödsinn«, sage ich. »Es war ja wohl logisch, dass du mitgegangen bist, schließlich sind wir die Eulen. Wir gehören zusammen!«

»Zusammen, zusammen. Ich kann's nicht mehr hören! Wer hatte denn die bescheuerte Idee, nach Unland zu gehen? *Du!*«

»Das ist doch Quatsch«, mischt sich Ricardo ein. »Wenn Franka nicht darauf gekommen wäre, dass mit Unland was nicht stimmt, dann wär's ein anderer von uns gewesen.«

»Trotzdem!«

»Wir müssen es heute schaffen«, unterbricht Valerie und sieht durch das Fensterloch nach draußen. »Wir müssen unsere Chance nutzen. Etwas machen, was die drüben im *Haus Eulenruh* nicht mehr übersehen können. Irgendwas … Brachiales.«

Ann und Lizzie sehen Valerie gebannt an.

Matthias sagt schlecht gelaunt: »Und was soll das sein? Bis jetzt hat ja alles nichts gebracht.«

»Vielleicht«, sagt Valerie und fixiert Matthias, »weil du deinen Arsch noch nicht so richtig hochgekriegt hast? Was hast du bis jetzt für eine Idee gehabt, außer mit dir selbst in *Futureworld* abzuhängen? Man könnte fast glauben, dass du kein Interesse hast, hier rauszukommen.«

»Spinnst du?«, schreit Matthias. »In der Nacht, als Ann und

Lizzie die Reifen zerstochen haben und Ricardo und Franka die Arztpraxis besprayt haben, war ich auch drüben! Ich hab meine Jacke von der Leine genommen und in Streifen geschnitten. Ich hab die Streifen sogar ins Feld geworfen.«

»Eigentlich war das eine gute Idee«, sagt Lizzie. »Du kannst nichts dafür, wenn der Matthias dort drüben mittlerweile mehr auf Jeans steht als auf die schwarze Jacke.«

»Genau!«, sagt Matthias dankbar und fährt dann Valerie an. »Was hast *du* in der Zeit eigentlich gemacht, während wir drüben Kopf und Kragen riskiert haben? Du hast hier gehockt und gefaulenzt!«

»Ich hab hier Wache geschoben, du Blödmann«, sagt Valerie. »Einer muss ja wohl auf die Lebensmittel aufpassen. Und übrigens haben wir das Los entscheiden lassen, wer hierbleibt.«

»Trotzdem«, sagt Matthias wieder. »Was sollen wir denn deiner Meinung nach machen? Sollen wir heute, wenn der Strom ausfällt, rübergehen, einen Stein ans Fenster werfen, warten, bis einer rauskommt, und ihn von hinten niederschlagen?«

»Warum eigentlich nicht?«, fragt Valerie.

In das darauffolgende Schweigen fange ich an zu lachen, weil der Satz sich einen Moment lang logisch angefühlt hat. *Warum eigentlich nicht?* Mit Erleichterung sehe ich, dass die anderen mitlachen. Etwas zeitverzögert. Irgendwie verlegen.

Ich muss an die Nacht denken, in der wir die Eulen geworden sind, als Valerie uns bei Kerzenlicht die Tattoos gestochen hat, als wir uns alle mutig gefühlt haben und irgendwie … glücklich. *Warum eigentlich nicht?*

»Na klar«, sagt Ricardo. Mir scheint, er spricht absichtlich etwas lauter, vielleicht um das blöde Gefühl zu verscheuchen, das auch ich spüre, dieses innere Summen, als würde sich der Körper mit Spannung füllen, als würde nicht mehr Blut, sondern Strom durch die Adern fließen, »dann können wir auch gleich noch einen Schritt weiter gehen und …« Er steht auf und geht rüber zu Ann, hebt ihr Kopfkissen an und da sehe ich ihr Messer. Ann schläft mit ihrem Klappmesser unterm Kopfkissen! »… einfach mal kurz zustechen!« Ann wird total rot, sie greift nach dem Messer und legt es wieder zurück.

»Idiot …«, sagt sie.

»War doch nur Spaß«, sagt Ricardo, »ist doch klar, oder?«

Aber niemand lacht mehr, und ich merke, dass irgendwas überhaupt nicht klar ist.

»Dann würden die endlich *hautnah* zu spüren bekommen, dass was nicht stimmt«, wiehert Matthias. Das seltsame Summen in meinem Kopf verstärkt sich. Was Ricardo und Matthias da gesagt haben, ist natürlich komplett hirnrissig, aber …

Die von drüben haben von Anfang an keinen Drang verspürt, herauszufinden, wer sie drangsaliert. Auch die Droh-E-Mails, die wir ihnen immer wieder geschickt haben, seit wir hier nicht mehr rauskönnen, und in denen wir unauffällige Hinweise auf Unland fallen gelassen haben, haben nichts genützt. Jedes Mal hatten wir Angst, dass wir zu deutlich waren und dass der Laptop, das Einzige, was uns noch mit der Außenwelt verbindet, sich unter unseren Augen auflösen würde. Aber wir waren vorsichtig. Offenbar aber *zu* vorsichtig, denn unsere Doppelgänger haben nicht begriffen, dass sie *hier* suchen sollen. Wir haben zwar gemerkt, dass sie nervös wurden, denn eines Abends saßen sie alle in meinem Zimmer zusammen, auch Valerie war dabei. Sie haben irgendwas beredet. Wir haben sie durchs Fernglas beobachtet und uns schon gefreut, aber dann passierte überhaupt nichts. Wochenlang!

Und jetzt spricht Lizzie es aus. »Vielleicht habt ihr auf eine … eine *bestimmte* Art … sogar recht«, sagt sie leise. »Die dort drüben im *Haus Eulenruh* haben kein so großes Interesse, unseren Spuren nachzugehen. Warum? Vielleicht, weil … sie sie nicht besonders stören.« Sie spricht sehr langsam, sie tastet sich von Wort zu Wort, als hätte sie Angst, schneller zu reden. Als würde sie befürchten, dass es sie dann zu etwas hinreißen könnte … »Wir haben ja bis jetzt nicht viel machen können. Und bei den wenigen Dingen, *die* wir tun konnten, haben wir … na ja … wir haben sehr viel … Rücksicht genommen. Auf sie. Auf ihre Gefühle.« Sie räuspert sich. »Sie selbst haben das nicht getan, als sie *uns* hierhergelockt haben. Sie haben, ohne mit der Wimper zu zucken, die Bäume und Büsche zerstört, die du gepflanzt hast«, sagt sie und sieht zu mir. Bei der Erinnerung daran wird etwas in mir hart und eisig und ich verspüre wieder Zorn. »Sie *wollten*, dass es wehtut«, sagt Lizzie zu mir und legt den Finger genau in die Wunde. »Vielleicht ist das ja so … vielleicht geht man den Dingen erst auf den Grund, wenn … wenn es wehtut? Vielleicht müssen wir auch etwas machen, was … ihnen wehtut? Ihnen etwas wegnehmen, etwas, das …« Sie stockt. »… ich meine …«

Ann springt ein, weil sie Lizzie helfen will. »… etwas, das sie mögen?«

»Ja«, sagt Lizzie erleichtert. »So was wie … ich weiß nicht … wie …«

»… wie deine Nähmaschine?«, fragt Ann.

Lizzie sieht auf den Boden und schüttelt den Kopf. »Das ist nicht genug«, flüstert sie.

Ich hab mich bis jetzt nie gefragt, wie es für Lizzie eigentlich ist, hier gefangen zu sein. Sie hat gesehen, wie der Rummel wieder abgebaut wurde. Wir haben es ja alle gesehen: wie der hohe Pfahl mit den Lichterketten eines Tages verschwunden war. Mit alldem war auch David verschwunden. Das war passiert, als wir gerade mal eine Woche hier drin waren. Lizzie hat nie darüber geredet, aber wenn sie Wache hatte, während wir anderen schliefen, hat sie heimlich geweint.

»Vergiss die Idee mit der Nähmaschine«, sagt Valerie zu Ann. »Wir kommen nicht ins Haus. Da ist das unsichtbare Hindernis. Wir können nur etwas wegnehmen, was sich außerhalb des Hauses befindet.«

Ich sehe nach draußen. Der Nebel ist höher gestiegen. Auf den Ackerschollen liegt Raureif. Im *Haus Eulenruh* werden sie in der geheizten Küche sitzen und Cornflakes essen.

»Wir könnten mein Rad klauen«, schlage ich vor. »Es steht im Schuppen, da kommen wir ran. Ich hab da im Sommer so viel dran rumgebastelt. Und die da drüben hat im Herbst weitergemacht.« Ich hatte es beobachtet. Sie hatte das Rad gepimpt. Zusammen mit Ricardo. Die beiden hatten richtig Spaß dabei, das konnte man sehen. Von irgendwo her hatten sie Ventilkappen in Form von silbernen Sternen besorgt, hatten Stahl- oder Chrompedalen mit Reflektoren angebracht, abgefahrene rote Griffe mit schwarzen Streamern und sogar einen Sattel mit Streamern. Sie hatten eine Dreiklanghupe angeschraubt und eine coole rote Baby-Bee-Lampe. »Sie wäre bestimmt sauer, wenn jemand es klauen würde«, sage ich. »Sie würde auf jeden Fall rausfinden wollen, wer es war. Wir könnten die Einzelteile ins Feld werfen. Oder um Unland herum verteilen?«

In den Gesichtern kann ich sehen, dass alle einverstanden sind, alle bis auf Lizzie. Sie fängt an zu sprechen, wieder mit dieser vorsichtigen, sanften Stimme. »Ich … ich glaube nicht, dass das wirklich ausreicht.« Sie zögert. Dann wendet sie sich an mich. »Es ist dein Rad«, sagt sie. »*Dir* würde es etwas bedeuten, aber wir müssen sie *alle* dazu bewegen, nach uns zu suchen. Wenn wir dein Rad stehlen, dann kommt vielleicht dein Doppelgänger her und wird zum Schatten, sodass du rüberkannst, aber wir anderen bleiben hier. Wir gehören doch aber zusammen. Ich …« Sie zögert, schaut wieder auf den Boden. »… ich glaube, wir müssen etwas anderes finden. Etwas, was außerhalb des Hauses ist und was *uns allen* etwas bedeutet. Wir … müssen es kaputt machen.« Sie sieht in die Runde.

»Aber was?« Ann zieht die Brauen zusammen, sie überlegt.

»Vielleicht …«, schlägt Lizzie jetzt behutsam vor, »… ist es ja gar kein Gegenstand? Nichts Lebloses, meine ich.« Sie bricht ab.

Keiner von uns sagt etwas. Ich kann mein Herz fühlen. Als wäre es Schlag für Schlag höher gewandert, aus meiner Brust heraus in den Hals, vom Hals in den Mund, und dort pocht es jetzt. Rot, heiß, hart. Ein Schrei. Ich starre Lizzie an. Dieser Schrei steckt seit Jahren in mir fest. Jetzt sitzt er schon ganz oben. In meiner Kehle.

Ricardo krümmt sich unter einer Hustenattacke.

»Was, wenn du eine Lungenentzündung hast?«, fragt Lizzie. »Ohne die richtige Behandlung kannst du daran sterben.« Dabei sieht sie wieder zu mir, und ich spüre, wie etwas in mir sich aufbäumt und dann zusammenschrumpft. Schrumpft wie das Blaulicht eines Wagens, der in der Ferne verschwindet. Ich will nicht –

Ein kurzer Windstoß drückt sich ins Zimmer. Er zieht in die Haut, tief in mein klammes Inneres. Wir alle heben den Blick, sehen zum Fenster. Der Tag, kaum begonnen, schließt sich schon wieder, wird schwarz, bedrohlich.

»Vielleicht müssen wir wirklich etwas ganz und gar Unvorstellbares tun«, sagt Lizzie, und wir hängen an ihren Lippen. »Uns bleibt nur der heutige Tag … wenn wir es nicht tun, dann … dann verrotten wir hier vielleicht. Oder werden verrückt wie alle anderen hier. Es ist schrecklich, aber …« Lizzies Stimme ist sehr sanft, sie stolpert über die Worte, bricht ab.

… aber es könnte doch sein, dass wir hier überhaupt nicht mehr wegkommen, spricht mein Kopf Lizzies Satz einfach weiter. Ich sehe alles vor mir. Diese Ruine in einer toten Landschaft. Die stummen, verbitterten Menschen, manche schon halb verrückt vor Angst. Einmal ist einer ausgerastet, heißt es. Ist bei Stromausfall rübergegangen und hat seinen Doppelgänger im Dunkeln erschlagen. Er war schon ewig hier drin, hat mir einer der hiesigen Einwohner erzählt. Sein Doppelgänger drüben hat nie auf seine Spuren reagiert. Irgendwann war ihm alles egal. Er war so voller Wut und Hass, dass es ihm sogar gleichgültig war, dass auch er dabei sterben würde. Drüben haben sie nie herausgefunden, wer es gewesen ist. Die Schatten lösen sich auf, wenn sie sterben.

»Niemand sollte einem anderen absichtlich Schmerz antun«, flüsterte Ann.

»Keiner vermisst uns da drüben«, sagt Lizzie, und für einen Moment scheint ihr Gesicht nach oben zu kippen und sich zu öffnen und wie in einem Film ziehen die Gesichter von uns allen vorüber. *Wir könnten hier für immer weggesperrt bleiben,* höre ich den Gedanken, den wir alle haben. Schrill und deutlich. »Es würde keinen interessieren«, sagt Lizzie leise.

Es. Würde. Keinen. Interessieren.

»Wir haben nur diese Chance heute«, sagt Lizzie und sieht aus dem Fenster. »Wenn der Sturm die Leitungen zerreißt. Wir haben nicht drei Versuche oder fünf, sondern nur diesen einzigen … Was wir tun, muss also funktionieren. Wir können es uns nicht erlauben, ihnen gegenüber allzu …«

… rücksichtsvoll zu sein.

Lizzie steht auf und geht zum Fenster. Sie sieht lange hinaus, dann dreht sie sich zu uns um. Ich hab sie noch nie so gesehen. So traurig und zugleich hart.

»Wir müssen ihnen etwas wegnehmen, was sie lieben. Richtig *wegnehmen,* nicht einfach nur stehlen.«

»Zerstören«, flüstert Valerie. Und verstummt.

Wir schweigen. Wir schweigen alle über dasselbe.

»Er kennt uns«, sagt Lizzie schließlich. »Er wird uns entgegengerannt kommen.«

Und da spüre ich, wie etwas in mir reißt. Ich weine ohne Ton, nichts dringt nach außen, aber ich spüre die Nässe auf meinen Wangen. Ich greife in meine Hosentasche und ziehe die rote Borte heraus. Ich rolle sie aus.

»Jetzt weiß ich, wozu sie da ist«, sage ich erstickt. »Sie hat genau die richtige Länge. Er wird sich nicht wehren. Er mag uns doch.«

Ann sieht mich lange an. Dann sagt sie: »Einer muss ihn ablenken.«

»Und einer muss ihm die Borte um den Hals legen«, sagt Ricardo.

»Einer muss sie zuziehen«, sagt Valerie flüsternd. »Ganz fest.«

»Wir sollten ihn dann mitten ins Feld legen, zwischen *Haus Eulenruh* und Unland. Genau in die Mitte«, sagt Ricardo. Seine Stimme ist weich. Traurig. »Das *müssen* sie verstehen.«

»Das können wir doch nicht machen«, sagt Matthias entsetzt. »Nicht mit Fussel …«

»Willst du hier nicht raus?« Ich gebe ihm einen Stoß vor die Brust und weine.

»Sie haben Fussel genauso gern wie wir«, sagt Lizzie leise. »Sie werden auf jeden Fall seinen Mörder suchen.«

Es klingt so logisch. Unsere Gedanken sind wie Gleichungen mit einer Unbekannten darin und diese Unbekannte ist das Verbrechen und damit schließt sich die Gleichung und ergibt einen zwingenden Sinn, und doch … und doch weiß ich einen klarsichtigen Moment lang, dass es trotzdem der falsche Weg ist. Dass wir genau dasselbe tun wie alle anderen und dass es nur dazu führt, dass wir uns selbst austauschen. Unsere Doppelgänger werden hierherkommen, weil sie den Mörder von Fussel finden wollen. Weil Fussel genau in der Mitte auf dem Feld liegt und weil es nichts weiter in der Nähe gibt als Unland. Sie werden das Gleiche machen wie wir, werden den Strom lahmlegen, durch das Tor kommen und zu Schatten werden, und wir können zurück. Aber der Kreislauf bleibt bestehen. Unsere gefangenen Schatten werden uns in Schach halten. Und Fussel wird tot sein. Sie werden uns dafür hassen. Sie werden uns nicht einfach nur hierherzulocken versuchen, sondern sich für den Mord rächen wollen. Sie werden uns ebenfalls wehtun wollen. Es wird nicht aufhören. So wird es nie aufhören *können*. Es wird nur brutaler werden. Es muss noch eine andere Möglichkeit geben. Aber welche?

Welche?

»Es ist bald so weit«, sagt Lizzie und zeigt nach draußen. Der Himmel ist fast schwarz, die Wolken haben weiße, hart gezackte Ränder. »Wir müssen uns entscheiden.« Ihre Stimme ist so vertraut und weich, dass ich am liebsten meinen Kopf darauflegen und einschlafen möchte. »Wir können natürlich auch etwas anderes tun. – Eben Frankas Fahrrad kaputt machen … oder so. Ich weiß nicht, vielleicht reicht es ja aus.«

Ricardo hustet. Matthias hat die Hände auf die Ohren gelegt und wiegt sich auf der Matratze hin und her. Ich wende den Blick ab, weil ich es nicht ertragen kann.

Die Menschen hier sind böse, hab ich gedacht, als ich in Unland angekommen bin. Manche sind so hart und gierig, stehlen einander das Essen, schlagen sich um Decken, stoßen sich die Ellenbogen in den Magen. Andere sind so elend, dass man ihren Anblick nicht aushält. Sie alle tun ihren Doppelgängern drüben schreckliche Dinge an. In ihren Gesichtern spiegelt sich diese zerstörte Landschaft. Da war ich mir sicher, dass wir anders sind. Aber vielleicht werden wir genau wie sie. Vielleicht ist es einfach die Zeit? Einundneunzig Tage. Und kein Ende in Sicht. Vielleicht ist es die Kälte? Und der Winter fängt gerade erst an. Oder ist es die Hässlichkeit hier? Sie geht in einen über, sie geht von außen nach innen.

Und was, wenn es doch eine andere Möglichkeit gibt? Was, wenn jemand diese ganze Geschichte hier in Unland aufschreibt und sie mit hinüber nach Waldburgen nimmt, sobald sein Doppelgänger Unland betritt, und ihn damit befreit? Eine wahre Geschichte. Ich muss an mein grünes Geografieheft denken. Diese Geschichte hier gehört dort hinein. Wenn wir drüben alles vergessen, wenn wir vergessen, dass wir in Unland gefangen waren, könnte dann nicht die Geschichte unser Gedächtnis sein? Oder würden wir denken: *Das ist doch nur eine ausgedachte Geschichte …* Würden wir uns erinnern, dass wir hier waren? Dass jetzt unsere Schatten hier sind? Eingesperrt. Voller Wut und Angst. Würden wir sie befreien?

»Der Sturm kommt immer näher«, sagt Lizzie in meine Gedanken, und ich weiß, dass jetzt keine Zeit mehr ist, die ganze Geschichte aufzuschreiben. Aber wenn wir zurückkommen … wenn wir es getan haben … werde ich anfangen. Ich werde es aufschreiben, das schwöre ich mir. Ich werde die Zettel nehmen, die in Ricardos Zimmer liegen und mit denen jeder bisher nur Drohbriefe und nichts anderes geschrieben hat, und werde einfach anfangen. Ganz von vorn.

»Wir müssen jetzt eine Entscheidung treffen«, sagt Lizzie, und wir spüren es alle. Die Mauern summen. Draußen ist kein Vogel mehr zu sehen. Sie sind alle schon geflüchtet. Die Welt hinter dem Zaun scheint stillzustehen. Wir sind uns einig.

»Aber wer … wer wird Fussel …«, fängt Matthias an und bricht ab, ohne den Satz zu vollenden.

Ann schiebt ihren Ärmel ein Stück nach oben und das Tattoo wird sichtbar. Sie legt ihre Hand auf den Boden. »Wenn wir es tun, dann nur zusammen. – Wir sind die Eulen.«

Alle legen ihre Hände im Kreis auf den Boden. Ich zögere. Soll ich den anderen von meiner Idee erzählen? Aber sie bringt uns hier nicht raus. Nicht so schnell wie die andere. Aber ist das wirklich Grund genug, etwas so Grauenvolles zu tun? Einen *Mord* zu begehen? Als ich das erste leise Vibrieren des Sturms spüre, lege auch ich meine Hand in den Kreis.

Dann stehen wir auf. Wir gehen die Treppe nach unten wie im Traum.

Wir gehen vor das Tor und sehen, dass auch andere Schatten sich hier versammelt haben, und warten. Einen Moment lang frage ich mich, was sie selbst planen, und mein Herz zieht sich zusammen. Was wird heute während des Sturms noch in Waldburgen geschehen?

Alles kommt mir unwirklich vor. Und doch realer als jeder

Moment, den ich je gespürt habe. Wir heben gemeinsam den Blick und sehen nach oben. Die Wolken fetzen über den fast schwarzen Himmel. Ich kann meine Tränen spüren. Der Sturm ist da oben. Er berührt noch nicht einmal die Baumspitzen. Wir können ihn kaum hören. Aber er kommt.

DER INOFFIZIELLE SOUNDTRACK ZUM BUCH

1. CD

1. *Peter Fox: Schwarz zu blau*
   (Franka kommt in Waldburgen an. Ricardo ist wütend im Auto)
2. *Seeed: Aufstehn!*
   (Franka auf dem Fensterbrett in der Schule, kurz bevor sie in ihre neue Klasse kommt)
3. *Juli: Die perfekte Welle*
   (Der zweite Schultag. Franka hat ein seltsames Gefühl)
4. *Rihanna: Take a Bow*
   (Franka wird ins Jungsklo gedrängt und von Valerie gerettet)
5. *Kool Savas: Der Beweis 2. Mammut RMX*
   (Im Haus. Franka hat von Axels und Denises Vergangenheit erfahren und erinnert sich an Jakob)
6. *Peaches: Talk to Me*
   (Der Fahrradausflug. Eileen Saalfeld ist eifersüchtig)
7. *September: Cry for You*
   (Auf dem Rummel. Stromausfall)

2. CD

8. *Sido: Beweg deinen Arsch!*
   (Auf dem Schulhof, kurz nach dem Hasendiebstahl)
9. *Silbermond: Irgendwas bleibt*
   (Nach Frankas Vortrag. Ann legt sich mit Tommy an)
10. *Peter Fox: Schwarz zu blau*
    (Ricardo wird verdächtigt)
11. *Cassandra Steen: Darum leben wir*
    (Der Stein)
12. *Lady Gaga: Poker Face*
    (Der Morgen nach dem Tätowieren. Valerie ist nicht mehr dieselbe)
13. *Polarkreis 18: Wir sind allein*
    (Anns Herz wird gebrochen)
14. *September: Cry for You*
    (Die anderen kommen nach Unland)

DANK

Bettina Herzog danke ich sehr herzlich für die spannenden Gespräche über den Wald!

Mein besonderer Dank geht an Manuela Lachmann, die den Roman von der ersten Fassung an mitverfolgt und kritisch begleitet hat und ohne die er nicht wäre, was er jetzt ist.

Antje Wagner
Vakuum

Roman, 384 Seiten (ab 14), Gulliver 74494
Leipziger Lesekompass
Mannheimer Feuergriffel

Kora. Tamara. Alissa. Leon. Hannes.
Sie alle erleben am 17. August um 15:07 Uhr
das Undenkbare: Die Zeit bleibt stehen und
sämtliche Menschen sind verschwunden. In
diesem beängstigenden Vakuum finden die fünf
Jugendlichen nach und nach heraus, dass sie auf
geheimnisvolle Weise miteinander verbunden
sind …

Agnes Hammer
Herz, klopf!

Roman, 320 Seiten (ab 14), Gulliver 74457
Ebenfalls als E-Book erhältlich (74508)

Franka ist verschwunden.
Seit Weiberfastnacht.
Sie kauert in einer kleinen dunklen Kiste und
spürt ihr Herz klopfen.
Noch.
Draußen macht sich Lissy auf die Suche nach
ihrer Freundin.
Aber wer immer Franka in seiner Gewalt hat,
er ist jetzt auch hinter Lissy her …

 www.beltz.de
Beltz & Gelberg, Postfach 10 01 54, 69441 Weinheim

Emery Lord
Open Road Summer
Aus dem Amerikanischen von Jessika Komina und Sandra Knuffinke
Roman, 380 Seiten (ab 13), Gulliver 74524
Ebenfalls als E-Book erhältlich (74534)

Es soll der Sommer ihres Lebens werden:
Reagan hat sich gerade von ihrem Freund
getrennt und will endlich ihr Leben in den Griff
kriegen. Sie begleitet ihre beste Freundin, den
Country-Star Lilah Montgomery, auf ihrer
ausverkauften Tour durch die USA. Lilah hat
selbst mit Liebeskummer zu kämpfen und die
beiden Mädchen vertrauen auf ihre unendliche
Freundschaft. Bis der charismatische Matt
Finch als Opening Act angeheuert wird und
nicht nur Reagans Gefühle komplett
durcheinanderbringt …

Oliver Uschmann / Sylvia Witt
Log out!
Roman, 389 Seiten (ab 14), Gulliver 74523
Ebenfalls als E-Book erhältlich (74536)

Paul hat das Abi hinter sich. Doch was kommt
jetzt? Paul hat kein Ziel, denn er plant nichts.
Als er eine Nacht im Wald verbringt (weil der
Nachbar wieder »dieses unerträgliche Lied«
hört), ist eine schräge Survival-Idee geboren:
Paul will 100 Tage ohne Geld überleben und das
Ganze mit einem Blog begleiten. Die Aktion
entfacht einen regelrechten Medienhype und
Paul wird zum gefeierten Star. Aber er kann ja
jederzeit den Stecker ziehen, sich ausloggen
und ins wahre Leben zurückkehren. Oder?

GULLIVER   www.beltz.de
Beltz & Gelberg, Postfach 10 01 54, 69441 Weinheim